清卢文弨《抱经堂诗钞》系年考释

张波　赵玉敏 ○ 编著

远方出版社

图书在版编目(CIP)数据

清卢文弨《抱经堂诗钞》系年考释 / 张波，赵玉敏编著.
——呼和浩特：远方出版社，2019.4
ISBN 978-7-5555-1162-5

Ⅰ.①清… Ⅱ.①张… ②赵… Ⅲ.①卢文弨（1717-1795）-诗词研究 Ⅳ.① I207.2

中国版本图书馆CIP数据核字（2018）第209221号

清卢文弨《抱经堂诗钞》系年考释
QING LUWENCHAO BAOJINGTANG SHICHAO XINIAN KAOSHI

编　　著	张　波　赵玉敏
责任编辑	刘洪洋　蔺　洁
责任校对	刘洪洋　蔺　洁
装帧设计	默　宇
出版发行	远方出版社
社　　址	呼和浩特市乌兰察布东路666号　邮编010010
电　　话	（0471）2236473 总编室　2236460 发行部
经　　销	新华书店
印　　刷	内蒙古爱信达教育印务有限责任公司
开　　本	170mm×240mm　1/16
字　　数	330千
印　　张	22.5
版　　次	2019年4月第1版
印　　次	2019年5月第1次印刷
标准书号	ISBN 978-7-5555-1162-5
定　　价	60.00元

如发现印装质量问题，请与出版社联系调换。

前　言

卢文弨（1717年6月3日—1795年11月28日），字召弓，一作绍弓，号矶渔，又号檠斋，晚年更号弓父，世称抱经先生，清代浙江仁和（今杭州）人。乾隆十七年（1752年）壬申恩科探花。乾隆三十二年（1767年）在湖南学政任上，因条陈事宜不当被撤回，降级候补，随后以继母张氏年高"乞终养"，从此讲学于江浙，长达二十余载。卢文弨遍阅经史，精于校勘，所校有《经典释文》《白虎通》《方言》《春秋繁露》《逸周书》《独断》《荀子》《新书》《颜氏家训》《西京杂记》《三水小牍》等，自撰有《仪礼注疏详校》《群书拾补》《钟山札记》《龙城札记》《读史札记》《抱经堂文集》《抱经堂诗钞》等。

近年来，学界对卢文弨的研究方兴未艾，相关研究论著多达三四十篇（部），其所校、所著诸书亦为世所重，多经整理出版。例如，其《抱经堂文集》王文锦先生校点本由中华书局于1990年出版，《钟山札记》《龙城札记》《读史札记》亦由中华书局于2010年校刊出版。但是，卢文弨的个人诗集《抱经堂诗钞》却一直未引起世人关注。究其原因，虽然与《抱经堂诗钞》的版本、馆藏稀少有直接关系，但是亦与《抱经堂诗钞》中所收诗文凌乱无序，读者难以卒读不无干系。鉴于此，笔者在编纂《清卢抱经文弨先生年谱》后，即不揣鄙陋，以《抱经堂文集》为基础，参考柳诒徵《卢抱经先生年谱》，又遍搜《抱经堂丛书》《知不足斋丛书》《续修四库全书》《丛书集成初编》《丛书集成续编》《丛书集成新编》《四库未收书辑刊》《四库全书存目丛书》《北京图书馆藏珍本年谱丛刊》《近代中国史料丛刊》《近代中国史料丛刊续编》《清代诗文集汇编》《中国地方志丛书》《乾嘉名儒年谱》《清碑传合集》，清代学者的单行本文集、年谱，中国国家图书馆所藏善本古籍，中国第一历史档案馆所藏奏折、档案，以及当今学者陆续发现的佚文等，对《抱经堂诗钞》中所收各诗进行了系统整理。本书主要内容如下：一、考证各诗写作时间、背景。二、考察各诗的写作对象及其唱和之作等。三、校勘各诗的版本文字等。四、注释其中一些人名、地名、典故等。

说　明

一、本书实为拙著《清卢抱经文弨先生年谱》（陈东辉主编，《卢文弨全集》附录第十六册，浙江大学出版社2017年5月版；以下简称"《年谱》"）之姊妹篇，其中考释多有引用《年谱》之处，可与《年谱》参照而读。

二、本书的考释以卢文弨《抱经堂文集》（王文锦校点，中华书局1990年版）为基本参考资料，书中引用之处极多，故未一一标注其详细页码，而仅以卷数指代。

三、书中多引用《四库全书》《续修四库全书》《丛书集成初编》《丛书集成续编》《丛书集成新编》《清代诗文集汇编》《中国地方志集成》等大型丛书，大多标注了详细的页码、卷数等，极少数如《四库全书》等，因本身没有页码，故本书中只标注卷数，不标注页码。其他一些散见诗文集等，因主客观方面的局限或者多为读者熟知之书，偶尔亦未列出详细页码和卷数。

四、本书实以考释卢文弨各诗赋写作时间、背景和交游为主，兼及诗赋中一些名词、典故等。前者见于案语，而兼及者则见于页脚注释，两者可以相互参看。

《抱经堂诗钞》序

清·李兆洛

乾隆五十四年己酉,先生主讲常州之龙城书院,兆洛才弱冠,从受业,讲习制举文而已,于先生之学无所窥也。同几席者臧在东、顾子明颇能研求一二。私心喜之,不能专意。甲寅岁,先生之钟山,道毘陵,示疾于书院,遽捐馆舍,兆洛侍属纩焉。时《抱经堂集》已付梓而未竟,阅十年来始见刊本,怆然如接音容也。

先生音和而亮,容舒而肃,教弟子不强以所不习,而诱掖如不及,学务实践,未尝甲乙流辈,惟津津道其所长。所为文章,举肖其为人也。常患世俗刊书不知雠校,鱼豕涽讹,点画狼籍,疑误后学,尘点前贤,故得一旧本书悉心钩订,闻人有善本必借之,丹铅陈前,穷日夜不休止,随时缮录,成《群书拾补》若干卷,为后之读书者法。精深小学,以今文合诸许氏《说文》,通其意而结撰之,义取其当,形求其完,不泥不诡,故所锓刻载籍为当代最。以梓人自随,在龙城时兆洛亦与校雠之役。先生自谓不娴于诗,酬应颇少,故文集中不载,篇什手所定也。

道光十六年丙申秋,先生季子庆录枉存予于暨阳书院,携诗一编授之曰:"先子殁后,于丛残遗稿辑录成此,思以授梓而未能也。子将有意乎?"兆洛受而读焉,而益泫然于先生也。先生不欲以诗名世间,而先生立身得于诗教至粹,其出之也宅心乐易,安节庄诚,鳃理缜栗,朴斲完固,性真见焉,学问流焉。夫非来学轨范哉?先生主讲暨阳为乾隆丙子,盖在主讲龙城前。题咏怀人诸诗皆见集中。阅四十年而兆洛继践斯席，向时弟子略无在者，庭中花木多先生所植，其人士犹设先生位于寝楼，岁时释菜，兆洛摄衣冠拜焉。兆洛亦以梓人自随，而先生所刊荀扬贾董宏伟卓绝，兆洛所刊则《日知录》《绎志》及邹道乡、瞿忠宣之集而已，不能纪远，乃纪于近，自度所堪耳。尚能再侍先生，一开固陋乎？道德负于师承，崦嵫促其短景，所为自怨自艾，欲追悔而无从者也。刻先生诗附于文集后，敬识之。

（李兆洛《养一斋文集》卷二《抱经堂诗钞序》，《续修四库全书》，第1495册，第27页。）

目 录

前言 ··· 1

说明 ··· 1

《抱经堂诗钞》序 ··· 1

五言古诗 ··· 1

从学篇呈桑弢甫先生 ··· 3

责躬 ··· 4

题弢甫先生嵩游草后 ··· 5

古荡 ··· 6

水月亭纳凉 ··· 7

雷峰塔 ··· 7

壑庵 ··· 9

石床 ··· 9

东园晚步 ··· 10

从弢甫先生登南山亭 ··· 10

大雪 ··· 11

题皇四子梅花诗卷 ·· 13

至额克楚克哈达 ·· 15

汪中允招同人并药根上人小集 ····································· 18

以方竹杖诒钱箨石丈朕之以诗…………………………………………20
哭张近田师………………………………………………………………21
张孝子诗…………………………………………………………………22
西苑直庐赠梁舍人阶平…………………………………………………22
和示子诗韵示佩章、揆基两生…………………………………………25
胡烈妇诗…………………………………………………………………27
李廉衣前辈移居，招同人小集就树轩时药根上人在坐，分赋得梧字……28
姜夹斋崇祀乡贤诗………………………………………………………30
和敬堂复淳堂四咏诗……………………………………………………30
辛丑立春日，梁大司农瑶峰招同人小集，分韵得生字变字…………31
题钟蔗经先生畹注经图…………………………………………………33
沈节妇诗…………………………………………………………………35
题结交《青松枝图》为陶孝廉湘作……………………………………37
和韵酬程鱼门编修………………………………………………………39
黄泥庵访上人……………………………………………………………40
和韵答同年翁覃溪洗马方纲见怀………………………………………40
梅上舍二如乞为王生芾母苦节诗………………………………………42
真率会次韵………………………………………………………………44
叠前韵酬王秀才含章……………………………………………………47
题祁州王秀才玉贞抱璞遗集……………………………………………48
述兰………………………………………………………………………48
花会诗……………………………………………………………………49
舟至云间访李宁圃太守适大会宾客于湄园，分韵得落字……………50
赠吴葵里…………………………………………………………………53
咏炭与李文园中简联句…………………………………………………55

七言古诗……………………………………………………………59

酬张丈东扶旸读《金石录》见诒之作…………………………………61
题张晓岩三宾《空山鼓琴图》…………………………………………63
自鸣钟歌…………………………………………………………………65

赠别王明府丈者辅……68
题郑寒村先生《四时行乐图》……71
送周生辰还金陵……72
送涂尚书天相归孝感……74
题潘楚吟《芦屋图》……76
晚陪诸族兄饮湖楼录别……78
题王齐翰《挑耳图》……79
过徐紫山先生草堂……81
闻补亭先生话兴安岭形势和句山先生韵……83
赵州牧李芝裳方耀以继室觉罗氏死烈状见示……84
题沈定夫《潇湘归棹图》……86
恭和御制十二辰本字题四库全书……88
题徐邻哉先生食贫居贱诗卷……90
大风过小商桥吊杨将军……92
钱浙三画人物奇肖戏为长歌示之……93

五律……95

呈张长民秉政舅……97
寄怀殁甫先生……98
怀金明府天来漭……99
赠卢茗园修其……100
下第书怀呈昆圃先生……100
通昔不寐……101
圣武远扬西域效顺大阅礼成恭纪……101
海拉苏台行围……104
中关……104
出哨……105
夜坐……105
累汝……105
志喜……106

桐乡金云庄驾部得岳祠铜爵一，中镌精忠报国字，左侧有岳珂建造小印，摹形见示，因成一律 ……107

哭杨伯庸敦裕 ……108

谈茗村孝廉官益赚山园小集 ……109

哀六合唐生廷绅 ……109

送王秀才在镕归江阴 ……111

固镇客馆庭中杂莳花竹，颇饶幽趣，壁间有同年梁少宰瑶峰诗，因和其韵 ……111

题梅式堂鈇遗墨，即用其寄友韵 ……114

题药根上人《北游图》 ……115

送卢珪回黟县 ……116

酬吴东秀（葵里仲子）……116

连日风顺舟行甚疾 ……117

慰桑公备 ……117

雨花庵和吴七云先生旧韵 ……119

五言长律 ……121

与涧泉重相晤于都门，出柴门临《水稻花香图》，索题，时有促其出山者 ……123

怀殳甫先生 ……124

金川平定拟应制作 ……125

和赵瓯《江雪》四十韵 ……127

题金海住先生《秋塞夜吟图》 ……128

补亭前辈观保见示新篇斐然有作 ……129

七律 ……131

授经图为同年曹汝咸培亨尊人作 ……133

春晴 ……133

过汪丈津夫鉴梅津草堂 ……134

饮景氏东白楼 ……135

送莫又张栻之润州 ……136

壬午元日 ……137

目录	页码
同年小集寓斋	138
晚步和韵	140
甲申人日赐柑恭纪	140
恭赋御制一堤杨柳两湖烟	141
送同年杨谦山户部还吴	142
羧甫先生携两孙重赴山东洙源书院，途中有书见寄，因呈一律	143
雪后早起入值	144
次张有堂西苑直庐重浚乐泉成招同人小集韵	145
恭赋恩赐诸皇子皇孙猩猩毡	147
恭纪恩赐哈密瓜	148
随驾发热河	149
波罗河屯作	150
立春日和桑公备韵	150
志痛	151
送同年董曲江令安远	152
送同年郑芥舟令连山即次其春燕诗元韵	154
和句山先生寒夜上直途中口占	156
合肥怀古	156
皇六子遣人问病赋谢	157
陈月溪宗伯，观补亭少司马，倪敬堂少仆，边秋厓侍读，谢金圃、汪晓园二编修，至皇四子邸问疾，次日示诗，用七姓故实为谢，依韵奉酬	158
同人分赋得寒毡	160
汪珊立来京因赠	160
同人集涧泉寓斋咏雪分赋得园字	161
燕	162
二月十三日感怀	163
挽李光庭	164
次雅雨先生扬州得告留别韵	165
同年袁简斋明府枚卜居秣陵，其旧治也近奉文当迁居，因和其别随园诗以惜别	167

庭中木芍药开，招友饮花下，樊轸亭不赴，既而闻古渔及余有诗，和篇见示，仍叠前韵奉答（樊通金石文字）……169
寄怀张晴溪同年……171
乙未元旦……172
和镕斋先生韵……173
寄纪元穛同年……173
钟山书院移栽花木数种，钱溉亭有诗见贻步韵……175
和赵瞰江同人游永庆寺登拥香阁观桂花次壁间韵之作……176
闺人南还，应在道矣，小诗迎寄……176
赠潞安守孙溪苣镐……177
戊戌春留别钟山诸子……178
庚子将之京师留别瞰江……181
辛丑元日寓京师李甥松云邸舍……182
寿太原守虔律斋礼宝……184
前后六客诗和吉渭匡……185
岁丙午诸生为余举七十觞日占志谢……190
同人多和者再赋酬意……191
又倒用韵呈瞰江……191
雍正壬子，余年十六，应童子试，受知于安溪李立侯学使，列仁和学博士弟子员。今支干重逢，开正斋祓，敬造学宫，周览旧迹，同人咸有诗见贶。余于声律废阁久矣，诚故我之难忘，矧华予之多忝，勉为属草，匪可云酬……192
挽广文裘一鸥养正……195

五言绝句……199
听北平梁国栋鼓琴……201
题张有堂前辈《自芳图》，是其先兄所作……202
题张厚余守愚《耕田识字第三图》……203
春兰……203
题徐邻哉临《曹娥帖》……203

七言绝句·················205
和景秋崖清明·················207
湖心亭听歌·················207
直庐通夕不寐漫成·················208
杨吾三招饮紫藤花下·················208
白桃水·················210
题吉渭厓《练湖观荷图》·················211
新除学士李廉衣有诗见贺答谢·················212
书《出塞集后》·················213
题句山先生扈从集·················217
题临风听暮蝉画意·················218
书迂谷先生集后·················218
有怀暨阳旧游·················219
甲午七夕伏枕得三绝句·················230
题座主邹小山先生牡丹画（花名淡藕丝，色白，瓣中有淡红丝相界）·················231
题俞槐谷典籍吟卷后·················232
题管夫人画竹（跋云：时有小雨，以雨意画之）·················234
乙未八月十一日作·················235
客窗紫薇为丛筱榛塞，刪薙后新秋发花，吴兴严抉云有诗，依韵奉酬·················236
临淮驿间见湘潭陈恪勤公题竹 绝步元韵·················236
凤阳道中即目·················237
有感·················237
袁简斋信日者之言怛化在于今年，预索生挽，漫尔戏作·················239
吴槎客买婢，媒者疑欲置妾，昇良家女，槎客抚为义女嫁之，友朋咏其盛德，余亦有作·················242
送赵舍人怀玉入都·················244

补遗·················247
谢海住先生饷肉·················249
谢东墅同年见赠奉酬·················249

樵夫笑士	249
月傍九霄多	250
烟轻柳未丝	250
风光草际浮	250
鲲化为鹏	251
剌钟无声	251
六事廉为本	251
龙池柳色雨中深	252
晨光动翠华	252
散馆：责难赋以绳愆纠缪格其非心为韵	252
铜壶赋：复设铜壶候咫尺为韵	254
和黄望亭秀才韵	256
双清亭小集即事	256
琛岭神灯	258
东庐叠巘	258
芝山石燕	259
洞壁琴音	259
观峰耸翠	259
金井涌泉	260
龙潭烟雨	260
臼湖渔歌	260
题邹一桂菊花册	261
丁丑重阳前二日招同人看菊，席间联句，得五十二韵	262
挽刘生深研	264
玉盘联句（有序）	265
紫光阁赐宴联句（有序）	269
《岁朝图》联句	272
题《随园雅集图》	275
和谢墉乙未十一月中澣游摄山，宿栖霞寺，归途成五言律六首	276
赠卢梦龄孝廉留别诗	278

参考文献 ···279

附录 ···289

翁方纲：翰林院侍读学士抱经先生卢公墓志铭··········289

段玉裁：翰林院侍读学士卢公墓志铭·····················291

臧庸：翰林院侍读学士卢先生行状························293

卢庆录：《抱经堂诗钞》跋································297

柳诒徵：卢抱经先生年谱·································298

五言古诗

·五言古诗·

从学篇呈桑弢甫先生

古人远负笈，所求在人师。鲁人懵周道，伥伥将焉之？
先生起浙江，我父谐埙篪。同声嘘古昔，学匪工文辞。
出处道虽异，经行人共知。小子蓄微志，大惧堂构隳。
手书发日下，许我相追随。大母闻此言，凝注泣涟洏。
长跪启大母，为学须及时。恩亦不忍割，学亦不忍迟。
学成恩可报，况不久相离。春风渡黄河，把酒船头釃。
区区志不立，轻涉亦何为？振我尘衣冠，拜起情依依。
南牕函丈地，悦服良在兹。良医征参苓，不弃败鼓皮。
良工运斤斧，不弃瘣木枝。朱蓝倘可近，自幸犹素丝。
三千弟子籍，颜闵吾所睎。低头思父训，日月寖已驰。[1]
作此从学篇，用以铭心脾。

案：此诗似作于乾隆二年春[2]，抱经先生奉桑调元之招入京随其读书后。

卢庆钟《行状略》记："府君生而颖异。外王父桑弢甫先生，故与先王父为总角交，泊官京师，驰书招府君，因受业门下。"（《续修四库全书》第1684册，第5页。）

臧庸《拜经堂文集》卷五《翰林院侍读学士卢先生行状》记："父征士公与同里桑主事调元交最善，母冯太宜人雅敬之。生先生五岁，得瘵疾，将卒，闻主事来，启中门再拜曰：'以儿子为托。'主事感其诚，遂以女字先生，招至京师，授以业，由是学日益进。"（《续修四库全书》第1491册，第601页。）

[1] 案：存心征君《白云诗集》卷二《示子》诗："三世身单传，大宗尔承受。高曾德所基，庶以昌厥后。王父赐嘉名，嗣宗良非偶。上以绍弓裘，下以亢宗族。"（《四库全书存目丛书》集部第280册，第255页。）
[2] 案：抱经先生在乾隆二年春入京事，见《抱经堂诗钞》七言古诗《送涂尚书天相归孝感》考释。

责 躬

二十忽已至，今吾犹故吾。所志尚不立，岁月驰隙驹。
中夜不得寐，忆昔心烦纡。丁酉吾以降，姿性非蠢愚。
我父常近游，家贫为饥驱。我年纔四岁，从师里中趋。[1]
归来奉母训，一灯傍咿唔。秋风打窗桁，秋虫鸣阶除。
此景犹在目，母已归泉垆。我父客姚江，大父授我书。
我奋为色喜，督责仍不疎。我父客山左，我学无规模。
百家纵涉猎，隽味稀含咀。[2] 我父客桐溪，我仍破屋居。
略知辨句读，腼颜授生徒。趋庭嗟日少，俭涩今何如。
因循不可又，愤愧拘于墟。慷慨走京国，不畏冰雪涂。
言登契匠堂，绳墨裁朽株。言踵神医门，沈痼为之祛。
去日痛已过，此宁姑徐徐？努力复努力，方摩砺以须。
此心难陆降，不定若辘轳。道义吾所悦，纷华偏与俱。
文章亦小道，芜秽鲜爬梳。昔人诮不学，马牛而襟裾。
家世擅著作，经义能无摭。显扬秖虚愿，起坐三叹吁。
天光发窗牖，急景遄西徂。时哉不我与，恳苦植区区。

案：据诗中"二十忽已至，……慷慨走京国，不畏冰雪涂"句，与《从学篇呈桑弢甫先生》记："手书发日下，许我相追随。……春风渡黄河，把酒船头酺"句意相通，故两诗似作于同时，即乾隆二年春入京后不久。其中，抱经先生所谓"二十忽已至"，不应解为二十岁整，而是笼统之言。

---

[1] 案：《抱经堂文集》卷三十四，癸巳《文学陈少云墓志铭》记："既而少云读书家塾，余往就之，同受业于沈武曹先生元斌，情弥厚。"

[2] 案：《抱经堂文集》卷二十一《与弟书》记："父亲处馆于外，不能自教子。吾时读书，不知门径所从入，好钞书，亦非世间稀见之本，徒费日力于此，而不知务乎其所当务也。"

· 五言古诗 ·

题弢甫先生嵩游草后

挥手脱世网，早作名山游。嵩高三十六，屹据当中州。
方春携短筇，笠帽风修修。恒华西北揖，衡岱东南收。
丹梯凌绝顶，峻极最上头。俯视尘寰中，焉能辨蚍蜉？
荥阳京索间，自古横戈矛。广武迹已湮，陈桥事亦悠。
秖今北邙上，累累成荒丘。吾宗有鸿乙（本《旧唐书》），结堂山之幽。
樾馆烟翠庭，千载卢岩留。幸不嘲捷迳，一洗终南羞。
隐士迹尚尔，儒者尤难俦。卓哉二程子，圣学光鲁邹。
更有康节翁，元会穷遐搜。山川孕清淑，钟毓无时休。
一编志洛学，万古江河流。南宋书院四，嵩阳屹经楼。
先生主大梁，教士与古侔。此时道干城，他时国薪槱。
更于眺览际，慨然念成周。默祷生甫申，当代昭王猷。
此岂石隐心？所能共唱酬。先生身不出，报国亦已优。
嗟我十载余，束缚同羁囚。西山罗近郊，终年饱双眸。
二室况在远，真如划鸿沟。忽闻鸾凤啸，天风响飕飗。
未能从振衣，抚卷发长讴。

案：该诗似写于乾隆十三年秋。是年，桑调元至大梁书院讲席后，因门人之请，将诗集付梓后，有书致抱经先生，并寄示所作《中州游草》。先生时在京师，复书作答，并有致桑调元之子桑绳篪书。[1]

据桑调元《弢甫集》卷八《嵩庐孝子传》记："戊辰，予应大梁聘。"（《四库全书存目丛书》集部第276册，第60页。）又，《弢甫续集》卷六《戊辰夏

---

[1] 案：桑调元《弢甫集》卷十《季子绳篪传》记："予季子绳篪，字轩竹，行五。性笃孝，有气谊。……乾隆二十三年四月二十五日殁于大梁书院。娶汪氏文学晴江溶女。子二：诗传，四岁；徽传，裁半岁。定岩选《菲泉集诗》十卷、赋文二卷，序而锓行之。众私谥文孝。予谓私谥非古，沈司臬萩林题其墓曰：五岳诗人之季子文学轩竹桑君墓。"（《四库全书存目丛书》集部第276册，第84页。）

游梁留别穆门即酬和见送韵》记:"林居十暑谢风埃,此日扁舟破浪开。"《留别敬甫即酬和见送韵三首》记:"不挂征帆已十年,行装重压仆夫肩。"(第472页。)桑调元自乾隆四年乞假终养,至此正好十年。[1]

又,《弢甫集序》记:"壬戌之秋,门人请定予诗十四卷、文六卷,诗先镂版成。寻宅忧,无心及文字,门人不敢请,仍委敝簏中。"(《四库全书存目丛书》集部第276册,第1页。)

《抱经堂文集》卷十七,戊辰《上桑弢甫先生书》记:"文弨再拜。杨许州至[2],得先生书,蒙示《中州游草》一帙,喜甚,急欲知道途间事,粗读一过,觉情景了了在目。"《与桑虎竹绳簏书》记:"承示新诗若干首,……吾欲于明年请假来河南,既得闻先生之教,又兼以足下自励也。"

古　荡

步出武林门,春原风色冷。连峰围湖光,晓镜一泓静。
村妇织竹篮,野人荡蚱蜢。松韵迨尔吟,墒势岿然整。
孤岚霭晴空,积雪剩阴岭。桥欹石卧水,彳亍不得骋。
累累冢高低,陈人夜何永。荒荒白日瘦,吊古心耿耿。

---

[1] 案:参见拙著《清卢抱经文弨先生年谱》乾隆四年记。

[2] 案:杨许州,杨煐,由河南夏邑县知县升任许州知州,照例赴京引见,故得以顺带桑调元书信给抱经先生。至于桑调元与杨煐如何结识,尚需进一步查证。

参见中国第一历史档案馆藏,档号02-01-03-04591-018,乾隆十三年六月二十二日《河南巡抚硕色题请以杨煐升补许州知州事》。

又,档号02-01-03-04599-008,乾隆十三年七月二十九日《协办大学士兼管吏部事务傅恒题为遵议河南拣选杨煐升补许州直隶州知州复核无异事》记:"该臣等议得河南巡抚硕色疏称许州知州甄汝舟奉旨补授怀庆府知府,所遗许州一缺,系直隶州知州,例应拣选调补,随行司道遵照拣选。兹据布政使王兴吾等会详呈称,查豫省府属知州止有六缺,除郑州睢州尚在缺员外,其余禹州、邓州、裕州、信阳四州,或本地资其料理,或到任甫经数月,或人地不甚相宜,均未可以拣调。今查有夏邑县知县杨煐,才能干练,办事勤敏,懋著循声,舆情爱戴,委系有猷有为,堪胜率之员,请以升补许州知州,实于地方有益。查杨煐现任及前在唐县任内止有罚俸案件,并无降革留任及承追督催停升征收之案,与升补之例相符。又杨煐系知县题升直隶州知州,例应引见。所遗夏邑县亦系冲繁难兼三要缺,应俟部覆至日另行遴员调补等情。奉旨:依议。"

水月亭纳凉[1]

湖风飒然至，坐此不知夏。梧桐未脱叶，葡萄正压架。
觞随水潆洄，歌杂橹呕哑。树霭层岩云，酒香邻院醡。
演漾金沙涧，筑基起台榭。当时经营人，不复此税驾。
念之萦心魂，百物奄怛化。虚棂作僧居，避暑肯相借？
良朋呼我来，笑轰杂悲嗟。水月无古今，人事有代谢。
用大虑浮瓠，入佳倒餐蔗。山色晚更碧，泉声咽复泻。
秋水浸寒月，重游约良夜。

雷峰塔

金碧佛世界，烂烂多辉光。此塔独太古，兀突蹲高冈。
不受世雕饰，形模类颓唐。昔昔时见之，隔水遥相望。
岩草绿且软，藉蹂坐其旁。飘飘迎湖风，吹我葛衣凉。
蝉声咽危碧，铃韵摇空苍。飞来二白鸟，堵顶栩回翔。
翛然忽复去，极望天茫茫。

案：此诗与桑调元《弢甫集》卷十二《晚登雷峰观落照》诗韵相似，似作于同时。

《晚登雷峰观落照》诗："斜阳射赭塔，巘崿皆金光。层霄蔚彩翠，一迳摩青苍。峰霞然合沓，湖漪散滂洋。金牛方隐见，踆鸟暂翱翔。投壶天帝侧，张乐轩辕旁。路逢皇初平，纵横叱群羊。霓旌澹偃蹇，羽毛纷飘扬。秋山蟋蟀响，鬼火冬青凉。倒景倏已灭，弦月遥相望。搜吟沾夕露，痴坐孟溧阳。"（《四库全书存目丛书》集部第275册，第715页。）

---

[1] 案：疑该诗与《抱经堂诗钞》七言绝句《湖心亭听歌》是作于同一时期。待查。

另，据拙著《清卢抱经文弨先生年谱》考证，乾隆二年春，桑调元在京师时以书招抱经先生入京，先生方拜入其门下跟随左右，此前并未见到先生与桑氏交往的记载。换言之，如果抱经先生早在乾隆二年之前就已经拜入桑氏门下，那么，在《从学篇呈桑弢甫先生》《责躬》两诗中就无须接连提及拜入桑氏门下之事。而后，桑调元在乾隆四年三月请假南归，十月乞终养。抱经先生随其南下，并一道赴余姚。

案：中国第一历史档案馆藏，档号02-01-03-03760-016，乾隆五年三月十九日《浙江巡抚卢焯题为工部营缮司主事桑调元假满母病未痊请终养事》记："据布政使司布政使张若震详称，蒙臣案验，乾隆四年十月十六日，准吏部咨为咨覆事，内开稽勋司案呈准浙江巡抚卢焯咨称，据工部营缮司告假主事桑调元呈称：切元于本年三月十一日蒙工部带领引见，口奏母年七十七岁，恳请赏假四个月回籍省亲。奉旨着给假，钦此。今假期将满，本欲赴部办事，缘母病痰火，不时喘塞。念调元之志图报效，正自有时；老母之病在龙钟，计无多日。虽有胞弟鼎元，素有咯血之证，未能奉侍，家无以次成丁，呈请终养，取有署钱塘县知县王纬印结，相应咨达等因前来。"

又，《白云诗集》卷二《穀原和余姚园探春诗……因寄弢甫索和焉》记："同怀官水部，倦游京华阡。客秋欣长告，偕游鸳湖边。乐此尚书园，团茅思终年。"（《四库全书存目丛书》集部第280册，第261页。）

后桑调元至南屏处馆，教授盛世佐，而抱经先生亦在杭城处馆。[1]《抱经堂文集》卷三，乙卯《仪礼注疏详校自序》记："乾隆庚申之岁，吾师桑弢甫先生讲学于湖上之南屏，秀水盛庸三世佐实从之游。余馆于城中，不能与共学，而往还恒数焉。"

又，《抱经堂文集》卷十七，乾隆十三年戊辰《上桑弢甫先生书》记："文弨自闻先生之教，私愿杖履所到，必往从焉。乃不意八年之久不得一觏，事势阻格，不能自拔。"则抱经先生与桑调元应是在乾隆五年晤面后，于乾隆六年入京考取内阁中书，《抱经堂文集》卷二十一《与弟文韶书》记："辛酉来京师，

---

[1] 案：具体可参见拙著《清卢抱经文弨先生年谱》乾隆四年记。

行装萧然，短褐不完，书籍亦不能携。"其后至乾隆十三年再未会面。

另，查《抱经堂诗文集》和《弢甫集》等，乾隆十三年后亦未见两人在杭州会面记载。故此诗写于乾隆五年两人共在杭城处馆时的可能性最大。当然，具体如何，需要进一步考证。

如果此诗的确写于乾隆五年，那么，据诗中所描写的景色推断，应是夏秋时节。以此类推，抱经先生《古荡》《水月亭纳凉》《雷峰塔》《墼庵》《石床》诸诗，所写景物皆在杭州、南屏附近，则亦似写于乾隆五年前后。

墼　庵 [1]

犬意怪客过，见我吠不止。青石氅渟泓，沁心殊可喜。
山僧自午饭，觉已忘我尔。迳冷生苔花，风微委松子。
树阴透新凉，山雨又将起。墨云南峰来，添作一池水。

案：此诗与桑调元《弢甫集》卷十二《墼庵》诗韵有相似之处，似作于同时。

桑调元《墼庵》诗："崟岩白云堆，幽墼神所辟。一庵抚有之，淙峥逗灵迹。梧竹雨潇潇，疏响破澄碧。空廊俯珑玲，谽窦惊崩划。坦迤地半亏，洼尊可觞客。清水一霞生，坐对芙蓉夕。"（《四库全书存目丛书》集部第275册，第713页。）

石　床

天地吾席幕，又安以床为？古来好事人，开凿将谁遗？

---

[1] 案：徐逢吉《清波小志》卷下"墼庵"记："墼庵，在南屏下，向为方外西吾之居。西吾，名道衡，字方平，虞山李氏子。薙发武林，托迹于此。贵游子时来借寓，心厌之，遂焚庵而去。已复来，手葺茅蓬，独处于内门外小桥，横以独木，渡则撤去，不通人迹。后为怨家据有其地。今则为汪氏别业，人称赛西湖焉。"（《丛书集成新编》第95册，第409页。）

无此得自然，有此亦复佳。时乎当溽暑，置簟良复宜。
下上寒云流，左右清风吹。空明寓一厂，嗒然鸿蒙时。
山中饥可乐，景仄憺忘归。

案：此诗与桑调元《弢甫集》卷十二《幽居洞》诗韵有相似之处，似作于同时。

《幽居洞》诗："诘曲上阴陂，岩穴殊窈窕。雨歇散流云，人稀下飞鸟。石床滴寒淙，青湿苔钱小。幽人意徐于，斜阳类清晓。仙鼠掠虚岑，冷风戛丛条。宴坐听遥钟，心与谷音窅。"（《四库全书存目丛书》集部第275册，第713页。）

东园晚步

人家活水环，曲迳疏树夹。童戏隐豆棚，萤飞上蒲箑。
比屋机杼响，满畦菜秧插。过篱防吠犬，开栏唤归鸭。
青烟出林淡，白酒就垆呷。郭外数峰遥，路口一灯恰。
乐此晚兴饶，汀鸥许我狎。

从弢甫先生登南山亭

暇日随游屐，南山恣登眺。峰腰卓孤亭，目尽澄波窅。
数叶点空明，荡漾渔舟小。浮岚不碍山，四面青了了。
于此得遐观，亦足豁烦扰。清唱遗之音，高空过飞鸟。
摩挲崖间字，未蚀犹可晓。先生曰归欤？微雨滴松杪。
胸中有明湖，一段白浩渺。

案：此诗与桑调元《弢甫集》卷十二《南山亭》诗韵相似，似作于同时。

《南山亭》诗："湖山夕景佳，兹亭领其要。西坞起生烟，东峰余落照。遥岚如海波，濆洞浮仙峤。叶叶钓蓬归，扫镜延清眺。绿树抱重扃，凉风动虚窍。竹所乱萤飞，岩阴独鹤叫。尘域吾弗知，首作云将掉。林月雨洗余，澄辉特娟妙。"（《四库全书存目丛书》集部第275册，第713页。）

大　雪

北地苦春旱，赤日飞黄沙。南方苦春雪，豆麦为埋遮。
今春雪在北，农人喜呀呀。沉沉云四垂，散漫空中斜。
气暖不到地，何用费梳爬？土气正觊发，膏泽均隆窊。
污邪亦沾被，所望诚非赊。我有青青麦，尔有芃芃麻。
稻粱与秫稷，未获争先夸。谁知蒙帝力，一气周荒遐。
辙中活涸鲋，坎底跳穷蛙。三驱前禽失，折首匪丑嘉。
西戎异族类，岂足烦鞭挝？班师舞干羽，旷荡恩无涯。
昨者读诏书，四野欢声哗。天意亦为喜，历乱飞银花。
前雪润枯陇，今雪零新畬。尚余阴岭白，不压初生芽。
农事已可悦，会待输牛车。翻疑还归士，思家起叹嗟。

案：该诗似写于乾隆二十三年春。

据诗中"三驱前禽失，折首匪丑嘉。西戎异族类，岂足烦鞭挝？……昨者读诏书，四野欢声哗"，应是指平定西域回部事。

据《清高宗纯皇帝实录》记载，就平定回部事，乾隆帝在乾隆二十三年、乾隆二十四年曾多次下旨。其中，乾隆二十三年，因叛乱首领阿睦尔撒纳病死，乾隆帝于是年正月丙午谕称："准噶尔一事，自用兵以来，伊犁既已荡定，而哈萨克汗阿布赍等亦输诚内向，实皆仰荷上苍之默佑，列祖之鸿庥。独因叛贼阿睦尔撒纳逋逃未获，以致劳我师旅。……今逆尸已获，伊犁全部，悉入版图，徐谋耕牧，缵承皇祖皇考未竟之绪。而自古未通中国之哈萨克亦皆称臣纳贡。其于我皇清疆宇式廓，万年久安之道，为有益，为无益，朕亦不更置论。"（《清高宗纯皇帝实录》卷五五五，乾隆二十三年正月丙午。）正月壬子，又谕称："今日王大臣等以俄罗斯献出阿睦尔撒纳逆尸，准噶尔大功告竣，具表奏贺。……今逆尸已得，伊犁久定，哈萨克又输诚内向，西陲绥靖，上缵皇祖皇考未竟之鸿谟，稍可免众人之浮议，朕之愿足矣，安可言贺？且现在尚有叶尔羌等回部未经平定，及哈萨克锡喇等一二逆贼逃窜未获，虽易于经理之事，计日可以奏绩，然朕之日夜筹画，政不以事将就绪而稍懈也。因王大臣之奏，爰以苦衷示之。"（《清高宗纯皇帝实录》卷五五五，乾隆二十三年正月壬子。）

乾隆二十四年，因擒杀回部叛乱首领霍集占，乾隆帝于是年十月庚子谕称："将军富德等奏报巴达克山素勒坦沙奉檄拘禁逆贼霍集占等于柴扎布。……今既捧檄自效，逆酋授首，从此边陲宁谧，各部落永庆安全，露布远闻，此皆仰荷上苍福佑，宗社鸿庥，俾朕得缵皇祖皇考未竟之丕绪，惟益励持盈保泰之心，夙夜倍切冰兢，此意当与中外臣民共之。兹当殊勋克奏，茂典应修，郊庙告功，益申昭报。时当长至，朕方躬祀圜丘，其敕所司，敬举受厘宣捷之忱，载诸祝册，用申恳款。"（《清高宗纯皇帝实录》卷五九九，乾隆二十四年十月庚子。）

因乾隆二十四年系将西域全部平定，所谓"一举拓地两万里"，故反响较大，朝野上下多有诗文纪事。

阮元《灵岩山人诗集》卷十三《圣武远扬平定回部，西陲永靖，大功告成恭纪》记："乾隆二十有四年，岁次己卯，十月朔之二十三日，定边副将军富德等以拔达山回部输诚，逆酋授首，驰露布以闻。皇帝陛殿受贺，昭假天祖以告成功，典礼茂昭，湛恩周浃。西陲之事大定，天命皇上统一中外，旌麾所向，悉臣悉庭。兹大小和卓木者，以额鲁特俘囚余虏，背恩反噬，恃其道远逋诛，负隅自固。不得已再申天讨，破群疑，握干断，特命将军兆惠等指授方略，举兵徂征，不五年而罪人斯得，回鹘全部咸隶版图，于焉答苍旻之笃贶，缵烈祖之遗谟，丰功伟烈，亘古为昭矣。小臣陪直禁垣，趋承机地，谨作为长歌以颂扬鸿休。"

(《续修四库全书》第1450册，第131页。)

李中简《嘉树山房诗集·应制卷上》己卯有《道闻西师大捷恭纪四首》。(《四库未收书辑刊》第十辑，第15册，第115页。)

沈德潜也曾有诗称贺。据沈德潜《沈归愚自订年谱》"乾隆二十五年庚辰，年八十八"记："前一岁，进荡平西域雅诗十有四章，表皇上圣武布昭，不越五年，拓地二万余里，成圣祖世宗未竟之功也。"(《北京图书馆藏珍本年谱丛刊》第91册，第246页。)

抱经先生该诗究竟写于乾隆二十三年还是乾隆二十四年，仅凭《清高宗纯皇帝实录》所记上谕，较难断定。但是，考虑到乾隆二十三年十二月十六日存心征君病逝，抱经先生在乾隆二十四年初即离开京师南下葬父丁忧，四月十五日葬父事毕后，又至江阴暨阳书院讲席，该诗似写于乾隆二十三年的可能性更大。

又，据诗中"今春雪在北""前雪润枯陇，今雪零新畬""稻粱与秫稷，未获争先夸""农事已可悦，会待输牛车"等句，可知该诗应写于春季，且所写内容似为北方情景。

查《清高宗纯皇帝实录》卷五六一，乾隆二十三年四月壬午谕："京师三月以前，连得雨泽，麦秋可望丰稔。入夏以来，虽得有微雨，未能沾透。现据方观承奏，直属亦有未得透雨之处，麦收分数颇减。而大田此时业已播种，待泽方殷。"所记雨雪情形与抱经先生诗中所记颇为一致。故推测抱经先生该诗似写于乾隆二十三年春。当然，具体写于何时，还有待于进一步的考证。

题皇四子梅花诗卷 [1]

梅花不易嗜，况乃题品之。所闻于昔人，一一绝妙辞。

---

[1] 案：参见拙著《清卢抱经文弨先生年谱》乾隆二十三年、乾隆二十四年记。

雪后纔半树，[1]竹外斜一枝。[2]清芬满人口，此后作者谁？

朗吟三十章，言言沁肝脾。生意帝子贵，翻与高人期。

一时两禅伯，画梅兼写诗。绝胜琼筵弄，不愁玉笛吹。

冱寒发春妍，来复理可推。始信香雪中，真于读书宜。（《香雪读书图》亦皇子所作。）[3]

静契既独殊，余事犹难追。江南春在眼，忽复萦我思。

案：该诗似写于乾隆二十二年丁丑十月或稍后。

诗中"一时两禅伯，画梅兼写诗"应是指皇四子永珹与皇五子永琪。筠亭主人皇五子永琪《凝瑞堂诗钞》有《题四兄梅花诗（一卷）》诗："谁将淡笔貌寒梅，水畔横斜绝点埃。铁干有花生好句，冰姿何幸赋仙才。一林风浅黄昏后，万斛香清玉雪堆。莫讶南枝春信早，篱根开半为君来。"（《清代诗文集汇编》第399册，第453页。）该诗系年为乾隆二十二年丁丑。是年，先生已经入值尚书房，侍候皇子读书。《清高宗纯皇帝实录》卷五四八，乾隆二十二年十月乙丑记："命修撰秦大士、编修李中简、卢文弨、倪承宽、锺兰枝在尚书房行走。"考虑到皇子诗画不会轻易外传，故该诗应是抱经先生入值侍候皇子时所作，即与筠亭主人皇五子永琪诗写于同时或前后。

[1]案：皇四子永珹，据唐邦治《清皇室四谱》卷三记："皇四子晋赠履端亲王永珹，乾隆四年己未正月十四日卯时生，嘉嫔金氏即淑嘉皇贵妃出。二十八年十一月出继为履懿亲王允祹孙，降袭履郡王。四十二年丁酉二月二十八日辰刻卒，年三十九，以亲王例葬，谥端。嘉庆四年三月追晋亲王。著有《寄畅斋诗稿》。子六人。"（沈云龙主编《近代中国史料丛刊》第一辑，第71册，第155页。）

皇五子永琪，据唐邦治《清皇室四谱》卷三记："皇五子荣纯亲王永琪，号筠亭，乾隆六年辛酉二月初七日丑时生，贵人珂里叶特氏即愉贵妃出。三十年十一月封荣亲王。三十一年丙戌三月初八日午刻卒，年二十六，谥纯。子五人。"（沈云龙主编《近代中国史料丛刊》第一辑，第71册，第155页。）

[2]案：吕祖谦《宋文鉴》卷二十四，林逋《梅花》记："吟怀常恨负芳时，为见梅花暂入诗。雪后园林才半树，水边篱落忽横枝。人怜红艳多因俗，天与清香自有私。堪笑胡雏亦风味，解将声调角中吹。"（北京大学图书馆藏，四部丛刊景宋刊本。）

[3]案：《苏文忠公全集·东坡集》卷十三《和秦太虚梅花》记："西湖处士骨应槁，只有此诗君压倒。东坡先生心已灰，为爱君诗被花恼。多情立马待黄昏，残雪消迟月出早。江头千树春欲暗，竹外一枝斜更好。孤山山下醉眠处，点缀裙腰纷不扫。万里春随逐客来，十年花送佳人老。去年花开我已病，今年对花还草草。不如风雨卷春归，收拾余香还昊昊。"（北京大学图书馆藏，明成化本。）

·五言古诗·

至额克楚克哈达

（哈达峰也，额尔楚克谓峰之高峻者，蒙古语）

行行历坡陀，倏尔现奇特。拔地何巉巉，峰峦各异色。
策马经其阳，赤日照赫艳。回复互亏蔽，幽处转深黑。
老树多岁年，不为斧斤贼。太古无人踪，麋鹿或一息。
更闻兴安岭，庞然峙其北。微迳可一取，转畏穷马力。
塞水多污泥，清泉今始识。瀹茗芳而甘，足以润我臆。
晴云忽变阴，微霰洒面亟。晚峰绚明霞，奇景吁莫测。

案：据拙著《清卢抱经先生文弨年谱》考证，抱经先生仅在乾隆二十八年随扈热河。《抱经堂诗钞》五言长律《题金海住先生〈秋塞夜吟图〉》亦记："余癸未扈从，后先生一年。"故《抱经堂诗钞》中所记《至额克楚克哈达》《闻补亭先生话兴安岭形势和句山先生韵》《海拉苏台行围》《怀叕甫先生》《中关》《出哨》《随驾发热河》《波罗河屯作》等诗，皆应作于是年。

查是年乾隆帝木兰秋狝每日行程，据《清高宗纯皇帝实录》卷六九三，乾隆二十八年八月记："十七日辛丑，上奉皇太后自避暑山庄启銮，幸木兰。驻跸中关行宫。""十八日壬寅，驻跸波罗河屯行宫。""十九日癸卯，驻跸张三营行宫。""二十日甲辰，驻跸阿贵图大营。""二十一日乙巳，驻跸海拉苏台大营。""二十二日丙午，驻跸呼鲁苏台昂阿大营。翌日如之。""二十四日戊申，驻跸纳尔苏台达巴罕大营。""二十五日己酉，驻跸都穆达乌拉岱大营。""二十六日庚戌，驻跸巴颜布尔噶苏台大营。""二十七日辛亥，驻跸巴颜沟大营。""二十八日壬子，驻跸鄂尔楚克哈达大营。翌日如之。""二十九日甲寅，驻跸扎克丹鄂佛罗大营。翌日如之。"卷六九四，乾隆二十八年九月记："初二日丙辰，驻跸依绵峪大营。""初三日丁巳，驻跸依逊萨勒巴尔哈达大营。""初四日戊午，驻跸安巴究和罗昂阿大营。""初五日己未，驻跸僧机图博勒齐尔大营。""初六日庚申，驻跸齐尔博库昂阿大营。""初七日辛酉，驻跸阿穆呼朗图行宫。""初八日壬戌,驻跸济尔哈朗图行宫。""初九日癸亥,驻跸波罗河屯行宫。""初十日甲子,驻跸中关行宫。""十一日乙丑,驻跸避暑山庄。至已巳皆如之。"卷六九五,乾隆二十八年九月十六日庚午记:"上奉皇太后自避暑山庄回銮。"

又,陈兆仑与抱经先生同时赴热河随扈入值,陈兆仑《紫竹山房诗文集》卷九有《秋中二日与边侍读秋厓继祖卢侍讲绍弓赴热河番直初程宿牛栏山三叠癸酉岁王新庄韵》(《四库未收书辑刊》第九辑,第25册,第581页)。该诗后又依次有《既至热河观少宰补亭招寓卧云楼,即亡友介野园前辈旧楼也,见壁间倪太仆敬堂、谢编修金圃埔寓楼消夏诗,因次其韵自述》《中秋节大雾,用谢金圃寓楼其一诗韵呈同寓诸公》《中关幕次早起》《波罗河屯》《梨花春者,张三营名酒也,辛巳秋与野园全醉于此,并和其葱字诗韵,今不复沾饮,以断句见意》《呼鲁苏台围场连杀四虎恭纪》《纳尔苏台围毕,上允蒙古诸藩王之请,奉皇太后圣驾并幸营东黄幄筵宴,停止百戏,赏调生马者有差恭纪》《哨鹿》《额尔楚克晚微雪,次早晴,喜而有作》《巴彦沟道中》《衣绵鄂罗道中》《二十九日抵兴安岭听补亭话山顶形势,明日幕次却赠》《与卢侍讲过枕头梁(蒙语枕头曰起尔白库)》[1]《出哨》《济尔哈朗道中》《随跸回至热河与补亭仍寓卧云楼即事》等。

---

[1] 案:《清高宗纯皇帝实录》卷六九四,乾隆二十八年九月记:"初六日庚申,驻跸齐尔博库昂阿大营。""蒙语枕头曰起尔白库。""起尔白库"即"齐尔博库"。

·五言古诗·

将《清高宗纯皇帝实录》与陈兆仑《紫竹山房诗文集》所记相对照[1]，可以推知八月十五日，抱经先生与陈兆仑、边继祖应已到热河。《抱经堂诗钞》中诸诗写作时间应该分别如下：

《中关》，八月十七日。

《波罗河屯作》，八月十八日。

《海拉苏台行围》《怀叟甫先生》，八月二十一日。[2]

《至额克楚克哈达》，八月二十八日。[3]

《闻补亭先生话兴安岭形势和句山先生韵》，八月二十九日。[4]

《出哨》，九月初十日。

《随驾发热河》，九月十六日。

---

[1] 案：胡季堂《扈从木兰行程日记》中所记木兰秋狝日程较为详细，可资参考。据其记：乾隆四十一年八月十六日乙卯，圣驾自热河启銮进哨。出惠迪吉门。至中关行宫。十七日丙辰，至波罗河屯。十八日丁巳，至张三营。十九日戊午，至阿圭图大营。二十日己未，上永安莽喀围。回海拉苏台大营（蒙古语，海拉苏，榆树也。台，多也。其地多榆树，故名）。二十一日庚申，至拜布哈哈达。上巴彦喀拉围。大营在葫芦苏台（呼鲁苏台）。二十二日辛酉，至乌拉岱哈达。上威逊格尔围。二十三日壬戌，为世宗宪皇帝忌辰，驻跸。二十四日癸亥，至都木达乌拉岱（都穆达乌拉岱）大营。上巴雅尔鄂尔滚沟围。二十五日甲子，至巴彦布尔噶苏台大营。上巴彦布尔噶苏台围。二十六日乙丑，上毕娄哈尔门齐达巴汉。至巴彦沟大营。上巴彦沟围。二十七日丙寅，至达彦达巴汉大营。上约罗围。二十八日丁卯，上得尔吉围。至查克丹鄂佛罗（扎克丹鄂佛罗）大营。二十九日戊辰，上毕图舍哩围。至伊绵呵罗口（依绵岭）大营。九月初一日朔己巳，上呵吉格鸠围。至班鸠（安巴究和罗昂阿）大营。初二日庚午，上墨尔根津钦尼围。至乌兰哈达大营。初三日辛未，上坡赖围，至依逊河大营。初四日壬申，至塔哩雅图大营。初五日癸酉，出哨。至张三营行宫。（学苑出版社2006年版《历代日记丛钞》第31册，第99页。）

[2] 案：《抱经堂诗钞》五律《怀叟甫先生》诗中注记："归为先孝子立坊。""在海拉苏台作，时先生（指桑调元）自山东归里。"

[3] 案：陈兆仑《紫竹山房诗文集》卷九有《额尔楚克晚微雪，次早晴，喜而有作》（《四库未收书辑刊》第九辑，第25册，第582页），其所记天气情况与抱经先生诗中"晴云忽变阴，微霰洒面亟"相似，故所指应是同一日事，换言之，即陈兆仑诗应作于抵达额尔（达）楚克次日早晨，而抱经先生诗是作于抵达当日，即乾隆二十八年八月二十八日。

[4] 案：陈兆仑《紫竹山房诗文集》卷九有《二十九日抵兴安岭，补亭话山顶形势，明日幕次却赠》（《四库未收书辑刊》第九辑，第25册，第584页）。抱经先生诗应作于陈兆仑诗后不久。

汪中允招同人并药根上人小集

臂鹰思脱鞲，服马愿解鞚。下直有余闲，光景惜轻送。
追欢不隔旬，静夜摄群动。况参尘外踪，物我并空洞。
中允敬爱客，张灯破寒冻。华宗得才彦，埙篪谐伯仲。
吾徒论臭味，不受外物砻。交情一旧新，天真出吟讽。
今年雨旸时，田家足饭瓮。比邻多欢呼，相招饮必痛。
而我二三子，终然异群闀。春风渐可要，流年怅难控。
安能就梅花，弹琴作三弄。

案：该诗应写于乾隆二十九年十一月二十八日。

据诗中"张灯破寒冻""春风渐可要"，该诗似写于冬季。据"下直有余闲"，该诗应写于在京师任职期间。

又，据李中简《嘉树山房文集》卷五《重刻药根诗序》记：药根"自甲戌（乾隆十九年）扬州邂逅一别不相闻者十年。甲申（乾隆二十九年）、丁亥（乾隆三十二年）再来京师，盘桓不过数日，酬赠不过数章耳，而其情甚长，虽已即世，使人有玉树中土之叹"。（《四库未收书辑刊》第十辑，第15册，第82页。）

据拙著《清卢抱经文弨先生年谱》考证，乾隆三十二年丁亥，抱经先生正在湖南提督学政任上，而药根至京师，两人应该不会相遇。故抱经先生与药根见面应是在乾隆二十九年秋药根至京师时。

又，据李中简《嘉树山房文集》卷六《药根上人小传》记："甲申秋有僧来谒，视其刺则药公也。……未几别去。"（第103页。）王昶《春融堂集》卷九《闻思精舍集》，系年为乙酉、丙戌、丁亥，该集中第一首诗即为《送药根上人湛泛往五台三首》。（《续修四库全书》第1437册，第429页。）据《清王述庵先生昶年谱》乾隆二十九年甲申、乾隆三十年乙酉记，这两年王昶一直在京任职。（《北京图书馆藏珍本年谱丛刊》第105册，第105页。）故据此推测，乾隆二十九年秋药根至京，至次年初方才离开。

在京留滞期间，药根似曾经多次与李中简、汪永锡、陈兆仑、韦谦恒、抱经先生等友人集会。除《抱经堂诗钞》五言古诗《李廉衣前辈移居招同人小集分赋得梧字》所记，陈兆仑《紫竹山房诗文集》卷十，甲申至乙酉亦有《岁云暮矣，卢抱经学士召弓招僧芍庵蔬饭，并邀李学士廉衣、汪宫允晓园同集。芍庵有诗以忙闲为韵，廉衣倚而和之，人海中韵事也。公荣虽不与饮，颇亦人忙我闲，偶触声尘，聊存公案》。（《四库未收书辑刊》第九辑，第25册，第598页。）该诗没有系年。考虑到《紫竹山房诗文集》中各卷诗文皆系编年记载，该诗次序排在《甲申仲冬恩赐哈密瓜》诗之前，故亦应写于乾隆二十九年仲冬或之前。其时抱经先生正在京师，故得以与诸人多次集会。并且，抱经先生很可能是在这一期间的某次集会时，见到药根《北游图》并为之题诗。

又，郑虎文《吞松阁集》卷三十七《长至前一日汪晓园侍讲招饮，同卢、李二学士、药根上人即席分赋，得牧字，代汪明经稚川作》诗："朔风吹面凉，人海坐空谷。不辞刺生毛，但感髀消肉。吾宗玉堂贤，设醴简再速。破寂得此招，良夜欣可卜。八米今之才，千首膺所服。退食出青宫，雅会乐休沐。梧冈鲜凡禽，邓林罕散木。而我复何人？杯酒共征逐。烛花眩迷离，肤粟散浓郁。应候疑回阳，暖客比春燠。醉起兴益豪，胸次罗万族。分贱钵敲铿，拈韵手瑟缩。奉盘未登坛，学射惭断竹。如何张赢师，而辄抗颇牧？偃旗事休兵，此诺良已宿。昨朝访己公，啜茗坐茅屋。新诗竞先投，欲默转白恧。归来坐深宵，灯影照孤独。吟成月初斜，如雪映窗縠。"（《四库未收书辑刊》第十辑，第14册，第369页。）[1]

故推测抱经先生该诗应写于乾隆二十九年十一月二十八日。

---

[1] 案：抱经先生诗中称汪永锡为"中允"，而郑虎文所记为"侍讲"。查《清高宗纯皇帝实录》卷七二五，乾隆二十九年十二月癸巳已记："以右春坊右中允汪永锡充日讲起居注官。"又，卷七三八，乾隆三十年六月己未记："以吏部侍郎德保为江西乡试正考官，侍讲汪永锡为副考官。"则汪永锡在乾隆二十九年十二月时癸巳尚为右春坊中允，而至次年六月己未已是侍讲，其由中允升任侍讲应是在此期间。郑虎文之诗系代人之作，不知其是否亲自预会。故而其诗及题目很可能是事后所作，其时汪永锡已经升任侍讲，故而郑虎文诗中未及辨此，误题为"侍讲"。当然，具体如何，还需要进一步考证。

以方竹杖诒钱箨石丈膰之以诗

我还自楚南，随身两方竹。不堪饷朝贵，差可媚蒍轴。
其一惜理裂，惟此完也独。今朝持赠君，于意讵嫌恧。
君阶虽通显，归日定早卜。所期几岁间，访我数间屋。
闻有声铿然，一笑聚寒燠。方兄别无恙，握手更情熟。

案：先是，乾隆三十二年十一月二十九日，抱经先生在湖南学政任上，条奏四事，包括："一、地方官责处文武生员宜叙案申报学臣也。一、教官宜申明职守，使可遵循也。一、苗猺生员试卷应改填新生文字，并宽其下等对读也。一、贫生丁忧应请一体给赈也。"（参见中国第一历史档案馆藏，录副奏折，档号03-1190-019，乾隆三十二年十一月二十九日《湖南学政卢文弨奏陈地方教习事》。）

结果遭乾隆帝申斥，撤差回京。[1]乾隆三十二年十二月十六日内阁奉上谕称："湖南学政卢文弨条奏一折，全属不谙事体。其意专务弋取虚名，于学校士习大有关系，已据各该部案款缕晰议驳。即如所奏州县官责处生员应审报学臣一条，此系乾隆元年议准条例载在《学政全书》者，已为深切著明。今该学政复多方附会，有心为不肖青衿开宽纵之渐，殊不知士子果能安分自爱，地方有司自应优以礼貌。若其甘为败检，法所难宽，则案律示惩，俾知悛改，且以儆戒其余，则其所保全者甚多。该学政乃巧为袒庇，摭拾渎陈，是将使恃符滋事者恣意妄为，自干法网，爱之非适以害之乎！至所称民人控士令教官接受传讯，劣等苗猺生员免其对读，及散给贫生租银请照兵丁红白事例数条，既使司铎者侵官滋弊，且令考校失劝惩之义，恤贫开冒滥之端，皆属曲偏意徇市恩邀誉，于整饬士风之道毫无裨益。卢文弨所见如此纰缪，若仍令其典司学政，必致诸生罔知绳检，风气日漓，岂朕造就多士之本意耶！卢文弨着即撤回，交部严加议处。钦此！"（《乾隆朝上谕档》第5册，第260页，第746件，中国档案出版社1998年版。）

---

[1] 案：参见拙著《清卢抱经文弨先生年谱》乾隆三十二年记。

是以乾隆三十三年春，抱经先生自湖南降调还京后，赠钱载以带回之方竹，并有此诗。

又，钱载《萚石斋诗集》卷三十有《卢学使文弨还自湖南，见贻方竹，制为杖，赋诗以谢》诗："武冈七十二峰间，福地重重杂远蛮。产亚澄州得方竹，体侪邛杖少青斑。分将入手隆君惠，独立扶身壮我颜。幸不规圆夸九节，便须拄到几云山。"（《续修四库全书》第1443册，第254页。）

哭张近田师

忆昔年十六，抠衣始趋谒。匠门容曲木，得备弟子列。
许我文字奇，劲旅恣唐突。稍窥指画妙，青衿遂忝窃。[1]
一从京国游，怅望程门雪。暂归叩讲堂，情长语莫竭。
慰我行役劳，忧我谋生拙。京华喜重见，临别转愁绝。
何异父子情，宁谓便永诀。我父新弃养，日夜常泣血。
今又失我师，哀缠肺腑彻。我生何聊赖，悲来不可说。
像设俨如生，音尘一朝阙。局促归苦庐，长风荡林樾。

案： 该诗似写于乾隆二十四年春后不久。

查抱经先生之父存心征君逝于乾隆二十三年十二月十六日。彭绍升《二林居集》卷十一《卢太公墓志铭》记："太公为人笃于伦理，修长者行，穷交子弟，多所推助。故人吴绍庭卧病，数徒步往候之，为处分后事。日往返十余里，遂得疾。三日而病，亟促移居正寝而逝。时乾隆二十三年十二月既望，年六十九。"（《续修四库全书》第1461册，第388页）

---

[1] 案：杨锺羲《雪桥诗话》卷九记："乾隆五十七年余姚卢檠斋学士重游泮宫，有纪事诗四首。学士于雍正壬子年十六应童子试，受知于安溪李立侯学使，列仁和学博士弟子员。时县试几席皆用钱赁，钱多者择县堂宽敞处高坐，钱少者则僻处于两廊。室皆黑暗聚蚊之地，故有'白鸟青蚨'之句。"（北京大学图书馆藏，民国求恕斋丛书本。）

据诗中言"我父新弃养""今又失我师",可知张近田逝世时间应在存心征君之后不久,即抱经先生丁忧期间,故诗末言"局促归苫庐"。

张孝子诗

久客旷色养,归心驰飞云。何时掬明湖,涤我游子尘。
里有张孝子,我乃今始闻。其父患风痹,展转于床茵。
挟匕跪进食,厕牏皆自亲。闭户绝人事,与亲为一身。
其妇亦孝妇,承颜得欢欣。暮暮复朝朝,并侍甘辛勤。
愿先试黄泉,号哭呼高雯。二载得暂延,卒赴太山神。
哭踊几欲绝,至性感里人。相与立绰楔,双孝题字新。
恂恂孝子子,来求能文文。名字耀来兹,奚羡拖朝绅。
歌罢思郁纡,南陔庶可循。

西苑直庐赠梁舍人阶平[1]

齐年最少者,乃有吾友梁。词锋露廉锷,旗鼓鸿儒当。
清秋同儤直,霖潦开新旸。喜晴倡新咏,疏林振清商。
才思余苦劣,属和竟未遑。君如初升日,团团挂扶桑。
新诗业敏妙,书法参钟王。余年未老大,每见窃自伤。

---

[1] 案:《(嘉庆)大清一统志》卷二百九十五记:"梁文标,字师臣,会稽人。以赀为刑部司狱,恤囚备至,尚书励廷仪荐之,擢本部主事。谳狱直,公所整襟连旦,未尝寝。有阿达哈哈番在狱横恣,榜之。生平勇于接物,卒之日囊无余钱。嘉庆十四年,入祀乡贤祠。""梁国治,字阶平,文标子。乾隆戊辰进士,廷试第一人。由修撰历官东阁大学士。屡典试事,视学安徽,所至称得士。任封疆,典枢要,端醇谨慎,不名一钱,门庭索逋恒满。抚湖北时,擒长江盗殆尽。性孝友,事寡嫂如母。卒赠太子太保,赐祭葬,谥文定。著有《奏御集》《敬思堂诗钞》《会稽书录》。嘉庆十三年,入祀乡贤祠。"(《续修四库全书》第619册,第147页。)

十年童子师，句读差能详。出山成小草，旧学都已荒。
劳苦何所得？月俸粟一囊。今秋雨水多，出门徒步妨。
泥泞惭仆夫，颠踬难周防。恐遭长官嗔，沐雨趋朝行。
野性受束缚，伏枥气不扬。锦幪虽云好，驽骀岂所望？
更番直西苑，稍许容徜徉。事稀觉昼永，劳逸差相偿。
况得偕子来，听雨欣联床。顽云忽已散，棂槛延清光。
邂逅好风景，清飔拂我裳。缓步同领略，恍如在故乡。
凉郊起夕吹，音韵何飘扬。渠溜鸣决决，宛转通陂塘。
屋角鸟声乐，蝉慧如笙簧。入耳不觉烦，藉以豁中肠。
游返意良惬，庭下闻啼螀。更读清妙作，体爽增新凉。
清兴日苦短，尘事日苦长。济济轩冕内，不合参疏狂。
逝将定归计，躬耕娱高堂。渔矶我所志，烟水时鸣榔。

案：该诗似写于乾隆八年、乾隆九年或乾隆十年秋。

第一，梁国治与抱经先生同在乾隆七年考授内阁中书。

中国国家图书馆藏，《皇清诰授光禄大夫太子少傅晋赠太子太保经筵讲官南书房供奉军机大臣东阁大学士兼户部尚书赐谥文定显考丰山府君（梁国治）自订年谱》"乾隆七年壬戌，二十岁"记："秋七月，考授内阁中书第七名。注选阅卷大学士长白查郎阿公，故刑部尚书长白盛安公，故都御史后任大学士诸城刘文正公，故吏部侍郎后任大学士长白阿文勤公。时同进者四十人。故刑部侍郎赠尚书武进钱文敏公，故翰林学士武进庄公培因及予并殿试第一。故户部尚书钱塘王文庄公，前翰林侍读学士余姚卢公文弨，故礼部侍郎仁和倪公承宽并第三人及第，一时传为盛事云。"

又，中国第一历史档案馆藏，档号02-01-03-04014-001，乾隆七年十二月二十日《大学士兼管吏部尚书事张廷玉题为议准卢文弨顶补内阁汉中书事》记："今中书吴熊光革职，员缺应补，除本年考取之第七名梁国治、第八名裴谟、第九名徐绍洵、第十名王崇本俱已回籍外，应将考取第十一名之卢文弨顶补等因到部。"

乾隆八年八月，梁国治始任内阁中书舍人。据《清代缙绅录集成》第一册"乾隆十三年"记："诰敕撰文中书舍人加级梁国治瑶峰，顺天通州人，辛酉，乾隆八年八月补。"（国家清史编纂委员会编纂，大象出版社2008年版，第121页。）中国国家图书馆藏，《皇清诰授光禄大夫太子少傅晋赠太子太保经筵讲官南书房供奉军机大臣东阁大学士兼户部尚书赐谥文定显考丰山府君（梁国治）自订年谱》"乾隆八年癸亥，二十一岁"亦记："秋八月，补授内阁中书。"

乾隆十三年五月，梁国治中进士。《清高宗纯皇帝实录》卷三一四，乾隆十三年五月甲申朔记："赐一甲梁国治、陈楠、汪廷玙三人进士及第。"卷三一五，乾隆十三年五月甲辰记："授一甲一名进士梁国治为翰林院修撰。一甲二名进士陈楠、一甲三名进士汪廷玙为翰林院编修。"则梁国治任职中书舍人时间应为乾隆八年八月至乾隆十三年五月。换言之，抱经先生与之同值，写作该诗亦应是在此期间。

第二，诗中记："十年童子师，句读差能详。"据《抱经堂诗钞》五言古诗《责躬》记："我父客桐溪，我仍破屋居。略知辨句读，腼颜授生徒。"以此推测，抱经先生为塾师应在乾隆元年之前。以十年推算，则该诗应写于乾隆十年前后。

第三，中国国家图书馆藏，《皇清诰授光禄大夫太子少傅晋赠太子太保经筵讲官南书房供奉军机大臣东阁大学士兼户部尚书赐谥文定显考丰山府君（梁国治）自订年谱》"乾隆十一年丙寅，二十四岁"记："予调入军机处行走。""乾隆十二年丁卯，二十五岁"记："春二月，随驾谒陵。秋七月，随驾幸木兰。"据此，梁国治应是在乾隆十一年调离内阁中书而至军机处，不再与抱经先生同值内阁。又，查梁章钜《枢垣纪略》卷十八《题名四·汉军机章京》记："梁国治，已见大臣。乾隆七年□月由内阁中书入值，复中戊辰状元。"亦未能详记梁国治入值军机处之具体月份。故以此推测，该诗应写于乾隆八年、乾隆九年或乾隆十年秋。当然，具体写于何时，还有待于进一步考证。

另，梁国治《敬思堂诗集》卷一《寓直喜晴与卢抱经同年作三十韵》记："尽日愁霖晦，今晨属早凉。清光人自赏，秋兴引偏长。珠玉才难磬，蒹葭意不忘。

摄官叨共事，隶籍幸同方。薇省随鹓列，萍踪接雁行。伊人宁阻右，抚景各苍茫。
残暑清炎酷，新晴喜皎阳。金飚初飒还，玉露未凋伤。地迥高梧脱，天清归燕翔。
义旌生罔两，风伯扫云将。霁景纤尘绝，高晶万仞强。疏林惊落叶，枯荄脱余香。
日丽欣朝曝，山青恣野望。栖荷犹带露，宿草未经霜。鸥鸟凌空阔，岩花自点妆。
低头林影动，信步藓痕妨。忆昨祁祁雨，丰年翼翼疆。浍盈连畎润，莱剪识蛙藏。
觅胜穿芳径，寻幽绕曲廊。文波深映绿，霞气晚蒸黄。清彻朱阑外，霏微画阁旁。
澄潭回倒景，茂树漏疏光。自问尘应涤，由来秀可尝。依稀凌象表，仿佛在江乡。
归路风侵袂，今宵月满床。举杯拈韵缓，剪烛属词忙。披览情何极，敷陈力未遑。
饾饤空捃拾，糟粕守寻常。思拙才难壮，篇终兴未狂。醒来增愧赧，下里引清商。"
（《清代诗文集汇编》第 351 册，第 588 页。）

和示子诗韵示佩章、揆基两生

开轩面竹石，是惟读书堂。列架溢图史，四围皆古香。
五子咸温温，焉知白眉良？[1] 未浇太古朴，将成斐然章。
假兹舟与楫，自足陵混茫。不才愧模楷，峨冠讲虞唐。
百川终到海，多岐或亡羊。游息亦有学，矧在几席旁。
志哉是在子，庭训亦已详。试展《北学编》，古人郁相望。（尹

---

[1] 案：《三国志》卷三十九《蜀志·马良传》记："马良，字季常，襄阳宜城人也。兄弟五人，并有才名，乡里为之谚曰：马氏五常，白眉最良。良眉中有白毛，故以称之。"

博陵辑畿内理学诸儒为《北学编》。)[1]

案：该诗似写于乾隆十六年，或者乾隆十六年至乾隆十九年之间。

《抱经堂丛书》之《抱经堂文集》卷一后记："弟子大兴黄景纬揆基校。"顾镇《黄侍郎公年谱》乾隆十八年记："六月，次孙景纬中拔萃科。"（民国十二年夏五月北京直隶书局影印本，《北京图书馆藏珍本年谱丛刊》第91册，第114页。）

又，《抱经堂文集》卷三十三《都察院左副都御史提督山东学政忍庐黄公墓志铭》记："公讳登贤，字云门，……考侍郎讳叔琳，学者所称昆圃先生也。……子五人：端绂，县学廪生，早世；景纬，拔贡生，今知江西安义县；嘉绩，以誊录议叙分发江西候补县丞；符彩，进士，今知浙江台州府；修纯，府学生，早世。"据此，则黄景纬应为黄叔琳之孙、黄登贤次子。抱经先生曾主黄叔琳家，其弟子应该就是黄登贤五子，即长子黄端绂佩章、次子黄景纬揆基等。故诗中称："五子咸温温。"又，抱经先生在乾隆十六年曾馆黄氏家中，具体论证可参见《抱经堂诗钞》五律《下第书怀呈昆圃先生》考释。

虽然抱经先生主黄叔琳家历时多久未见记载，但据拙著《清卢抱经文弨先生年谱》考证，抱经先生在乾隆十九年翰林院散馆后即乞假南归葬母，至乾隆二十一年方入京任职。据此，该诗似应写于乾隆十六年，或者乾隆十六年至乾隆十九年之间。

---

[1] 案：陶梁《国朝畿辅诗传》卷三十二记："尹会一，字符孚，号健余。博野人。雍正元年进士，历官吏部侍郎。祀乡贤。有《健余诗草》三卷。"（《续修四库全书》第1681册，第399页。）

吕炽《尹健余先生年谱》"乾隆八年癸亥，五十三岁"记："夏四月，续《北学编》成。昔孙征君自直隶迁居中州，以《洛学编》属汤文正，《北学编》属魏莲陆。公抚豫时，既续《洛学编》，归里乃删订魏本，增入原编四人，续辑后编十三人，书成三卷，博实行实，论赞谨严，再期始脱稿。"（《丛书集成新编》第102册，第594页。）

尹嘉铨《随五草》卷四《北学编后序》记："先君子续辑《北学编》，越五载而卒。又三载，崇祀乡贤。其后江苏、河南皆请以名宦祀。于是戈侍御曰：少宰公之论定矣。吾郡王仲颍先生，故醇儒也，宜同续入《北学》。爰出传稿见示。不才奉教惟谨。因思广平申处士诗人，一变至道，当以补遗。北平二黄公，久为士林所景仰，并列于编。其有潜德未彰，续有闻也。敢不薰沐书之？"（《清代诗文集汇编》第318册，第394页。）

·五言古诗·

胡烈妇诗[1]

沩山何苍苍，沩水何弥弥。闻有闺中姿，毕命在于此。
明末失统驭，中原群盗起。转掠湖湘间，邑里遭残毁。
烈妇字东城，本自南塘徙。一朝闻贼来，还归旧居止。
提携两岁儿，仓皇行逦迤。前途寇氛恶，作计惟一死。
授仆以其儿，曰此不可委。吾当死此间，勿复违咫尺。
贼退迹其处，哀哉如所指。攒锋血斑斑，行者难正视。
坚贞冰玉姿，皭然出尘滓。遗孤一线留，烝尝奉宗祀。
迄今百年余，孙曾学且仕。乞诗为表章，吾能质言耳。
夫为刘非之，烈妇为胡氏。勿言远易湮，行当补青史。

---

[1] 案：桑调元《恒山集》卷五亦有《沩宁刘烈母胡太君诗》。（《四库全书存目丛书》集部第276册，第397页。）其时桑调元正北游恒山，道经京师，应是下榻抱经先生府中时，得见刘氏诗卷，因而同作。桑调元《恒山集》卷首自序记："今秋将自濂溪往恒山，……中间怜弱息之沉绵，惊挚友之沦没，重逢旧雨。遍历三云宇宙出色诸古人，一一悲歌凭吊。老怀亦倾泻矣。……乾隆丙子建子月后三日桑调元自序。"（《四库全书存目丛书》集部第276册，第344页。）其中所记"中间怜弱息之沉绵"，应是指抱经先生之妻桑氏患病之事。次年，桑氏卒。

江权《正颐堂诗集》卷五《沩宁刘母殉烈诗》记："貂珰煽祸黄巾猖，谁其黠者李与张。逆献剽掠不可当，留血千里浮湖湘。沩宁烟火遥相望，震邻百舍遭胅攘。阴风吼地黄沙扬，城头朝日无光芒。道路女妇纷成行，裹首茧足相扶将。就中有母走且僵，襁负弱息旋农乡。贼骑突出心仓皇，俯视绣褓号穹苍，抱儿履薪刘氏亡。计遣长须作急装，负此块肉归阿郎。只身罥贼贼态狂，左戟右刃白于霜。踏死如饴烈士肠，身无完肤节乃彰。是时枢轴谋不臧，盗贼充斥盈楚疆。谁能为国缺斧戕？徒使黔庶罹奇殃。衣冠陷贼多怯恒，矧乃巾帼刀俎旁？如母节烈羞昂藏，千秋彤管生辉光。"（《清代诗文集汇编》第338册，第293页。）

金甡《静廉斋诗集》卷六《挽刘烈妇胡孺人》记："厄运赤縻逢，贞操白璧碎。已碎宁复完？完节遗孤在。遭逢非不幸，同穴笑相对。忼慨作歌诗，礼宗想图绘。"（《续修四库全书》第1440册，第473页。）该诗系年为乾隆二十二年丁丑。

邹一桂《小山诗钞》之《孚缶集》有《刘母胡太君节烈诗》记："明社将亡妖狐起，嗥群跳梁张与李。刳肝剔脑搏人嬉，哀哉苍赤胥戕毁。蜀空白骨无人收，痛毒流亟及江渚。临危遇乱忠义出，有女化离抱贞死。从容受刃不受辱，授孤臧获身投毁。至今烈气犹森然，千载留名耀青史。皇天报德必昌后，孤胤丛生绵葛藟。一鹤已向云中飞，会见连翩换青紫。扬芳岂止为贤媛，贤媛劲节如此。"（《清代诗文集汇编》第260册，第72页。）依据该集中各诗写作时间推算，该诗应写于乾隆二十二年。又，该诗之后紧接着便是《丁丑重阳前二日招同人看菊席间联句得五十二韵》，故应写于乾隆二十二年九月七日之前。

案：该诗似作于乾隆二十一年丙子。

查《抱经堂文集》卷十一丙子《题刘烈母诗卷后》记："此宁乡孝廉刘君有洪得于四方士大夫之诗，以表章其曾大母胡氏死烈之行者也。"[1]此诗应作于同时。

李廉衣前辈移居，招同人小集就树轩，时药根上人在坐，分赋得梧字

主人卜居僻，乃在城东隅。友朋会面难，乘暇相招娱。
秸莞设空堂，耳目蠲烦芜。盆池泳文鳞，乐已忘江湖。
杂树虽无花，留影亦纷敷。客到自清凉，况接汤休徒。
觞至饮辄尽，何更求醍醐？醉归误风雨，秋声满庭梧。

案：该诗应写于乾隆二十九年九月初四日。

僧湛性《双树堂诗钞》卷首题赠，李中简《甲申八月移居清化寺，九月四日招饶霁南编修、卢檠斋侍讲、汪晓园中允、秦西岩、王子佩、戈芥舟三侍御、家子涵编修，同药根上人小集就树轩，以孟襄阳"微云淡河汉，疎雨滴梧桐"二句即席分韵，得滴字》[2]记："移居河桥东，市远空庭寂。寒花迟未开，老树风淅淅。同袍纡惠思，先后相求觅。陋巷回高轩，闻声马鸣恓。入门握手笑，几榻展良觌。岂无斗酒欢？壶瓶自罍涤。开士淮海杰，苍然远卓锡。诗坛张两军，

---

[1] 案：《（光绪）湖南通志》卷一百八十《人物二十一·宁乡县》记："刘有洪，字方石，雍正乙卯（即雍正十三年）举人，知南潭县。县繁剧，肆应裕如，期月称治，以疾归，遂不复仕。初有洪曾祖母某氏骂贼捐躯，沈埋百余年。有洪客都门时，徧征名公卿题咏，并呈请旌表，潜德复彰，人称烈妇有后。"（《续修四库全书》第665册，第547页。）

[2] 案：李中简《嘉树山房文集》卷六《南塍叙略》记："己卯视学滇南，挈家以行。……甲申充讲官。初伯兄以戊寅春拣补国子监丞，与余僦屋同居。归自滇之明年，质得崇文门外清化寺街宅一区，两院西偏有老椿一株，杂花树数本。余又稍稍补之。"（《四库未收书辑刊》第十辑，第15册，第106页。）

禅孤宗一滴。秋心缀高雁，客兴引长笛。天倪混出处，冥搜任爬剔。归鞍散初月，余影落东壁。方共维摩龛，青灯憩寥阒。"（齐鲁书社2001年影印版，《四库全书存目丛书补编》第97册，第700页。）

又，李中简《嘉树山房文集》卷六《药根上人小传》记："甲申秋有僧来谒，视其刺则药公也。……予一日邀药公暨馆阁名士集嘉树轩赋诗，介拈襄阳微云疏雨句韵。[1] 药公得微字，即席成五古十四韵。一座倾焉。……未几别去。"（《四库未收书辑刊》第十辑，第15册，第103页。）

另，饶学曙《研露斋诗钞》卷六，《文园前辈招饮寓斋之就树轩分韵得桐字》记："老聃去函谷，青牛气如虹。著书遗尹喜，已觉吾道东。学士岂其裔，择里羞雷同。避人得静处，高树依帝枨。谁为三径客，来此一亩宫。驱车独相访，论旧如飞蓬。谈诗属禅老，讲学来群公。桓桓三骢马，奕奕双鸣鸿。深林不解醉，跋烛烧长红。况参玉版味，似有莼羹风。老饕欲并取，染指惧见攻。小人求属餍，意兴君子通。得陇更望蜀，食鱼思兼熊。在己或不贵，而慕人所丰。及其易地处，交羡徒忡忡。可怜白首老，痴绝犹儿童。我生为口腹，一饱万虑空。不见彭泽老，乞食恐不充。无弦徒有酒，寄兴惟枯桐。"（《清代诗文集汇编》第346册，第330页。）

秦黉《石研斋诗集》卷四《述交行李学士中简前辈席间赋限雨字》记："结交契以神，不关散与聚。徒尔鹿豕亲，群居亦何补？忆我十年前，归觐滞乡土。君时偶南游，一见通肺腑。画舫镜清流，春风入谈尘。平山五字诗，意态何媚妩？匆匆问南屏，（赠诗有秋水问南屏之句。）离怀未倾吐。京华往复还，音尘隔高矩。君去向滇中，我归自大庾。短翼叹差池，高楼感风雨。别绪万里长，素书双鱼剖。（滇中曾惠手讯。）两载又长安，电光飞急弩。会承折简招，秋杪振凉宇。华屋丽层轩，乔柯拂修庑。秩秩典籍城，馥馥兰蕙圃。逼座飞羽觞，开筵半簪组。别有支遁林，戒律归初祖。（谓药上人。）主人宽礼数，意趣自仰俯。谓此豁诗肠，何须分酒户。公久羁坛坫，群才夸绣虎。而我跛牂匹，敢与神骥伍？独

---

[1] 案："襄阳微云疏雨句韵"指唐代诗人孟浩然诗："微云澹河汉，疏雨滴梧桐。"曹寅《全唐诗》卷一百六十记："微云淡河汉，疏雨滴梧桐。王士源云：浩然常闲游秘省，秋月新霁，诸英联诗，次当浩然，云云，举坐嗟其清绝，不复为缀。逐逐怀良驭，萧萧顾乐鸣。省试骐骥长鸣诗见《丹阳集》。"（北京大学图书馆藏，清文渊阁四库全书本。）

念人海中,良会岂易觏?一碧暮光清,半钩新月午。感兹离合情,缅惟交道古。下列敢浮沈,不才空莽卤。聊以述旧欢,雷门一布鼓。"(《清代诗文集汇编》第 350 册,第 688 页。)

姜夹斋崇祀乡贤诗[1]

(名兆锡,字上均,丹阳人)

北海郑康成,新安子朱子。说经功独超,千载隮其旨。
奈何懵学徒,未能窥涯涘。传注束高阁,信口腾谤毁。
疾雷破群聋,周行导圣轨。昭代有斯人,旷世遥相俟。
精义毕融贯,芜言早芟薙。议礼折巨公,不受婷阿耻。
九经并有述,折衷归一是。岂惟理解纯,无如内行美。
远道苦思亲,喘息恒依倚。无端哭失声,同舍愕相视。
他日噩耗来,感召故有以。惊魂疑噩梦,彻痛深啮指。
百行一理推,惇史皆可纪。比德玉温温,矜式偏多士。
遗书光石渠,盛德宜禋祀。区区较功烈,功烈何足拟。(初议祀典时,当事以无功绩为疑,故云。)

和敬堂复淳堂四咏诗

万物有生意,所贵全其天。缅彼山林人,隐寓造化权。

---

[1] 案:《(光绪)丹阳县志》卷二十《儒林》记:"姜兆锡,字上均,别号素清,学者,康熙庚午举人。官中书,改蒲圻令。亲老告归。生平究心于性理经学,构轩曰变桐书屋,着著书其中者数十年。丹黄纸籖贴四壁楹柱皆满。所凭长几当肘处髹漆剥落,木痕皆陷。凡先圣遗经、先儒注疏,兆锡皆能集其成。乾隆丁丑,其孙奭献其书于朝。四库馆俱存目。祀乡贤。著《九经集注》行世。"(《中国地方志集成·江苏府县志辑 31》,第 227 页。)

峨冠游金门，能无幽兴捐？志欲营四海，芜秽遗目前。
我友经济才，粗细皆精研。偶值休暇月，草木随陶甄。
修竹来清风，老槐脱拘挛。枣免虫蚁穴，藤作蛟龙缠。
位置各得所，一一呈清研。彼既遂本性，吾亦讬静便。
非惟自怡悦，佳客相流连。清机引妙悟，墨花洒新篇。
长此荷光宠，岂敢辞雕镌？双松与五柳，付与后世传。

辛丑立春日，梁大司农瑶峰招同人小集，分韵得生字变字[1]

迎新首节序，念旧集友生。出处迹参差，京国重合并。
结交四十载，相好非世情。忆昔翔凤池，冠佩锵群英。
年华若流水，抚迹每暗惊。晨星虽落落，珠纬天边明。
折柬值休暇，促坐觞还倾。尚书帝左右[2]，奉常讲席横[3]。

---

[1] 案：阮元《两浙輶轩录》卷二十二记："倪承宽，字余疆，号敬堂，仁和人。乙卯举人，乾隆甲戌第三人及第，由编修历官礼部侍郎、总督仓场侍郎。著《春及堂诗集》。"（《续修四库全书》第1683册，第716页。）其中所记有误，《春及堂诗集》实为倪承宽之父倪国琏所著。

[2] 案：梁国治，字阶平，号瑶峰，一号丰山，又号梅塘，浙江会稽人。乾隆十三年戊辰科状元。由修撰累官东阁大学士兼户部尚书。有《敬思堂文集》。曾任《四库全书》副总裁。卒谥"文定"。

[3] 案：倪承宽，字余疆，号敬堂，浙江仁和人。乾隆十九年甲戌科探花，授翰林院编修。历任礼部侍郎、仓场侍郎、太常寺卿等。

曹复入东观[1]，吴久家帝城[2]。而我堕江湖，鹡鸰倏屡更。
昨者因祝厘，始觉千里轻。既来展私觌，握手欢相迎。
于焉洽唱酬，更喜尝君羹。少壮几何时，华发各已盈。
我略如香山，尚有丈与兄。新知自可乐，那得及老成？
道旧情正欢，语别意更眷。贤者居朝廷，吾宁守贫贱。
祇怜北堂上，藜藿长充膳。敢辞负米劳？乍绝牵衣恋。
行当涉远道，势异乘轺传。将往仍低徊，思归益辗转。
以兹集百端，对酒不能釂。朋好岂不怀？至乐难兼擅。
诸公易簪盍，我独隔乡县。未如转磨牛，大类失群雁。
主人知其然，款语更忘倦。惜阴兼惜别，人生几回见。
归鸟喧啾啾，余晖曳练练。告辞出城闉，已闻漏下箭。
古人相知真，不在数会面。此会诚难常，此道期不变。

案：该诗写于乾隆四十六年正月十一日。

该诗目录中题目记为《辛丑立春日，梁大司农瑶峰招同人小集，分韵得生字变字》，而内容页中题目则为《辛丑立春日，梁大司农瑶峰招同吴侍读百药、倪太常敬堂、曹观察剑亭小集，分韵得生字变字》。据此，该诗应写于乾

---

[1] 案：《清史稿》卷三二二《曹锡宝传》记：曹锡宝，字鸿书，一字剑亭，江南上海人。乾隆初，以举人考授内阁中书，充军机章京。乾隆二十二年丁丑科进士，历任刑部主事、郎中、山东粮道、国子监司业、陕西道监察御史等。乾隆五十一年，奏参和珅家人刘全恃势营私，衣服、车马、居室逾制。因同乡吴省钦预先泄露消息于和珅，查办无果。五十七年，卒。后和珅伏诛，嘉庆四年正月丁亥上谕："从前已故御史曹锡宝曾经参奏和珅家人刘全倚势营私家资丰厚一事，彼时和珅正当声势熏灼之际，举朝并无一人敢于纠劾。而曹锡宝独能抗辞执奏，殊为可嘉，不愧诤臣之职。今和珅治罪后，查办刘全家产竟有二十余万之多。是曹锡宝前此所劾，信属不虚。自宜加之优奖，以旌直言。曹锡宝着加恩追赠副都御史衔，并将伊子照加赠官衔给予荫生，该部照例办理。"

[2] 案：徐世昌《晚晴簃诗汇》卷八十记："吴肇元，字会照，号百药，大兴人。乾隆辛未进士，改庶吉士，授编修，历官侍读。有《桐华书屋诗稿》。"吴氏与抱经先生曾同为中内阁中书，故有交往。《缙绅新书》乾隆十三年春，内阁诰敕撰文中书舍人记："吴肇元，顺天大兴人，举人，乾隆十一年十二月补。"（《清代缙绅录集成》第一册，第121页。）又，王际华《王文庄日记》乾隆三十五年正月十八日记："将晚，赴吴会昭之招。壬戌中书同年团拜。申光禄拂珊、眭郎中翘林、倪少宗伯敬堂、卢学士召弓皆集。"（俞冰《历代日记丛钞》第30册，第163页。）

隆四十六年正月十一日，户部尚书梁国治招抱经先生与吴肇元、倪承宽、曹锡宝集会时。

题钟蔗经先生晼注经图[1]

惟经圣之言，惟圣天之口。苟能得其意，何异相授受。
先生睎圣徒，郁起千载后。道器相融贯，信疑互析剖。
早年师望溪，高弟乃畏友。旧蔽得冰释，新知胜墨守。
起为六馆师，循循洵善诱。礼局又交推，是非待可否。
要言发其蕴，驳论撤其蔀。以兹助长官，王命庶无负。
南宫礼乐地，典章于是取。非贤谅不居，岂徒责趋走？
犹忆释褐年，追陪接跟肘。所恨限曹司，不得频击叩。
中间辙参差，金陵重聚首。令子二千石，色养怡黄耇。
还闻秉烛勤，缉缀穷卯酉。就养复云间，梦想常左右。
方图会可期，顿尔失山斗。披图想音容，如睹神斗薮。
云水浩浩天，松竹落落偶。濡墨注遗经，不辞两袖黝。
冥契遗筌蹄，悬解丌广牖。谁仟刳厥费？今世定当有。
纷纶成巨编，嘉惠讵不厚？圣朝重朴学，石室罗琼玖。
亟当上之官，著录系谁某。伏郑此其伦，先后同不朽。

---

[1] 案：胡季堂《培荫轩诗集》卷二有《题钟蔗经注经图》记："松鳞亚深阿，竹翠交幽壑。云阴度虚岚，泉淙泻重崿。此中有君子，穷经欣寄托。既愜山水情，亦永丹铅乐。早岁坐石渠，三礼资商榷。承制决群疑，笺疏振风铎。圜桥拥皋比，淫哇靖一铎。南宫久郎潜，高义推典博。浩然急抽簪，独往依林薄。弓冶有传人，儒术称循卓。迎养盖公堂，重启藏书钥。垂老更精勤，编纂甘淡泊。至今典型存，深衣俨如昨。披图缅高风，会见归来鹤。"（《续修四库全书》第1447册，第284页。）翁方纲《复初斋诗集》卷十三有乾隆四十年乙未《钟励暇先生注经图》记："呜呼兹图名，使我悚起立。昔及先生存，未果亲负笈。每语极谦下，卑幼皆拱揖。……今日忽披图，窗户融雪汁。仿佛裘家巷，矮榻炉香里。他日读遗书，破我寒竽涩。因以订百家，谟诰连篇什。"（《续修四库全书》第1454册，第468页。）

案：该诗似写于乾隆三十七年十一月初四日后不久或者乾隆三十八年春。

据尹嘉铨《随五草》卷五《钟集虚先生七十寿序》记："乾隆二十有八年夏六月九日，为集虚先生七十初度。……先生以康熙庚子举于乡，座主为海宁相国。……雍正丁未成进士，不就选，宁亲宿迁。内行修洁，名贤益慕用焉。乾隆元年应诏修三礼，总裁少宗伯望溪方公，谓《周官》为周公运用天理烂熟之书，非钟子莫能罄其韵，以之属草。……乾隆十五年，迁礼部主事。逾四年，迁员外郎。……二十二年冬，以年老致仕。"（《清代诗文集汇编》第318册，第435页。）卷八《钟集虚先生墓志铭》记："自是就养于仲子官舍，专以著述为己任，自号蔗经。著有经说数十篇，诗古文若干卷，并祭礼诸书，删取吕氏诗纪，严氏诗缉若干卷。又编缉春秋义疏，未竟而卒，行年七十有九，乾隆三十七年十一月朔后三日。"（第496页。）

又，中国第一历史档案馆藏，档号02-01-03-06618-016，乾隆三十七年十一月十五日《署理江苏巡抚萨载题为分巡松太道钟光豫亲父病故饬取丁忧事》记："据苏州布政使司布政使增福详称，乾隆三十七年十一月初七日，准松太巡道钟光豫移称，职道亲父钟晼年七十九岁，系顺天宛平县籍，雍正丁未科进士，原任礼部祠祭司员外郎，职道迎养在署，不意于今乾隆三十七年十一月初四日酉时在署病故。职道系属嫡子，例应丁忧，理合移明等因到司。"

朱筠《笥河诗集》卷十三《观钟蔗经先生琬遗像作诗感逝》记："昨辛卯（乾隆三十六年）仲冬，我役江波溅，既税金陵阿，……先生闻我来，倒屣颔微颤，握手忽忘年。"（《续修四库全书》第1439册，第642页。）以此可知，钟晼于乾隆三十六年、乾隆三十七年前后在江宁，与抱经先生诗中所记"又见之于江宁""金陵重聚首"情形相符。又，据诗中所记"方图会可期，顿尔失山斗"推测，此时抱经先生应是刚至钟山书院不久，故该诗很可能写于乾隆三十七年十一月初四日钟晼逝世后不久或者乾隆三十八年春。

·五言古诗·

沈节妇诗

生非食蓼虫，偏与苦为伍。女也始扶床，父母舍已捐。
煦妪赖谁人？叔父独见怜。少长念所生，中怀常惸惸。
二十作新妇，不及侍姑前。衰翁勤奉养，动合意所便。
庶姑及小姑，内外无尤焉。良人命所托，偕老期百年。
岂料岁三周，擘破同功绵。下无黄口儿，中肠两熬煎。
一死事未毕，翁命如丝悬。讵可再死夫，子职应我肩。
守贞妇所重，尽孝尤足贤。翁也悯其悴，临没意惓惓。
若何报新妇，鉴此惟苍天。翁死依叔翁，叔翁仍不延。
叔姑春秋高，藐孤骨未坚。三世此一线，宗祧之所传。
兄弟不相后，大义当周旋。朝夕严教督，务使百行全。
叔姑天年终，云当报黄泉。昔孤纔四龄，今看已华颠。
永念嫂氏德，语发涕并涟。嫂氏五十余，同穴兄之阡。
更言嫂将终，非关疾病缠。空中殷仙乐，俨若迎云輧。
吾非西方教，此语姑舍旃。大节所当表，铅山笔如椽。（谓蒋太史。）
氏陆夫姓沈，吴下寄一廛。我诗聊纪实，请附吴趋篇。

案：该诗似作于乾隆三十八年。据诗中记"大节所当表，铅山笔如椽"，则应写于蒋士铨著述之后。又，蒋士铨《忠雅堂文集》卷二十一《沈节母诗》，系年在乾隆三十八年癸巳。（《续修四库全书》第1437册，第70页。）据此，抱经先生此诗与蒋士铨之诗应作于同时或稍后，故暂系于此。

蒋士铨《沈节母诗》记："生不见亲，嫁不见姑，新妇二十而有夫。夫亡有父，翁死无孙，新妇吊影何以存！夫有诸父老不仕，养此节妇茕茕身。伤哉病叟奄忽死，单门只有四龄子。千钧一发赖有此，节妇抚之延厥祀。呜呼！天地岂不仁，节妇难受恩！墙壁岂不固，倚之倾且仆。五十二年攒刃心，泪比胥江深复深。笙鹤来迎妇一笑，小叔冠矣家能任。君不见三吴廉使胡季堂，泣请封嫂言皇皇。

州民有此孝节妇，廉使采风当入奏。噫吁嘻！沈素存妻陆氏贞，何异光山甘淑人！"[1]

又，蒋士铨所记三吴廉使胡季堂泣请封嫂事，胡季堂《培荫轩诗集》卷一有《陈情驰封兄嫂蒙恩俞允恭纪》《接奉先兄嫂驰封诰命至署，时幕中诸友同星桥顾子咸称贺，留燕琴月山房，星桥即席赋七律二首志喜，诸友皆和之，大司马彭芝庭先生亦赠长句，依韵奉酬》《紫阳书院掌教偕诸生美其事，倡咏成帙，又赋四十韵》等诗。（《续修四库全书》第1447册，第275、276页。）诸诗皆无系年，但据《陈情驰封兄嫂蒙恩俞允恭纪》诗中注记："时奉旨征取先大夫遗书，有究心理学之目。"（《续修四库全书》第1447册，第275页。）

查《清高宗纯皇帝实录》卷八七五，乾隆三十五年十二月辛卯记："调甘肃按察使胡季堂为江苏按察使。"卷九六三，乾隆三十九年七月甲戌记："以江苏按察使胡季堂为刑部侍郎。"胡季堂于乾隆三十五年十二月至乾隆三十九年七月在江苏按察使任上。

又，《清高宗纯皇帝实录》卷九二一，乾隆三十七年十一月二十三日甲寅记："谕军机大臣等：何煟奏覆购访遗书一折，并将购得书籍目录开单进呈。朕披阅之下，因忆籍隶该省之原任侍郎胡煦平素究心理学，曾有著述，朕所深知。今单内并不见其姓名，则此外之似此遗漏者当复不少。着传谕何煟令其再悉心搜采，并饬属实力奉行，不得以书籍无关政要一任草率塞责。俟续有购得，即行汇单具奏。"此处所指应该就是胡季堂所言奉旨征取其亡父胡煦遗书之事。据此，胡季堂奏请驰封兄嫂甘淑人事应是发生在乾隆三十七年十一月或稍前。而圣旨下达传至江苏，亦有一定间隔。据胡季堂《培荫轩文集》卷二《究心理学额跋》记："乾隆三十七年岁次壬辰十二月，堂官江苏按察使，接到本省抚军何煨札，知十一月二十三日钦奉上谕：何煟奏覆购访遗书一折，……"（《续修四库全书》第1447册，第354页。）

---

[1] 案：《清史稿》卷三二四《胡季堂传》记：胡季堂，河南光山人，侍郎煦子。初以荫生授顺天府通判，改刑部员外郎，迁郎中，出为甘肃庆阳知府，再迁甘肃按察使，调江苏。乾隆三十九年擢刑部侍郎，四十四年迁尚书。卒赠太子太傅，谥庄敏。著有《培荫轩诗集》。

以此类推，蒋士铨、抱经先生获知其事，应该又有一定间隔，故蒋士铨《沈节母诗》系年为乾隆三十八年。其时抱经先生虽在江宁钟山书院讲席，但是考虑到其诗中所称蒋士铨之诗事，则其《沈节妇诗》亦应作于乾隆三十八年或稍后。

另，胡季堂为嫂请封事，在当时应是轰动一时。胡季堂《培荫轩诗集》卷一有《接奉先兄嫂驰封诰命至署，时幕中诸友同星桥顾子咸称贺，留燕琴月山房，星桥即席赋七律二首志喜，诸友皆和之，大司马彭芝庭先生亦赠长句，依韵奉酬》《紫阳书院掌教偕诸生美其事，倡咏成帙，又赋四十韵》等诗。（《续修四库全书》第1447册，第276页。）

题结交《青松枝图》为陶孝廉湘作 [1]

一幅好东绢，上写青松枝。宏偃后何人？写此意何为？
流传鲜题识，若待知者知。君见独珍重，谓是岁寒姿。
征彼东野言，用敢取友规。世人叹交难，云雨倏转移。
但作一时艳，宁有久远期？我意勿友怨，还当返自思。
春园树桃李，及时扬葳蕤。素节一以届，焉能常若斯？
不见支离叟，郁然南山陲。磊砢多节目，昂藏古须眉。
望之不敢狎，即之讵我遗！托契有如此，臭味何差池！
慎勿代麈柄，骋辨无端涯。慎勿当酒筹，一晌相娱嬉。
勿贱视若薪，拉杂催烧之。勿小用作棚，秖以御炎羲。
我愿托性命，终古无盛衰。幽独抱一节，华茂贯四时。
古今不相远，此意在不疑。并叹写生手，远异于俗师。
其萌方茸茸，其实何离离。涛声殷摩戛，鳞势腾之而。

[1] 案：秦篁《石研斋诗集》卷八《结交〈青松枝图〉四首》记："风雨飞墨龙，染此青松障。为爱松色奇，更听松声壮。松受石气生，石怪松亦怪。所以石交人，对之心逾快。或如尘尾骈，或如幽人笔。谁谓叟支离，相投胶与漆。松花纷易落，松脂沦入地。百尺礌砢身，孤情入遥翠。"该诗系年在乾隆四十三年戊戌。（《清代诗文集汇编》第350册，第717页。）

经君题品后，声价重不訾。昔闻韩与孟，云龙相追随。
我欲与夫子，道义坚扶持。贞性不矫饰，直节无磷缁。
暍得荫其下，饥得食其脂。何用金石盟，披图慰所思。

案：该诗似写于乾隆三十七年春至乾隆四十三年正月初十日之间，或者乾隆四十一年丙申前后。

《（同治）上江两县志》卷二十四中《耆旧》记："陶湘，字恒川，江宁人。乾隆辛卯以锁榜中式举人。是科策题以两字为句，湘对亦以两字为句，多补所未逮。主试彭文勤公元瑞阅之大惊，曰：'余被此公笑矣。'揭晓即命驾访之。湘早与程廷祚齐名，有'南陶北程'之目。性喜藏书，述作甚富。尝与张师郾取邑贤之未显达者裒辑其制艺，人各一篇，系以小传，取阐幽之义，名之曰《幽光集》，后改名《金陵文征》。子岑，诸生，有文名。"（《中国地方志集成·江苏府县志辑4，第597页。）

抱经先生诗中既称"陶孝廉湘"，则应写于乾隆三十六年陶湘中举人后。并且，据拙著《清卢抱经文弨先生年谱》考证，乾隆三十七年春抱经先生始至江宁钟山书院讲席，故其与陶湘之结交亦应该是在此之后。

又，陶湘卒于乾隆四十三年正月初十日或之前。袁枚《小仓山房诗集》卷二十五戊戌有《新正十日，闻陶衡川孝廉之讣，因思去年秦学士磵泉、梅式菴公子，皆先后委化，曹子桓云既伤逝者行自念也，感赋一诗》。（《续修四库全书》第1431册，第494页。）《抱经堂诗钞》七律《戊戌春留别钟山诸子》诗中亦注云："秦同年涧泉、陶孝廉衡川、樊秀才轸亭俱先后辞世。"

据诗中"我欲与夫子，道义坚扶持"，该诗应写于陶湘在世时。

而又据抱经先生手钞本《贾浪仙长江集》卷六末题："丙申十一月七日饮陶孝廉衡川家，归阅此。"（王重民《中国善本书提要》，上海古籍出版社1983年版，第507页。）《抱经堂文集》卷十四，丙申《剡源集跋》记："明初宋景濂氏重其文，在史局，为下本路即家誊其集二十卷入秘阁，《元史》列之儒学传中。景濂又为其集作序，推崇甚至。三百年来唯黎洲遴择其文以传之学者，而其全集殊不多见。金陵陶孝廉衡川以是询余，余愧未能答也。"则乾隆四十一年陶湘曾与抱经先生多有往来。或者两人刚刚结交，故在某次会面时，抱经先生为其《青松枝图》题写该诗。当然，究竟写于何时，还有待于进一步考证。

和韵酬程鱼门编修[1]

离家事远游，畏见头上雪。怀归肠屡萦，何啻日九折。
初来及芳春，兹已涉穷节。苦被主人留，未得返吾浙。
晋中风气古，宜我性朴拙。童子六七人，媚学亦可悦。
插架多遗经，嵌碧有残碣。（明晋府宝贤堂石刻在院中。）
见我所未见，庶补平生缺。好友日下近，异书复借阅。
但忧老眼昏，沙砾遗金屑。字想杨雄问，诗期匡鼎说。
况复伏生遗，千古鉴兴灭。知君用功久，妙义迈往哲。
方将悬国门，求之讵云闭？慰我羁旅苦，摩挲耐鹎鶋。
还思更合并，相助理微绝。人欲天果从，一笑开百结。

案：该诗应写于乾隆四十六年冬。

据拙著《清卢抱经文弨先生年谱》考证，抱经先生在乾隆四十六年二月初三日抵达山西晋阳三立书院。参见《抱经堂诗钞》五言古诗《和韵答同年翁覃溪洗马方纲见怀》考释。

据该诗中"晋中风气古"，可知应写于抱经先生在山西晋阳三立书院时。又，诗中记"初来及芳春，兹已涉穷节"，可知该诗应写于是年冬季。

---

[1] 案：程晋芳致抱经先生原诗，在其《勉行堂诗集》中未见记载。另，抱经先生与程晋芳之结识，似始于乾隆四十五年抱经先生入京祝厘后。《抱经堂文集》卷三，乙卯《仪礼注疏详校自序》记："庚子入京，晤程蕺园太史晋芳，……蕺园相晤之明年，旋闻其卒于秦中，所欲为者，殆亦未就。"

黄泥庵访上人

联步出郭门，看花践夙约。寻逕穿烟萝，选胜得云壑。
紫藤尚盈蔓，新笋渐解箨。树密交枝柯，庭空喧鸟雀。
沿缘遵曲池，登顿陟崇阁。清谈异笙竽，茗供胜珍错。
未解禅悦味，聊识静者乐。上人汤休徒，襟怀自洒落。
得暇期重过，少遣尘累缚。山暝客辞归，楝花风漠漠。

案：据拙著《清卢抱经文弨先生年谱》考证，抱经先生自乾隆二十四年四月十五日葬父事毕后，至江阴暨阳书院讲席，至乾隆二十六年七月丁忧服阕离开北上复职。在暨阳日，与黄泥庵主持僧慧海似曾多有往来。可参见《抱经堂诗钞》七言绝句《有怀暨阳旧游》。

据诗中"看花""新笋渐解箨""楝花"等文字，该诗似写于乾隆二十五年、乾隆二十六年或乾隆二十七年三者之一的暮春时节。

和韵答同年翁覃溪洗马方纲见怀

渫云不归山，几忘故乡浙。生虽讬蓬麻，长即逐车辙。
掇拾岂不勤，到老未融结。良友忍我遗，苦言望箴切。
侈夸乐师辨，曲直老吏谳。惟愁日已暮，敢道才既竭！
摘埴冥且行，加膏夜还爇。以此追古人，倘未甚辽绝。
昨登君子堂，盛会才俊列。交情无旧新，高论纵谈屑。
所幸同臭味，谁能固扃鐍？一语发神智，十年胜披阅。
正贪促坐欢，不怕归辕截。此乐天所吝，几面有成别。
远道陟岖嵚，敝裘战凄颲。晋中亦何乐，三伏少炎热。
愿夏不常慰，顷已厚地裂。无人共岁寒，引领伫提挈。

不见青松姿，离怀益萦咽。（叙邀丁小疋来晋不果之事。）
羡君休沐暇，胜事一不缺。峨冠客如云，觞咏恣酬悦。
宛委秘简抽，包山大文泄。森罗星宿胸，舒张锦繡舌。
尽纳众流归，不比一泓洁。木天断游后，皋比忘忝窃。
君诗尤见推，我耻几能雪？

案：乾隆四十五年五月，抱经先生自江宁钟山书院北上入京祝厘，并拟于次年至山西晋阳书院讲席。吴骞《愚谷文存》卷四《唐长孙无忌等进五经正义表跋》记："庚子夏五，学士有太原之行，扁舟过小桐溪道别。"（《续修四库全书》第1454册，第217页。）翁方纲《复初斋文集》卷十二《送卢抱经南归序》记："乾隆四十五年秋，余姚卢抱经学士祝厘北来"。又，《抱经堂诗钞》五言《辛丑立春日梁大司农瑶峰招同人小集分韵得生字变字》记："昨者因祝厘，始觉千里轻。"

在京师日，抱经先生与翁方纲等友人多有往还。翁方纲《复初斋文集》卷十二《送卢抱经南归序》记："乾隆四十五年秋，余姚卢抱经学士祝厘北来，其冬将南归，同人集方纲诗境轩，各为文以赠其行。"（《续修四库全书》第1455册，第461页。）卷十七《书同人赠卢抱经南归序卷后》记："右送抱经文凡七首，未谷（桂馥）、鱼门（程晋芳）为记，林汲（周永年）为说，小疋（丁杰）为书后，而石臞（王念孙）、端临（刘台拱）与予为之序者也。未谷为书须友堂，予亦书抱经堂而诗之。"（第518页。）又，桂馥《续三十五举》记："乾隆辛丑上元，卢抱经、程鱼门、周林汲、丁小疋、陈竹厂、王石臞、刘端临同观于诗境轩。覃溪记。"（《丛书集成新编》第49册，第716页。）抱经先生诗中所记："昨登君子堂，盛会才俊列。交情无旧新，高论纵谈屑，"应该是指在翁方纲处与程晋芳、丁杰等人集会事。

乾隆四十六年正月十九日，抱经先生离京启程。赵吉士《卢抱经先生手校本拾遗》第53页《郭氏传家易说》卷后校记："赴山西晋阳三立书院讲席，正月十九日出都，二月初三日进院，行箧于初七日始到，续阅起。（卷七后）"

抱经先生至晋阳三立书院后,与翁方纲始终书信不断,故翁方纲有诗寄怀。《复初斋诗集》卷二十四,乾隆辛丑闰五月至壬寅三月《枝轩集》之《寄怀弓父学士同鱼门作》记:"西来太行道,复记燕都别。旧雨日以疏,寒飙又行颾。春筵丁桂刘,相忆肝肠热。桂(桂未谷)、刘(刘台拱)还山久,丁(丁杰)也裘缝裂。先生寄金来,邀往滕囊挈。此行忽不果,苦语悲幽咽。"(《续修四库全书》第1454册,第569页。)其中所记"先生寄金来,邀往滕囊挈。此行忽不果,苦语悲幽咽",与抱经先生诗中注记"叙邀丁小疋来晋不果之事"吻合;所记"寒飙又行颾"句,与抱经先生诗中所记"顷已厚地裂,无人共岁寒"时节相同,故可以断定抱经先生该诗即是和翁方纲《寄怀弓父学士同鱼门作》之诗,且两诗应该皆作于乾隆四十六年冬。

梅上舍二如乞为王生茚母苦节诗[1]

开岁旬二日,有客肃而入。所求不为己,表节情汲汲。
主人愿闻之,客方举所习。氏也其姓金,归王井臼执。
结褵几何时,内外并和辑。衣食颇饶裕,岁时足供给。
方当庆熊占,忽焉惊鹏集。福兮祸所倚,鸳鸯失左戢。
斯时未亡人,问年四从廿。前妻有二孤,藐尔未成立。
遗腹得三索,恩勤无等级。枯菀一朝变,俯仰愁擔拾。
桁上无悬衣,仓中无宿粒。氏也勤十指,餔糜情孔急。
秖闻捆内教,不闻夜中泣。一一劳抚育,各各胜拜揖。
代父间折箠,亲贤使负笈。客也子之师,征信贤声翕。
又言子入塾,余星尚熠熠。不畏日烧空,不避天雨汁。
哀哀报劬劳,恳恳播篇什。公论由庠校,列状申郡邑。

---

[1] 案:《抱经堂文集》卷三十《梅式堂小传》记:"君讳鈖,字二如,宁国宣城人,姓梅氏,征君定九先生讳文鼎之曾孙,左都御史谥文穆讳毂成之第三子也。今与其昆季俱定居江宁上元县。余适滥席钟山书院,因得与君昆季时过从。"

朝廷有旌例，兹已逾五十。绰楔定峥嵘，彤管应缀缉。

煌煌有大文，（谓梅文穆公。）震雷发潜蛰。伊余更何加，落笔惭拙涩。

藉客报王生，[1]仁义当佩袭。荼蘗母氏操，闻者尚呜唈。

泷冈彼何人，过者瞻岌岌。于焉讬不朽，慎勿谓难及。

案：该诗似写于乾隆四十二年正月十二日。

《（道光）上元县志》卷二十二《节妇》记："王金氏，庠生王对继妻，年十九归王。二十三，夫亡，矢志抚孤，备极勤苦。子蒂，丁酉副榜贡生。孙惟寅、德舆，俱邑庠生。历节三十年。乾隆四十二年旌。德舆，嘉庆甲子举人。"（《中国地方志集成·江苏府县志辑3》，第434页。）又，卷十六《文苑》记："王对，字岳门。少孤，事寡母至孝。族人有贫者，与之屋舍衣食。及其死也，复为之殓葬，嫁其孤女。人争推为长者。性嗜读书，不事家产。穷冬拥败絮与宾客论经史，未尝觉寒。有文百馀篇，梓行于世。同乡严公长明、张公师式先后选入《幽光集》及《金陵文征》。卒年三十九。子蕙，邑庠生。季子蒂，乾隆丁酉副榜，选宿迁县训导。豪迈不羁，嗜学有文名。游秦晋梁魏间数十年，从游者多以文显。"（第320页。）

查《清高宗纯皇帝实录》，乾隆四十二年并无直接旌表王金氏记载，但卷

---

[1] 案：梅曾亮《柏枧山房文集》卷八，壬午《王蒂传》记："余于江宁得一人焉，曰王蒂，字小石，壮时尝应试，中副榜，遂弃不应试。好为大言，无检束。谈经书务闳大奇伟，凿空以自恣，期适己意而已。他日忘前语，又改说之，然皆有词义扶持其理，亦不常说经也。暇携两孙游于常所往来意所可者，遇饭则索饮，所适之富邻欲饮之，不可，强持之，展两足伏地大号，曰：吾足痛！狂走逸去。家居常不得菜，植箸盐中，嚼箸以佐食。而性好客，客至必沽酒。人不能堪，而君劝客饮益坚也。……然见人未尝言贫，赠之金则受者四、五人而已，稍多亦不受。"（《续修四库全书》第1514册，第21页。）

钱大昕《潜研堂文集》卷四十六《国子监学正戴先生墓志铭》记："先生讳祖启，字敬咸，别字东田，后更以未堂自号。先世居徽之休宁，明万历中有讳显杰者，始自江西徙江宁。……戊戌，试礼部，成进士。例授中书科舍人，仍还关中。明年，先生在院六载矣，毕公援前奏复荐诸朝。引见之日，特试四书文一篇。有旨以国子监学正学录用。既拜命，需次归里，未到选期奄忽不起。……子四人：衍善，上元学附生；衍范，国子生；衍绪、衍士。女子三人：婿曰丁酉副贡生王蒂，曰己亥科举人方遵轼，曰试用州同阮坦。"（《续修四库全书》第1439册，第193页。）

一〇四七，乾隆四十二年十二月记："旌表孝子，安徽等省胡绅等三名；孝妇，奉天倪华兆妻姚氏等二口；守节合例，八旗满洲伊里布妻刘氏等一百零五口，蒙古马甲纳敏妻佟佳氏等十九口，汉军马甲宋瑛妻韩氏等十五口，内务府正黄旗披甲德慧妻刘氏等二口，奉天等处驻防披甲乌尔太妻唐氏等六十六口，直隶等省赏铎妻王氏等三百七十五口；夫亡殉节，江苏等省张孟吉妻徐氏等十一口；未婚守志，直隶等省李凤妻高氏等十五口；百岁寿民、妇，直隶等省崔克良等十七名口，给银建坊如例。"王金氏应是被包括在守节合例直隶等省赏铎妻王氏等三百七十五口之内。以王金氏受旌表时间推算，抱经先生该诗应是在乾隆四十二年。又据诗中"开岁旬二日""朝廷有旌例，兹已逾五十"，故该诗应写于乾隆四十二年正月十二日。

真率会次韵

昔在明湖滨，共结读书社。前以期古人，后亦畏来者。
同辈推薛洪，[1]跌荡擅骚雅。骐骝步方骋，局趣愧凡马。
范崧亦可人，入林臂共把。自余殊酸碱，吾意欲姑舍。
曷来几廿年，死生异朝野。涑丝在所染，顽矿讵堪冶？
长安冠盖多，闭门泊如也。晚得交眉庵，情怀共输写。
乐处寻孔颜，至味非有假。风义师友兼，得一不可寡。
真率自昔轨，兴到命杯斝。钟子（琬）富经笥，海水瓶中泻。
二李（英、中简）南北殊，才名不相下。诸贤类璠玙，贱子等砾瓦。
何待三爵后，醺然发颜赭。来诗语绝妙，宵读至灯灺。

[1] 案：阮元《两浙轩录》卷二十九记："薛鸿，一名洪，字淀山，仁和人。卢文弨曰：薛淀山家于仁和青莎里，少从学于先君及沈桐扣先生之门，读书过目成诵，作诗文不起草，书法各体俱工，一生不偶。"（《续修四库全书》第1684册，第180页。）《抱经堂文集》卷十七《与薛淀山鸿书》记："足下从吾父游，吾父时时为文弨称说足下之好学。"又，存心征君《白云诗集》卷七有《春晚偕薛颖苏滨、淀山洪游览湖墅诸刹，过田园暨接待寺观赈米，归途即事口占得二十二韵》《桐溪寄怀淀山三首》诗。（《四库全书存目丛书》集部第280册，第332页、353页。）

随时各努力，既秋宁愿夏。相与矢岁寒，交情无苟且。

案：该诗应作于乾隆二十一年仲秋。

尹嘉铨《偶然吟》卷二《丙子仲秋，与同人仿真率约小集，沈芝园、姚芦泾纪之以诗，即次原韵述怀兼呈诸公》记："不信濂溪子，爱结青松社。名教岂无人，奚取卧云者？温公交有道，风流称儒雅。耆英十有二，精神媲龙马。同心尚真率，有酒时共把。寻乐诚有余，何为殊趣舍？嘉也承庭训，敦行自博野。筮仕惧愆忘，求友共陶冶。钟（即钟晼）文是贤乎，卢君（即抱经先生）其选也。二李（即李瑛、李中简）最多闻，既见我心写。诗伯遇沈、姚（即沈芝园、姚芦泾），同官乃天假。断金臭如兰，调高和讵寡！挥毫竞涌泉，四座胥停斝。鸣鹤九皋闻，洪河千里泻。迂儒才患少，望风甘拜下。苦吟小瘦生，窜句羞累瓦。譬如策驽骀，竭蹶汗流赭。扫室翳比邻，余光借灯炧。愿言数晨夕，行行歌肆夏。长与古为徒，匪今亦匪且。"（《清代诗文集汇编》第318册，第284页。）

尹嘉铨《随五草》卷五《送林玉田南归序》记："余以陋儒，从事西曹，僦居委巷，而室尤陋甚。三载以还，尝与钟丈集虚、卢君抱经尊酒论文。此外落落寡合。"（《清代诗文集汇编》第318册，第425页。）卷五《送钟集虚先生南行序》记："余自壬申之冬从政西曹，龊龊自守，动为时人所笑。惟问礼于钟集虚先生，不厌其烦，时加教诲，乃吾父执也。比闻卢太史召弓之贤，对策直陈时政，深有意其为人。明年，相见于公所，始定交。[1]时余与李太史蠡塘邻居，见其书法端凝，与人言笑不苟，命吾儿绍淳往学焉，越二载，始定交。吾乡李太史文园服阕来京师，相见欢甚，遂偕订真率之约，樽酒论文。食品果实，皆不得过五。有友五人，时相过从，致足乐也。去年冬，召弓、文园选直禁苑，

---

[1] 案：尹嘉铨与抱经先生订交后，关系似极为亲密。抱经先生曾多次题识其文章。尹嘉铨《随五草》卷三《答陈渔湖督学书》末"抱经先生题识"曰："兴贤立教，督学之本务。衡文者当知所先。"（《清代诗文集汇编》第318册，第368页。）卷五《送王丽川之任粤东序》末"抱经先生题识"曰："正气之中少有客气用事，便不能获上而治民，审几慎动，四字真为政之金箴也。论古有识，收处笔力亦健。"（第426页。）卷五《送秦学士宁亲归里序》末"抱经先生题识"曰："说诗独见其大，粹然有德之言。"（第433页。）卷五《钟集虚先生七十寿序》末"抱经先生题识"曰："寿文非古，然似此古道照人，则为宇宙间不可少之文。"（第435页。）

既不获朝夕常聚，而蠡塘太史、集虚先生寻复相继致仕。蠡塘之去也，适因曹务倥偬，未得文言足志。先生今又行矣，其曷容已？在先生就养江西，教良子以成循吏，名教之乐为何如？……闻先生行有期，怅然自失。念我道义之交，止此五人，而不数年间，散处过半。小子不能忘情于先生，先生能无离群之感！"（第 430 页。）

《抱经堂文集》卷三十，壬子《李蠡塘先生家传》记："词馆前辈中，余独与蠡塘李先生亲也，率月一会聚焉，仿温公真率之约而为之。……方冀奉教有日，乃曾未三年而翩然赋归矣。"

查《清高宗纯皇帝实录》卷五五九，乾隆二十三年三月戊申谕："昨于正大光明殿考试翰詹等官，亲加详阅，按其文字优劣，分为四等。……编修胡绍鼎、陈齐绅、陈淦、刘定逌、检讨王猷、李英、萧郎阿、刘天成俱着休致。"据此，李英休致是在乾隆二十三年三月戊申。

又，尹嘉铨《随五草》卷三《答李文园督学书》记："都中泛交甚伙，惟我五人，久要真率。乃快聚未几，升沉异致，天各一方，能无离群之感耶？"（《清代诗文集汇编》第 318 册，第 368 页。）

李中简《嘉树山房诗集》卷三亦有《仿真率约诗和韵》记："卜居期素心，论交忆白社。高义述胜流，窃附儒家者。小人诚近市，君子会安雅。薄俗苦驰骤，譬彼驽坡马。戈矛杯酒间，白首袂新把。先儒有明训，入世审取舍。力屈后生畏，心折先进野。如君羲皇人，朴质自陶冶。污抔则未能，陈馈其甚也。香山昔约在，好我聊共写。贱子厕未契，臭味兰芳假。相见即良辰，迟候盖已寡。稍稍通情愫，时时命杯罕。诸公富文澜，中座银潢泻。当樽色愁空，抚席意甘下。软语浃夜阑，皓月烟笼瓦。贵游燕红裙，飞羽发颜赭。踏歌玉山颓，拂舞银荷地。庭竹何萧萧，寒意经春夏。淡成岂偶然？古道匪今且。"（《四库未收书辑刊》第十辑，第 15 册，第 154 页。）该诗系年为乾隆二十一年丙子。

综合如上各条所记，抱经先生与李英等人举行真率会应是在乾隆二十一年仲秋。而抱经先生该诗即写于其时。

·五言古诗·

叠前韵酬王秀才含章

明季纷坛坫，才人逐盟社。几辈能卓然？余亦多滥者。
交道古所重，风义相大雅。愿为和鸣鸟，畏彼败群马。
苟非其人欤，无宁卷独把。虽怀耿介姿，惧人亦我舍。
子师名父子，文行孚博野。子今游其门，粹美出陶冶。
所取友必端，斯人端人也。闲携一卷文，细字秋蝇写。
礼经恣穿穴，贾孔不少假。谁言北学芜，窃恐同调寡。
大声发钟镛，古色润彝斝。亟问知姓名，衷怀实倾泻。
就正我所惭，善问子能下。见子叹混金，相交讵合瓦。
慎勿使他年，再见颜发赭。安得常致之，宵灯共明炣。
问交倘就予，焉能异子夏？出处道不殊，蠖屈子其且。

案：该诗题为"叠前韵"，且与《真率会次韵》诗韵相同，显然作于《真率会次韵》同时或稍后，即乾隆二十一年仲秋。

又，抱经先生诗中称："子师名父子，文行孚博野。子今游其门，粹美出陶冶。"尹嘉铨《随五草》卷八《钟孝端先生墓表》末有"受业王含章识"。（《清代诗文集汇编》第318册，第490页。）卷八《诗人王含章墓碣》记："王含章，字玉贞，祁州附学生。不喜举业，好作古诗，以杜陵为宗。长篇百韵，心慕手追，时人莫之知也。请业于余。余欲化其傲岸之气，进于平中，授以小学书，终格格不相入；授以昌黎全集，则辗然喜，即事遣词，疎疎落落，直欲登作者之堂。惜其讲明未久，而余已从政秋官矣。所著古文无多，诗则裒然成集。祁州刺史朱公永年，闻而奇之，方加赏识，而含章遽殁，年方四十，岁在辛巳。"（第494页。）王含章即王玉贞，为尹嘉铨弟子，应该也曾随同其师尹嘉铨一同参与真率会，故抱经先生才为其写作该诗。

题祁州王秀才玉贞抱璞遗集

志士冰雪抱，不受尘埃蒙。浩歌蓬庐下，激越声摩空。
尚友古贫士，人前耻言穷。节苦转益甘，以有道义充。
之子昔爱我，危言如磨砻。着我青云端，忧我不能终。
廿年老黔娄，韦弦犹在躬。岂意斯人亡，蓬颗空山中。
一编落吾手，光怪生长虹。奇气固难降，开豁万古胸。
当其处困极，骨肉分西东。大类陈无已，凄恻语复工。
吟讽不成寐，窗纸鸣霜风。梦去倘见之，罄写平生衷。

案：该诗应写于乾隆二十六年辛巳之后。具体可参见《抱经堂诗钞》五言古诗《真率会次韵》《叠前韵酬王秀才含章》两诗考释。

述　兰

草木讵无情，幽兰况高格。精舍植有年，伴我读书客。
好风披拂之，臭味成莫逆。主人逝将去，顾此犹爱惜。
昨者涉严冬，冰裂厚地坼。花奴告技穷，萎黄迥非昔。
别求一盎青，庶免主人责。得之遂成五，新旧意不隔。
轻舠可并载，移来临安宅。位置小庭中，嗛嗛复眽眽。
与兰订久要，宁遂炎凉易？果然生意回，枯荄复悦怿。
主人喜过望，未忍便求益。今雨既肯来，萧萧数枝碧。
将无作合新，未得性所适。井梧初落叶，岩桂尚未摘。
偶从庭前过，微风散巾舄。寻踪知所以，倾盖略形迹。
主人性介独，入世惧遭阸。岁晏孰华予，寂寞守故册。
翻得国香怜，解我胸中积。岂惟韵尊罍，兼亦辉典籍。

友朋意欣欣,妇子语剌剌。爱我互称瑞,得之自艰剧。
九畹未足奇,兹一可胜百。同在大化中,均叨雨露泽。
有以酬天公,庶异沟中瘠。新花正荣敷,旧花还娬媚。
与花共一身,爱护勤日夕。乐与兰臭人,花前浮大白。

案:此诗似写于乾隆四十三年初秋。

乾隆四十三年三月,抱经先生以继母张太宜人年老辞钟山书院讲席而归杭州。据诗中记:"精舍植有年,伴我读书客。""主人逝将去,……昨者涉严冬,冰裂厚地坼。""轻舠可并载,移来临安宅。""与兰订久要,宁遂炎凉易?果然生意回,枯荄复悦怿。""井梧初落叶,岩桂尚未摘。"则此兰应是抱经先生在外执教时所种,且种植已有数年。故而在离开书院时不忍舍弃,径直将其带回杭州宅中。历经炎夏,至初秋梧桐叶落、桂子初熟时,兰花开放而写作此诗。

据拙著《清卢抱经文弨先生年谱》考证,抱经先生虽曾遍历各大书院,唯独在暨阳书院、钟山书院和山西晋阳三立书院时间较长,达到三年或更长。而又据诗中记"轻舠可并载",则此兰似乎不太可能为抱经先生在山西晋阳三立书院所种。又,查抱经先生主讲暨阳书院在乾隆二十四年春至乾隆二十六年七月,其后离开暨阳书院直接返回京师任职,并非是返回杭州,与诗中所谓"移来临安宅"句意不符,故该诗应该不是写于乾隆二十六年离开暨阳书院后。排除此两种可能后,查乾隆四十三年三月抱经先生离开钟山书院后一直在杭家居,则该诗应写于乾隆四十三年离开钟山书院返回杭州的可能性最大,故暂系时于此。

花会诗

天地有大文,贲若在草木。雨露无偏施,秀者殊凡族。
当时则荣华,应候为绝续。至巧谢安排,大化妙赢缩。

何人不悦赏，天每靳清福。索居或尠欢，尘务难免俗。
必也天机清，潇洒脱烦辱。里闬得良朋，数见情逾熟。
年芳共须惜，折束不待速。女为悦者妍，花为爱者馥。
乐事偶得之，斗酒那辞沃？一月一举觞，阅岁如转毂。
选胜期静便，开怀屏挛束。以此酬造物，端不虚发育。
有客语此事，企羡宁我独？未许作闲人，咫尺隔楚蜀。
弥年羁异地，役指笔常秃。有迳长蓬蒿，无园艺松菊。
龂龂臧三牙，蕙蕙马四足。纵有身后名，奚解生前梏？
作达正自佳，追欢良可复。扰扰九衢客，兹乐慎弗告。

案：据诗中所记"里闬得良朋""一月一觞觞"，疑该诗写于真率会某次集会中。具体有待于进一步考证。

舟至云间访李宁圃太守，适大会宾客于湄园，分韵得落字[1]

舟至云间访李宁圃太守，适大会宾客于湄园。园本张文敏司寇旧业也，诸名士咸在。提督陈公大用兼文武材，[2]亦与斯会。余以客游齿长，

---

[1] 案：王昶《湖海诗传》卷三十三记："李廷敬，字宁圃，沧州人。乾隆四十年进士。今官松太兵备道。有《平远山房集》。"（《续修四库全书》第1626册，第239页。）

[2] 案：陈大用，《清史稿》卷二五三《陈福传附陈大用》记："陈福，字箕演，陕西榆林人。清初以武举应募，累官守备、遵义游击、成都副将、重庆总兵。康熙十二年，授宁夏总兵。吴三桂反，郑蛟麟以四川叛应之，劫福妻子。福执其使，具疏入告。上嘉其忠，授拜他喇布勒哈番。十四年，擢陕西提督，取固原，兵乱，遇刺死。赠三等公，以三等精奇尼哈番世袭，谥忠悫。建祠宁夏。子世琳袭爵，改籍宁夏。授直隶三屯协副将。累迁古北镇总兵、銮仪使。世琳子益，益子大用，相继袭爵。益官至楚姚镇总兵。大用，乾隆间官江南提督，所属游击杨天相获海盗，总督苏凌阿谦以为诬，诛天相，大用亦被谴。嘉庆初，予守备衔，休致。"
乾隆五十五年六月，陈大用奉旨任江南提督。《清高宗纯皇帝实录》卷一三五六，乾隆五十五年六月己未谕："观成现在患病且伊母年老有疾，已降旨令其留京，补放镶红旗蒙古副都统。所有江南提督员缺，著陈大用补授。"

遂居众客之右。席临河池，香气袭人，日夕大雨淋浪，顿销炎暑，饮酒乐甚。咸谓不可无诗，二十人各分一韵，余得落字。

  好风如有约，吹我滕王阁。主人剧爱客，佳宾满城郭。
  良会适今朝，选胜俨丘壑。开尊面清池，风荷方吐萼。
  净绿上絺衣，嫣红映罗幕。岂惟谢嚣尘，亦已屏炎爆。
  祭遵擅雅歌，魏舒妙弯彍。（陈善诗，李善射。）自可臭如兰，不遗发半鹤。
  献酬互清新，礼数尽脱落。忽然云模糊，俄顷雨声作。
  砰訇势未休，萧洒凉可乐。幸无翠黛愁，更酌红友酢。
  座中多诗人，发兴韵拈各。明当挂飘归，满载胜金错。

案：该诗应写于乾隆五十七年夏。

中国国家图书馆藏，李廷敬《平远山房诗钞》（刻本，四卷）卷二《湄园观荷分韵得浪字》记："索居序暗移，霁景动延访。众绿绣原野，余润湿峰嶂。前旌引爽籁，选胜随所向。松萝隐蹊径，烟水辟幽旷。亭亭菡萏花，褰裳涉轻浪。微风闻妙香，明镜悟真相。池榭人已非，楼阁居犹庄。庭梅老偃蹇，阅世固无恙。当年香雪海，幻作莲花藏。（园即张氏梅园所割。）鸿爪更须臾，兴衰漫惆怅。长风吹白雨，炎歊为涤荡。遥山入眼底，空翠落襟上。元规明月楼，季长绛纱帐。星聚耆英会，风送书画舫。高深意有适，鱼鸟情俱忘。人生天趣谐，邱壑皆蓬阆。嘉会非可期，赏心适得当。诘朝范蠡湖，独听采菱唱。"

又，祝德麟《悦亲楼诗集》卷二十五《宁圃太守招集冯氏湄园观荷，会者二十人，以工部落日放船好二联分韵，得日字》[1]记："故人如清风，当暑去烦郁。好花如故人，一见百忧失。云间古上腴，太守今贤哲。文翁化已美，山公兴尤逸。花中爱君子，选胜趁暇日。但问有荷处，芳尊优安设。冯园一亩池，千柄参差发。

---

[1] 案：杜甫《陪诸贵公子丈八沟携妓纳凉，晚际遇雨二首》记："落日放船好，轻风生浪迟。竹深留客处，荷净纳凉时。公子调冰水，佳人雪藕丝。片云头上黑，应是雨催诗。 雨来沾席上，风急打船头。越女红裙湿，燕姬翠黛愁。缆侵堤柳系，幔宛浪花浮。归路翻萧飒，陂塘五月秋。"

云锦照沦涟，露香沁毛髪。使君珂盖屏，大将弓刀撒。（树斋军门）堂上青琅玕，门前紫吒拨。谈天或捉尘，较射几贯虱。踵援来俊髦，坐深半耆耋。招邀众所羡，邂逅意难必。驾鹤下卢鸿，帆风送王勃。（是日卢抱经学士及宋公子湘[1]，不期自苏州至，皆与会。）天公亦解事，雷雨驱炎热。翠盖乱田田，明珠走瑟瑟。庖烟桠外湿，饮具竹边洁。主夸宾佐盛，客叹欢惊密。礼法未敢疏，终筵犹秩秩。隔座诸少年，拇战致超忽。淋漓杯盘倒，放浪巾衫脱。相形觉颓唐，相看却坦率。从来良燕会，所要人传述。一字一骊珠，依次拈杜律。非无催诗雨，各有生花笔。惜哉玛瑙盘，脆藕无人雪。"该诗据卷首系年为壬子，即乾隆五十七年。（《续修四库全书》第1463册，第85页。）

吴锡麒《有正味斋集》骈体文卷五《湄园观荷诗序》记："松江城西一隅，鳞羽所依，风烟俱净。其间有小园焉，割邻而宅，在水之湄。渚响幽微，凉潮暗入，履綦寂窦，青苔自生。则有宁圃太守选胜呼俦，悟衷散赏。山水之味取饫于神明，主客之欢寄畅于歌咏。时也飞雨初歇，停云不流，芰荷参差，环佩零乱。华轩驻于竹所，纱帽挂于松枝。小亭则三面迎凉，远塔则一枝八画。于是分瓜请战，设茗资谈。花南鹭飞，叶北鱼戏。搴芳人去，未离烟水之间；不速客来，相遇蒹葭之外。胜游既惬，奇怀乃申。辞动情端，志交矜曲。斗铅华于初日，洗毫素于空波。绛帐启而群彦多，油幕开而佳宾集。复有将军雅度，笔落如飞；老子风流，兴来不浅。烟墨交竞，肴榼杂陈。名花在前，我所思兮君子良酝；可念时一，中之圣人嗟嗟。峰泖多情，久催旧梦。莼鲈有约，幸及秋期。渌水依然，红衣未褪。借西风之片席，访东道之主人。示我新篇，如闻古瑟。全消热恼，咽来翠盖之珠；更策吟勋，酌以碧筩之酒。念亭亭之净植，同此苦心；愿采采而渡江，制余初服。"（《续修四库全书》第1468册，第643页。）

---

[1] 案：张应昌《国朝诗铎》卷首记："嘉应宋湘焕襄，号芷湾，嘉庆己未进士，官湖北粮道。有《不易居斋》《丰湖》《燕台》《滇归》等集。"（《续修四库全书》第1627册，第350页。）另，可参见宋湘《红杏山房诗钞》。（《清代诗文集汇编》第450册。）

·五言古诗·

赠吴葵里[1]

日车不可挽，惜此炳烛光。还期好朋俦，与我相扶将。
旧交讵云寡，出处各异方。愿言结新知，六籍谐笙簧。
但恐衰钝弃，莫与比翼翔。倦游归故里，孑然一身藏。
有美延陵子，闻名夙所详。相距百里遥，引脰时彷徨。
秋风吹七尺，迳来登我堂。倾盖成莫逆，令我喜欲狂。
一洗世俗尘，神采自飞扬。更出一卷诗，土风咏海昌。（《蠡塘杂咏》）
跸路扬皇灵，耆喆亟表章。遗事拾琐细，雅故埤三苍。
嗟讽再三过，冰雪沁中肠。以兹华国选，宜置瀛洲旁。
伏处拥万卷，不羡名利场。探奇抉冢壁，析义穷元芒。
乐过南面乐，于子计诚良。以子尤癖古，气谊无参商。
邀我湖上游，形骸略可忘。更携颖川子，英英比圭璋。
复觌冠玉姿，矫矫苏家郎。同岑合三五，清谈间行觞。
湖波淡落日，余兴犹激昂。期子证同异，期子质短长。
惜哉不同闬，明当理归艭。后期定何时，渐渐天雨霜。
一年几聚首，快若披曹仓。衰年转多幸，前负差可偿。
披写遂成咏，墀下吟寒螀。

案：该诗似写于乾隆四十三年七月二十六日。是日，吴骞来访，以所撰《蠡塘杂咏》（即《蠡塘渔乃》）示抱经先生，并邀先生与陈鳣等游湖赋诗。[2]

赵吉士《卢抱经先生手校本拾遗》第61页《云谷杂记》（四卷，点勘本，戊戌校）记："戊戌七月二十六日，海昌吴葵里、陈仲鱼同过。（卷二后）"

[1] 案：《拜经楼诗集》卷二，"起乙未尽丁酉"《西湖秋泛呈弓父学士》附抱经先生《一槎客招同人集湖舫即席》诗（《续修四库全书》第1454册，第15页），即《抱经堂诗钞》五古《赠吴葵里》诗，一诗二名。

[2] 案：钱大昕《竹汀日记》载，抱经先生在乾隆四十三年戊戌年春因亲老辞归（《历代日记丛钞》第31册，第150页），与吴骞诗中"忽漫思亲回远棹"文字所记相同，但吴骞诸诗系年均在乾隆四十二年丁酉，不知何故。或吴骞系年有误，待考。

吴骞《拜经楼诗集》卷二,"起乙未尽丁酉"《喜卢弓父学士归自白下二首》记:"昔怀江左联丝䌽,(往与鲍君以文相约渡江奉访,以事未果。)今向山中问草堂。书带欣承萱露色,诗囊欲解雨花香。闲看鸥鹭来溪上,不遣功名到枕旁。早晚西风鲈可脍,扁舟容与待沧浪。(时有过访衡茆之订。)光岳英灵海鹤颜,风流文采讵能攀。学探马郑诸儒后,名在西杨四子间。忽漫思亲回远棹,悠然采菊见南山。林泉自此穷高致,青琐从教改旧班。"(《续修四库全书》第1454册,第14页。)

又,吴骞《喜卢弓父学士归自白下二首》附抱经先生《酬槎客见投原韵二首》记:"与君相见非今日,千里神交即一堂。满径莓苔来旧雨,凝尘几席染苟香。信知人是羲皇上,便想居依碙壑旁。蟊穴蝉窝谐夙好,燔枯酌醴话宵长。抽簪聊得洗尘颜,诸老成人怅莫攀。忽觌琼枝标意外,宛如明月入怀间。羡君杞梓堪为栋,异我丘陵不至山。况有骊珠能耀握,未应香艳较输班。"(《续修四库全书》第1454册,第14页。)

吴骞《拜经楼诗集》卷二,"起乙未尽丁酉"《西湖秋泛呈弓父学士》记:"方舟夙有期,戎楫始湖朔。悠悠延远风,宛宛乘初旭。清漪乍沦涟,苍霭森绵邈。离披葭菼蘙,浙沥雾露沐。采菱歌尚缓,搴杜情弥属。俄惊白鸥眠,徐恣青山矖。冈回境转纡,林掩岫疑复。仰看一线泉,袅袅泻寒玉。超遥遂忘疲,旷揽随所触。潭莲泫衰红,园筱暗瘦绿。畹兰知已滋,岩桂浩已馥。缅兹岁月迁,喻比鸟过目。抚往迹易陈,怀来理可烛。流连观物情,畴能事羁束。江山矧灵秀,风物日以萧。幸陪谢公屐,得攀群彦躅。岩穴无异尚,琴觞尽宽曲。日夕澹忘归,何妨烟外宿。"(《续修四库全书》第1454册,第15页。)

吴骞此诗之后,即为抱经先生《赠吴葵里》诗。

另,陈鳣、吴骞之子吴寿照应是一起游湖赋诗。陈鳣《河庄诗钞》之《槎客先生招同人集湖舫即席》记:"间携尊酒上轻舟,幽意何堪共狎鸥。四海交情犹有客,重湖烟景正宜秋。山分黄叶归吟卷,水漾红霞入画楼。好与风光流赏徧,人间何必更丹邱。"(《续修四库全书》第1487册,第305页。)吴寿照《侍家大人陪诸公集湖舫即席》记:"初阳台上榑桑暾,射破重湖烟水昏。

青峰稍稍露秋髻,白榜一一辞湖门。峰回棹举不觉远,景物旋随图画转。三桥柳丝鱼可贯,十里秋荷霜未剪。烹鱼作羹荷作裳,漫听楚调歌沧浪。题襟问字兴方剧,开尊吸尽全湖光。凉风萧萧动城角,偻指登高期在目。他时陪祀水仙王,更泛延年几丛菊。"(《续修四库全书》第1454册,第15页。)

据抱经先生诗中"惜哉不同闲,明当理归艎",则吴骞、陈鱣、吴寿照等人之来访以及游湖赋诗,应是在七月二十六日同日之内所发生的事情。

咏炭与李文园中简联句

骄寒方觋屃,(文园)
赤熛烈可狎。落彼山木枝,(抱经)
因古夏官法。颠倒龙虎骨,(文园)
挡拄土石柙。阴燧扬青烟,(抱经)
暗风扇白翣。爇律巨冶然,(文园)
拉杂众材压。柯亭寂遗音,(抱经)
昆池阅残劫。倏成元玉姿,(文园)
未觉乌银乏。曲房帘幌深,(抱经)
便坐氍毹恰。铜炉象崔嵬,(文园)
铁筯便持夹。雕形炫轮囷,(抱经)
掷地殷铿擖。投少火始传,(文园)
积多气弥欲。炎炎彻中边,(抱经)
隐隐蜕鳞甲。栗爆时有声,(文园)
雪点纔一霎。试汤石鼎沸,(抱经)
炙肉金弗插。衣香发熏笼,(文园)
墨冰销砚匣。深灰熟芋魁,(抱经)
高焰烂羊胛。鹦母侧展翎,(文园)

狸奴近贴胁。爨壶注躞跜，（抱经）
蒸花糁秣䭇。酡发中酒颜，（文园）
瘁减迎风怯。吁嗟三冬氓，（抱经）
辛苦守恒业。厥包束枯藤，（文园）
远道穿石峡。担肩雪中颒，（抱经）
鹭口风前喋。搓擦十挺墨，（文园）
苞里一袭袷。敢辞林衡征，（抱经）
幸免敇使押。富者山作堆，（文园）
贫子衱空扱。土锉束湿炊，（抱经）
薄糜斧冰呷。添薪仰落叶，（文园）
掘坚荷长锸。糠核目易熏，（抱经）
马通鼻难歆。稍愿阳和生，（文园）
不受严威憯。又恐妨微赢，（抱经）
何由借前筴？常材当用急，（文园）
暮节谋生狭。霜清白板扉，（抱经）
春限朱门闸。薄宦久仍寒，（文园）
旧盟密同歃。鸣和学天鸡，（抱经）
知暖让江鸭。微生恋缊絮，（文园）
长物空簟箑。偏于手可炙，（抱经）
不直眼一眨。稽古荣逾桓，（文园）
讬乘才惭邺。温室屡回翔，（抱经）
藜光便记札。磨砻玉晶莹，（文园）
推助澜浃渫。暮归每惊庞，（抱经）
早起惯闻鵊。羸马困凌兢，（文园）
冻仆失䮕騽。年驰鬓易华，（抱经）
节近指常掐。爆烛喧里闾，（文园）
臀萧逮烝袷。人偿百日劳，（抱经）

· 56 ·

我取一朝暇。相招话情愫，（文园）

不待整巾帢。绿酒正温醾，（抱经）

红炉看煜霅。烟出守宫槐，（文园）

盘分御厨薑。时物兼蒩酥，（抱经）

市品但菘鯛。莫漫愁皱瘃，（文园）

乍可辞嚏跲。联吟笑冬烘，（抱经）

岁暮资款洽。（文园）

案：该诗似写于乾隆二十九年冬。

据诗中"烟出守宫槐，盘分御厨薑"句，此诗似写于抱经先生与李中简同授职后入值时。

查抱经先生与李中简共事总计两次。第一次为乾隆二十二年奉旨入值尚书房时。《清高宗纯皇帝实录》卷五四八，乾隆二十二年十月甲子记："命修撰秦大士、编修李中简、卢文弨、倪承宽、钟兰枝在尚书房行走。"但据诗中所记"曲房帘幙深，便坐氍毹恰。铜炉象崔嵬，铁筯便持夹"情形推测，应该并非是入值尚书房时，因尚书房无须晚间入值。两人在当值时，似乎亦无暇联句赋诗。第二次为乾隆二十九年奉旨充日讲起居注官时。《清高宗纯皇帝实录》卷七一〇，乾隆二十九年五月甲子记："以翰林院侍读学士瓦尔达、侍讲学士李中简充日讲起居注官。"在此之前，李中简是奉旨南下云南提督学政。《清高宗纯皇帝实录》卷五九七，乾隆二十四年九月丁卯谕："各省学政现届差满，……云南学政着李中简去。"直到乾隆二十九年，李中简奉旨充日讲起居注官，返回京师。

抱经先生早在乾隆二十九年二月即奉旨充补日讲起居注官。《乾隆起居注》乾隆二十九年二月二十九日记："奉谕旨：卢文弨着以原衔充补日讲起居注官，其所遗署日讲官缺着谢墉署。"（广西师范大学出版社2002年版。）并且据《乾隆起居注》记，自二月二十六日起居注第一次当值，直到十月二十九日，仍起居注当值。次年正月初五日，仍起居注当值。五月十六日，奉旨南下充广东乡试正考官。

　　《乾隆起居注》乾隆三十年五月十六日记："又礼部奏请钦点四川、广东、广西、福建、湖南正副考官一疏，奉谕旨：……广东正考官着卢文弨去，副考官着刘墫去。"（广西师范大学出版社2002年版。）九月二十一日自广东起程返京。（中国第一历史档案馆藏，朱批奏折，档号04-01-13-0108-002，乾隆三十年《广东正考官卢文弨、广东副考官刘墫奏为奉命典试粤东事竣到京日期事》。）考虑到来回路程所需时日，其到达京师时间应是在十一月末十二月初。之后，未见其起居注当值之记载。乾隆三十一年四月初四日，奉命南下湖南提督学政。此后，再未有与李中简共事之时。

　　综上，以李中简与抱经先生两人的仕宦踪迹对比，可以推测该诗应写于乾隆二十九年。又，据诗中"岁暮资款洽"句，可知应写于是年冬。

七言古诗

·七言古诗·

酬张丈东扶旸读《金石录》见诒之作[1]

汤盘禹鼎古有器，今其在者秖文字。
世间何物最坚牢？金石犹然遭失坠。
固知古人绝爱名，亦望后人能好事。
几经风雨逃劫灰，年经月纬分部次。
谁云欧九欠读书，集古足以征传记。
后来更得赵湖州，复喜闺中有同志。
芸籤缥带二千轴，手自摩抄夸博识。
北狩空悲易水寒，（易安诗：南来尚觉吴江冷，北狩应悲易水寒。）恤纬遗嫠独憔悴。
零星故纸重天球，一想前尘一垂泪。
在处若有神物护，传写人间矜枕秘。
雅雨山人夙嗜古，为属校雠辨同异。
易安晚节负奇冤，奋笔平反颇快意。[2]

[1] 案：《国朝杭郡诗辑》卷十五"张旸"记："张旸，字东榑，号涤岑，钱唐贡生，有《瑞石山房诗》。杭世骏《瑞石山房诗序署》曰：涤岑少得诗法于厉征君樊榭，托想幽靓，而取径绝疲庸之习。所居瑞石山麓，矮屋数椽，业医自给。"张东扶与抱经先生之父存心征君亦多有交往。《白云诗集》卷二有《邀孙晴山骥张涤岑旸宗人长龄欣椿秋禊湖上二首》（《四库全书存目丛书》集部第280册，第264页）、《涤岑邀游吴山雨阻移尊庄氏山房即步垂和湖上秋禊元韵》（第265页），卷五有《湖中遇雨涤岑泊舟花港口占》（第312页）。

[2] 案：关于李清照受谤事，后人亦多有辨析，如陆以湉《冷庐杂识》卷四《李易安朱淑真》记："德州卢雅雨鹾使见曾作《金石序》，力辨李易安再适之诬。谓德父殁时，易安年四十六矣，又六年，始为是书作跋，是时年已五十有二。……此子奥氏所谓好事者为之，或造谤如《碧云騢》之类，其又可信乎？"陈云伯大令亦云："宋人小说往往污蔑贤者，如《四朝闻见录》之于朱子，《东轩笔录》之于欧阳公，比比皆是。又谓：'去年元夜'一词本欧阳公作，后人误编入《断肠集》（渔洋山人亦尝辨之）。遂疑朱淑真为泆女，皆不可不辨。"案："去年元夜"词非朱淑真作，信矣。李易安再适赵汝舟事，详赵彦卫《云麓漫钞》，诸家皆沿其说。卢氏独力为辨雪，其意良厚，特录之，以俟论世者取裁焉。"

来诗亦复相印可，名教千秋敦气谊。

更有左证君知否？慷慨诗篇投远使。

嫠家父祖并高名，信息乡关重誊誃。

是时绍兴岁在丑，年五十三何所冀？（绍兴癸丑韩肖胄、胡松年使金，易安送之以诗云：嫠家祖父并高名，又云：时年五十三，称嫠则不嫁明矣。）

事当日久自分明，巧蔑何人空作伪？

可怜杞妇痛摧城，翻彼谈娘歌踏地。（坚城自堕怜杞妇之悲深，易安祭夫文也。伪作《上綦学士启》中有云：局地扣天，敢效谈娘之善诉。）

云烟已分霎时空，鳞爪犹为来者企。

文章要自以人重，肯使无端蒙谤议？

书尾丁宁复垂戒，早识吾侪有同嗜。

见弹求鹗未足嗤，案图索骏那可致？

插架新添三十卷，已觉暴富良不訾。

异宝于今落谁手，君若得之烦见示。

案：该诗似写于乾隆二十七年前后。先是，抱经先生受卢见曾之邀代其校刻《金石录》，故诗中记："雅雨山人夙嗜古，为属校雠辨同异。"又，据"插架新添三十卷，已觉暴富良不訾"，似为校勘完毕时所写。

查卢见曾《雅雨堂文集》卷一《刻金石录序》记："赵德夫《金石录》三十卷，匪独考订之精核也，其议论卓越，时有足发人意思者。顾世鲜善本，济南谢世箕尝梓以行，今其本亦不可得见。独见有从谢氏本影钞者，并何义门手校吴郡叶文庄公本。此二本庶几称善，其他钞本猥多，目录率被删削，字句讹脱不足观。学者未得见谢、叶二家本，得世俗所传，犹不惜捐多金购求缮写珍弆为枕中秘，盖其书之可贵若此。余患其久而失真也，因刊此以正之。德夫之室李清照，字易安，妇人之能文者。相传以为德夫之殁，易安更嫁，至有桑榆晚景，景驵侩下材之言，贻世讥笑。余以是书所作跋语考之，而知其绝无是也。德夫殁时，易安年四十六矣。遭时多难，流离往来，具有踪迹。又六年始为是书作跋，是年已五十有二，匪夏姬之三少，等季隗之就木，以如是之年而犹嫁，嫁而犹望其才地之美，和好之情亦如德夫昔日，至大失所望，而后悔之，又不肯饮恨自悼，辄喋喋然形诸简牍，此常人所不肯为，而谓易安之明达为之乎？观其洊经丧乱，犹复爱惜一二不全卷轴，如护头目，如见故人，其惓惓德夫不忘若是，安有一旦忍相背负之理？此子舆氏所谓好事者为之，或造谤如碧云騢之类，[1] 其又可信乎？易安父李文叔，即撰《洛阳名园记》者。文叔之妻，王拱辰孙女，亦善文。其家世若此，尤不应尔。余因刊是书，而并为正之，毋令后千载下，易安犹蒙恶声也。乾隆壬午。"（《续修四库全书》第1423册，第459页。）卢见曾此序应是校勘完毕时所作，以此推测，抱经先生之诗亦应写于同时或此前不久，即乾隆二十七年前后。

又，对比可知，卢见曾所言李清照受谤事，与抱经先生诗中所言相同，故很可能是直接采用了抱经先生之意。当然，也可能是两人早有商榷并认识相同。

题张晓岩三宾《空山鼓琴图》

号钟独抚山苍然，松涛响答春涧泉。
仙梵泠泠落上界，鹤声一一飞寥天。
深林扫石待明月，空翠扑衣萦晚烟。
幽兰白雪久寂寞，吾将从子山之巅。

案：黄叔璥《国朝御史题名》乾隆三十四年记："张三宾，浙江仁和县人，

---

[1] 案：宋梅尧臣《碧云騢》记："碧云騢者，厩马也。庄宪太后临朝，以赐荆王，王恶其旋毛，太后知之，曰：'旋毛能害人耶？吾不信，留以备上闲。'遂为御马第一。以其吻肉色碧如霞片，故号之。世以旋毛为丑，此以旋毛为贵，虽贵矣，病可去乎？噫吁哉！"

乾隆壬申举人，由刑部郎中考选江南道御史，转刑科给事中、吏科掌印。"（《续修四库全书》第751册，第338页。）

《清高宗纯皇帝实录》卷七三六，乾隆三十年五月甲申条记："吏部带领京察保送一等之翰林院侍读卢文弨等五十七员引见，得旨：卢文弨、钱大昕、李中简、谢墉、观文、德风、观光、钱载、杨述曾、汪永锡俱准其一等。穆克登泰、重禄、五彰阿、锦格、满岱、陈朝础、鞠光、讷清额、庆泰、福森布、岱哈、富兴、觉罗双福那、诺穆福、英敏、张三宾、张附凤、毛应藻、明安、宗室恳特、宗室存格、宗室平泰、宗室五壮、宗室巴哈岱、宗室炳文、哈丰阿、五尔喜、吉尔彰阿、瑚世泰、德成、富勒贺、王猷、刘秉恬、策璘、七十五、阿克栋阿、策亶、那继德、福重、三藏保俱准其一等加一级。"其中，抱经先生为一等，张三宾为一等加一级。两人同时引见，同朝为官，平时应有所交往。故抱经先生得以为其《空山鼓琴图》题诗。

又，据诗中所记"幽兰白雪久寂寞，吾将从子山之巅"，则抱经先生于写作此诗时似已考虑过归隐之事。据拙著《清卢抱经文弨先生年谱》考证，抱经先生于乾隆三十二年十二月在湖南提督学政任上条奏事宜不当而被撤差降调回京，其时归隐之情极为明显，在《抱经堂诗钞》五言古诗《以方竹杖诒钱箨石丈媵之以诗》中即言："君阶虽通显，归日定早卜。所期几岁间，访我数间屋。"不仅说道自己之归隐，还断言钱载亦早有归隐之情。如果可能，则抱经先生之《空山鼓琴图》题诗，亦极可能写于乾隆三十三年被撤职降调回京后。

另，程晋芳《勉行堂诗集》卷二十，"起丁亥（乾隆三十二年）十一月，尽己丑（乾隆三十四年）八月"亦有《题张晓岩前辈〈空山鼓琴图〉》诗："诗人贵领悟，了不系吟讽。偶兹托图画，遂享云烟供。七弦响泠泠，妙谛相错综。山静语禽稀，池平落花重。此中着想难，有触如觉梦。五音南土偏，斯语岂奇中？月华荡虚箐，目寓指时纵。行试武夷游，一曲聆一弄。"（《续修四库全书》第1433册，第242页。）《勉行堂诗集》系依照编年编纂，纵观该卷其余各诗先后顺序，该诗前面有《五十年过二》《三月十七日法源寺看海棠二首》《十八日重过法源寺看海棠作》《得假言归漫成四首》等诗。[1]

又，据翁方纲《复初斋文集》卷十四《皇清诰授奉政大夫翰林院编修加四级戢园程先生墓志铭》记，程晋芳生于康熙五十七年十月二十四日，卒于乾隆四十九年六月二十一日，年六十七岁。（《续修四库全书》第1455册，第479页。）以此逆推，则程晋芳《五十年过二》诗应该写于乾隆三十四年己丑，地点为京师。考虑到《空山鼓琴图》的流转过程，再此时抱经先生已经降调回京，故其《题张晓岩三宾〈空山鼓琴图〉》亦很可能作于同一时期，即乾隆三十四年前后。当然，究竟写于何时，还有待于进一步考证。

自鸣钟歌

玉衡铜壶古有作，后来张马亦擅名。
地动仪与记里鼓，匠巧出意由天生。
中原遗式落海外，古里一技能穷精。
其它奇器不足述，有钟铿尔随时鸣。
我朝圣德周绝域，重洋万里来输诚。
容成商高继绝学，日官星史荣簪缨。
扶桑蒙泛近可测，五金炼就生光晶。
器成斋戒贡天子，置之座侧谁弹抨。
我昔试文深殿里，乍见此器双瞳明。
正方宛似金作屋，上则隆起高峥嵘。
约略其长尺有咫，波黎镜面寒波清。
照见其中有文字，纪辰十二殊形声。
大针指时小指刻，侧耳细响常嘤嘤。

---

[1] 案：程晋芳在告假后并未立即离京，其《勉行堂诗集》卷二十一《南船小草》系时起己丑九月，尽十一月。（《续修四库全书》第1433册，第244页。）据此，程晋芳应该是在乾隆三十四年己丑九月前后离京南下。

直孔内缀小珠子，摇荡不定如风旌。
每历半辰告不爽，鸿音忽作宣华鲸。
数少而多多复少，一日再转无亏赢。
辰移宫换雅乐奏，不窕不摦谐韶英。
相如思迟方朔寋，听之不觉中怦怦。
铜籤铿地无此警，惜分惜寸真同情。
承明梦断忽十载，有耳祗听虾蟆更。
迩来此器颇易得，轻赍远致经羊城。
肃慎楛矢那足道，我生何幸遭升平。
里中项氏好父子，好文爱客相酬赓。[1]
玉山雅集尽名彦，珠光剑器罗琼瑛。
此物谓可代击钵，谈虎我触前时惊。
人生岁月苦空掷，东乌毚上还西倾。
日复一日不自觉，局步岂复贪前程。
我欲取之置学舍，胜似千杵纷砰訇。
朝益暮习夜无憾，猛志欲与羲车争。
赋惭体物聊正论，一息不懈期斯征。
但恨少壮不努力，兹言祗恐遗讥评。

案：该诗似写于乾隆四十三年十一月二十日，抱经先生至友人项墉家中饮宴时，席间诸人以"自鸣钟"为题赋诗。

潘衍桐《两浙輶轩续录》卷二十，黄模《戊戌十一月廿日项秋子墉招同

---

[1] 案：王昶《湖海诗传》卷四十五记："项镛，字金门，钱塘人。贡生，候选州同知。"（《续修四库全书》第1626册，第409页。）

卢抱经师、吴丈西林[1]、汪丈槐塘[2]、高丈愿圃[3]、方君密庵[4]、商贡陪、施京来[5]、万近蓬[6]、丁松老[7]、胡苍来[8]、高蕲至[9]燕集半舫斋,题自鸣钟》诗:"铜轮中转外抱郭,十二辰周双络索。出机入机或击之,窈窕春容金奏作。我疑二十八宿罗心胸,报尽昏中还旦中。数杵霜华丁夜白,一圭日影午时红。洋

---

[1] 案:汪大经《借秋山居诗钞》卷六《秋怀九首》之《吴布衣西林先生》记:"讳颖芳,仁和人,居艮山门外,工诗,尤专象纬乐律音韵之学。为人乐易和善。著述多毁于火,存诗四卷,友人梓以行。"(《清代诗文集汇编》第400册,第49页。)可参见王昶《临江吴西林先生传》。(《清代诗文集汇编》第299册,第1页。)

[2] 案:张应昌《国朝诗铎》卷首记:钱唐汪沆西颢,一字师李,号艮园,又号槐塘。诸生,乾隆丙辰试博学鸿词。有《槐塘诗稿》。(《续修四库全书》第1627册,第343页。)

[3] 案:王昶《湖海诗传》卷七记:"高瀛洲,字翰起,号愿圃,仁和人。乾隆三年举人。官太平同知。有《小称意斋集》。"(《续修四库全书》第1625册,第601页。)

[4] 案:震钧《国朝书人辑略》卷四记:"方辅,字密庵,安徽歙县人。工书,法苏米,能擘窠大书。工制墨。"(《续修四库全书》第1089册,第156页。)翁方纲《复初斋诗集》卷三十二《晋观稿五》之《程易畴父子造墨极工先后见饷数挺赋赠二首》诗末注记:"君乡人方密庵亦善造墨。"(《续修四库全书》第1454册,第654页。)

[5] 案:潘衍桐《两浙輶轩续录·补遗》卷二记:"施镐,字京来,号愚堂,钱塘贡生,著《愚堂诗草》。万福《传略》:愚堂获交杭董浦、汪槐堂、吴瓯亭、汪朴园诸老辈,偕成成山、丁诚叔、曹荔帷、徐秋竹、皇甫古尊结吟社,与余交尤密。"(《续修四库全书》第1687册,第286页。)

[6] 案:阮元《两浙輶轩录》卷三十三记:"万福,字近蓬,号玉仓,鄞县诸生。经少子。著《玉仓诗钞》。《家传略》曰:府君祖斯大,父经。府君年十三,父卒,家毁于火,贫无立锥。十九,补鄞邑弟子员。性情恬憺,不事进取,弃举子业,专攻诗。尝受业于杭董浦太史之门。太史曰:古人云诗有别才,如吾子者乃真所为别才也。年七十二卒。所著有《新安草》《闽游杂录》《近蓬草堂诗集》。其《玉仓诗钞》,袁太史枚为序。"(《续修四库全书》第1684册,第278页。)

[7] 案:潘衍桐《两浙輶轩续录》卷六记:"丁佺,字致尧,号松老。敬子。钱塘人。"(《续修四库全书》第1685册,第163页。)
李格《(民国)杭州府志》卷一百四十五记:"丁敬,字敬身,仁和布衣。居江干市肆,酿酒自给。好聚书,每诣鬻杂书所,损衣物换归。尤嗜金石文,……客至留坐,盐豉蒜果杂进,人多爱其真率。杭世骏、梁启心、张沅,其尤密也。举博学鸿词,不就。号龙泓山人。所著《武林金石录》搜剔精详,称传书。其诗奇倔如其人。……敬子健,字诚叔,未弱冠能诗,早卒。佺,字松老,补注《尔雅》。亦长诗文,工汉隶。传,字鲁斋,精天文句股学,精研经训及金石文字。"(《中国地方志集成·浙江府县志辑3,第471页。)两处所记丁佺字号略有歧义,一称"松老"为其号,一则称为其字。

[8] 案:张应昌《国朝诗铎》卷首记:"仁和胡涛沧来,号蓊塘,有《古欢堂诗集》。"(《续修四库全书》第1627册,第344页。)

[9] 案:潘衍桐《两浙輶轩续录·补遗》卷三记:"高树程,字蕲至,号迈庵。瀛洲子。仁和人。乾隆丁酉副贡。著《迈庵诗集》。俞理曰:迈庵自号烟萝子,晚号高髯。善画山水,为奚蒙泉所深赏,尝题其《剡溪山色图》,云胸中浩气笔端赴,欲使苍浑生虚明,倾倒至矣。兼工渲染花卉,尤称于时。"(《续修四库全书》第1687册,第303页。)

人制器中华采,大叩小鸣真善待。高斋竟夕乐琴尊,坐听大风歌小海。"(《续修四库全书》第1685册,第540页。)[1]

据此,抱经先生该诗应作于同时。

又,抱经先生该诗中记:"承明梦断忽十载,有耳祇听蛤蟆更。……里中项氏好父子,好文爱客相酬赓。"先生自乾隆三十二年十二月在湖南提督学政任上因条奏事宜不当而被撤差降调回京,乾隆三十三年春返回京师,乾隆三十四年乞终养,至写作该诗时,正好约合"十载"之数。

赠别王明府丈者辅 [2]

我生空有双清瞳,海内奇士未数觏。
尝与我师论人豪,纷纷满前皆不数。
迟之又久一指下,云是江南王者辅。
我时急欲闻其详,言之慷慨须眉张。
昔从济滨一倾盖,风尘对面交清光。
白悬肝胆向人照,一片秋水浮寒铓。
诸生上陛见天子,气概欲过贾洛阳。
海丰百里一小试,同时俗吏皆惊惶。
初时谋诉判丛沓,凝然终日临公堂。

---

[1] 案:《两浙輶轩续录》记:"黄模,字相圃,号书厓,钱塘岁贡,著《寿德堂诗集》八卷。《府志》:模诗法沈廷芳、吴颖芳诸先辈,少时与舒绍言、吴锡麒、姚思勤、项朝棻、吴锡麟称'城西六子'。生平淡于荣利,奉讳后不复应举。研精覃思,一意著述,著有《三家诗补考》《夏小正分笺异义》《国语补》等。"(《续修四库全书》第1685册,第539页。)

[2] 案:《(光绪)重修安徽通志》卷二百零一《人物志》:"王者辅,字觐颜,天长优贡。知海丰县,……以本府勒受前任亏空,互揭为所诬,拟斩追赃,民争代输,得免为城旦。后为抚臬延入幕,知其才,以人才保荐,发往甘肃军前效力。乾隆元年大军凯旋,议叙,补固安知县,升顺天北路同知。立书院,建营房。升知宣化府。执法不阿,为揭帖所倾。曾获其人论斩,辅亦降官,仍发广东,补嘉应州知州。"(《续修四库全书》第653册,第585页。)

月余廓清了无事,余力指授为文章。
老天不与妩媚骨,大吏执焰横披猖。
挺挺志节屹不屈,一官簸弃如粃糠。
在官十月掉头去,老幼仰泣遮道旁。
传言伟男异躯干,争先求睹揩两眶。
圣代有人识强项,奇才特荐回岩廊。
利器不厌盘错屡,匹骑又蹴边沙黄。
军需立办指麾定,短衣出塞神扬扬。
洪炉精金本难得,加以百炼成纯钢。
十年不面事如此,此后竖立尤难量。
我闻所闻悚而立,卓哉制法高巉嵲。
安得肮脏如斯满百人,落落参布寰中之州邑?
夺官几载今复起,先生之名彻宸宸。
云开日朗天语温,牧民重任汝可使。
常笑书生无实用,独当一雪此言尔。
我初一见萧寺中,容貌洵匪常人同。
语破鬼胆根至理,令我三日心怔忡。
时方酷暑苦炎炽,火云千里烧高空。
此地清冷堆冰雪,四壁凛凛生严风。
我叹腐儒老矻矻,短檠苦对穷春冬。
叩以经济暗如漆,空掉辨舌悬泷淙。
人间金紫争艳羡,安有夙具膺烦冲?
更或借口在获上,不耻缩伏如寒虫。
抚字教化两懵懂,天生此辈民为穷。
先生耻之我亦耻,胸中热气如长虹。
先生此行更珍重,刚德可用宜善用。
治平第一圣主知,泚笔再作清风颂。

案： 该诗似写于乾隆二年前后。

桑调元《弢甫集》卷八《赠别王近颜者辅》记："十年不对面，相见无怍色。……君从天长来，意气如弦直。风尘目睛射，清济初相识。同车上京华，倾写赤胸臆。子诚掇皮真，我以谢雕饰。才地虽差池，古义同匡饬。诸生上云陛，器宇见巍巍。特诏令海丰，乳字宣臣力。上官攒蚕沙，触忤怒不测。一官敝履然，凛凛万夫特。埃尘邂知己，冠佩亲拂拭。宝剑岂终埋，贝锦无停织。劳苦性所甘，驰驱指西域。军需咄嗟办，沙碛徧跋涉。气震塞垣表，奇才破偪侧。九重闻英名，快令群喙息。重起牧吾民，曰汝为汝翼。……君今往赤县，求瘼低凭轼。"（《四库全书存目丛书》集部第275册，第694页。）

以诗中内容对照，桑氏之诗与抱经先生之诗似应写于同时。[1]

又，中国第一历史档案馆藏，档号04-01-13-0109-028，乾隆十年《广东巡抚准泰呈直隶嘉应州知州王者辅等员考语清单》记："直隶嘉应州知州王者辅，现年五十二岁，江南天长县人，由廪生保举补授海丰县知县，历因参案，蒙恩录用，升授宣化府知府，又降调引见，命往广东以同知知州用。于乾隆九年督臣策楞奏准署理今职。"档号03-000-004，雍正十二年二月十九日《两广总督鄂弥达奏报保送军前效力知县王者辅到部引见事》；档号04-01-14-0003-030，乾隆二年二月十七日《署理川陕总督兼甘肃巡抚刘于义奏为原任广东海丰县知县王者辅到陕数年帮办军需颇尽心力应否给咨赴部或留甘补用事》；档号02-01-03-03390-013，乾隆二年九月二十九日《大学士兼管吏部尚书事张廷玉题为遵议直隶总督奏请王者辅补授固安县知县事》；档号02-01-03-03534-012，乾隆三年十二月初三日《直隶总督孙嘉淦题请以王者辅署理南路同知并吴鹏翀署理固安县知县事》。则王者辅仕宦经历为初任海丰知县，其后因事降调，又获皇帝赏识起复。乾隆二年二月因至陕西帮办军需已经数年，故赴部引见后，

---

[1] 案：桑调元与王者辅似关系较为亲密。《弢甫集》卷九另有《别近颜》。（《四库全书存目丛书》集部第275册，第701页。）《衡山集》卷三有《峋嵝追柱诗札却寄兼怀王近颜者辅叠韩韵》。（《四库全书存目丛书》集部第276册，第318页。）《衡山集》卷五有《闻近颜卜居江宁未及过访叠韵奉怀》。（第336页。）《恒山集》卷三有《清苑奉怀旧令赵晓村杲兼寄王近颜者辅》《宣化奉怀近颜》。（《四库全书存目丛书》集部第276册，第372、375页。）《弢甫续集》卷十七有《济宁奉怀近颜》。（《四库全书存目丛书》集部第276册，第571页。）

被直隶总督孙嘉淦提请补授固安县知县,乾隆三年署理南路同知。

乾隆二年春至乾隆四年初,抱经先生与桑调元正在京师,故得与王者辅相见,而知其仕宦经历。又,桑调元诗中记"重起牧吾民""君今往赤县",应是指乾隆二年王者辅补授直隶固安知县事。又,桑调元诗中记:"老母发垂霜,乌乌情孔亟。决计采陔兰,庶用供子职。"查桑调元于乾隆四年三月十一日引见时请假四个月回籍省亲,而后于同年十月十六日乞终养。(参见拙著《清卢抱经文弨先生年谱》"乾隆四年"记。)则桑调元诗应写于乾隆二年王者辅补授直隶固安知县赴任之前,抱经先生之诗写于同时。

题郑寒村先生《四时行乐图》

西湖春晓山翠稠,对山静坐怀前修。
有客款门重会面,寒村属近曾孙俦。
寒村著述风流沫,正坐生晚从无由。(在北平黄氏家得见全集。)
人生快意不自料,又覩遗貌神明留。
持来郑重索我句,慰我寤思非人谋。
四时即景皆可乐,披图宛似陪公游。
缅想学艺两奇绝,上追北海兼台州。
玉堂妙选授大郡,朱轮皂盖宣皇猷。
政成名遂戒止足,高谢朱绂归林邱。
无冬无夏春复秋,野服免值公与侯。
鸣琴在膝鹤在宇,真意自足供冥搜。
海棠清雅神仙质,芙蓉香洁君子流。
雪中高士霜下杰,谁谓索居无匹俦?
公之臭味有如此,后有千载神相求。

我欲缀辞笔屡休，旧人题咏锵琳璆。
高怀逸韵写不尽，纵有秘思何能抽？
讶君复似萧颖士，翩然文采珊瑚钩。
此来雅意不可负，令我直吐忘雕锼。
连朝涷雨山更幽，芳村绿暗时闻鸠。
谁家有花迳须造，世人复道如公否？

送周生辰还金陵

辞亲从我来杭州，思亲别我还升州。
霜风侵肌日色薄，念子远道无羊裘。
同来研席二三子，有如社燕辞清秋。
子独因依不忍去，质疑析义深绸缪。
俗书只解逞姿媚，六义茫昧谁能求？
吾党惟子识文字，初一终亥穷源流。
左戾右戾笔不苟，一波一磔古与谋。
世人薄此为小学，岂知正路人当由。
子归登堂为亲寿，贫难助子丰晨羞。
尔翁读书重道义，正论不顾世俗雠。
临歧送我发慨忱，藐彼贵势如浮沤。
定不责尔五鼎养，见尔颜色添和柔。
道途风雪相慰问，昔去长夏今岁遒。
红芦卜脆芹菜美，子鹅花鸭光如油。
团圞款语杯易醵，亦复命尔倾深瓯。
爱子轻教远离刿，力学信可宽其忧。
于我定然亦垂念，为言书史销穷愁。

煎膏继晷无日了,书淫传癖知难瘳。
我居金陵岁六易,贤豪长者皆朋俦。
故人倘见道问讯,我不能往期来游。
寒波淡淡寒烟浮,长年三老催解舟。
此时欲别不忍别,尔翁许尔重来否?

案:该诗似写于乾隆四十三年底。据诗中"我居金陵岁六易",查抱经先生自乾隆三十七年三月应时任两江总督高晋之邀南下江宁主讲钟山书院讲席,直至乾隆四十三年三月,以继母张太宜人年老故辞钟山书院讲席,前后正好六载。[1]

又,诗中记:"辞亲从我来杭州,思亲别我还升州。""尔翁读书重道义,正论不顾世俗㑋。临歧送我发慨忼,藐彼贵势如浮沤。"周辰似为乾隆四十三年三月抱经先生辞归杭州后,奉父命至杭州继续跟随先生读书。

诗中记:"道途风雪相慰问,昔去长夏今岁遒。"周辰追随抱经先生离开江宁时,应在该年夏,直至年底方辞别先生返回江宁,故先生写作此诗为其赠行。

周辰应是曾经长期追随抱经先生读书。据吴寿旸《拜经楼藏书题跋记》卷一《逸周书》记:"又得一本,为抱经堂所钞,乃卢学士刊此书时手校。蝇头细楷,精整异常。学士记首卷后云:己亥六月十八日,弓父校。周生辰所见,亦殊有可采。次卷后云:七月二日校。写此之周生,今日辞归江宁。"(《续修四库全书》第930册,第391页。)乾隆四十四年周辰仍然至杭州追随先生读书,并在同年七月初二日辞归江宁。

另,乾隆五十一年丙午,抱经先生再次执掌钟山书院讲席时,周辰仍然跟随先生读书并帮助校勘《西京杂记》。据抱经先生《新雕西京杂记缘起》记:"乾隆丙午之岁,为同年谢少宰东墅校梓《荀子》既竣,计剞劂之直,尚胜给数金,思小书可以易讫工者,有向来所校《西京杂记》,因以授之。费尚不足,钟山诸子从余游者率资为助,而工始完。……诸子乐于成美,且预校勘之劳。

---

[1] 案:参见拙著《清卢抱经文弨先生年谱》乾隆三十七年至乾隆四十三年。

今具列姓名于左方：胡本渊、汪国梁、张师式、张珠、朱本元、顾椿年、李槐、吴浚、李育芬……周辰、陈兆麒、万世清、黄廷森。"（《抱经堂丛书》本，民国十二年夏五月北京直隶书局影印。）

送涂尚书天相归孝感

吾闻本朝鼎兴盛理学，海内山斗陆（陆陇其）与汤（汤斌）。
二公典型尚未坠，小子仰望徒怅怅。
昔人已逝不可作，谁哉迭起遥相望？
孝昌先有熊相国（熊赐履），力驯理窟扬粃糠。
先生屹起与同县，洪钟齐叩声喤喤。
慨然一洗俗学陋，独于实际标精详。
万言布帛菽粟等，朱墨之士走且僵。
隆然两箧贮著述，论辩独契钱塘桑。
予亦吴中迂阔士，恨未一见亲其光。
今春马首快北指，肃然得造先生堂。
有道辞气霭可近，人世烜赫淡已忘。
马缨花下一椽借，请业有愿从容偿。
孰知天意异人意，悬车顿尔成公志。
公今归矣不可留，叹息吾胸愿莫遂。
公门本无车马喧，去去奚容发长喟？
觇公气概如平时，喜怒无心貌不颣。
整冠束带拜九重，赐臣骸骨恩无穷。
马鸣萧萧车殷殷，归途照眼山花红。
城东数楹茅覆屋，城外硗田耕未熟。
少子总角能读书，所得于世亦已足。

南云目送增烦忧，何时再获从公游？
公归自善教乡里，肯使异学恣喧啾？
煌煌大文垂宇宙，愚顽赖此为砭炙。
千秋百世吾道光，直与前贤论俎豆。

案：涂天相，字燮庵，号存斋，一号迂叟，孝感人，康熙癸未进士。历任左都御史、兵部尚书、工部尚书等。桑调元任职工部主事时，为涂天相下属，曾寓居涂天相宅中。钱载《萚石斋诗集》卷二十二《饮王光禄鸣盛寓屋，邀题其庭前合昏花，成十二韵》诗中注云："元年夏，是屋为涂尚书居。我桑师官水部儌厅事东斋，载早晚造师，见此两树，初种已花。"（《续修四库全书》第1443册，第208页。）故桑调元与涂天相两人交往比较亲密。抱经先生诗中记："论辩独契钱塘桑。"

但涂天相在乾隆二年三月即奉旨休致。《清高宗纯皇帝实录》卷三九，乾隆二年三月甲辰上谕称："工部尚书涂天相在学士里行走，俞兆晟乃降调革职之员，朕以其曾在部中办事之人，故特加录用。乃二人一无建白，惟以庸懦保位为事，大负朕擢用之意，且年皆老迈。着给与三品顶带，各回原籍。其工部尚书缺，着赵宏恩补授。"

中国第一历史档案馆藏，档号02-01-03-03657-002，乾隆四年十月十六日《湖北巡抚崔纪题报原任工部尚书涂天相于原籍家中病故日期事》记："据孝感县知县靳树本申称，乾隆四年九月初八日，据涂管禀前事禀称，蚁主涂天相原任工部尚书，于乾隆二年三月十六日奉旨：工部尚书涂天相给予三品顶戴归里。时年七十三岁。今于乾隆四年八月初六日戌时，以疾终于正寝。理合报明等情具文申报到府，转报到司。"

又，《抱经堂文集》卷八，庚辰《书杨文定公大学中庸讲义后》记："公卒之明年，余方至京师，已不及见公。"

方苞《望溪先生文集》卷十《礼部尚书赠太子太傅杨公墓志铭》记，乾隆元年九月初一日，杨名时病故。（《续修四库全书》第1420册，第411页。）

中国第一历史档案馆藏，档号02-01-03-03330-009，乾隆元年十一月初八日《和硕履亲王、管理礼部事务允祹题为核议原任礼部尚书衔兼管国子监祭酒事杨名时病故照例给恤并应否予谥请旨事》记："臣允祹等谨题为君恩未报等事。准吏部咨称，吏科抄出原任加礼部尚书衔兼管国子监祭酒事教习庶吉士杨名时遗本一疏，于乾隆元年九月初一日奏。本月初六日奉旨：杨名时系皇祖简用旧臣，服官年久，学问醇正，品行端方，朕仰体皇考圣意，宣召来京，正资委用，今闻溘逝，深为悯恻。"[1]

据抱经先生诗中记："今春马首快北指，肃然得造先生堂。……孰知天意异人意，悬车顿尔成公志。公今归矣不可留，叹息吾胸愿没遂。"[2]可知抱经先生应是在乾隆二年春抵京并结识涂天相。而涂天相旋即奉旨休致。故抱经先生写作该诗以赠别。

题潘楚吟《芦屋图》[3]

连云甲第雄渠渠，如龙之马流水车。
六街尘起涨蓬勃，是中绝少幽人庐。
萧萧芦屋谁所居？我初疑是秋江渔。
岂知京国繁华地，窈渺沧洲兴有余。
芦芽自茁不用锄，芦花万顷雪不如。
高人结茅总为此，四围不复烦周阹。

---

  [1] 案：《抱经堂文集》卷二十六，丙申《杨文定公家传》记："以乾隆二年九月丙戌朔薨，年七十有七。"所记杨文定公薨逝时间似误。抱经先生此文写于乾隆四十一年丙申，时隔多年，记忆可能有误。

  [2] 案：桑调元《弢甫五岳集》之《恒山集》卷七亦有《奉怀孝感故尚书涂公存斋天相诗》。(《四库全书存目丛书》集部第276册，第420页。)《弢甫续集》卷六有《挽孝感涂存斋先生天相二首》。(《四库全书存目丛书》集部第276册，第468页。)

  [3] 案：宁夏大学图书馆藏，潘楚吟《芦屋图》原本所载《姚江卢督学诗（名文弨，字绍弓）》文字亦略有不同："窈渺"作"笑傲"，"兴"作"致"，"四围不复烦周阹"作"秋来四面堆琼琚"，"构"作"构"，"起"作"岂"。

欲寻遗迹为欷歔，逆旅一宿同蘧蘧。
沁水名园尚见夺，半亩那得还如初？
当年结构亲爬梳，尚怜手植杉与榈。
曾倩好手一写取，时时展玩心神舒。
万事谁能定盈虚，平原花木成荒畬。
真荣在我不关境，数幅亦足长依于。
示我图者为谁欤？翁孙宝之同璠玙。
翁之达观起予慕，世间无地无菻䔈。
于戏！世间无地无菻䔈。

案：该诗似写于乾隆十三年。

宁夏大学图书馆藏，潘楚吟《芦屋图》（一函两册，清潘荣陛辑，清乾隆刻本）卷首潘荣陛《〈芦屋图〉乞言引》记："芦屋，先王父之旧居也。在都城东南隅，金鱼池之西，今名半壁街即其处，然无迹矣。……王父号楚吟，以康熙初来自维扬，度地至此。……王父乐之，遂居焉。编茅缉荻，有邨舍风。因绕屋皆芦，故名。……王父抱负素优，无心进取，处明盛而怀高隐，盖天性云。居久之，方期老焉，俄为公家有，屋遂废。然未能遽忘也，爰为图以玩之。曩时曾游历及览图诸名人多有题咏。后诸父远仕，各持去，以故散帙。即先大人所存，亦无几。荣陛恐久愈埋没也，谨将所存者集成轴。兼余素楮，维大人先生锡以藻翰，惟所挥，俾永宝之，庶先人之逸韵幽情得附鸿文以并传，幸何如也！时乾隆十年岁次乙丑仲春穀旦孙男荣陛盥手敬识。"

查《芦屋图》卷中各题诗皆系以编年排列，抱经先生题诗虽无具体系年，但其前有《晋宁李大中丞诗》（名因培，字鹤峰），系年为戊辰，其后有《济南王孝廉诗说》（讳师文，字西郊）记："戊辰岁，客居都门，馆课之暇，每鸣琴自遣。友人在廷潘子挟琴相访，尝聆其塞鸿、平沙等曲。一弹再鼓，兴味悠然。秋水蒹葭，徜恍心目。不觉喟然曰：何为其然也？潘子曰：夫有所受也。因出尊王父楚吟先生《芦屋图》相示，兼请题咏。展玩之余，依稀神韵清风从蒹葭深处绘出,始弥叹潘子弓冶之传,由来已久,而犹恨不获造楚吟先生芦屋中,以相绸缪诗酒弦歌间也。"以此推测,抱经先生之题诗,应该亦在戊辰。

又,据诗中记:"示我图者为谁欤?翁孙宝之同璠玙。"其中"翁孙"所指应该是潘荣陛。而潘荣陛又是《芦屋图》诸人题诗之编纂刊刻者,故其系时、排列次序等应该无误。因此,抱经先生该诗应该作于乾隆十三年戊辰。其时,抱经先生仍未考中内阁中书,而《芦屋图》中该诗题目应是潘荣陛后来所加,故题曰"姚江卢督学诗"。

晚陪诸族兄饮湖楼录别

落日未落湖上游,管弦无声鸟啁啾。
春风吹扬酒帘急,一笑同登湖上楼。
楼外南山北山矗,楼前白鸥白鹭浮。
楼中兄弟偶然聚,酒至不复论觥筹。
我昔春日别湖去,两度春至长安留。
谷风凄厉断游兴,絮花如雪披鸟裘。
今年此地乐事稠,柳意已见丝丝柔。
兄兮!兄兮!胡为各各有所适,潞河水接长淮流。
空令此间宕漾诗,料无人收。
及今未去博一醉,故乡烟没寒悠悠。
千古此湖此山色,几回茗苎楼上头?
黄金台荒骏骨休,适兹郁郁难自由。
系孥老母去已久,世间谁复哀韩侯?
出愁入亦愁,萧萧何待秋风秋!
酒杯到手且莫放,乘风汗漫吾何忧?
丈夫东西南北随所投,安能局趣系滞同羁囚?

偏恨我生缚尘鞿，去年仆仆东海陬。
开岁未消远峤雪，又欲重买山阴舟。
山阴岩壑碧四周，酒船大可沿清溜。
稽山镜水满眼在，笑我不得穷冥搜。
远道故人空有约，江山盘回路阻修。
羡君大自在，欲去无滞留。
暮霞烘天照户牖，山樵横笛骑归牛。
白沙堤边影忽散，川涂何处沽新篘？

案：该诗似写于乾隆五年正月。

诗中"两度春至长安留"，应是指乾隆二年春抱经先生北上京师后，在京师度过的乾隆三年春和乾隆四年春。而在乾隆四年三月，抱经先生随桑调元乞假南归后，又至余姚，故有"去年仆仆东海陬"之句。据此，则此诗应写于乾隆五年正月赴山阴之前。

题王齐翰《挑耳图》

有夫摊书意萧散，不受文字相牢笼。
卷轴纵横棐几净，山水障子开屏风。
直伸两膝脚不袜，右手剔耳如发蒙。
或题勘书或挑耳，二者名实何缘同？
天有两眼照万古，我生亦仗双青瞳。
幸不与世嘲耳食，物莫两大甘长聋。
专精几欲塞两豆，尚恐斗蚁声庬鸿。
胡为抉摘不肯止？惜未见子明吾衷。
何人作此阅代久，据床兀傲气若虹。

晋卿定国定谁属，风期知是一世雄。

我有检书图一幅，[1] 平生岁月丹铅中。

不愿额痒出三耳，只愿清冷一勺洗眼求龙公。

案：该诗似写于乾隆三十年乙酉正月、二月之际，抱经先生随侍诸皇子，故得与诸人同观《挑耳图》并题记。

中国国家图书馆藏《挑耳图题记》有乾隆乙酉皇四子永珹题记，时间为"乙酉仲春"；皇五子永琪题记，时间为"乾隆乙酉填仓日"；皇六子永瑢与观保、谢墉、张泰开、金甡与抱经先生等人题记，皆无时间，但疑为同时所作，故系时于此。

---

[1] 案：金甡《静廉斋诗集》卷七，戊寅有《预题卢绍弓文弨编修〈检书图〉》。（《续修四库全书》第1440册，第476页）李中简《嘉树山房诗集》卷四，戊寅《〈检书图〉为卢抱经》诗："何人为写检书照，两姝娅姹供箧陈。"（《四库未收书辑》第十辑，第15册，第159页。）

钱载《萚石斋诗集》卷十八《题卢中允文弨〈检书图〉》诗："简侍皇子幄，考校加勤欤。"（《续修四库全书》第1443册，第185页。）

梁同书《频罗庵遗集》卷一《题卢抱经同年〈检书图〉》诗："庙寺门摊每驻车，十年辛苦俸钱馀。而今鹤禁簪毫去，好就君王乞秘书。"（《续修四库全书》第1445册，第391页。）

袁枚《小仓山房诗集》卷三十一《〈检书图〉为卢抱经学士题》记："当年簪笔侍青宫，曾绘此图呈帝子。"（《续修四库全书》第1431册，第589页。）

又，陈兆仑《紫竹山房诗文集》卷六《题卢记注召弓文弨检书小照绝句六首》诗中注记："顷君欲借大戴旧本并干董度，时方校三礼官书，未得如命，而易纬则向未备也。"（《四库未收书辑刊》第九辑，第25册，第544页。）钱大昕《潜研堂诗集》卷四亦有《题卢绍弓编修〈检书图〉》。（《续修四库全书》第1439册，第277页。）蒋士铨《忠雅堂文集》卷七有《题卢绍弓文弨编修〈检书图〉四首》。（《续修四库全书》第1436册，第602页。）蒋士铨《忠雅堂诗集·寿萱堂诗钞》有《题卢绍弓编修文弨〈检书图〉》，两处题诗内容相同。（《续修四库全书》第1436册，第261页。）王鸣盛《西庄始存稿》卷十二有《卢侍读绍弓检书图》。（《续修四库全书》第1434册，第138页。）阮元《两浙輶轩录》卷三十一有孙梅《题卢抱经前辈〈检书图〉》。（《续修四库全书》第1684册，第206页。）

·七言古诗·

过徐紫山先生草堂[1]

旧年访翁当六月，风吹荷气雪我热。

今年六月访翁来，水面无数荷花开。

荷花照水年复年，喜翁常有好容颜。

瞳瞳眸子注我久，翁言见子思我友。

我友子之外王父，（冯山公先生讳景。）嗟哉斯人亦已古。

凌雪健笔孰敢当，气节岳岳惊岩廊。

儒冠误人归故乡，何时杯酒一相别，青山白骨埋精光！

吁嗟翁言使我悲，名山不朽徒尔为。

祝融毒煽祖龙焰，万卷倏忽成飞灰。

止余一女室吾父，亦教早死夺我慈。

苍天苍天不可知，先生之行岂有遗？

当时之交谁在矣，湖滨一老灵光岿。

小子掇拾惧无征，翁试为我正其是。[2]

翁之诗句谁与伦？五字岬屼推长城。

昔游南海交梁陈，是时沉寥天气清，人间无处无秋声。

梁子落落方高吟，陈子吴子相继鸣。

翁时意气凌秋雯，挥毫落纸明河倾。

萧条景物十九首，四家至今相并称。

归卧湖滨又几秋？结庐正对南山幽。

---

[1] 案：阮元《两浙輶轩录》卷五记："徐逢吉，字紫山，一字子宁，号青蓑老渔。原名昌薇，字紫凝。钱塘诸生。著《黄雪山房集》。"（《续修四库全书》第1683册，第253页。）又，《（民国）杭州府志》卷一百四十五《文苑二》记："徐逢吉，字紫凝，钱塘诸生。居清波门外。为文宗法大家。偕冯景、沈用济游岭南归。衰年病足，杜门不出。日事吟咏，萧然自得。"（《中国地方志集成·浙江府县志辑3》，第465页。）

[2] 案：应指抱经先生搜集外祖父冯景诗文事。段玉裁《戴东原先生年谱》乾隆二十一年丙子记："是年冬，有读淮南洪保一篇云：'卢编修绍弓以其外王父冯山公先生景《淮南子·洪保》示予，予读其论古音有疑焉，惜隋唐辨声之法之失传也。'"（张元济主编《四部丛刊初编》，第1766册，《戴东原集》附录，商务印书馆1936年版。）

苦余尘缚会面少，始知隐者诚良谋。
　　山水到处心所爱，故国况可营菟裘！
　　苔藓踏破翁莫怪，狂言陡发翁莫尤。
　　迳须此地着茅屋，盟心为指湖中鸥。

案：华岩《离垢集》卷二，辛酉《挽徐紫山（先生善养道寿近九十无疾而终）》诗中注记："庚申岁，仆客邗江，披雪樵丈书，知斯文之有限，曷胜惨戚，而挽之以诗。诗成，临风三读，冥冥幽灵，知耶？不复知耶？"（《清代诗文集汇编》第251册，第135页。）查《离垢集》前后各诗基本是以编年编纂，该诗前面为《庚申岁客维扬果堂家，除夕漫成五言二律》（第134页），后面为《辛酉仲春，阴雨连朝，一轩子以肩舆见邀，遂登幽径，是日听琴观画，极乐何之！乃为一诗以志》（第135页）。据此，华岩接到徐紫山逝世消息并写诗悼念，应该是在乾隆六年辛酉二月之前。

　　又，厉鹗《樊榭山房集》卷八《诗辛》，丁巳《徐丈紫山今年八十三矣，居清波门外湖滨，病足不出户，日事吟咏，寄示近作，赋此仰酬》记："两年不见紫山翁，闻道婴颜尚旧红。脚疾偶然徐道度，诗名合继鲍清风。"《樊榭山房集·续集》卷三《诗丙》，癸亥《徐丈紫山没三年矣，闻湖上故居名黄雪山房者已拆卖于人，雪樵有诗吊之，予亦次韵》诗。

　　陈景钟《清波小志补》卷末题跋记："《小志补》作于乾隆着雍敦牂（戊午，乾隆三年）冬十月，盖承紫珊老人之嘱而为之也。未及，老人以寿终。余自重光作噩（辛酉，乾隆六年）计偕入都，从此奔走南北。至柔兆摄提（丙寅，乾隆十一年）之季秋，丁先太孺人之忧，抱痛回里，治葬后独处倚庐，命儿子去琅辈录出，略加增订，而紫珊老人已不及见矣。俯仰之间，便为陈迹，后之览者，亦将有感于斯云。乾隆强圉单阏（丁卯，乾隆十二年）春正月，棘人陈景钟自跋。"（《丛书集成新编》第95册，第416页。）

　　以厉鹗所记癸亥，即乾隆八年逆推三年，参考陈景钟所记"未及，老人以寿终"，可知徐紫山应卒于乾隆五年庚申。

又,据拙著《清卢抱经文弨先生年谱》考证,抱经先生在乾隆二年始客游,离开杭州前往京师跟随桑调元学习;乾隆四年三月桑调元乞假南归,又跟随桑调元南下,至余姚;乾隆五年,在杭城处馆;乾隆六年再次入京考取内阁中书,其后长期在京任职。据诗中所记:"苦余尘缚会面少,……故国况可营菟裘。"该诗似写于乾隆四年或乾隆五年。当然,究竟写于何年,还有待于进一步考证。

闻补亭先生话兴安岭形势和句山先生韵[1]

乌尔楚克峰特奇,更闻其北有高岭。
岭名兴安雄且尊,服儒马蹇何由骋?
是时秋已深,金天气清耿。
有客陪猎上上头,目穷籁末无遗景。
或如凫鹭乱,或如鹳鹅整。
儿孙佝偻罗满前,其后平沙,浩浩千里不留影。
自有宇宙来,便已有此境。
大块气旁薄,郁怒快一逞。
中原丌明堂,不可无轩屏。
包络气象完,阨塞道路梗。
万马蹴踏西南驰,兹山屹然体自静。

---

[1] 案:王昶《湖海诗传》卷七记:"观保,字伯容,号补亭,索绰络氏,满洲正白旗人。乾隆二年进士,官至左都御史。"(《续修四库全书》第1625册,第598页。)
又,《湖海诗传》卷六记:"陈兆仑,字星斋,号句山,钱塘人。雍正八年进士。乾隆元年召试博学鸿词,授检讨,官至通政使。"(《续修四库全书》第1625册,第586页。)陈兆仑《紫竹山房诗文集》卷九《二十九日抵兴安岭听补亭话山顶形势明日幕次却赠》记:"北来山已穷,前距兴安岭。岭高千仞绝跻攀,壮士超梯去何猛!修藤蔓葛一无有,寸步莘确横耿耿。多君竟亦至其巅,暮归为我谭奇景。回望过来山,扑地碎不整。有如蛮君鬼伯无数兢膜拜,玉楼孤耸云中影。前望益奇特,不知山止境。决溿万里沙,平接一往逞。决眦不可极,飞鸟各远屏。洞无石露拳,荡无木剩梗。想见浩然风坐大,倚其空阔无时静。霜亦不得驻,雪亦不得骋,惟有寒冰败矿朝暮相与并。欶歔乎哉,天以此碛限南北,大漠全图已略省。明朝七草依岩转,喜趣归程山指丙。猎围未歇足夷犹,晓起披裘已忘冷。"(《四库未收书辑刊》第九辑,第25册,第584页。)

高处有云封，低处无浪打。
山灵肃候万乘来，鸷鸟毒兽相与归。
死愁合并豪猪饮，羽猛虎殪，其余琐细不足省。
获车知当喘几牛，山程远近不问丙。
作计他年贾勇登，不怕漫漫风雪冷。

案：该诗应作于乾隆二十八年八月二十九日，具体可参见《抱经堂诗钞》五言古诗《至额克楚克哈达》诗考释。

赵州牧李芝裳方耀以继室觉罗氏死烈状见示

寒风急景岁云徂，夜深鹎鶋屋上呼。
谁言深闺弱女子，胆决直过伟丈夫。
狂且暴起势仓卒，忽已血染刀模糊。
志节明白可无死，感愤毕竟捐其躯。
皇帝下诏奖奇烈，千秋百世昭寰区。
我来赵城见贤夫，读状为之三叹吁。
当几要祇在立断，百年完缺争须臾。
钢肠烈性有如此，岂但巾帼传楷模！
呜呼！岂但巾帼传楷模！

案：该诗应写于乾隆三十一年四月初四日奉旨南下湖南提督学政途中。具体论证参见《抱经堂诗钞》五律《固镇客馆庭中杂莳花竹，颇饶幽趣，壁间有同年梁少宰瑶峰诗，因和其韵》考释。

另，据叶观国《绿筠书屋诗钞》卷八《瀛洲三集下》，"起乾隆庚寅迄壬辰五月"《觉罗烈妇诗》题下注记："同年易州牧李君文耀继室，州牧于役未归，前妻弟陈三者窥氏独处，中夜犯之，氏持刃刺陈三毙，羞愤莫释，得闭自经死，有诏旌之。"（《续修四库全书》第1444册，第346页。）

《清高宗纯皇帝实录》卷七三五，乾隆三十年四月癸酉记："旌表守正捐躯之直隶易州知州李文耀妻伊尔根觉罗氏。"其时，李文耀已经从易州知州调任赵州知州。《清代缙绅录集成》第二册《爵秩全本》乾隆三十年冬，第262页记："易州知州，金世麟，江西丰城人，辛酉三十年闰二月调。"第265页记："赵州知州李文耀，福建清流人，辛酉三十年闰二月调。"乾隆三十三年秋，李文耀仍在易州知州任上。（第507页。）但是，到乾隆三十四年时，李文耀应该是已经调离。《清代缙绅录集成》第三册《缙绅全书·中枢备览》乾隆四十二年秋，第58页记："赵州知州加一级兴安，满洲镶白旗人，监生，三十四年三月升。"

叶观国、李调元等人诗中仍称李文耀为"易州牧"，《清高宗纯皇帝实录》中亦记为"易州知州"，应是李文耀妻觉罗氏自杀时，李文耀仍在易州任上，而不久即调任赵州后，抱经先生始知此事，故其诗中称"赵州牧"。

除抱经先生该诗，李调元、吴寿昌、单烺等人亦先后有诗记述此诗。李调元《童山诗集》卷八有《挽易州牧李文耀芰裳继配烈妇氏觉罗安人》诗："柔肠成铁血成丹，易水萧萧日色寒。不使荆轲独千古，女中又见白衣冠。"（《续修四库全书》第1456册，第199页。）吴寿昌《虚白斋存稿》之《冰衔集上》中《李宜人觉罗氏贞烈诗》记："妇性烈，妇身洁，妇生轻，妇节明。不见白山名媛天边姓，荣砧出牧鱼轩盛。绥绥官阁梁狐雄，蛊人突入空房空。嗫词嫚语以死报，何物狂且逞强暴。抽刃冲其胸，电闪霜为飞。模糊手中血，溅地复涂衣。填膺有余愤，毕命悬罗帏。人生忍辱由畏死，苟活草间真足耻。不朽之骨千载芳，九重褒典乌头光。吁嗟乎！妇节明，妇生轻，妇身洁，妇性烈。"（《清代诗文集汇编》第397册，第27页。）单烺《大昆崙山人稿》卷四《赵州李使君宜人觉罗氏节烈》记："长白何巍巍，正气钟天地。义烈不偏生，解作男儿事。男儿事何常，须眉而巾帼。女子义无亏，萝茑而松柏。松柏自有心，不与岁寒改。我朝列女篇，固大有人在。人在为砥柱，人亡为坊表。绰楔入青云，生气犹缭绕。"

(《清代诗文集汇编》第309册，第504页。)

题沈定夫《潇湘归棹图》

波淼淼兮洞庭秋，君思归兮不可留。
葭苍苍兮风瑟瑟，山冥冥兮猿啾啾。
扬舲兮东汜，望参差兮云树。
山川信美而非吾土兮，吾将道夫归路。
扣舷兮浩歌，凉风夕起兮水生波。
遥极目兮楚山多，君欲归兮可若何？

案：该诗似写于乾隆四十三年秋冬之际。

查沈定夫，应是沈荣昌。梁国治《敬思堂诗集》卷六有《和沈定夫胭脂山春望韵》《和沈定夫胭脂山晚眺韵》《和沈永之观察辰州寄诗原韵》。其中《和沈永之观察辰州寄诗原韵》记："摇䒌楚江平，江干月影清。忽闻滇海使，已过武陵城。路遥重云入，心邀一镜明。如何九载别，对此不悬情。""两寄诗笺到，新雏老凤清。君方上沅水，我正下江城。五字拈须得，双鱼照眼明。经临悭一面，千里若为情。"（《清代诗文集汇编》第351册，第622页、第624页。）以梁国治所记"两寄诗笺到"句推测，沈定夫应该就是沈荣昌。

如果推测无误，则据《湖州府志》卷七十三《人物传·政绩三》记："沈荣昌，字永之，号省堂，归安人，乾隆十年进士。父柱国因为县粤东，以事被逮，荣昌走京师，积卖文赀赎父于罪，时有孝子之目。初任山西文水县，……乾隆己卯，升河南怀庆知府。……丁艰起复，授兰州府，调平凉府。丁亥，升陕西督粮道。丁艰服阕，授云南驿盐道。前抚李奏将各商铺盐尽归官铺，以杜私贩。官吏因而籍户派领，民大哗。荣昌言于新抚裴宗锡，请还商售，先课后盐，依限报销，以免强派之弊。奏入，允行，民便之。因公镌级，以同知发河南用。四十九年，擢江西盐法道。明年，调江西督粮道。卒，年七十四。著有《成志堂诗集》。"（《中国地方志丛书·华中地方·第五十四号》，台湾成文出版社1970年11月版，第1395页。）

　　以沈荣昌之经历与抱经先生相对照，两者似乎并无太多交集。虽然沈荣昌之图题为"潇湘归棹"，但是，其并未在湖南任职过。

　　至于其因事道经湖南之记载，以梁国治三诗所记内容、地名推测，沈定夫曾经经过湖南，即由武昌胭脂山取道湖南辰州，途中两次寄诗书于梁国治。其此次道经湖南应是南下至赴任云南盐驿道。虽然并未查到《清高宗纯皇帝实录》有关任命沈荣昌为云南盐驿道之具体记载，但是，以《湖州府志》所记："丁亥，升陕西督粮道。丁艰服阕……"沈荣昌之服阕被任命为云南盐驿道，至少应该是在乾隆三十四以后。而据拙著《清卢抱经文弨先生年谱》考证，抱经先生在乾隆三十三年春便被降调回京，离开了湖南，故与沈荣昌应该不会发生交集。换言之，该诗应该不是抱经先生在提督湖南学政任上所写。并且，据诗中所记，抱经先生该诗应该是写于沈荣昌辞官返乡时，故诗中才称："君思归兮不可留""山川信美而非吾土兮，吾将道夫归路"。沈荣昌在辞官返回故乡湖州时，曾经道经湖南，而其时有人为其绘画《潇湘归棹图》。

　　又，据《随园诗话》卷十一记："沈永之与余同榜五十年，官云南驿盐道，乞病归。途中信来，道生一女。适余生阿迟。念二人俱是幺豚暮鹦，遂相订为婚。沈寄诗云：天留蔗境与公尝，六十逾三学弄璋。"（《续修四库全书》第1701册，第418页。）另，可参见袁枚《小仓山房文集》卷三十一《江西督粮道省堂沈公传》。（《续修四库全书》第1432册，第363页。）

　　《随园续同人集·文类》卷二，沈荣昌《与随园同年》记："冬至后三日接手书，并《得子》二诗，……札中知弟有女全宝，与迟郎同岁，故请连姻。……敬遵台命，夫复何言！"（《丛书集成三编》，第56册，第565页。）

　　查袁枚之子袁通（阿迟）生于乾隆四十三年七月二十三日。《小仓山房诗集》卷二十五《七月二十三日阿迟生》诗："六十儿生太觉迟，即将迟字唤吾儿。"（《续修四库全书》第1431册，第496页。）

据此，两家联姻应是在乾隆四十三年冬，即沈荣昌自云南驿盐道辞官返回故乡湖州后。

而又据拙著《清卢抱经文弨先生年谱》考证，乾隆四十三年三月前后，抱经先生即以继母张太宜人年老而辞钟山讲席，返回杭州。沈荣昌很可能是在是年秋冬之际返乡时至杭州，得以与抱经先生会面，而出《潇湘归棹图》见示，抱经先生方得以为之题写该诗。抱经先生与沈荣昌同为乾隆三年顺天乡试举人。《（光绪）归安县志》卷三十二《选举·举人》"乾隆三年戊午科举人"记："沈荣昌，顺天中式，柱臣子，字永之。乙卯拔贡，乙丑进士。"（《中国地方志集成·浙江府县志辑27》，第613页。）

并且，据《随园诗话补遗》卷四，第四三则记："余年十八，受知于浙督程公元章，送入万松书院肄业。离家二十里，夜不能归，辄借榻湖州沈谦之（沈荣儁）、永之（沈荣昌）寓所。"（《续修四库全书》第1701册，第548页。）沈永之应是曾经在杭州万松书院肄业或者在杭州有住所，故很可能在辞官后至杭州并得以与抱经先生会面。当然，该诗具体写于何时，还有待于进一步考证。

恭和御制十二辰本字题四库全书

右文典学圣天子，奚止兰亭传癸丑？
秘阁校勘勖以寅，加订秦权汉刚卯。
玉堂诸彦庆逢辰，花砖昼入敢过己？
经肇河洛史典午，九流百家更仆未。
晦者以显屈者申，群玉宁论大小酉？
石渠金鐀严屈戌，包罗纮綖括章亥。

案：该诗应作于乾隆四十年四月之后。

《清高宗御制诗》第十二册，卷二十九"乙未五"《用十二辰本字题四库全书（有序）》记："昨既效仇远十二辰体咏金川事[1]，各以肖生字用于句首，且通体一韵，非好为其难，盖参用明远数诗例也。诗中如虎年、马年，适符金川时事，而牛相则又以数典借用及之，所谓因难见巧，亦幸巧，不伤雅耳。曾命内廷诸臣和韵，率皆阁笔，且云不可无一，不能有二，其然，岂其然乎？兹以十二辰本字题四库全书，非畏难，亦非避熟，取材固各有宜焉者。惟十二支字本不同韵，今于韵脚用之，非可迁就，因仿远体三易韵，按古韵叶之自然恰合，仍以咨内廷及四库全书诸臣，共效其体，宁当如前诗之谀为寡二少双，可耶？

"四库搜经史集子，绝胜书画收张丑。木天群彦聚清寅，宁一青藜照金卯？

"名山搜校及兹辰，给扎授餐岁始巳。讵以军事废旁午，速成欲信斯之未。

"玩愒有戒居申，继晷焚膏穷二酉。乙览秉烛金屈戌，三豕子夏辨己亥。"（海南出版社2000年版，《故宫珍本丛刊》第561册，第35页。）

据集中各诗先后顺序，可知乾隆帝该诗作于乾隆四十年四月，故抱经先生诗应是在其后。当然，具体写于何时，还有待于进一步考证。

---

[1] 案：《清高宗御制诗》第十二册，卷二十九，乙未五，《效仇远十二辰体咏金川事解闷（有序）》记："近于《永乐大典》散篇中裒辑得仇远《金渊集》，有所谓十二辰体者，颇创见可喜。惜一诗凡三易韵，且鼠牛等字参差用于句中，不若鲍明远数诗之精审。余昔尝效昭体论君道，兹效仇远此体咏金川事。所用十二支字并列句首，从鲍法也。日来大功将成，盼捷益切，寝食为之不安，拈翰成此，聊以自遣。而灌鼠屠猪，藉以取譬于施力之易易，庶几吉语是征耳。

"鼠寇猖金川，于唐吐蕃种。牛相却悉坦，自昔恶蠢动。

"虎年即背盟，构衅邻封冗。兔穴营三窟，蚁斗相冲捔。

"龙骧未足劳，方伯命戒董。蛇蝎为其心，迁延竟悁懵。

"马年增筑碉，吞并心益涌。羊子效父触，羸角曾弗恐。

"猴谲不可赦，王师发精勇。鸡肋非所图，群番筹安巩。

"狗苟与蝇营，压卵山临耸。猪韡羌儿俘，成功不旋踵。"（海南出版社2000年版，《故宫珍本丛刊》第561册，第34页。）

题徐邻哉先生食贫居贱诗卷[1]

先生自不贫,摩娑万轴意绝珍。

先生自不贱,长安卿相求识面。

世间富贵势赫然,落落视之一不羡。

先生故是贫贱身,先生有道忘贱贫。

贱兮曰居贫曰食,此言有味当书绅。

谁知君者欧舫翁,[2] 为君作诵来清风。

我亦萧然贫贱者,一歌再歌令我胸中吐气如长虹。

---

[1] 朱筠《笥河文集》卷六《徐邻哉书跋尾》记:"邻哉,余识之几三十年,松江娄人,以雍正壬子举人试补内阁中书舍人。出为梧州府同知,擢夔州府知府。病去,重赴选司,需次久之,居法源寺,卖字给食者数年。甲午春,病甚出都,归未及家卒。邻哉书绝似其乡董文敏,晚年借书文敏款识售之,琉璃厂中识者争购之,不以其款识重也。初为舍人,名观光,耻与一俗吏同姓名,易今名。其自夔来都引见,问:'夔有瘴疠耶?'邻哉呜咽,对曰:'诚有之。臣爱子死于是。'上为动容,温语慰藉之。嗟乎!邻哉之辄以情告,非邻哉之诚,乌能及此!邻哉为余家书甚多,多散去,此幅乃从先兄仲君所居败屏上揭取重装之者。仲君下世又先邻哉一岁,辄跋此所以志予感也。乾隆乙未冬十月二十日。"(《续修四库全书》第1440册,第213页。)

查礼《铜鼓书堂遗稿》卷十四,己卯《赠徐邻哉司马》记:"宜州布泽历三春,移调明江喜得邻。"(《清代诗文集汇编》第338册,第105页。)司马为同知别称,梧州在广西,应是指徐邻哉初任梧州府同知时。己卯为乾隆二十四年,以此逆推"三春",应是乾隆二十一年丙子。则徐邻哉初任梧州应是在乾隆二十一年丙子。又,黄达《一楼集》卷二《送徐邻哉舍人分守庆远》,系年亦在乾隆二十一年丙子。(《四库未收书辑刊》第十辑,第15册,第586页。)

《清代缙绅录集成》第二册,第166页《缙绅全书》乾隆三十年春"四川夔州府"记:知府加一级徐良,邻哉,江苏华亭人,举人,二十八年八月升。

陈兆仑《紫竹山房诗文集》卷十有《送徐夔州邻哉之任》诗,系年应为乾隆二十九年甲申夏之前。(《四库未收书辑刊》第九辑,第25册,第592页。)

又,中国第一历史档案馆藏,档号04-01-12-0117-041,乾隆三十一年二月初七日《四川总督阿尔泰奏为夔州府知府徐良回籍调理选员接署并请简员补放事》记:"窃照夔州府知府徐良现因患病详请解任回籍调理,除照例委验取结详题,臣与两司于通省各属详加遴选,查合州知州王永鉴可以署理,现已飞饬该员前往接署。"

[2] 案:《清代缙绅录集成》"乾隆十三年内阁诰敕撰文中书舍人"记:"张筠,渭南,江南桐城人,壬子,乾隆六年五月补。"(《清代缙绅录集成》第一册,第121页。)

又,廖大闻等修,金鼎寿纂《(道光)桐城续修县志》卷二十一,别集类,记:"《欧舫诗钞》二卷,张筠撰。"其中"鸥舫翁"应是指张筠。钱维城《茶山诗钞》卷三,癸酉《题徐邻哉中翰自书试卷》题下注记:"邻哉耽书成癖,渭南中翰以诗止之,邻哉和韵即书长卷以赠。"(《四库未收书辑刊》第十辑,第14册,第543页。)其中"渭南中翰",亦应是指张筠。

我曩与君同官日,[1]下直归来即不出。
敝衣草履自年年,人笑褴褛吾不恤。
不幸为世所指名,礼节不至猜嫌生。
饥来难忍相假贷,叩门未语颜先赪。
岂知先生节愈劲,人世营求百不兢。
室无交谪神自怡,满眼天机供啸咏。
噫吁嘻!握筹运算徒尔劳,高官右职亦岂牢?
唯有贫贱可肆志,此生有命任所遭。
徐夫子,徐夫子,尔真磊落绝代之人豪!

案: 该诗似写于乾隆四十年乙未。

《抱经堂文集》卷十六,乙未《跋梅二如所藏徐虁州墨迹》记:"噫!本一时偶然唱酬之事,而群贤相继有作,若不胜艳羡者然,先生汇而书之,梅子又从而乞之,此皆与晋人风致为近。余既追和其韵,又缀数言于其后,以为若梅子者,知先生之为人,则珍贵其书自当更倍于余人也。"据其中所记"追和其韵,又缀数言",如果猜测无误,应该就是指该诗写作时间,即乾隆四十年乙未写作《跋梅二如所藏徐虁州墨迹》同时。

又,《抱经堂文集》卷十六,丁未《又跋梅二如临徐又次太守手卷》记:"文弨十二年前曾为二如题所藏徐公手卷,并属二如临一本畀余,竟不虚所请。未几,二如下世。余重是故人之笔,且张徐二老一时韵事,而得诸老先生为之咏歌叹赏,其事足艳千古,因装成一轴,请二如之弟石居为识数言于其上。石居亦重出前卷示余,卷中有文穆公诗,即石居昆弟之先大人也。……小子私窃宗仰者实久。欧舫前辈为龙眠钜族,是时宗衮方在朝,[2]而萧然无异寒素。武进钱文敏与余

---

[1] 案:指抱经先生与徐邻哉同为内阁中书事。《清代缙绅录集成》乾隆十三年内阁诰敕撰文中书舍人记:"徐观光,临哉,江南吴县人,壬子,乾隆六年十月补。卢文昭,绍弓,浙江钱塘人,辛酉,乾隆七年十二月补。"(《清代缙绅录集成》第一册,第121页。)其中,"昭"字误,应为"弨"。

[2] 案:宗衮,似指张廷玉。

同乡举，同选中书，其登第也先于余，既贵显而不忘旧好也。[1]新建裘文达公为壬申殿试读卷官，余以是年登第，以师礼事之，有燕会必招余在座，其卒也，相传为江神主江宁之燕子矶云。桐城王中涵户部，丁丑会试，与余俱为诗经分校官，坐联席，相与浃洽者一月，识其人朴诚君子也。徐又次前辈，乃书此卷者。"

大风过小商桥吊杨将军[2]

大风吹沙日色黄，空腔老树横路旁。
平原莽苍麦覆陇，天低不见古战场。
呜呼！壮士忠且武，誓以少卒摧强虏。
着镞斑斑身不知，精灵千载犹郁怒。
中原未定壮士死，固疑天意欲尔尔。
岂知助虐不关天，万里长城人自毁。
杨家墅与岳家坟，童时瞻拜略有闻。
白头始踏郾城路，汤阴苍苍连暮云。
空祠寂寞门长闭，驻马徘徊一挥涕。
好事独有临安儿，椒浆桂酒纷相继。（吾乡艮山杨墅庙香火甚盛。）

案：此诗应作于乾隆三十一年四月初四日奉旨南下湖南提督学政途经郾城

---

[1] 案：钱维诚《茶山诗钞》卷三亦有《题徐邻哉食贫居贱诗卷四首》，系年在乾隆十九年甲戌。（《四库未收书辑刊》第十辑，第14册，第549页。）

[2] 案：小商桥，始建于隋开皇四年（584年），位于河南省漯河市临颍县城南10千米处，为唐宋以来南接蔡州（上蔡）、北达颍昌府（许昌）的交通要道。
杨再兴，江西吉水人，南宋抗金名将。据《宋史》卷三六八，列传第一二七《杨再兴传》记："飞败金人于郾城，兀术怒，合龙虎大王、盖天大王及韩常兵逼之。飞遣子云当敌，鏖战数十合，敌不支。再兴以单骑入其军，擒兀术不获，手杀数百人而还。兀术愤甚，并力复来，顿兵十二万于临颍。再兴以三百骑遇敌于小商桥，骤与之战，杀二千余人，及万户撒八孛堇、千户百人。再兴战死，后获其尸，焚之，得箭镞二升。"

时。具体论证参见《抱经堂诗钞》五律《固镇客馆庭中杂莳花竹，颇饶幽趣，壁间有同年梁少宰瑶峰诗，因和其韵》考释。以"平原莽苍麦覆陇"推测，应是农历四五月份；由"白头始踏郾城路"可知该诗应是抱经先生中年以后作品。

钱浙三画人物奇肖戏为长歌示之

曹霸漂泊际，屡貌寻常人。
世上空有皮妍尔，君今亦复劳经营。
君曷不画鬼，磨牙一啖千蛇虺，两手揶揄善笑人，苇索宁当畏郁垒。
君曷不画虎，空山月黑风雨怒，虎伥在前虎子后，腥气熏蒸涨林莽。
不尔大海之漫漫，不尔高山之巑岏，山云须臾变苍狗，海水清浅成桑田。
更或朱幡宝盖璎珞垂，天神龙女相逶迤，雨花点点从风飞。
又闻海外之国不可名，其人发赤睛绿面墨黥，雉尾以为冠兮，毳幕以为城。
君都舍此不着笔，时时刻画吴中伧。
呜呼！安得奇士落君之眼中，令君笔墨光怪生气如长虹。
传神实藉添毫工，此人与此画，不朽将毋同。
顾我抱陋质，颜色非敷腴，融蔑古何人？
安用子都如骨格，天教不妩媚，此生只合依江湖。
劳君图画麒麟笔，写作烟波蓑笠图。

五律

·五律·

呈张长民秉政舅

冠盖长安里，心亲只一人。春风苏病骨，白水净游尘。
欲发洪钟响，同扶大雅轮。逶迤苍藓径，来往不辞频。

案：该诗应写于乾隆十三年春会试之前。

袁枚《随园诗话》卷十三记："张长民秉政，予表侄也。父灏，官侍读学士。长民十五举京兆，三十夭亡。"（《续修四库全书》第1701册，第445页。）

中国第一历史档案馆藏，档号02-01-03-04610-002，乾隆十三年十月十一日《大学士暂管吏部尚书事务来保题为会议内阁以孔继汾请补汉中书事》："臣来保等谨题为补授中书事。准内阁典籍厅移称，汉中书张秉政病故员缺，[1] 应将奉旨以内阁中书用之孔继汾移送题补等因到部。该臣等议得内阁移称，汉中书张秉政病故员缺，应将奉旨以内阁中书用之孔继汾移送题补等因前来。查定例，内阁中书不归月选具题补授试俸一年，听内阁考核，称职移送吏部具题，准其实授。又，定例奉旨指明以何衙门补用者，不论双单月，遇缺准其先补等语。今孔继汾山东举人，乾隆十三年二月二十五日内阁抄出本日奉上谕：朕此次东巡，加恩士类，已令增广入学名数，复念十三氏子孙远承世绪，济济胶庠，其中当有文学可观读书立品之彦，宜加甄拔，以广恩施。其令该学政考验其文行兼优者数人，咨送礼部贡入成均，示鼓励焉。其引驾官孔继汾，朕看其人尚可造就，着加恩以内阁中书用。钦此。钦遵在案。今内阁既称汉中书张秉政病故员缺应将奉旨以内阁中书用之孔继汾题补等语，应准其补授撰文中书张秉政员缺，俟试俸一年，内阁考核称职移送臣部具题实授。恭候命下，臣部遵奉施行。臣等

---

[1] 案：《清代缙绅录集成》第一册，乾隆十三年"诰敕撰文中书舍人加级"记："张秉政（长民），顺天人，举人，乾隆十一年九月补。"（国家清史编纂委员会编纂，大象出版社2008年版，第121页。）《（民国）杭州府志》卷一百十二《选举六》，雍正十三年乙卯科举人记："张秉政，仁和人。"（《中国地方志集成·浙江府县志辑2》，第1005页。）

未敢擅便，谨题请旨。"奉旨：孔继汾依拟用。余依议。

又，《抱经堂文集》卷十七，戊辰《与张东之弟孟阳书》记："闲尝与舅氏语：'相者谓甥年殆不满四十，倘其言信，则为期不远矣。'舅氏笑而语仆：'吾与甥纵自知不及期颐耄耋，犹当过强艾耳。'今忆斯言，不自觉其惊痛之交集也。将试之前月，在同年祝君豫堂所会文，既成，色惨沮不乐，曰：'此不祥之征也。'"书末记："十一月七日文弨白。"

据上述三则史料记载推测，张秉政应是在乾隆十三年会试之前已经患病。对比诗中"春风苏病骨"之句，又"欲发洪钟响，同扶大雅轮"，应是隐指进士中第之愿望，故该诗应写于乾隆十三年春会试之前。

寄怀弢甫先生

洛下谈经处，空思末坐参。诗名谁与共，宦味旧曾谙。
往事风吹箨，孤怀月浸潭。何时随杖履，吟啸徧江南。

案： 该诗似写于乾隆十三年。

据诗中"洛下谈经处"句意，时桑调元似应在河南大梁书院讲席。据拙著《清卢抱经文弨先生年谱》考证，桑调元于乾隆十三年至大梁书院。同年，《抱经堂文集》卷十七戊辰《上桑弢甫先生书》记："文弨自闻先生之教，私愿杖履所到，必往从焉。乃不意八年之久不得一觏，事势阻格，不能自拔。"与诗中所记"何时随杖履"句意相似。故疑该诗似与《抱经堂诗钞》五古《题弢甫先生嵩游草后》写于同时，即乾隆十三年戊辰前后。具体论证可参见《抱经堂诗钞》五言古诗《题弢甫先生嵩游草后》考释。

·五律·

怀金明府天来潢

宰县亦良苦,心期今若何?可能与朋好,花底一清歌?
余力亲风雅,初衣想芰荷。草堂君去后,惆怅独来过。

案:该诗似与《抱经堂文集》卷十七,戊辰《与金崞县天来书》写于同时。金礜《红鹅书屋匠心集》之《和云阳居停金天来明府即席赠歌者绝句并次原韵》诗中注记:"天来金公,名潢,一字贤村,顺天大兴人。"(《清代诗文集汇编》第345册,第778页。)

又,中国第一历史档案馆藏,档号02-01-03-04715-014,乾隆十四年十月二十日《山西巡抚阿里衮题请实授金潢崞县知县事》记:"金潢系顺天举人,候选知县,乾隆十二年七月拣选引见,奉旨:金潢着发往山西,交与该抚酌量差遣委用。钦遵在案。今据代州知州杨龙文申称,查得署崞县知县金潢,年三十四岁,顺天府大兴县人,由廪生中式乾隆丙辰科举人,乾隆九年在实录馆效力,乾隆十年告成,奉旨议叙,以知县选用。乾隆十二年七月蒙前德署院奏请拣发州县十员,经部拣选引见,奉旨:金潢发往山西酌量委用。乾隆十三年二月内蒙前准抚院题署今职,本年五月初九日到任,连闰扣至乾隆十四年四月初九日,试用一年期满。奉旨:该部议奏。"

抱经先生曾馆于金潢家中,与金潢交好。《抱经堂文集》卷二十八,庚子《浙江督粮道一斋金公家传》记:"余主公家最久。"卷三十四,癸巳《文学陈少云墓志铭》记:"余在京师招之,同馆于大兴金氏。"卷十七,戊辰《与金崞县天来书》记:"吾于天来交最深,相别几一年。"

据诗中"草堂君去后,惆怅独来过"之意,联系上述金潢仕宦履历,抱经先生该诗似写于金潢初次外任知县时,即乾隆十三年。

另,抱经先生与金潢交往亲密,曾长期保持联系。柳诒徵《卢抱经先生年谱》"乾隆四十一年"记:"《仪礼注疏》(黄彭年藏本)。卷八末题:五月十四日至石城桥送金贤邨北还。"(《乾嘉名儒年谱》第五册,北京图书馆出版社 2006 年版。)《抱经堂文集》卷十六《豳州昭仁寺碑跋》记："乾隆庚子在京师，金氏出此见示，腊月六日乃为题而归之。"又，《同州圣教序跋》记："余友金贤邠藏此旧拓本，今在其从孙所。出而观之，有诸草庐先生跋。……庚子嘉平月七日书。"

赠卢苕园修其

寂寂扬雄宅，唯君数往还。交怜同臭味，贫有好容颜。
疑义常从析，新诗更许删。闷来谁慰藉，真意最相关。

下第书怀呈昆圃先生

遭刖寻常事，相怜意独真。那将垂翅客，错拟看花人。
砚北富搜讨，（先生家藏书甚富，借观不靳，所著有《砚北杂录》。）江东忘贱贫。秖愁亲忆苦，南望一沾巾。

案：该诗应写于乾隆十六年春礼部会试后。

抱经先生与黄叔琳（字昆圃）应结识于乾隆十五年。《抱经堂文集》卷十八，乾隆十五年庚午《上黄昆圃先生书》记："文弨怀企久矣，而以无介绍，不敢以亵见。今者猥辱令子侍御君之下交，而又示以贤孙之文。夫交其子孙，则必登堂而拜其父祖，礼也，况先生更文弨之所愿见者哉！"

乾隆十六年，抱经先生馆于黄氏。《抱经堂文集》卷九，辛未《竹书纪年统笺跋》记："岁辛未，余馆北平黄昆圃先生家。"又，顾镇《黄侍郎公年谱》卷中，乾隆十六年辛未记："十有二月，《砚北杂录》成。公博闻强记，于书无所不窥。至年耄目昏，犹依藉日光手不释卷。每风雨晦暝之辰，则令诸孙雏诵于侧,其有关经济学术者随手摘录,积久盈箧。时卢文弨主家塾,嘱令分类编辑,至是书成。"(《北京图书馆藏珍本年谱丛刊》,第91册,第112页。)

联系抱经先生在乾隆十七年壬申恩科一甲第三名及第,故推断此诗当写于乾隆十六年辛未会试后。

另,可参见《抱经堂诗钞》五言古诗《和示子诗韵示佩章、揆基两生》考释。

通昔不寐

日长唯爱夏,今怪夜光长。淅淅灯销穗,嘈嘈鼠上堂。
悲欢均到眼,慈孝几回肠。宜楸吾雠汝,前时悔莫偿。[1]

圣武远扬西域效顺大阅礼成恭纪

圣德绥怀徧,清时简肄宜。霜严旗影静,风振角声移。
司马申新律,鸿胪展盛仪。向来瞻辂輅,刚近廿年期。

南苑临清趼,先春候向和。远烟浮督亢,近水带漘沱。
鱼鸟天机洽,熊罴勇气多。审方占部曲,列幕灿星罗。

向晓旌门启,森严士不哗。连营屯大野,五色绚明霞。
奋武知无外,宣威讵有涯?拊循劳圣主,何以报皇家?

[1] 案:明朱国祯《涌幢小品》卷十六"宜楸神"记:"古有善睡者,其神名曰宜楸。吴渊颖先生久病嗜睡,作窜宜楸辞。先生名莱,字立夫。初生之夕,父直方忽梦西域神人飞空而来,止于内寝,因名曰来。南嵩方凤见而奇之,曰:'此邦家材也。'取南山有台诗中,更曰莱。好学无所不窥。体素羸弱。年四十四,久病不自振。忽梦作童汪踦赞,觉,谓人曰:'汪踦,殇者也。今岁殆不起。'果卒。私谥曰'渊颖先生'。宋景濂出门下,其学大抵多出于先生云。"(台北新文丰出版公司1997年版,《丛书集成三编》,第71册,第645页。)

宝幄中天设，高台四望同。黄金明组甲，赤羽引雕弓。
駓騃龙旗整，骁腾虎旅雄。华林轻马射，甫草迈车攻。

倏忽流空电，砰訇殷地雷。巧非前代有，法自极西来。
应节分明徧，连环次第催。群阴都解驳，寒律觉阳回。

冠带通殊俗，车书奉盛朝。万方齐入觐，重译不辞遥。
都护开西域，呼韩接渭桥。许教陪盛典，音革泮林鸮。

蠢尔伸天讨，由来禀圣谟。功名成卫霍，方略妙孙吴。
疏勒输琛赆，车师入版图。不须怀敌忾，小丑讵稽诛？

共解同袍谊，身怀挟纩恩。宠光回日驭，暖气扫霜痕。
按辔曾何拟，投醪未足论。駃騠笳吹入，歌舞凤城喧。

世德涵濡久，军容训练精。百年无折镞，众志自成城。
汉塞屯更卒，唐家籍府兵。那如昭代盛，翊卫巩神京。

赫濯威声远，怀柔德意宣。舞干苗已格，闻磬将知贤。
神武遗三略，皇猷出万全。长缨虽自许，猎碣愿同编。

案： 该诗应写于乾隆二十三年十一月初五日或稍后。

先是，大阅久未举行。至此，乾隆帝以哈萨克、布鲁特新近归附，而清军正在全力进剿准噶尔部达瓦齐等叛乱，故从本年九月开始筹备阅兵大典。

《清高宗纯皇帝实录》卷五七〇，乾隆二十三年九月壬辰上谕："迩年久未阅兵，现右部哈萨克降服，俟来使到时，朕亲大阅，示以军容。所有应行豫备之处，着即办理。"又，卷五七四，乾隆二十三年十一月初五日戊子记："上大阅。命右部哈萨克使臣卓兰等及布噜特诺起等从观。上自行宫发驾。銮骑卤簿，陈于行宫门外。声炮三，铙歌大乐作，奏壮军容之章。兵部堂官二人、大臣十人，分左右骑而导。内大臣二人后扈。领侍卫内大臣率豹尾班佩刀属櫜鞬，骑而从。总理演兵王大臣暨八旗领操都统等，率将校、军士甲胄出营成列。上至晾鹰台帐殿。豹尾班、三旗侍卫分翼列侍。建黄龙大纛二于帐殿后。部院大臣分翼序立黄幄前。八旗传宣官骑而列于台下。乾清门侍卫每翼六人，骑而列于传宣官之前。上躬御甲胄，乘马出，试射，连发七矢，皆中的。兵部堂官奏请阅阵。上亲阅队伍。兵部堂官前引。总理王大臣、满洲大学士、内大臣、侍卫前引后扈，皆擐甲乘马。上入自左翼，由列阵中路行，经骁骑、护军、前锋诸队而南，火器营、藤牌兵诸队而北，周阅毕，乃还，御晾鹰台黄幄，升宝座。大臣、侍卫及诸执事官咸列侍。兵部尚书奏鸣角，台下蒙古画角先鸣，各旗分列之海螺以次递鸣，达营阵，遂击鼓，营中海螺毕鸣。分列之海螺以次退立于台下。营中三举炮，遂行阵伐鼓，鸣螺舁鹿角，整列而进。每进，以十丈为节。鸣金则止。麾红旗，则枪炮齐发。鸣金则止。再伐鼓，整列前进。鸣金，麾旗，发枪炮如初。如是者九。第十进，枪炮连环齐发无间。鸣金三，乃止。八旗开鹿角成八门。首队前锋、护军、骁骑各整列以次出，至鹿角外。次队随之。火器营兵、藤牌兵列于后。既成列，鹿角门阖，八旗齐鸣螺，喧呼作势而进。两翼协队乘马斜向前进。营中鸣螺，乃振旅而退。为殿之八旗满洲火器营炮位、鸟枪护军、骁骑及首队前锋、护军、骁骑各立于本旗大纛之下。八旗分鹿角为八行。火器军结队而退。首队兵殿后兵，以次鸣螺而退，各列于初成列之地。兵部尚书奏大阅礼成。上御黄幄，释甲胄。铙歌清乐作，奏凯皇威之章。扈从之大臣、侍卫等皆释甲胄，随驾还行宫。声炮三，领兵大臣及将士各释甲胄归营。赐官兵等馔筵、羊、豕并薪炭等物如例。"

又，陈玉绳编《陈句山先生年谱》乾隆二十三年戊寅记："十一月，西域效顺，大阅礼成，恭拟四言古八篇并序以进。"（《北京图书馆藏珍本年谱丛刊》，第97册，第237页。）金德瑛《诗存》卷一有《南苑大阅恭纪二首》。（《清代诗文集汇编》第294册，第296页。）邹一桂《小山诗钞》之《鸣和集》亦有《大阅礼成恭纪并序》。(《清代诗文集汇编》第260册,第98页。)

又,抱经先生诗中记:"向来瞻帱辂,刚近廿年期。"抱经先生自乾隆三年中顺天乡试,至此刚好二十年,再联系陈兆仑、金德瑛和邹一桂等人所记,故推断该诗应写于乾隆二十三年十一月初五日或稍后。

海拉苏台行围

沙塞旧多榆,今称地较殊。(海拉苏,蒙古谓榆也。)兽饶供台发,围蹙纵三驱。

突鬓争逞勇,裘衣自笑儒。旌门归骑早,非为极盘娱。

案:该诗应写于乾隆二十八年八月二十一日。具体可参见《抱经堂诗钞》五言古诗《至额克楚克哈达》诗考释。

中 关

山势如屏障,森森秀木繁。风生疑有虎,月上不闻猿。
俯视千庐列,遥分五岳尊。渐看萦白气,知是暮云屯。

案:该诗应作于乾隆二十八年八月十七日。具体可参见《抱经堂诗钞》五言古诗《至额克楚克哈达》诗考释。

·五律·

出 哨[1]

东入复西出，仍还九月天。鸡声依草舍，柳影淡秋烟。
乡俗燕齐杂，平畴远近连。只幸与朋好，烂醉菊花前。

案： 该诗应作于乾隆二十八年九月初十日。具体可参见《抱经堂诗钞》五言古诗《至额克楚克哈达》诗考释。

夜 坐

厌睡年来意，喧声息四邻。无端冰在砚，多事月窥人。
独坐贪清景，明时惜此身。腐儒章句学，铅椠自情亲。

累 汝

累汝长饥渴，劳劳尽日间。晓妆徨粉黛，归梦自乡关。
习苦元安命，居贫更学悭。于陵有同调，[2]行与子偕还。

案： 据"于陵有同调，行与子偕还"，疑该诗写于乾隆三十四年继娶杨氏后。据拙著《清卢抱经文弨先生年谱》考证，乾隆三十二年十二月抱经先生因条奏事宜不当而被撤职降调回京后，其归隐思想表现极为明显，可参见《抱经

---

[1] 案：抱经先生此诗韵与陈兆仑《紫竹山房诗文集》卷九《出哨》诗韵相同，应作于同时。陈兆仑《出哨》诗："出哨各以出，浑疑各一天。秋畦夹土色，瓦屋生人烟。弱柳丝丝妥，停云片片连。两山如涌浪，遥落御筵前。"（《四库未收书辑刊》第九辑，第25册，第585页。）

[2] 案：《初学记》卷二十六，皇甫士安《高士传》曰："陈仲，字子终，齐人。适楚，居于陵，自谓于陵子仲。穷，不苟求，非义之食不食。"

堂诗钞》五言古诗《以方竹杖诒钱籜石丈媵之以诗》。最终，乾隆三十四年乞终养，乾隆三十七年春正式离京至江宁钟山讲席。以此推测，此诗应似在乾隆三十四年继娶杨氏后所写。

志　喜

今日天威霁，锒铛赦老臣。平反容执法，憨直本忘身。
斧质留西市，衣冠拜北辰。主知端不薄，属子放麑人。

案： 该诗应写于乾隆三十三年春。

据拙著《清卢抱经文弨先生年谱》考证，抱经先生于乾隆三十二年十二月在湖南提督学政任上条奏事宜不当而被撤差降调回京。次年春，自湖南返回京师，觐见乾隆帝，未遭到进一步的惩治，故在诗中称："今日天威霁，锒铛赦老臣。"卢庆锺《行状略》曰："戊子正月，以条奏学政事宜撤回，降调六品京堂，告养归。"（《续修四库全书》第1684册，第5页。）故而诗中称："斧质留西市，……属子放麑人。"

·五律·

桐乡金云庄驾部得岳祠铜爵一，中镌精忠报国字，左侧有岳珂建造小印，摹形见示，因成一律[1]

鄂庙传彝器，王孙制不讹。英辞流玉楮，往恨雪金陀。
捧献文应缛，沈埋岁已多。云当归主祭，迟我一摩挱。

案： 该诗似写于乾隆五十六年前后。

据赵怀玉《亦有生斋集》文卷一《岳祠铜爵赋并序》记："乾隆己酉（乾隆五十四年）妇弟刑部主事金少权尝从同里汪氏得铜爵一，高五寸六分，腹容四合，中镌'精忠报国'字。左侧竖耳镌'岳珂建造'字，两柱三足，上为两翅文。盖宁宗嘉泰间珂所造祠中祭器也。辛亥（乾隆五十六年）冬，出以见示，同人已斐然有咏，余亦援笔为之赋。"（《续修四库全书》第1470册，第14页。）金氏既在乾隆五十四年方从同里汪氏得岳祠铜爵，并"摹形见示"抱经先生，则抱经先生得见铜爵，不应早于乾隆五十四年。

又，秦瀛《小岘山人文集》卷四《岳氏铜爵记》载："吾友桐乡金比部德舆藏有铜爵一，盖岳忠武王孙珂所制以祀王者也。……比部以爵为岳氏物，不敢私，将访王裔而归诸王之庙。或曰珂家嘉兴之金陀坊，坊故有王庙，爵故珂物，宜仍归金陀坊。余独以为不然。王之庙最著者曰汤阴，曰西湖。汤阴者，王旧里，而西湖则南宋故都，且王葬处也，非金陀坊比。王之精灵固无乎不之，而西湖之有岳庙，虽贱至匈夫灶妇无不过而生敬者。高宗之敕王父子之像，其守墓子孙至今藏焉。是爵也归于西湖之庙，

---

[1] 案：赵怀玉《亦有生斋集》文卷十七《刑部奉天司主事金君墓志铭》记："君姓金氏，讳德舆，字云庄，一字少权，号鄂岩，世居休宁之七桥。高祖讳瑜，赠资政大夫，康熙间始迁浙之桐乡，遂为桐乡人。……尝得岳祠铜爵，忠武王祭器也，纳之栖霞庙中。复仿铸一爵，付郡城岳氏，俾两守焉。其好事类此。……余初娶金氏，即君姊，悼亡后往来罔间，至必流连浃旬，倾吐肝鬲。壬子秋，送余入都，至扬州而别，君泣不止，心窃讶其不祥。去秋讣至京师。余既为文哭之，欲觊缕其行而未果。今窀穸有期，孤承荫请铭其墓。余平生之交无出君右，微承荫请，固将泚笔书之也，而忍无言乎！君生乾隆十五年正月十九日，卒嘉庆五年八月初五日，春秋五十有一。"（《续修四库全书》第1470册，第239页。）

当亦珂之志也。比部闻而韪之,遂归之。而余为记其事,时嘉庆二年某月某日也。"(《续修四库全书》第1465册,第211页。)据秦瀛记,则金氏应是迟至嘉庆二年前后方将铜爵捐赠给岳祠,故抱经先生在乾隆五十四年至乾隆六十年十一月二十八日去世之前,皆有可能看到铜爵。不过,考虑到赵怀玉所记乾隆五十六年"辛亥冬,出以见示,同人已斐然有咏",赵怀玉在乾隆五十七年八月入都候补内阁中书,又抱经先生在乾隆五十三年至乾隆五十七年曾主讲常州龙城书院,且上诗中称"云当归主祭,迟我一摩抄",故而该诗很可能写于抱经先生在龙城书院之乾隆五十六年前后。当然,具体写于何年,还有待于进一步考证。

哭杨伯庸敦裕[1]

别来无两月,何意失斯人?书种渊源寄,(是文定公冢孙。)交情臭味亲。

长途摧短晷。嘉树落萧晨。老辈深期许,相看欲怆神。

从余书借读,几轴压归航。不作看花羡,宁因铩羽伤。
蓉江春寂寂,瓜步水茫茫。吊影天涯客,悲填泪满眶。

案:该诗似写于乾隆三十九年春。

《抱经堂文集》卷七,乙未《题癸辛杂志》记:"此书江阴杨伯庸敦裕所校,留余箧中三年矣。前年六月,余病卧金陵城南小楼中,以此书作消遣,时楼中人尚无恙也,未几而分飞矣。又逾年,伯庸亦下世。始余无意钞此书,为其语驳杂,多刺人之短,非长者。今年复翻此书,见故人手迹班班,其勤亦不可没。……故余复为之订正数字而录之,慨伯庸之不及见也。而当时相与即即足足于小楼中者,亦惟腹知之而已。自今余第缄置之,亦不忍复读矣。乾隆四十年六月。"

[1] 案:可参见《抱经堂诗钞》七绝《有怀暨阳旧游》怀杨伯庸(敦裕)诗、怀杨应询诗、《乙未八月十一日作》怀杨象坤诗。文定,即杨名时。

查抱经先生继室杨氏卒于乾隆三十八年八月初十日,故杨伯庸应卒于乾隆三十九年。又,诗中称"别来无两月""蓉江春寂寂",则抱经先生该诗应写于乾隆三十九年春杨伯庸卒后两月。

谈茗村孝廉官益赚山园小集

园池兼秀野,风景值清华。初到情偏熟,同游兴倍赊。
径幽闻语鸟,水净露寒沙。小舫沿洄便,浑疑是米家。

湾留红菡萏,室映绿桫椤。短彴斜通磴,长廊回驾虚。
开樽清气入,爱客俗缘疎。向夕波光动,徘徊月上初。

满酌不须侑,疎花相对秋。泽兰依曲岸,岩桂影清流。
小筑何时遂,吾生着处浮。飘然解尘缚,欲买五湖舟。

哀六合唐生廷绅

文好偏妨命,俄惊失此贤。才华期早达,理数竟难诠。
别我只旬日,惜君当妙年。哀情何所寄,雨雪黯江天。

麟角真难得,群居气不骄。故人怜玉润,(是同年戴武之适女婿。)吾意赏桐焦。(试文甚佳。)
一别伤容易,斯文恐寂寥。巫阳如可问,魂去未应遥。

案: 该诗似写于乾隆三十九年乡试后。

据《（光绪）六合县志》卷五之三《人物志》记："唐潮，字柳溪。父廷绅，字张书，笃孝行，工诗古文词，为名诸生，绩学早逝。潮少孤，事母孝。壮年已授室生子，遇母怒则率妇暨弟跪请达旦，不命之起，不起也。……充嘉庆辛酉拔贡。……与弟湘、淦相友爱，学行互励，并有名里间。湘，字西湄，性端严，临事无苟，为文渊雅雄迈，原本经术，乾隆甲寅举于乡。著有《采芝山房文稿》四卷。"（《中国地方志集成·江苏府县志辑6》，第158页。）

又，《（民国）六合县续志稿》卷十七《重修六合县学碑记》："监修：廪生唐廷绅。乾隆三十八年岁次癸巳孟夏上浣吉立。"（《中国地方志集成·江苏府县志辑6》，第469页。）据此，则抱经先生该诗应写于乾隆三十八年四月以后。

以诗中"雨雪黯江天""试文甚佳"等文字推测，该诗应写于抱经先生在钟山书院时。

查抱经先生曾经前后两次主讲钟山书院，第一次为乾隆三十七年至乾隆四十三年春，第二次为乾隆五十年至乾隆五十二年。

以唐廷绅长子唐潮在嘉庆六年辛酉中拔贡，次子唐湘在乾隆五十九年甲寅中举人推测，其应该不是卒于乾隆五十一年乡试后。况且，唐廷绅早在乾隆三十八年即以廪生身份监修六合县学重修之事，至乾隆五十一年，其年龄至少应是三四十岁，而不会是抱经先生诗中所称的"惜君当妙年"。故该诗应写于抱经先生第一次主讲钟山讲席时。

又，查乾隆三十八年至乾隆四十三年，只有乾隆三十九年和乾隆四十二年为乡试之期。抱经先生在乾隆四十二年乡试后曾经前往拜访梅二如并阅其试文。梅二如旋卒于是年，抱经先生为其作传，参见《抱经堂文集》卷三十《梅式堂小传》。但是，除该诗，笔者并未见到抱经先生关于唐廷绅病逝之任何记载。以此推测，唐廷绅应该不是卒于乾隆四十二年，而很可能是卒于乾隆三十九年乡试后不久。当然，具体写于何时，还有待于进一步考证。

· 五律 ·

送王秀才在镕归江阴

僧达书能诵,君真有祖风。彩毫吟绝妙,蠹简写皆通。
久客愁儿女,思归感燕鸿。钟山花月夕,更卜几时同?

固镇客馆庭中杂莳花竹,颇饶幽趣,壁间有同年梁少宰瑶峰诗,因和其韵[1]

邮程贪即次,忽觏紫薇开。鸟喜依巢稳,人疑看竹来。
卷帘还迟月,整履不妨苔。半夜闻排马,翻憎驿吏催。

案:此诗应写于乾隆三十年五月十六日奉旨南下广东主持乡试途中。

第一,《周礼·天官》有小宰、中大夫二人,掌治王宫之政令。春秋时期设有少宰,为太宰之副(见《左传·成公二年》),明清常用作吏部侍郎的别称。《清高宗纯皇帝实录》卷六七七,乾隆二十七年十二月下记,梁国治升为吏部右侍郎,

---

[1] 案:翁方纲《复初斋外集》诗卷第十九《己卯秋于灵壁驿舍次壁间梁瑶峰前辈韵咏雁来红,今廿七年矣,树与壁字犹存,仍用前韵》记:"记得河桥柳,蒙蒙夕照开。为传霜信到,每值使星来。老干封残雪,轻云护绿苔。欲书花叶意,故着小春催。"(民国《嘉业堂丛书》本。)中国国家图书馆藏,《皇清诰授光禄大夫太子少傅晋赠太子太保经筵讲官南书房供奉军机大臣东阁大学士兼户部尚书赐谥文定显考丰山府君(梁国治)自订年谱》"乾隆二十一年丙子,三十四岁"记:"五月,命充广东乡试正考官。途中诗有粤城小草。十一月己酉,有旨授广东监司。"疑梁国治固镇壁间诗即作于乾隆二十一年南下广东主持乡试途中。

又,姚继祖《还云堂诗集》卷七,壬子至乙卯《雨夜宿固镇,见壁间有吾乡梁阶平相国诗,而诗字图印均不真,次韵一首兼怀相国》记:"典型惊传舍,老眼照灯开。嗤笑吴官杏,衣冠楚相来。荆花荣赐第,宰树被春苔。风度今谁似,骑箕去不回。"(《清代诗文集汇编》第385册,第228页。)

赵良澍《肖岩诗钞》卷十一《宿固镇驿用壁间梁瑶峰夫子韵》诗:"茅檐当孔道,门径为谁开?传舍何时定,诗人几辈来?洗尘依绿竹,点笔藉苍苔。欲续欧公句,真伤白发催。"(北京大学图书馆藏,清嘉庆五年泾城双桂斋刻本。)

另,德保《乐贤堂诗钞》卷中有《灵璧县固镇旅馆杂艺花竹,颇有雅致,为题四十字》诗:"宛有萧斋趣,闲庭位置幽。竹兰呈画本,水石淡清秋。款户尘俱远,衔杯兴可酬。劳中明客眼,聊复小勾留。"(《四库未收书辑刊》第十辑,第13册,第390页。)

仍留学政任。抱经先生诗中称梁国治为少宰，则该诗当是作于梁国治升吏部侍郎后，即乾隆二十七年十二月后。又，卷七四四，乾隆三十年九月己卯谕："据杨廷璋等奏，续查广东历任粮道张曾、张嗣衍、王概、梁国治、蔡鸿业，又护道龙廷栋各任内，俱有浮收折价之事。……梁国治、蔡鸿业、龙廷栋及告假回籍之张曾俱着革职，与折内有名人犯一并发往该督抚质审定拟具奏。"据此，则抱经先生该诗应作于乾隆三十年九月己卯之前。

第二，据诗中"翻憎驿吏催"句，当是奉旨驰驿外出途中情形。

据拙著《清卢抱经文弨先生年谱》考证，抱经先生仕宦期间，除乾隆二十八年八月与陈兆仑、边继祖一同赴热河随扈而离京，因公离京共计两次，一为乾隆三十年五月十六日奉旨南下广东主持乡试，一为乾隆三十一年四月初四日奉旨南下湖南提督学政。至广东主持乡试情形，未见抱经先生有奏折记载。至湖南提督学政情形，可参见中国第一历史档案馆藏朱批奏折（档号 04-01-25-0120-001）乾隆三十一年六月初九日《湖南学政卢文弨奏报到任日期并经过直隶等省四月份雨水苗情事》或拙著《清卢抱经文弨先生年谱》"乾隆三十一年"所记。

又，查《清代缙绅录集成》第二册《缙绅全书》乾隆三十年春，第 10 页至第 14 页赴任凭限及路程，记有自京师至各省驿站情形。据笔者整理，乾隆三十年由京师至湖南驰驿途径各地情形如下：京师—良乡县固节驿—涿州涿鹿驿—保定府清苑县金台驿（巡抚驻扎所）—赵州鄗城驿—柏乡县槐水驿—汲县卫源驿—郾城县郾城驿—信阳州明庵驿—孝感县孝感驿—武昌府江夏县将台驿（巡抚驻扎所）—长沙府长沙县临湘驿（巡抚驻扎所）。此条驿站路线与抱经先生奏折中所记亦相同，抱经先生应该就是经由此条驿路由京师南下至湖南提督学政任。

基于此，《抱经堂诗钞》七言古诗《赵州牧李芝裳方耀以继室觉罗氏死烈状见示》《大风过小商桥吊杨将军》，五律《雨花庵和吴七云先生旧韵》等诗，应该皆是写于乾隆三十一年抱经先生南下湖南途径各地时。其次序依次为《赵州牧李芝裳方耀以继室觉罗氏死烈状见示》（赵州鄗城驿）、《雨花庵和吴七云先生旧韵》（柏乡县槐水驿）、《大风过小商桥吊杨将军》（郾城县郾城驿）。当然，其中各诗也可能有的写于南下途中，有的可能是写于返京途中，并非一律写于南下时，故各诗具体写于何时，还有待于进一步考证。具体可再参见各诗题下考释。

由京师至广东驰驿途径各地情形：京师—良乡县固节驿—涿州涿鹿驿—景州东光驿（入山东界）—德州安德驿—邹县邾界二驿—滕县滕阳驿—灵璧县固镇驿—凤阳县王庄驿—临淮县红心驿—桐城县吕亭驿—建昌县新兴驿—省城广州府番禺县五羊驿。

另，嘉庆三年时任翰林院编修吴烜、内阁中书赵良澍亦曾奉旨前往广东主持乡试。据《清仁宗睿皇帝实录》卷三十，嘉庆三年五月癸未记："以翰林院编修吴烜为广东乡试正考官，内阁中书赵良澍为副考官。"

对于此次差使往返沿途所经地方，赵良澍诗集中曾有详细记载。据中国国家图书馆藏，清嘉庆五年泾城双桂斋刻本，赵良澍《肖岩诗钞》卷十一记，依次有《奉命典试粤东》《晓行口占》《徐州渡水》《徐州道上口占》《宿固镇驿用壁间梁瑶峰夫子韵》《临淮道中晓行》《嗟虞墩》《江北道中诗》《舒城道中》《自桐城至潜山》《宿枫香驿》《黄梅县》《九江府》《德安县》《建昌夜渡》《望云居山》《宿安义文山书院》《过奉新有感》《奉新道中》《宿高安东轩》《清江客馆喜雨》《新淦道中》《峡江县》《峡江道中夜行》《吉水道中》《庐陵县》《泰和道中》《万安县》《万安道中》《分水坳塘》《宿攸镇驿》《佛子坳塘》《赣县》《过梅岭》《谒张文献祠》《保昌县登舟》《舟中望韶石》《观音岩》《晚泊英德县》《浈阳峡》《峡山寺》《望清远县》《呈吴鉴庵太史用东坡舟行至清远县诗韵》《三水县》《三水舟中》《广州使馆作》《呈诸同考官用东坡监试呈诸试官诗韵》《揭晓后作》《花地》《游光孝寺观六祖像》《游观音山》《归舟宿花地》《舟中望峡山寺》《舟行南韶间作》《保昌行馆阻雨》《雨中过大庾岭》《大庾舟中》《次韵蔡生甫太史赠诗》《由赣县至万安》《次韵蔡生甫舟发大庾途中作》《过惶恐滩》《舟过峡江县》《过丰城天阴欲雨》《奉酬蔡大生甫南昌赠别之作即次前韵》《登滕王阁》《自螺墩放舟至沙井行馆作》

《掬泉亭》《望庐山》《自通远驿至德化》《五祖山》《中路庵》《枫香驿》《桐城道中晓行》《宿大关客馆见馆中菊花有作》《宿桃镇儿子如圭来见》《余忠宣公祠》《包孝肃公祠》《定远晓行》《凤阳道中》《临淮浮桥》《洗马桥（灵璧）》《花庄》《宿州》《过荆山桥（徐州）》《谒滕文公庙》《过邹县赠五经博士孟国模》《过东平州》《陈思王墓》《项王墓》《铜仁驿值雨》《高唐州》《德州浮桥》等。

对比可知，乾隆三十年抱经先生奉旨南下广东主持乡试时，所经驿站应与赵良澍所记相似。换言之，清代驿站保持了一定的稳定性，短时间内没有改变，抱经先生南下广东时所经地方应该依次为灵璧、固镇、临淮关、凤阳、合肥（八斗岭）等。

由此可知《抱经堂诗钞》五律《固镇客馆庭中杂莳花竹，颇饶幽趣，壁间有同年梁少宰瑶峰诗，因和其韵》，七律《合肥怀古》《次雅雨先生扬州得告留别韵》，七言绝句《临淮驿间见湘潭陈恪勤公题竹一绝步元韵》《凤阳道中即目》等诗，应该皆是写于乾隆三十年抱经先生南下广东途径各地时，其次序依次为《固镇客馆庭中杂莳花竹，颇饶幽趣，壁间有同年梁少宰瑶峰诗，因和其韵》《临淮驿间见湘潭陈恪勤公题竹一绝步元韵》《凤阳道中即目》《合肥怀古》《次雅雨先生扬州得告留别韵》。其中，《次雅雨先生扬州得告留别韵》为返京途中所写。当然，其中各诗也可能有的写于南下途中，有的可能是写于返京途中，并非一律写于南下时，故各诗具体写于何时，还有待于进一步的考证。具体可再参见各诗题下考释。

题梅式堂鉽遗墨，即用其寄友韵

继美称才子，云何命不长。重泉悲宿草，遗墨挹余光。
妙有兼人技，仍多处世方。凭他湖海气，孰敢向公狂？
神理归何处，绵绵手迹间。高情二王法，逸兴六朝山。
守己真如律，安贫不道艰。斯人自千古，寂寞感衰颜。

案：该诗似写于乾隆四十三年或乾隆五十九年。

查梅二如病逝于乾隆四十二年。《抱经堂文集》卷三十，甲寅《梅式堂小传》记："乾隆丁酉，君试于乡，余欲读君试文，来候君，闻者以病辞，无何遂以不起闻矣。"戴祖启《师华山房文集》卷四《梅君墓志铭》记："乾隆四十二年，二如卒。其弟镠纪其行实，……寄余乞铭。"（《清代诗文集汇编》第 359 册，第 177 页。）又，中国国家图书馆藏，宣城袁氏湛华堂刊，袁穀芳《秋草文随》卷八《梅君二如哀辞》记："去年丁酉秋，予送儿侄省试至金陵，大病，二如闻，急就视寓邸，审方量剂，移晷不忍去。迨予病已告归，则君于出闱后发痔，不能起。予谓是恙也，予亦苦之，曷足虑，讵料其遂于此永诀也。……君讳鋡，字二如，别号式堂，征君勿庵先生曾孙，都御史文穆公第三子，乾隆庚午科副车，后凡应乡试者十有二，皆不售。今之死又适值撤棘之期，又必使之知其被放也而后死。"

据诗中所记"宿草"文字，又《抱经堂文集》卷三十，甲寅《梅式堂小传》中记："尝询君生平行谊于其弟镠，越明年三月，镠始详录一册以见示。会文弨已辞席束装启涂，不及缉综。"查抱经先生在乾隆四十三年春三月辞钟山书院讲席而归杭州，其后直至乾隆五十年方再至钟山，故该诗写于乾隆四十三年之可能性较大。当然，亦有可能写于乾隆五十九年甲寅，即抱经先生写作《梅式堂小传》时。具体写于何时，还有待于进一步考证。

题药根上人《北游图》

何意离初地，飘然向蓟门。鸿飞宁有迹，杯渡了无痕。
世事空云水，吟怀妙语言。归期他日访，台畔雨花繁。

案：该诗似写于乾隆二十九年秋冬。具体论证可参见《抱经堂诗钞》五言古诗《汪中允招同人并药根上人小集》《李廉衣前辈移居招同人小集分赋得梧字》考释。

送卢珪回黟县[1]

战艺神偏暇，游山兴独豪。凉风生旅思，别酒酌江皋。
羡子天伦乐，愁余远望劳。承欢有余力，闭户读书高。

酬吴东秀（葵里仲子）

好友经时别，欣携仲子寻。交宁论孔李，诗已薄高岑。
共信渊源美，兼知蕴蓄深。不嫌吾酒薄，那管漏声沈。

案：该诗似写于乾隆五十四年九月二十四日。

据吴骞《吴兔床日记》乾隆五十四年九月廿四日记："抵毗陵访抱经学士于龙城书院。灯下见其二子一孙。次儿有即席呈学士诗。"（《历代日记丛钞》第 31 册，第 377 页。）其中提及"次儿有即席呈学士诗"，应是指吴骞仲子吴寿旸（字东秀）有诗赠抱经先生，故先生赋该诗回赠，其中称"欣携仲子寻"。又，据诗中末句"那管漏声沈"，与吴骞所记"灯下"两字，所指时间相符，故该诗应写于乾隆五十四年九月二十四日。

另，吴骞《拜经楼诗集》卷五《访卢弓父学士于龙城书院即席留别》记："千里相思一夕游，蓉湖重系十年舟。敢将白发称同调，犹喜青编得预紬。笔让龙门终古健，秋归蛟渚万峰稠。后期屈指知何许，月满西湖旧酒楼。"（《续修四库全书》第 1454 册，第 50 页。）

---

[1] 案：抱经先生手校本《仪礼注疏》（黄彭年藏本）卷十六末题："丙申五月二十四日阅。是日黟卢珪来，别一年余矣。"（柳诒徵《卢抱经先生年谱》乾隆四十一年记，《乾嘉名儒年谱》第五册，北京图书馆出版社 2006 年版，第 75 页。）

·五律·

连日风顺舟行甚疾

春流方浩漾，天借一帆风。秖恐篙师怠，宁愁远道穷？
烟轻山涌碧，浪驶日翻红。云梦吞元易，狂思上海东。

慰桑公备[1]

风翩排他日，霜蹄蹶此时。感秋空寂寞，为客重凄其。
匣剑宁终秘，陔兰只系思。麻衣十年意，怜我独深知。

案：该诗似写于乾隆二十七年壬午乡试后。

桑经邦，字公备，浙江仁和人，桑调元弟鼎元（桑东愚）之子。《弢甫续集》卷十九有《叠韵寄公备舍侄经邦》（《四库全书存目丛书》集部第276册，第590页。）

据抱经先生该诗中"霜蹄蹶此时""感秋空寂寞"，该诗应写于桑公备乡试落第时。

《（民国）杭州府志》卷一一二《选举六》"乾隆三十年乙酉科举人"记："桑经邦，仁和人。"备注记："顺天中式。"（《中国地方志集成·浙江府县志辑2》，

---

[1] 案：《抱经堂诗钞》七律有《立春日和桑公备韵》。存心征君《白云诗集》卷七亦有《偕桑公备经邦王右端士铭湖上口占》诗。（《四库全书存目丛书》集部第280册，第352页。）

又，中国第一历史档案馆藏，档号02-01-03-07836-012，乾隆五十五年四月初二日《护理安徽巡抚康基田题为署理望江县知县桑经邦试满请实授事》记："查望江县知县员缺系简缺，应归平选，按班应用捐纳。查捐纳无人，仍用大挑一人。桑经邦，浙江举人，乾隆五十二年四月会试后，拣选一等引见，分发各省以知县试用，签掣安徽。于乾隆五十二年七月十三日到省。"档号04-01-13-0128-025，《浙江巡抚玉德奏为在籍病愈知县桑经邦情愿改就教职事》记："今据布政使谢启昆详，据原任安徽望江县知县桑经邦呈称，职系浙江余姚县举人，现年五十六岁，乾隆五十二年会试后大挑一等，签掣安徽以知县试用，题署望江县知县，五十四年二月到任，试看期满实授。嗣因患病回籍调理，五十九年十月初一日到籍，今病已痊愈，例应请咨赴补。惟职自揣才具平庸，恐难膺知县之任，情愿改补教职等情，由司具详请奏前来。"

第1011页。)据此,该诗应写于乾隆三十年之前,即乾隆二十七年壬午科乡试、乾隆二十五年庚辰孝圣宪皇后七旬万寿恩科乡试或者乾隆二十四年己卯科乡试落第时,或者更前的某科。

查《抱经堂诗钞》七绝《有怀暨阳旧游》"四海何人一子由,同来况复足吟俦"诗末注记:"来时偕余弟召音、王鲁樵西陈、桑公备暨子侄数人。"

《抱经堂文集》卷七《题桑东愚先生《松林采药图》端》记:"先生之子公备经邦语文弨曰:子先君敬甫先生尝见是图,许为之文,而今不可作矣。子其述之。不孝闻言鸣咽。"该文系年为乾隆二十五年庚辰。

陈兆仑《紫竹山房诗文集》卷九,"壬午至甲申"有《长甲处士桑东愚采药画卷》(《四库未收书辑刊》第九辑,第25册,第579页),并且该诗在《恭和御制题镂玉百子屏风原韵五》之后。据陈玉绳编《陈句山先生年谱》乾隆二十七年壬午记:"十月恭和御制题镂玉百子屏风原韵五排一首,寒夜漏尽上直得七律一首。"(《四库未收书辑刊》第九辑,第25册,第228页。)陈兆仑得见《采药画卷》并为之题诗应该是在乾隆二十七年十月或稍后。其时陈兆仑正在京师,而得以见到《采药画卷》,应是桑公备自乾隆二十四年一直跟随抱经先生,至乾隆二十七年又携带画卷随抱经先生一道北上京师参加顺天乡试。

又,朱龠《画亭诗草》卷五有《姚江桑霁轩客江阴,雨后登君山,望扬子江,爱其清旷,因写像作《澄江霁眺图》,后七年,会于京邸,出图索题,为书短句》。(《四库未收书辑刊》第十辑,第27册,第101页。)据朱龠诗集中前后各诗记载,朱龠在乾隆三十年乙酉因乾隆帝南巡迎驾献诗而获赐,遂入京,见抱经先生,有《楷茶歌奉和倪太仆元韵呈檠斋夫子》《哈密瓜诗次硕亭参知韵应檠斋夫子教》《奉送檠斋夫子督学湖南》等诗。(第99页、第100页。)为姚江桑霁轩题诗即在《奉和檠斋夫子督学湖南》之后,应该作于同时或稍后不久。据拙著《清卢抱经文弨先生年谱》考证,抱经先生奉旨提督湖南学政为乾隆三十一年四月初四日,以此逆推七年,恰值乾隆二十四年前后,正是抱经先生至江阴暨阳书院时。又以抱经先生《有怀暨阳旧游》诗中注记:"来时偕余弟召音、王鲁樵西陈、桑公备暨子侄数人。"则桑霁轩应该就是桑公备,霁轩或为其号。其应是自乾隆二十四年一直追随在抱经先生左右。至乾隆三十一年四月初四日抱经先生奉旨南下提督湖南学政,桑公备亦随同离京南下,故有请朱黼为其图画题识之事。

又,据《(民国)杭州府志》卷一一二《选举六》"乾隆三十年乙酉科举人"记,桑公备以杭人而中顺天乡试,则进一步证明桑公备很可能是自乾隆二十六年跟随抱经先生一道入京应试,仿效抱经先生乾隆三年顺天乡试中式模式。但是,乾隆二十七年壬午乡试桑公备应该未能中式,故抱经先生写作该诗以示抚慰。

当然,自乾隆二十四年至乾隆三十年中顺天乡试,其间曾有乾隆二十四年己卯科、乾隆二十五年恩科,桑公备也有可能参加考试而未中,抱经先生写诗抚慰。但是,无论如何,据诗中"为客重凄其""怜我独深知"句意推测,该诗应写于桑公备跟随抱经先生期间。至于究竟写于何时,还有待于进一步考证。

雨花庵和吴七云先生旧韵[1]

山僧邀小住,洗盏试新茶。石铫烹泉活,松风吹袂斜。
去州三十里,傍舍几人家。领略清凉意,无须转法华。

案:该诗应写于乾隆三十一年四月初四日,抱经先生奉旨南下湖南提督学政途经柏乡县时。具体论证参见《抱经堂诗钞》五律《固镇客馆庭中杂莳花竹,颇饶幽趣,壁间有同年梁少宰瑶峰诗,因和其韵》考释。

另,沈德潜《清诗别裁集》卷二十三,吴襄《柏乡雨花庵口占》记:"雨

---

[1] 案:《(光绪)重修安徽通志》卷一九二记:"吴襄,字七云,青阳人。康熙乙酉,上南巡,襄以诸生召试一等,癸巳成进士,改庶吉士,授编修。雍正时,历侍讲,任顺天学政,迁侍讲学士。疏陈学政事宜三事,下部议如所请。课士之余,留心利弊,疏陈淦水事宜,请设河员启闭。又请停冒籍改归之例,俱蒙采纳。晋礼部右侍郎,擢本部尚书,兼管左都御史事务。卒,赐祭葬,谥文简。襄受两朝宠遇,屡充国史、治河方略、诗经集说纂修官,又充明史、八旗通志总裁官,以荣名终,士林艳之。"(《续修四库全书》第653册,第483页。)

花亭子上,坐饮赵州茶。古寺木初落,疏林日已斜。黄花应笑客,白发未还家。老衲若南去,乡山问九华。(自注:僧楚泽云将行脚南中。)"沈德潜注:"黄花一联,十字成句。此文简出使楚中过而留题也。名流过者,俱有和作,总未及其自然。予见而录之。"(上海古籍出版社1984年版,第932页。)

又,洪亮吉《卷施阁集》诗卷十二《黔中持节集》有《赵州雨花庵小憩,壁间有雍正三年吴少宗伯襄题句一,和者甚众,亦用其韵作一首示庵僧满坤》诗:"一庵当孔道,终日铎铃哗。但愿土宜麦,不须天雨花。乍醒完县酒,频浣赵州茶。知我南来客,劳劳问九华。(宗伯自题九华山人,故庵僧询及之。)"(《续修四库全书》第1467册,第555页。)

李棪《惜分阴斋诗钞》卷三亦有《憩雨花庵用壁间吴太史襄原韵》记:"侵晨入野寺,小憩试烹茶。竹露半窗静,松风一径斜。新诗题古壁,佳话寄僧家。(先是管松崖、龚荻浦两太史有和诗粘壁。)我亦南行客,苍然两鬓华。(吴太史原诗有'白发未还家'句,故云。)"(《清代诗文集汇编》第405册,第35页。)

五言长律

·五言长律·

与涧泉重相晤于都门，出柴门临《水稻花香图》，索题，时有促其出山者

门外即流水，清风生稻花。此间成小筑，安隐胜浮家。
时有微香入，兼之净绿遮。未须牵白舫，底用裹乌纱？
爱洁偏怜鹭，忘喧不厌蛙。添来诗卷重，携作画图夸。
昨访长干里，连呼七椀茶。[1] 情深因旧雨，坐久集昏鸦。
学稼吾真可，明农子尚赊。合并非意料，相见又京华。
志岂求田舍？盟元订笠车。徒萦南国梦，待草玉堂麻。
出郭高还下，缘塍整复斜。闲吟欣有讬，韵事续西涯。（西涯在京师近郭李文正寓，以为号，有十二咏，稻田其一也。）

案：该诗似作于乾隆三十五年前后。

秦大士应先后绘制过两幅图。筠亭主人皇五子永琪《凝瑞堂诗钞》有《题秦涧泉学士〈柴门稻香图〉，系年为乾隆二十四年己卯。（《清代诗文集汇编》

---

[1] 案：长干里，即今南京秦淮河以南至雨花台以北，中华门内外一带。据《抱经堂文集》卷三十三《翰林院侍讲学士秦公墓志铭》记，秦大士之父卒于乾隆三十三年正月十四日。其时抱经先生刚被降职，正在等待由湖南归京期间，故极可能并未获知讣告。至乾隆三十四年，抱经先生一度南下续婚江阴杨氏，其时秦大士正在家中为父守丧，故抱经先生可能顺道至江宁过访秦大士并吊丧，故有"昨访长干里"之句。

七椀茶，元和六年（811年），卢仝收好友谏议大夫孟简所寄茶叶，邀韩愈、贾岛等在桃花泉煮饮，赋《走笔谢孟谏议寄新茶》诗："日高丈五睡正浓，军将打门惊周公。口云谏议送书信，白绢斜封三道印。开缄宛见谏议面，手阅月团三百片。闻道新年入山里，蛰虫惊动春风起。天子须尝阳羡茶，百草不敢先开花。仁风暗结珠蓓蕾，先春抽出黄金芽。摘鲜焙芳旋封裹，至精至好且不奢。至尊之余合王公，何事便到山人家？柴门反关无俗客，纱帽笼头自煎吃。碧云引风吹不断，白花浮光凝碗面。一椀喉吻润，二椀破孤闷。三椀搜枯肠，惟有文字五千卷。四椀发轻汗，平生不平事，尽向毛孔散。五椀肌骨清，六椀通仙灵。七椀吃不得也，唯觉两腋习习清风生。蓬莱山，在何处？玉川子，乘此清风欲归去。山上群仙司下土，地位清高隔风雨。安得知百万亿苍生命，堕在颠崖受辛苦？便为谏议问苍生，到头还得苏息否？"（清文渊阁四库全书本，宋蔡正孙《诗林广记·前集》卷八。）

第399册，第481页。）韦谦恒《传经堂诗钞》卷四，丁丑九月至辛巳秋有《秦涧泉学士〈柴门稻香图〉》。（《清代诗文集汇编》第348册，第176页。）又，钱载《萚石斋诗集》卷二十二，庚辰有《题秦学士〈柴门稻香图〉》。（《续修四库全书》第1443册，第212页。）吉梦熊《研经堂诗集》卷十《京邸初集》中亦有《题学士秦大士柴门临〈水稻花香图〉》。据此，秦大士在乾隆二十四年己卯或之前便已绘一幅图。但未见抱经先生为此图题识之记载，不知何故。

乾隆三十五年，秦大士北上京师祝釐。据《抱经堂文集》卷三十三《翰林院侍讲学士秦公墓志铭》记："三十五年，来京师，祝皇上万寿。逾年，又祝皇太后万寿。同朝诸公见公精神未衰，敦劝复起，而公已无复出山之意矣。"在此种情形下，秦大士似又绘就第二幅图，以示不再出山之意。故钱载《萚石斋诗集》卷三十一，乾隆三十五年庚寅《秦学士大士又作〈柴门稻花图〉属题》记："君何独赏柴门句，一再图之总成趣。"（《续修四库全书》第1443册，第264页。）因此，程晋芳《勉行堂诗集》卷二十四，乾隆三十六年辛卯七月至乾隆三十七年壬辰六月，方才有《题秦学士大士柴门临〈水稻花香图〉》。（《续修四库全书》第1433册，第276页。）而其时抱经先生正在京师，故得以为秦大士第二幅图题识。

怀弢甫先生

在海拉苏台作，时先生自山东归里。

今日千山外，魂随五岳翁。骎骎程向北，黯黯客离东。
地主愁矜式，诸生感发蒙。归怀方浩荡，远梦定冥蒙。
依倚孙扶祖，恬愉德胜穷。世情恩怨泯，尘网利名空。
此去依茅宇，凭谁理钓筒。郅斤愁独运，牙曲若为终。
旧德丝纶宠，新铭石阙崇。（归为先孝子立坊。）余山昌学脉，（先生师劳先生史。）亭北振宗风。（先生学诗于景先生枋。）

鸿案真偕老，鸰原俨始童。益无三友共，（先生旧与先君暨族先兄备三同读书三益堂。）逸尚一人同。（先生与先君暨李介百、周于度、宋念劬、张端甫诸先生号竹溪六逸，今唯先生与端甫母舅在矣。）

奉几思空恋，牵丝籍幸通。久违函丈地，滥厕属车中。
心忆明湖好，身亲古塞雄。阴阴经嶙峋，肃肃走蒙茏。
卓帐霜飞白，悬灯月映红。君王亲射虎，猛士气如熊。
欲写风云状，谁夸笔札工？血惭倕擩指，彀想羿弯弓。
踯躅三花马，飘萧七尺蓬。那禁肠屡转，但祝貌加丰。
垂老怜儿病，清游赖仆忠。（先生僕赵姓者，相随游五岳，所称五岳诗僮也。）南云书欲寄，郑重托宾鸿。

案：该诗似写于乾隆二十八年八月二十一日乙巳。具体可参见《抱经堂诗钞》五言古诗《至额克楚克哈达》诗考释。

是年八月前后，桑调元自山东南归为其先君桑孝子天显立坊。[1]先是，桑调元在是年初重赴泺源书院讲席，途中曾有书致抱经先生，先生以诗回寄。可参见《抱经堂诗钞》七律《弢甫先生携两孙重赴山东泺源书院，途中有书见寄，因呈一律》考释。至是，复有诗作。

金川平定拟应制作

圣德超三古，皇威震八纮。占星明太一，歌雅乐由庚。

---

[1] 案：吴庆坻《蕉廊脞录》卷三《桑孝子祠》记："桑孝子祠在杭城观桥街，有石坊一，祠祀钱塘孝子桑天显。天显字文侯，居大树巷，鬻糍筒为业。性至孝，父病膈，天显合羊脂和粥以进。及父卒，乃抱铛日夜泣，人为绘《桑孝子抱铛图》。殁后，里人私谥曰孝勇。弢甫先生，孝子子也，雍正间召试，通知性理，赐进士，官工部屯田司主事，荐试博学鸿词。弢甫子绳球，字夔石，诸生，有《青桐书屋学语》。弢甫之经营建祠立坊也，集资未成，绳球节啬修脯，积锱盈千，将以成父志。未几病亡，遭肱篋，其后里人乃为成之。咸丰间寇乱，祠毁坊存。同治间，里人醵赀重修，岁时奉祀，用资观感。余居里中，每经行坊下，辄肃然起敬。世风日敝，伦纪荡然，亟书之以诏来者。"（中华书局1990年3月版，第88页。）

绝域咸归化，殊方悉效诚。象胥应尽达，螳臂孰能撄？
蠢尔金川虏，犹烦铁骑行。地连邛筰险，氛逼亚夫营。
授钺劳神算，麾戈轸睿情。指挥先已定，枯朽即时倾。
积雪森刀戟，高风卷旆旌。腾骧雄士马，指顾落樏枪。
丧胆诚知畏，回心更乞生。采薇三捷奏，破竹大功成。
勇略期深入，仁恩恤远征。班师宣诏旨，振旅及春耕。
节制王师盛，兼容帝宇宏。策鞭真可使，箪食远相迎。
蜀国今无警，潢池永不惊。网开天子圣，师吉丈人贞。
柔服宽荒徼，酬庸爵上卿。去时冲雨雪，归路听流莺。
铙吹闻朱鹭，欢讴满凤城。声灵通万国，膏泽遍群氓。
共请垂金石，长当偃甲兵。边烽从此靖，亿载庆升平。

案： 该诗似写于乾隆十四年春或稍后。

查乾隆朝两次用兵大、小金川。第一次自乾隆十二年三月至乾隆十四年正月，历时近三年。第二次自乾隆三十六年六月至乾隆四十一年三月，历时五年。

第一次用兵期间，因张广泗、讷亲相继失利，乾隆十三年十一月初三日，乾隆帝再派傅恒为经略，并隆重举行堂子亲祭，送傅恒往前线。傅恒抵达前线后，将战场实际情形及短期内难以攻克之困难据实奏报。乾隆帝的心态逐渐改变。《清高宗纯皇帝实录》卷三三二，乾隆十四年正月初二日甲子谕称："今已洞悉实在形势，定计撤兵。"恰在此时，大、小金川因被围日久，弹尽粮绝而乞降。傅恒受重托而出，不愿无功而返，坚持进兵。乾隆帝劝其"当恢廓见识，为国家远大计"。二月初五日，傅恒被迫受降并遣使报捷。乾隆帝撰《平定金川文》并勒石太学，以宣功绩。

第二次用兵期间，乾隆帝先派温福前往指挥，惨遭木果木之败。乾隆帝遂斩温福，改派阿桂前往，并表示"只要大功必成，多费实所不惜"。（《平定两金川方略》卷八十四，乾隆三十八年十二月甲辰。）阿桂历尽艰难，最终于乾隆四十一年二月初四日彻底平定大、小金川。四月，乾隆帝再次下旨勒石太学和金川,以昭后世。

据诗中"勇略期深入,仁恩恤远征。班师宣诏旨,振旅及春耕""归路听流莺"等句,该诗应写于乾隆十四年春或稍后,即第一次大、小金川战事后。

和赵瞰《江雪》四十韵

一冬频望雪,入腊未嫌迟。朔吹连宵作,同云四野垂。
初飞沾藓润,渐白报窗知。大地絪缊徧,横空散漫为。
固资消瘴毒,尤赖免蝗遗。薄薄铺新艳,绥绥积素姿。
方圆随所赋,高下讵云私?压麦青难觅,装梅瘦易欺。
饥鸟相叫噪,窘兔更迷离。附热诚无矣,包荒信有之。
回翔非造次,均一不参差。太洁防遭污,孤高虑受亏。
任他酬雨露,端自谢膏脂。闃寂偏堪久,留连欲待谁?
幽人应解爱,童子亦从嬉。虽未篝车祝,还虞短褐悲。
黏蓑裹借色,洒笠璧连规。拥火穹檐乐,衔觞燠馆宜。
摇松因赏翠,扶竹为怜敧。相对开图画,联吟聚履綦。
焦庐劳想象,袁宅入吁嘻。定触挐舟兴,能忘策蹇思?
居闲有如此,从役异于斯。杀气缠坚垒,严威冻大旗。
飘萧惊扑面,峭巫苦侵肌。着处都成铁,斛来半杂糜。
即教销战伐,未尽息奔驰。变寝天疑曙,濒行路或岐。
遍看银世界,忽讶古须眉。更忆趋朝日,还当贺瑞时。
琼瑶犹未破,绅带每先披。(在上书房入值最早)百尔旋趋走,千夫共扫治。

飞花瞻御藻,积素透书帷。一断承明梦,俄为建业羁。
谋生田是砚,望岁庾如坻。感召符皇极,精诚格有司。
连畦丰宝藏,比屋绝偷儿。(谚云:偷雨不偷雪)味配吾家茗,歌聆郢客辞。

　　豪情人自得，禁体子为奇。今日程门外，深惭众士师。

案： 该诗似写于乾隆三十七年十二月。

据拙著《清卢抱经文弨先生年谱》考证，抱经先生在乾隆三十七年春离京南下至江宁钟山书院并邀赵曦明为助教。《（光绪）江阴县志》卷十七《人物·文苑》记："赵曦明，字敬夫，诸生，幼孤贫力学，刻苦自励，恒忍饥闭户读。性刚直，不从俗唯阿。卢文弨主暨阳讲席，深契之，旋主讲钟山，要与俱。图籍数万卷，一一为之校雠。手注陶征士、徐、庾、温、李、罗昭谏等集，考据淹博精当，称为善本。著《读书一得》六十卷、《桑梓见闻录》八卷。年八十余，复注《颜氏家训》，甫脱稿，疾作，卒。"（《中国地方志集成·江苏府县志辑25》，第496页。）虽不知赵曦明具体何时抵达钟山书院，但据《（光绪）江阴县志》所记，似乎为抱经先生抵达钟山书院后不久。

又，据"一断承明梦，俄为建业羁"句，推测该诗似写于乾隆三十七年；据"入腊未嫌迟"，则应写于十二月。当然，该诗具体写于何时，还有待于进一步考证。

题金海住先生《秋塞夜吟图》[1]

　　野旷月当头，遥情古塞收。宵严千帐静，霜冷一灯秋。
　　豹尾光儒业，龙沙扈圣游。清缘随简札，豪气战貔貅。
　　舞剑神俱王，衔杯兴转遒。星文垂磊落，山响答飕飗。
　　隔岁追前武，（余癸未扈从，后先生一年。）奇观豁远眸。思量携谢朓，惊绝若为酬。

---

[1] 案：清阮元辑《两浙輶轩录》卷二五记："金甡，字雨叔，号海住，仁和人。虞弟。乾隆壬戌会试、殿试皆第一人，授修撰，累官礼部左侍郎。入祀乡贤祠。著《静廉斋诗集》。"（《续修四库全书》第1684册，第53页。）

案：该诗很可能是写于乾隆二十七年木兰秋狝后，至乾隆二十八年八月抱经先生随扈之前。

金甡在乾隆二十七年壬午曾随扈木兰秋狝。金甡《静廉斋诗集》卷七，乾隆二十五年庚辰《承皇四子宠示塞外见怀之作依韵赋谢》诗中注记："今岁请点随围，奉旨嗣后自分三班轮去。臣甡应以壬午年行。"（《续修四库全书》第1440册，第481页。）抱经先生诗中注记："余癸未扈从，后先生一年。"

又，金甡《静廉斋诗集》卷十二《发热河写怀》诗："瞻星东向吉门趋，（送驾于惠迪吉门。）羽猎追陪记首途。听彻仙宫霓舞曲，（观剧至中秋毕。）补完《秋塞夜吟图》。（图成七载始复随围。）关心泛宅愆期否，屈指安巢匝月须。（家累有八月十一日起程之信，而余扈从回京当在九月望后。）且喜此来频示疾，据鞍仍不待儿扶。"该诗系年为乾隆三十四年己丑，以此逆推"七载"，则《秋塞夜吟图》应绘于乾隆二十七年随扈之后。考虑抱经先生诗中并未提及自己随扈情形，而是以"思量携谢朓，惊绝若为酬"结尾，故抱经先生该诗很可能写于乾隆二十七年金甡随扈后绘制《秋塞夜吟图》之后，至乾隆二十八年八月抱经先生随扈之前。

补亭前辈观保见示新篇斐然有作

寥阔论骚雅，根源见性灵。纵横开户牖，精锐走雷霆。
能事堪摩垒，天才妙发硎。曹刘同气象，李杜缅仪形。
阅世如流水，名家仅曙星。鲸铿嗟已杳，蜩沸若为聆。
披写情难尽，冥搜境屡经。固知由慧业，端藉润明廷。
洒落推前辈，声华自早龄。词坛空北地，宗派汇东溟。
肖物非雕刻，呈材任使令。穿来珠一一，叩处玉泠泠。
浩浩舒天籁，温温抵座铭。藏锋元不试，决溜信难停。
全豹容窥管，洪钟许发莛。折杨喧里耳，谁向此中听？

案： 该诗似作于乾隆二十六年冬。

查乾隆二十六年，尚书房诸人曾多次集会宴饮。金甡《静廉斋诗集》卷七，乾隆二十六年辛巳依次有《大宗伯陈月溪德华先生招同人小集》《大廷尉王晋川会汾前辈招同人小集》《谢金圃墉编修招同人小集》诗："嬉春四集各有诗，众中属和惟康乐。重因销夏饮君家，肯学哑蝉偷避雀？麦秋雨足趁新凉，面面文窗开水阁。"诗中注记："张陈倪王招饮四作，惟金圃辱和二首。""何阁学、观少司马两集俱未有诗。""翌日承代余治具款诸公。"《邀诸公小集金圃寓率咏求和》诗："厨娘巧供几分签，座客争筹一金费。久知纵饮堪逃暑，排日开筵意飞舞。"诗中注记："诸公拟订后局。"《银台陈局山兆仑前辈招同人小集》《学士周海山煌前辈招同人小集，顾密斋汝修少廷尉适至，翌日周迁阁学，率咏呈贺》《边秋厓继祖侍读招同人小集》，诗中注记："移席晋川廷尉竹溪书屋，实乐泉副宪旧居。""同直十三人，乐泉奉使，今全集其旧寓。""诸公言语妙天下，敬堂少仆常谓应录成续《世说》。"（《续修四库全书》第1440册，第482-486页。）

其中，除是年春集会四次，即金甡所言"张陈倪王招饮"，其余各次应在夏秋之际，故金甡诗中称"重因销夏饮"。又，考虑抱经先生在乾隆二十六年七月前后服阕，辞江阴暨阳书院讲席北上复职，离开前的七月十八日，曾召集友人赵曦明等花下小饮，并嘱赵曦明作《暨阳书院花木记》。至京后，筠亭主人皇五子永琪《凝瑞堂诗钞》辛巳有《题暨阳书院新栽花木记后为卢绍弓先生赋》。[1]（《清代诗文集汇编》第399册，第525页。）据此，抱经先生应是在七八月抵达京师并入值尚书房，故皇五子永琪才得以为其赋诗。又据金甡《边秋厓继祖侍读招同人小集》诗中注记："同直十三人，乐泉奉使，今全集其旧寓。"《张有堂同年有诗寄怀同直，次其试院三松韵答之》诗："深秋邂逅天街东，小别已复踰初冬。"（第488页。）边继祖召集诸人小集时，应是深秋张有堂奉命出使离京之后，其时抱经先生应早已在京入值，故得以参与集会并与观保会面，故很可能是在某次集会时写作该诗。当然，具体写于何时，还有待于进一步考证。

---

[1] 案：清代皇子对入值尚书房诸人通常尊称为先生。乾隆二十六年辛巳，皇五子永琪仍称"卢绍弓先生"，是以推测抱经先生在乾隆二十六年七月前后返回京师后，仍旧入值尚书房。

七律

授经图为同年曹汝咸培亨尊人作[1]

花发春风满一庭，年时清课手遗经。
鸳湖草碧人如织，蠹简灯青我独醒。
乐事不妨儿辈觉，书声尤爱老来听。
嗟予诗礼浑抛弃，惭愧先生座右铭。

春　晴

雨过春寒放小晴，顿教兴发出溪行。
一痕鸭绿水新涨，几片猩红花正明。
最惜光阴同客过，可堪节物唤愁生。
两湖芳事知无分，拼却懵腾巨盏倾。

---

[1] 案：汪大经《借秋山居诗钞》卷六《秋怀九首》之《曹孝廉孺岩先生》记："讳培亨，嘉兴人，乾隆戊午举人，不赴选，自号闲闲居居士。园有古松数株，筑室其下，生平嗜苏氏文，工篆隶，馆余家以老。"（《清代诗文集汇编》第400册，第49页。）
倪禹功《嘉秀藏家集录》之《曹氏松风堂记》载：曹培亨，字汝咸、号孺岩，嘉兴禀膳生，乾隆戊午孝廉，绩学砥行，聚书松风堂，著有《松风堂集》。其四世孙咸熙于光绪癸未刊行曹氏图册，李宗庚跋《屿揣公教子图》有云："乾隆三年戊午冬，狄君充有为屿揣先生与其子若孙而作也语，故其生时必在康雍之世明矣。"（《上海图书馆馆刊》，1948年第4-6期；倪禹功《嘉秀藏家集录》，嘉兴图书馆藏稿本。）
朱坤《余暨丛书》乙卷《跋曹孝廉孺岩劝学四箴》记："孺岩曹君，名培亨，与余同年乡荐。丙子秋晤于会城，出《劝学四箴》相示，斥浮薄，戒偷惰，深有警于予怀，因请隶书刻诸萧山学舍，用自砥淬，且与学子共守焉。其亦近日之订顽砭愚矣。"（《四库未收书辑刊》第十辑，第18册，第639页。）

过汪丈津夫鉴梅津草堂[1]

趁市人归好下帷,数声剥啄款柴扉。
笺余本草堆鸟几,坐久飞花点客衣。
黍地已荒偏嗜饮,风光堪赏忍相违。
溪鱼泼泼迎新涨,更欲乘间拂钓矶。

案:该诗似作于乾隆四年。

据《抱经堂文集》卷六,甲午《汪津夫先生诗钞序》记载:"先生名鉴,字惟一,一字津夫,……余师桑弢甫先生极重之,与同事邑大儒劳余山先生。又因桑以交先君子,道谊相孚,先君子兄事先生,如同气焉。先生间买舟上钱唐,就先君子宿。余方总角,即乐亲先生,效越语,先生不之责,每为解颜,以英异见赏。弱冠后,数以事至姚江,辄朝夕先生所。先生卖药于城北之周巷,门临小溪,屋后小圃植梅花,此所谓梅津草堂者也。……自余成进士归,而先生墓草已宿。"

抱经先生于乾隆十七年中壬申恩科一甲第三名,乾隆十九年翰林院散馆后乞假南归葬母,而汪鉴"墓草已宿",则汪鉴卒于乾隆十九年之前。

又,《弢甫续集》卷六有《哭汪津夫大兄鉴》诗,该诗前面为《丁卯长至日同周穆门京卢敬甫存心论交四贤阁各拈本号为韵有赋》《穆门于至日招同敬甫泛湖集四贤阁拈本号为韵各成长句意有未尽复赋此韵仍前例》(《四库全书存目丛书》集部第276册,第470页。),考虑到桑氏诗文集一般以写作时间编纂,故汪鉴很可能是卒于乾隆十二年丁卯前后。

基于此,考虑到抱经先生在乾隆四年曾经跟随桑调元前往余姚,乾隆五年与桑调元同在杭城处馆,之后自乾隆六年入京,直至乾隆十三年未曾再回南方,故《过汪丈津夫鉴梅津草堂》一诗应写于乾隆四年在余姚周巷时。

另,桑调元《弢甫集》卷十有《津夫草堂落成》诗(《四库全书存目丛书》

---

[1] 案:参见陈梓《删后文集》卷三《梅津草堂记》。(《四库未收书辑刊》第九辑,第28册,第250页。)

集部第 275 册，第 703 页。），似与抱经先生此诗作于同时，即乾隆四年同在余姚周巷时。

饮景氏东白楼

满酌难辞金屈卮，醉来消受晚风吹。
数番花信催香急，一片云容泛白迟。
漫语未除豪侠气，好春又过寂寥时。
玉山颓矣吾真懒，月影横窗竟不知。

案：该诗应写于乾隆四年。

乾隆四年三月，桑调元乞假省亲。中国第一历史档案馆藏，档号02-01-03-03760-016，乾隆五年三月十九日《浙江巡抚卢焯题为工部营缮司主事桑调元假满母病未痊请终养事》记："据工部营缮司告假主事桑调元呈称：切元于本年三月十一日蒙工部带领引见，口奏母年七十七岁，恳请赏假四个月回籍省亲。奉旨：着给假，钦此。"

抱经先生随桑调元一同南下，又赴余姚，寓周巷景氏东白楼中。[1]《抱经堂文集》卷十《书荀子后》记："曩余于乾隆四年以事羁余姚，寓周巷景氏东白楼中。"此外，未再见有抱经先生曾至余姚之记载。

基于此，推测抱经先生《饮景氏东白楼》《和景秋崖清明》等诗，皆似写于乾隆四年至余姚寓居周巷景氏东白楼时。

---

[1] 案：《（光绪）余姚县志》卷二十三记："景王佑，……子辉，字伊仲。好聚书，建东白楼，积书至数万卷。尤长于诗，与陈梓、汪鉴、谢秀岚相唱和，世比之商山四皓。"(《中国地方志集成·浙江府县志辑36》，第893页。）另可参见陈梓《删后文集》卷三《东白楼记》。(《四库未收书辑刊》第九辑，第 28 册，第 252 页。）

送莫又张栻之润州

新年初见黯离颜,杨柳才青未可攀。
有客萍蓬还独泛,何人风雪最相关?
寒冲凫雁春前水,梦到金焦望裹山。
我亦扁舟向东去,樯乌背发几时还?

案:该诗似作于乾隆五年初。

阮元《两浙輶轩录》卷二十二记:"莫栻,字右张,号柳亭,钱塘人。"(《续修四库全书》第1683册,第712页。)周春《耄余诗话》卷五记:"杭州诸生莫栻,字右张,号柳亭,嗜酒鼻齇,性极洒落,学有根柢,与陈星斋同学齐名,而终老不遇。余与先兄应试至杭,柳亭辄来剧谈,熟于武林旧事,娓娓可听。夏月必邀吃仇园苋,仇园苋者,吴山之麓有地亩许,相传为山村故居,所产苋味甘而腴美于他处,非早起不能得也。三人有仇园苋聯句诗。"(《续修四库全书》第1700册,第23页。)

又,《清波三志》卷下,明林应禧《三茅观事迹记》文末附记:"此记刻三茅观大殿基侧石壁上,戊午十月初六日,予与柳亭并鸿雪并儿子去甚访吴山旧迹至此地,审观崖侧有题名处数处,及此碑俱在苍藓中。"(上海书店版,《丛书集成续编》第52册,第512页。)乾隆三年十月前后,莫栻应该在杭州。

阮元《两浙輶轩录》卷五有徐逢吉(即徐紫山)《寄莫柳亭京江》诗:"雨雪经残腊,风光过一春。极知能念我,垂死复为人。远道凭书札,微躯仗鬼神。百年心事在,聊以报情亲。"镇江,又称京江,古称润州。以徐逢吉此诗推测,抱经先生该诗应写于莫氏赴润州之前,而徐逢吉之诗则是写于莫氏至润州之后。又,徐逢吉卒于乾隆五年庚申。(可参见《抱经堂诗钞》七言古诗《过徐紫山先生草堂》考释。)以此推测,莫栻前往润州应该是在乾隆五年或之前。

据拙著《清卢抱经文弨先生年谱》考证,抱经先生在乾隆二年始客游,离开杭州前往京师跟随桑调元学习;乾隆四年三月桑调元乞假南归,又跟随桑调元南下,至余姚;乾隆五年,在杭城处馆;乾隆六年再次入京考取内阁中书,其后长期在京任职。据此,则抱经先生该诗应写于乾隆二年离开杭州之前,或者乾隆四年三月跟随桑调元离京南下之后至乾隆五年。

又,据"新年初见黯离颜"句,则该诗不应写于乾隆四年,因该年三月时抱经先生尚在京师。

据"我亦扁舟向东去"句,查抱经先生生平踪迹,乾隆二年之前未见其离开杭州的记载,唯有乾隆四年随桑调元南归后,一度至余姚、山阴等地。而余姚、山阴恰在杭州之东。联系抱经先生《晚陪诸族兄饮湖楼录别》中记:"偏恨我生缚尘鞿,去年仆仆东海陬。开岁未消远峤雪,又欲重买山阴舟。"则抱经先生该诗应写于乾隆五年初。

壬午元日[1]

朝正济济集千官,三载重听杂佩珊。
空沐主恩留讲席,都无佳句重吟坛。
春回行见莺花丽,岁转宁愁桂玉难。
已具吴舠迎老母,君羹分饷有余欢。

案: 此诗作于乾隆二十七年壬午元旦。

据拙著《清卢抱经文弨先生年谱》考证,存心征君卒于乾隆二十三年十二月十六日,稍后,抱经先生南下丁忧,至暨阳书院讲席,直至乾隆二十六年七月后方北上京师任职。从乾隆二十三年十二月十六日至乾隆二十七年元旦,正好三年,故有"三载重听"之句。又据诗中"已具吴舠迎老母",则是时抱经

---

[1] 案:江权《正颐堂诗集》卷九《壬午元旦早朝》诗:"承乏曹郎品秩新(去夏迁职方副郎),欣随簪组谒枫宸。一年稽拜逢元日,八载趋跄属近臣。候尉道通边徼静,旌旗路拥海疆春(是春驾幸江浙)。徂秋省识迎銮乐(去秋随围木兰),江表还应倍远民。"(《清代诗文集汇编》第338册,第336页。)

先生似已派人南下迎养张太宜人。

同年小集寓斋

高树凉飔报早秋，我曹痛饮莫空愁。

曲工其奈非时好，瓶罄还留与妇谋。

人世不堪歌薤露，（舍人同年四十人，前年丧戴静溪，今年裘赓廷又下世矣。）此生端合老糟邱。

诸公事业应难定，耐可清尊共白头。

案：该诗似作于乾隆十一年秋。

据中国第一历史档案馆藏，档号02-01-03-04014-001，乾隆七年十二月二十日《大学士兼管吏部尚书事张廷玉题为议准卢文弨顶补内阁汉中书事》记："臣张廷玉等谨题为钦奉上谕事：准内阁移称，本衙门中书缺出，例应拟补。今中书吴熊光革职员缺应补，除本年考取之第七名梁国治、第八名裘谟、第九名徐绍洵、第十名王崇本俱已回籍外，应将考取第十一名之卢文弨顶补等因到部。……应将卢文弨照例准其顶补吴熊光办事中书员缺，俟试俸一年内阁考核称职，移送臣部具体实授，恭候命下臣部遵奉施行。臣等未敢擅便，谨题请旨。奉旨：卢文弨依拟用。"

档号02-01-03-04358-013，乾隆十年十一月二十一日《大学士兼管吏部尚书事张廷玉题为会议内阁题请以候补中书裘谟补授内阁中书事》记："查上年十月内已将双月捐班之胡廷枢补缺在案。今八月二十七日中书沈楷厚告假员缺，例应将乾隆七年考取第八名之候补中书裘谟拟补等因到部。奉旨：马淳依拟用，余依议。"

档号02-01-03-04360-002，乾隆十年十二月初一日《大学士兼管吏部尚书事张廷玉题为会议内阁题请以裘谟补授内阁中书事》记："臣张廷玉等谨题为钦奉上谕事:准内阁移称,本衙门中书王恺伯升任侍读员缺例应拟补。前准移称,内阁中书双月考取人员二缺之后用捐班一人;查上次捐班止令应用考取人员顶补等语,应将乾隆七年考取第八名之候补中书裴谟拟补等因到部。奉旨:裴谟依拟用,余依议。"

档号02-01-03-04444-015,乾隆十一年七月二十八日《大学士兼管吏部尚书事务张廷玉题请以张秉政补授内阁中书事》记:"臣张廷玉等谨题为补授中书事。准内阁典籍厅移称,汉票签中书裴谟病故员缺,例应拟补。现有丁忧服阕不论双单月遇缺即补之候补中书张秉政,取有原籍文结,投部在案。此次所出裴谟病故员缺,应将服阕候补之张秉政拟补等因前来。奉旨:张秉政依拟用。"

又,裴曰修《裴文达公诗集》卷三有《雨中书事柬赓廷侄四首》《送家侄赓廷中翰南归》。(《清代诗文集汇编》第332册,第524页、第525页。)

据此,则裴谟似即裴赓廷,应病逝于乾隆十一年七月前后,而抱经先生该诗应作于同年,故暂系于此。

另,中国第一历史档案馆藏,档号02-01-03-04081-014,乾隆八年四月二十一日《大学士兼管吏部尚书事张廷玉题为会议拟将乾隆七年考取第二十九名之候补内阁中书戴之泰顶内阁中书员缺事》记:"准内阁移称,本衙门中书缺出,例应拟补。今中书沈谦丁忧员缺应补。查乾隆七年考取之候补中书第二十名倪承宽、第二十一名沈志祖、第二十二名王际华、第二十三名胡燮臣、第二十四名吴国锷、第二十五名曾琳、第二十六名张允肃、第二十七名钱维诚、第二十八名陈朝础俱已回籍外,应将考取第二十九名之候补中书戴之泰拟补等因到部。奉旨:戴之泰依拟用。"

《(光绪)六合县志》卷五三《人物志》记:"戴之泰,字连茹,雍正乙卯拔贡。乾隆戊午中顺天乡试,考授内阁中书。为诸生时,勤学好问,手不停披。试辄冠其曹,文望甚著。及在内阁,梁尚书国治、卢学士文弨皆同僚,相与切劘以文章道义,业益进。大学士鄂公、史公皆以大用期之,数年卒于官。所著有《周礼集解》等书。"(《中国地方志集成·江苏府县志辑6》,第156页。)

晚步和韵

檐溜初干暑气微，相携晚步送斜晖。
柳沿曲岸青无际，城带遥峰碧一围。
胜地可容人独往，乡心其奈乌鸟飞。
怜予丘壑京华废，潞水扁舟定拂衣。

甲申人日赐柑恭纪

洞庭霜果向称珍，况复颁来及岁新。
底羡一双携酒客，未当十五放灯辰。
将传先拟雕盘荐，欲擘仍偕彩胜陈。
雁后花前空计日，分金怎得先慈亲？

案：该诗应写于乾隆二十九年正月初七日或稍后。

陈兆仑《紫竹山房诗文集》卷九《人日赐柑恭纪用人字》记："郑公之日果传珍，知是恩私练此辰。纔似辞条逞鲜泽，免教裹絮惜陈因。蒙恩绝胜分金客，饱食堪夸坐橘人。带笼归鞍满香雾，牵衣还博小儿亲。"(《四库未收书辑刊》第九辑，第25册，第587页。)

李中简《嘉树山房诗集·应制卷下》，甲申《人日赐柑恭纪》诗："讲幄佳气霭灵辰，殊渥初分荐寝珍。玉筐经年纔锡贡，草堂他日未逢春。笼来紫陌花迎马，擎过乌衣燕趁人。橘荔共沾怀核赐，恩荣况与岁时新。"(《四库未收书辑刊》第十辑，第15册，第121页。)

三诗用韵相同，应是同时作于乾隆二十九年甲申正月初七日或稍后。

·七律·

恭赋御制一堤杨柳两湖烟[1]

垂柳垂杨夹大堤，两湖烟景任分携。
千丝轻蘸春波绿，双镜清描翠黛低。
碧影动摇天上下，长条萦带水东西。
宜晴宜雨邀宸赏，一色青旗望欲迷。

案：该诗似写于乾隆二十六年七月抱经先生丁忧服阕，北上京师任职以后。《清高宗御制诗三集》卷十二，乾隆二十六年辛巳《景明楼》记："一堤杨柳两湖烟，中界高楼翼翥然。入画来疑到蓬阆，引舟去不限神仙。云霞流丽东西映，天水空明上下鲜。津逮原从仲淹记，与归吾亦缅前贤。"（《清代诗文集汇编》第322册，第418页。）

又，据记载，乾隆帝自乾隆二十五年至乾隆三十六年所作11620余首诗，编为《御制诗三集》100卷、目录12卷。考虑到乾隆二十六年七月抱经先生丁忧服阕，离开暨阳书院讲席而北上京师任职，并于乾隆二十七年正月初十日奉旨参与《玉盘联句》，四月十二日补授翰林院侍讲，故该诗很可能写于初返京师任职前后。

另，抱经先生该诗直接以《恭赋御制 堤杨柳两湖烟》为题，而非以恭和《景明楼》为题，究其原因，很可能是乾隆帝写作其诗时并无题目。而后乾隆三十七年诸臣编纂《御制诗三集》时，方添加"景明楼"为题。故而抱经先生该诗写作时间应该是在乾隆三十七年之前，或者更确切地说，很可能是在乾隆二十六年七月北上京师任职以后。

---

[1] 案：《清高宗御制诗二集》卷二，乾隆十三年戊辰《赵北口即景》记："红桥长短接溪川，溪上人家不治田。半笠沧波三月雨，一堤杨柳两湖烟。孽将鹅鸭无关税，捕得鱼虾足酒钱。今日饱餐渔者乐，鸣榔春水绿浮船。燕南赵北旧曾闻，历览真逢意所欣。苕霅溪山吴苑尽，潇湘烟雨楚天云。渔歌隔浦惊鸥阵，客舍开窗数雁群。方喜湖光涤尘壒，何来诗思与平分。"（《清代诗文集汇编》第320册，第202页。）此诗中亦有"一堤杨柳两湖烟"之句，但该句列于诗中，应该不是抱经先生所和之诗。究竟如何，还有待于进一步的考证，暂且存疑。

清卢文弨《抱经堂诗钞》系年考释

送同年杨谦山户部还吴 [1]

故山无恙便遄归，影逐秋鸿的的飞。
满坞白云滋药圃，一竿秋水浸渔矶。
薜萝未使簪缨易，仓庾何烦姓氏依。（时监仓任满。）
更爱北堂开昼永，此还端可报春晖。
劳生何得只荃蹄，一枕蘧蘧梦转迷。
我愧腐儒犹日下，君传家学即关西。
身闲且喜眠餐稳，囊重应夸卷轴携。
缥缈峰头游尽兴，新诗到处擘窠题。

案：该诗似写于乾隆二十七年秋。

钱维诚《茶山诗钞》卷六《送杨谦山同年归吴门二首》诗："海鹤不群游，霜天有遐心。西风飘一叶，直下吴云深。之子出瑶闼，十年弹素琴。由来美人曲，寂寞太古音。岂惜知者寡，并伤华发侵。爰居鲁门东，钟鼓非所钦。自发季鹰叹，不徒庄舄吟。我有一明镜，挂在梅花林。凌寒思共语，应向湖边寻。苏耽自欲归，挟弹何为者？握管赋北堂，神仙亦风雅。尘颜苦相送，尊酒汗流赭。去去挽鹿车，椎髻自潇洒。严霜催吴波，秋色徧蓟野。微怀若明月，素手不盈把。天外一行书，付与南鸿写。"（《续修四库全书》第1442册，第584页。）

钱维诚诗系年为乾隆二十七年壬午，又据其中"西风飘一叶，直下吴云深"之句，应是在是年秋。

[1] 案：《（同治）苏州府志（三）》卷八十三记："杨大琛，字宝研，宋龟山先生之后。自闽之将乐迁于苏。……乾隆己未进士。授兵部主事。请假归娶，乡人荣之。丁卯补户部主事，升员外郎，以积劳患耳聋，遂辞归。历主杭州紫阳、敷文书院，成就人才甚众。"（《中国地方志集成·江苏府县志辑9》，第198页。）
《缙绅全本·乾隆二十六年秋·户部》记："山西司员外郎加三级杨大琛，谦山，江苏吴县人，己未。"（《清代缙绅录集成》第一册，第441页。）
又，袁枚《随园诗话》卷十六记："同年杨大琛太史在部以聋告归，专心攻诗，见示一册，有句云：'金钏手摇春水影，玉楼帘卷卖花声。'风致嫣然。惜未录其全稿。今太史已亡，诗稿不知散落何处。太史字宝岩，苏州人。"（《续修四库全书》第1701册，第488页。）

江权《正颐堂诗集》卷九《送同年杨农部谦山移疾归吴门》诗："片帆南下塞鸿飞,遥望丹枫江路微。爱酒步兵翻谢病,思鲈张翰竟言归。秋风药物随行橐,春雨琴樽伴掩扉。一事羡君都管领,五湖烟月满渔矶。"(《清代诗文集汇编》第338册,第338页。)查《正颐堂诗集》各诗系以编年体编纂,该诗前面有《壬午元旦早朝》,后面有《癸未元旦早朝》,故该诗应写于乾隆二十七年壬午。而据诗中"塞鸿飞""秋风"等文字,该诗应写于是年秋。

综合两诗,再联系抱经先生诗中"影逐秋鸿的的飞""一竿秋水浸渔矶"句,可以断定杨谦山应在乾隆二十七年壬午秋辞官还吴,故抱经先生写作该诗为其赠行。

弢甫先生携两孙重赴山东洙源书院,途中有书见寄,因呈一律

满地霜花又首途,书来曾抵鹊华无?
韩公名合齐山斗,郑老经仍授海隅。
一杖随身轻作客,双雏绕膝不愁孤。
祇嗟薄宦羁京国,未坐何由听讲俱。

案：抱经先生该诗应写于乾隆二十七年秋。

沈廷芳《隐拙斋集》卷二十八,壬午《送弢甫山长重赴洙源书院次留别韵二首》记："半载相逢菊正花,数声落木日初斜。清尊未泛西湖曲,古道重寻北郭赊。齐鲁诸生争跂踵,乡关良友叹搏沙。瓣香同奉馀山叟,吾道今尤振晔华。(山长力崇正学,筑祠书院,奉祀朱子暨张杨园先生、陆清献公、劳馀山先师。)西风一昔菱荆花,孤影谁怜莫景斜。隔巷频过情独挚,离堂小驻思空赊。秋寒露白葭苍月,船泊灯明鹭宿沙。珍重归来逾矍铄,好陪绚履玩韶华。"(《清代诗文集汇编》第298册,第434页。)

又,《偕丁敬身、成卫宗、倪建中、蔚堂侄追送弢甫于艮山门外作》记:"送君自崖返,君自此远矣。北川渐迢遥,东关渺烟水。绮霞碧天际,红树白云里。行行转微茫,望望复翘企。顾赠采芙蓉,已别同心子。河梁指艮山,何日重聚此。"(第434页。)

沈廷芳两诗系年皆为乾隆二十七年壬午,又据诗中记"菊正花""秋寒露白",则桑调元离开杭州启程北上应是在秋季。以此推测,桑调元应是在北上途中有书信致抱经先生,而先生写作该诗寄赠,桑调元获诗后,又写《答卢召弓步韵》。

桑调元《弢甫续集》卷十九《答卢召弓步韵》记:"绕磨团团踏旧途,浮生万事总虚无。谈经圣地惭敷席,闻乐殊方黯向隅。老体于今都是病,童孙强半并成孤。多君剧念遗簪在,一纸书来百感俱。"(《四库全书存目丛书》集部第276册,第590页。)

雪后早起入值

寒鸡瑟缩不成啼,雪色侵窗曙影迷。
钥起严城犹有柝,马经驰道了无泥。
抠衣祗怕瑶阶滑,执卷俄看绛蜡低。
欲拟白头惭继武,也随群彦到金闺。

案:该诗似写于抱经先生入值上书房时,具体时间待考。

《抱经堂诗钞》五言长律《和赵瞰江雪四十韵》记:"更忆趋朝日,还当贺瑞时。琼瑶犹未破,绅带每先披。"诗中注记:"在上书房入值最早。"

又,《抱经堂诗钞》五言古诗《咏炭与李文园中简联句》记"暮归每惊疱,早起惯闻鹈。羸马困凌兢,冻仆失駒齝。"

据拙著《清卢抱经文弨先生年谱》考证,抱经先生自乾隆二十二年十月初六日奉旨入值上书房。乾隆二十三年十二月十六日,存心征君逝世,抱经先生旋即南下丁忧，离开上书房。乾隆二十六年七月前后返回京师，应是再次入值，直到乾隆三十一年奉旨南下湖南提督学政。其间年份众多，故难以确定该诗为何年所写。

次张有堂西苑直庐重浚乐泉成招同人小集韵[1]

掊地甘泉脱手成，朝来爽气挹辛庚。（延庚挹辛见洪容斋西山记。）
高情合有寻源乐，修绠方知彻底清。
珠沫乍浮松露滴，发痕静漾石苔生。
野云一片檐前宿，三载重看倒影明。
城南佳句众传钞，信是韩豪压孟郊。
日坐清都还有事，老来幽兴未全抛。
大川剪水归新卷，（集平生游历为《卧游图》。）深井窥天托素交。（自喻。）
一勺中泠沾匀便，茗炉不厌太官庖。
滋味深怜淡处长，旧交无恙对壶觞。
卷波百盏何辞醉，叠石连朝为底忙？
竹外修筒分月细，柳边闲榻过风凉。
佳山入梦无多子，泉品依稀认故乡。

---

[1] 案：《清史稿》卷三〇四《张泰开传》记："字履安，江南金匮人。乾隆七年进士，改庶吉士，命上书房行走，旋自编修五迁礼部侍郎。十九年，国子监学录缺员，泰开举同部侍郎邹一桂子志伊。上责其瞻徇，部议夺职。予编修，仍在上书房行走。二十年，内阁学士胡中藻为诗谤朝政坐诛，泰开为诗序授刻，部议夺官治罪，上特宥之，仍在上书房行走。寻复授编修。二十二年，擢通政使。三迁左都御史。三十一年，授礼部尚书。三十二年，复授左都御史。三十三年，以老乞休。上奖其勤慎，加太子少傅，赋诗饯其行。三十九年，卒，年八十六，谥文恪。"另，可参见邹方锷《大雅堂续稿》卷六《诰授光禄大夫太子少傅礼部尚书张文恪公行状》（《四库未收书辑刊》第十辑，第26册，第384页）、卷七《太子少傅礼部尚书张公墓志铭》（《四库未收书辑刊》第十辑，第26册，第394页）。

> 历历清游数壮年，老居福地一壶天。
>
> 授经何似千秋鉴，泽物真如万斛泉。
>
> 钟鼎未忘邱壑趣，文章净涤绮罗缘。（地本故相国索额图旧园。）
>
> 他时谁记春明事，胜迹应思兰渚贤。

案：该诗似写于乾隆二十九年。

祁寯藻《䜱䜪亭集》卷十三《乐泉诗并序》："乾隆己卯岁，张文恪公泰开值上书房，于园庐东得泉，爱其甘冽，甃以文石，属倪敬堂先生承宽书'乐泉'二字于石，自号乐泉老人，绘图赋诗。时皇子暨内廷诸公咸有题咏。己酉，其孙凤枝擢守南笼入都，暇访旧址，碑字剥落，重为勒石，识其颠末。"（《清代诗文集汇编》第583册，第89页。）又，陈康祺《郎潜纪闻二笔》卷五记："乐泉，为乾隆己卯岁张文恪公泰开直上书房时得于园庐之东，爱其甘冽，甃以文石，绘图征诗，公遂自号乐泉老人。"[1]据其所记文字推断，陈康祺当是沿袭了祁寯藻之文，两者实为一说。

又，陈兆仑《紫竹山房诗文集》诗集卷十，甲申至乙酉有《张总宪有堂泰开作〈卧游图〉，历记往迹。寻于寓园旧井更穿新泉，甃石既毕，命曰乐泉，

[1] 案：张泰开似在乾隆十三年请假归里时绘制《乐泉图》，但该泉实为张泰开故乡惠山之泉，即所谓天下第二泉。邹方锷《大雅堂初稿》卷二《张有堂先生画像记》记："先生以乾隆戊辰请假归里，命古村吴君图之。"（《四库未收书辑刊》第十辑，第26册，第201页。）又，卷四《通政张公七十寿序》记："乾隆二十三年戊寅，通政有堂先生年七十，门下士丁王士来，揖余曰：先生素重君古文辞，王士无以寿先生，敢请君之文以侑先生觞。曩者先生请假南还，尝示余《乐泉图》，属为记之。"（第212页。）因此，筠亭主人皇五子永琪《凝瑞堂诗钞》，丙子有《张有堂先生〈乐泉图〉题句》记："梧竹森森掩荜门，泉疏第二引灵源。"（《清代诗文集汇编》第399册，第444页。）又有《拟咏第二泉用东坡求惠山泉韵》。（《清代诗文集汇编》第399册，第446页。）又，皇六子质亲王永瑢《九思堂诗钞》卷一，丁丑亦有《题有堂先生乐全清照》。（《清代诗文集汇编》第408册，第1页。）金甡《静廉斋诗集》卷七，戊寅有《题同年张有堂泰开银台乐全小照》。（《续修四库全书》第1440册，第477页。）顾光旭《响泉集》诗四《半日读书斋余稿》，起庚辰止壬午有《乐泉精舍歌为张有堂先生作》。（《续修四库全书》第1451册，第319页。）中国国家图书馆藏，吉梦熊《研经堂诗集》卷十一有《题官庶张若澄为副宪张泰开作〈乐泉精舍图〉次原韵》。张凤孙《柏香书屋诗钞》卷十七有《题张有堂学使〈乐泉图〉》。（《清代诗文集汇编》第307册，第300页。）诸人题诗，实际上都是为张泰开《乐泉图》所作，而非是为其西苑直庐重浚乐泉所作。

招同人饮以落之奉次元韵四首》："声名官职自天成，阅世难忘几蟋鹧。汲古绠随行处得，出山泉到老来清。荣叨胜践纔中寿，静忆前因抵半生。未免展图还起叹，此中辛苦最分明。岁看除目满题钞，似草青袍落远郊。金比先阴贫易掷，天然罨画梦难抛。秋鸿春燕风番下，东主西宾路错交。一觉北窗尘界绝，始知身已际轩庖。手劈蒿莱趁日长，闭门时复独持觞。离离石很挈云住，小小花娇笑蝶忙。吕直未营千贯筑，獠奴先报一竿凉。夔龙邱壑从天借，何有山乡共水乡？邻树分阴已积年，竭来同看镜中天。文星莫是压东井，狂客浑疑到酒泉。调水作符方有约，连筒当盏岂无缘？平生自笑跰躃甚，况复从君醉圣贤。"（《四库未收书辑刊》第九辑，第25册，第592页。）据卷十中前后各诗写作时间推测，该诗应写于乾隆二十九年甲申。

又，据陈玉绳编《陈句山先生年谱》记载，陈兆仑此数年一直在京，且和张泰开同时入值。而且，陈玉绳一直跟随在陈兆仑身边，其在后来整理陈兆仑文集、年谱时应该都不会有误，故陈兆仑所记之乾隆二十九年甲申重浚乐泉，应是更为可信。（《北京图书馆藏珍本年谱丛刊》，第97册。）相形之下，祁寯藻、陈康祺毕竟都是后来追记，难免有道听途说之嫌。

此外，陈兆仑诗韵与抱经先生诗韵相同，故应写于同时。

恭赋恩赐诸皇子皇孙猩猩毡

休夸白氎与青毡，贡篚蒸霞分外妍。
祗道质良由染采，那知丽密胜纯绵。
九衢着处初萦雪，五岭携来尚带烟。
照眼宠光连讲幄，早分席帽禁门前。（内廷官品未至亦许着猩红兜，故云。）

案：该诗似写于乾隆二十九年初冬前后。

李中简《嘉树山房诗集·应制卷下》，甲申《恩赐诸皇子猩毡恭赋》记："岭南服物尚方颁，名冠氍毹异采般。乍览光华羞染幛，始知筐笼到梯山。九闻日丽相鲜外，六出花飞掩映间。俱傍通明开第宅，红云一气绕清关。"（《四库未收书辑刊》第十辑，第15册，第121页。）

查该诗与抱经先生之诗所写内容相同、用韵相同，故抱经先生之诗应写于同时。又，毡为冬衣，故该诗很可能写于乾隆二十九年甲申初冬前后。

恭纪恩赐哈密瓜

嘉瓜来自古瓜州，润渴年时拜赐优。
湛湛迥分金掌露，离离如见玉门秋。
底须西域劳都护，欲向东陵诧故侯。
叨与说经惭报称，芳津空绕舌间流。

案：该诗似作于乾隆二十九年十一月二十二日或之后不久。

《国朝杭郡诗辑》第八辑，卷二十二"张彝"条下[1]有《甲申冬十一月己巳，恩赐上书房诸公哈密贡瓜，敬堂仆少、抱经学士携归分饷，因次补亭少宰、硕亭参议联句恭纪韵奉酬并呈诸公》诗。

朱鼐《画亭诗草》卷五《哈密瓜诗次硕亭参知韵应檠斋夫子教》注记："星斋先生诗叙云：海住宫詹好为叠韵，硕亭参知搜奇韵以相难，海住以坚壁老之。"

---

[1] 案：阮元《两浙輶轩录》卷三十四记：张彝，字天民，仁和诸生。为学士凤麓先生第四子，有《咏炭八十韵》，为时所传。另有《小集湖上至孤山看梅步卢敬甫韵》《送卢敬甫姊丈游广陵》诗。（《续修四库全书》第1684册，第303页。）

（《四库未收书辑刊》第十辑，第27册，第100页。）[1]

又，李中简《嘉树山房诗集》卷下，甲申有《恩赐哈密瓜恭赋》记："分甘余渥荷包瓜，九贡西来万里赊。金阙寒深关翠笼，玉关秋浅卧平沙。十分浓碧怜巾幂，一片清芬惜齿牙。携得上环供岁事，冷烟连畛梦田家。"（《四库未收书辑刊》第十辑，第15册，第122页。）

陈兆仑《紫竹山房诗文集》诗集卷十《甲申冬仲蒙恩赐哈密瓜奉次皇五子元韵》记："灵瓜何分落天边，中使擎盘出彩旆。气霭御厨常不冻，影规塞月欲俱圆。三星几费临河守，万里纔同摘露鲜。马上衔恩沁心腑，晚风余汁润吟鞍。"《吟密瓜次联句韵并序》记："蒙恩赐瓜既奉次皇五子韵恭纪其事，而补亭少宰硕亭阁学复为联句至三十六韵，意以海住宫端好为迭韵诗，故搜强韵以相难耳。海住知其计，乃欲以坚壁老之。仆于三君子投分皆密，勉为拙句以和解其间，亦庶几鲁连之用心也。"（《四库未收书辑刊》第九辑，第25册，第598页。）

综上所记，抱经先生该诗应写于乾隆二十九年甲申十一月二十二日或之后不久。

随驾发热河

缭垣东转禁围通，惠迪门开日影红。
晓气未干兰叶露，秋声徐动槲林风。
书生空习安边策，圣主常收缵武功。
却望帝城云漠漠，一行背发数归鸿。

---

[1] 案：袁枚《随园诗话》卷十六记："沭阳教谕朱㦸，字竹江，江阴诗人也。闻余至，朝夕过从，间一日不至，余与吕公必遣人促之。"（《续修四库全书》第1701册，第497页。）朱黼曾主抱经先生家，故与先生交往较多，其《画亭诗草》卷五中又有《楷荼歌奉和倪太仆元韵呈檠斋夫子》（《四库未收书辑刊》第十辑，第27册，第100页），卷十八有《檠斋夫子七十寿诗》（第201页）。《抱经堂诗钞》七绝《有怀暨阳旧游》诗中亦有怀念朱黼诗一首："俊拔应推朱与苏，才名早已动三吴。"诗末注云："朱黼、苏珩。"

案：该诗应写于乾隆二十八年九月十六日。具体可参见《抱经堂诗钞》五言古诗《至额克楚克哈达》诗考释。

波罗河屯作[1]

缘溪历涧屡纵横，山豁中开似削平。
斗绝孤峰瞻白塔，摧颓遗堞认青城。
飐旗风急催寒近，移树云低逗月明。
此是前朝瓯脱地，今来处处有人耕。

案：该诗应写于乾隆二十八年八月十八日。具体可参见《抱经堂诗钞》五言古诗《至额克楚克哈达》诗考释。

立春日和桑公备韵

春风如旧又经过，竹叶寒销发醉歌。
且喜韶华行鬭锦，那愁日月去抛梭？
客中容鬓新年改，湖上梅花昨梦多。
幸得与君相慰藉，不然翻奈艳阳何！

案：该诗似写于乾隆二十五年至乾隆三十一年之间的某个立春日。

据"客中容鬓新年改""幸得与君相慰藉"句，其时桑公备应是和抱经先生在一起。又，据拙著《清卢抱经文弨先生年谱》考证，自乾隆二十四年四月初五日葬父事毕，抱经先生之江阴暨阳书院，直至乾隆二十六年七月服阕北上

[1] 案：《抱经堂诗钞》集中正文部分题目作"博洛河屯"。另，《抱经堂诗钞》目录所记题目与正文部分题目稍异者，不止一处，需要注意。

京师任职，再至乾隆三十一年奉旨南下湖南提督学政，桑公备始终追随在抱经先生身边。但其间年份众多，故难以断定该诗究竟写于何年立春日。

志　痛

湖畔荒凉掩殡宫，几将高敞与韩同。（先母冯太恭人殁已三十三年矣，犹不克葬。）[1]

虚名此日凭谁报，禄养今生竟尔穷。[2]

百轴遗文空箧衍，（外祖山公先生文不克发雕，亦吾母未竟之志也。）十年麦饭愧儿童。

添丁头角差堪喜，[3]省忆提携泪眼红。[4]

案：该诗似写于乾隆十九年翰林院散馆后乞假南归葬母之前。

据拙著《卢抱经先生文弨年谱》考证，抱经先生生母冯太恭人病逝于康熙六十年（1721年），至乾隆十九年甲戌（1754年），正好三十三年。

又，《抱经堂文集》卷十二，庚子《书张蒙山果葬高氏九棺记后》记："乾隆甲戌，余晤蒙山先生于长芦，先生知余归为葬母也，甚怂恿之。"抱经先生在乾隆十九年翰林院散馆后即乞假南归葬母，故该诗很可能是写于此之前。

---

[1]　案：《史记》卷九二《淮阴侯列传》："吾如淮阴，淮阴人为余言，韩信虽为布衣时，其志与众异。其母死，贫无以葬，然乃行营高敞地，令其旁可置万家。余视其母冢，良然。"

[2]　案：应是指乾隆十七年中壬申恩科进士一甲第三名之事。

[3]　案：应是指乾隆十七年长子庆诒诞生事。

[4]　案：参见《抱经堂文集》卷三十四，癸巳《文学陈少云墓志铭》。

清卢文弨《抱经堂诗钞》系年考释

送同年董曲江令安远

专场角艺笑谈兼，此日凫飞别绪添。
但得种花休恨俗，不须饮水定知廉。（邑有廉水。）

竹林文好留箱箧，棠野风清绝米盐。
料得公馀无一事，凝香燕寝坐垂帘。

章江南去纪程多，畅好行春绿涌波。
秪爱万家勤抚字，绝胜三馆苦编摩。

买丝欲向平原绣，走马难忘茂苑过。
苜蓿阑干无可赠，骊歌惆怅意如何？

案：该诗应写于乾隆二十七年冬董元度入京谒选后离京赴任时。

董元度，字曲江，别号寄庐。据纪昀《阅微草堂笔记》卷一记："董曲江先生名元度，平原人，乾隆壬申进士，入翰林，散馆改知县，又改教授，移疾归。"中国国家图书馆藏，万廷兰《计树园诗存》之《依园草》之《后怀人诗·董寄庐元度》记："寄庐官翰林，出为安远令，改东昌府教授，为两江总督默庵先生之孙。"赵佑《清献堂集》卷五，戊戌《旧雨草堂诗卷序》记："（董元度）及年四十余始通籍，旋由词馆改外，迟之，始授江西小邑（注：江西安远县），仅一年归。秉东昌郡铎者十年，以老疾自谢去。"（《清代诗文集汇编》第360册，第599页。）韦谦恒《传经堂诗钞》卷六，庚寅至壬辰四月《东昌郡博董曲江元度以庶常出宰安远，旋改校官，闻其造士有法，赋诗赠之》。（《清代诗文集汇编》第348册，第192页。）

根据纪昀、万廷兰、赵佑等人所记，则董元度应是在翰林院散馆后，仅出任过安远知县，为期一年左右，其后改东昌府教授，为期十年，而后以老疾辞归。

又，查《清高宗纯皇帝实录》卷四二四，乾隆十七年十月己亥记："内阁、翰林院带领新科进士引见。得旨：新科进士除一甲三名秦大士、范棫士、卢文弨已经授职外，钱载、蒋和宁、邵嗣宗、张模、梁同书、谢墉、金维岱、吉梦熊、朱阳、甘立功、马腾蛟、赵瑗、张坦、郑岱钟、卢珏、熊恩绂、汤垎、龙煜岷、赵佑、吴以镇、江声、曹昺、纪复亨、董元度、……万廷兰、贾煜俱改为庶吉士。"卷五三九，乾隆二十二年五月乙卯记："内阁、翰林院带领甲戌科散馆修撰编修庶吉士引见。得旨：修撰庄培因、编修王鸣盛、倪承宽已经授职，其清书庶吉士朱棻元、赵佑、沈业富、朱筠、刘定逌俱授为编修。……曹学闵着留馆再教习三年。李方泰、董元度、尹均俱着归进士原班铨选。"

董元度早在乾隆十七年即以壬申恩科进士入选翰林院庶吉士，而迟至乾隆二十二年方归进士原班铨选，间隔六年，其中缘故不得而知。但是，董元度是在乾隆二十二年翰林院散馆无疑。其后，董元度应是加入候补待选行列。查《清代缙绅录集成·缙绅全本》第一册，第495页，"乾隆二十六年秋，江西赣州府安远县"记："知县加一级舒道弘，湖北通山人，庚午，二十二年十一月题。"据此可知董元度并非在翰林院散馆后便立即补授安远县知县，而是迟至乾隆二十七年冬前后，方得以选授江西安远县知县。

据翁方纲《复初斋诗集》卷二十一，庚子二月至八月《秘阁集七》之《〈六君子图〉摹本序》记："壬午之冬，同年董曲江吉士来谒选京师。"（《续修四库全书》第1454册，第538页。）钱载《萚石斋诗集》卷二十五"壬午"《观董元度吉士所携画竹卷》记："君方谒选将出宰。"（《续修四库全书》第1443册，第227页。）乾隆二十七年冬时，翁方纲、钱载两人尚均称董元度为"吉士"，是因为董元度散馆后并未出任任何官职。据此，抱经先生该诗应写于是年冬董元度入京谒选后离京赴任时。

其后，董元度在安远县知县任上应是未待太久，一年后便改为东昌府教授并在其任上待了十年之久。据《清代缙绅录集成·缙绅全书》第二册，第90页，"乾隆三十年春，江西赣州府安远县"记："知县加一级陈文豫，贵州施秉人，丙辰，二十九年六月迁。"陈文豫应是接替董元度而迁补安远县知县。惟其如此，在乾隆三十七年山东王伦起义爆发时,董元度才得以参预平定其事。据中国国家图书馆藏,万廷兰《计树园诗存》之《依园草》之《后怀人诗·董寄庐元度》记:"官教授时,寿张王伦谋逆,围府城,寄庐派带兵守仓库,乃怀印坚守三昼夜,王师至,遂平。后主保定莲池书院讲席,予羁保定,时过从无虚日。迨予归里,寄庐买舟归平原,闻未抵家而殁。"

送同年郑芥舟令连山即次其春燕诗元韵

未得情怀一具陈,严装将发黯愁人。
重城怅隔连宵会,万里欣看有脚春。

常以平反能慰母,岂因摘发示如神?
与君幸讬齐年契,惜别应知梦寐频。

人生聚散信萍蓬,在远依然臭味同。
十载我愁毫颖秃,一官君始印床红。

讼稀草定生阶下,情重书应置袖中。
别易会难何所道,临分握手怅怱怱。

君家三绝旧闻唐,继起才名更擅场。
偏靳藜光分阁上,好教花影满河阳。

循声定奏龚黄最,文焰还推李杜长。
芳桂当年膏馥剩,至今犹记咏霓裳。

·七律·

曾闻纵目上南楼，清绝论文瀹茗瓯。
东国山川供览胜，一时名士愿从游。

飞腾宛尔追前辈，浩漾居然纳众流。
此去讲堂须早辟，计功应倍富民侯。

案：该诗似写于乾隆二十八年二月前后。

据中国第一历史档案馆藏，档号02-01-03-06173-014，乾隆三十二年八月初十日《两广总督李侍尧题请以郑天锦升补广东琼州府同知钟蕙署理连山县知县事》记："兹会选有连山县知县郑天锦年四十八岁，福建建宁府瓯宁县人，由进士候选知县，乾隆二十七年九月初二日经王大臣验放贵州南笼府普安县知县，因亲老呈改近省，乾隆二十八年二月分选授今职。乾隆二十八年八月二十六日到任。乾隆三十一年大计荐举卓异。"档号02-01-03-06183-011，乾隆三十二年十一月十一日《江西巡抚吴绍诗题报广东连山县知县郑天锦途次江西在寓病故日期事》记："据广东连山县知县郑天锦家人张蕃呈称，家主郑天锦，系福建建宁府瓯宁县人，乾隆二十八年选授广东连山县知县，三十二年奉广东王抚院题升琼州府同知。八月内领咨赴部引见，于九月二十五日船抵江西沙井地方，……于十月初九日因病身故，理合报明。"据此，郑天锦应是在乾隆二十八年二月选授广东连山知县，故而抱经先生写作此诗为其赠行。[1]

林澍蕃《南陔草》卷四《哭芥舟舅氏》记："一别东山作远游，粤中遗迹继韩刘。"诗中注记："舅之官连山，常怀终养，每寄书以先坟相托，而上官留阻，卒不果。……舅以上考入觐，卒于江西旅次。"（《四库未收书辑刊》第十辑，第26册，第37页。）

---

[1] 案：郑天锦与董元度同为乾隆十七年壬申恩科进士。郑天锦于乾隆二十七年九月初二日验放贵州普安知县，也印证了董元度虽在乾隆二十二年散馆，但因奉旨归进士原班铨选，故而在乾隆二十七年冬方入京谒选出宰之时间记载无误。

清户文弨《抱经堂诗钞》系年考释

和句山先生寒夜上直途中口占

冲寒信马踏轻冰，每望觚棱转玉绳。
夜景欲沈天莽苍，晓风徐动气凌兢。
叨荣敢忘涓埃报，抚壮还惊岁序增。
阊阖门开联步入，琐窗分映读书灯。

案：该诗似写于乾隆二十七年十月或稍后。

陈兆仑《紫竹山房诗文集》诗集卷九，壬午至甲申《寒夜漏尽上直》记："城阴四合郁崚嶒，万瓦冥冥敛薄冰。宿雾远沉巡巷柝，残星斜挂卖浆灯。老来岁苦寒宵永，暗里心怜雪鬓增。且喜褰帷天未晓，通红炉火照髯鬐。"（《四库未收书辑刊》第九辑，第25册，第580页。）

陈玉绳编《陈句山先生年谱》乾隆二十七年记："十月恭和御制题镂玉百子屏风原韵五排一首、寒夜漏尽上直得七律一首。"（《北京图书馆藏珍本年谱丛刊》第97册，第244页，北京图书馆出版社1999年5月版。）[1]

以陈兆仑诗写作时间推测，抱经先生该诗应写于乾隆二十七年十月或稍后。

合肥怀古

施肥水合绕雄疆，南北由来互战场。
鼎势欲分偏入魏，渠形空堰不归梁。
平田渺渺迷军垒，大舸浮浮聚贾樯。
昭代量才龚李是，底将八斗属思王。（邑北八斗岭相传有陈思王墓。）

---

[1] 案：金甡《静廉斋诗集》卷八有《和句山寒夜漏尽上直途中作》。（《续修四库全书》第1440册，第497页。）中国国家图书馆藏，王会汾《梁溪诗钞》卷三十五亦有《和句山前辈寒夜漏尽上直韵》。

· 七律 ·

案： 该诗应写于乾隆三十年五月十六日奉旨南下广东主持乡试途经合肥时。具体论证参见《抱经堂诗钞》五律《固镇客馆庭中杂莳花竹，颇饶幽趣，壁间有同年梁少宰瑶峰诗，因和其韵》考释。

皇六子遣人问病赋谢[1]

凌兢瘦骨畏春寒，拥被连朝幸少宽。
忽听扣门喧鸟雀，猥劳遣骑问眠餐。
槽边酒熟还成醉，苑外花开尚拟看。
却笑枚生工《七发》，懒眠翻过日三竿。

案： 该诗似写于乾隆二十三年春初。

据拙著《清卢抱经文弨先生年谱》考证，抱经先生在乾隆二十二年十月初六日奉旨入值尚书房，至乾隆二十三年十二月十六日存心征君病逝，遂南下丁忧。乾隆二十四年四月十五日在杭葬父事毕，随后至江阴暨阳书院讲席。至乾隆二十六年七月前后服阕，辞江阴暨阳书院讲席而北上京师复职，应是仍旧入值尚书房[2]，故得以参加乾隆二十七年初的《玉盘联句》乾隆二十八年初的《〈岁

---

[1] 案：皇六子永瑢，据唐邦治《清皇室四谱》卷三记："皇六子质庄亲王永瑢，号九思主人，又号西园主人。乾隆八年癸亥十二月十四日酉时生，纯妃苏氏即纯惠皇贵妃出。为皇三子永璋同母弟。二十四年十二月出继为慎靖郡王允禧孙，降袭贝勒。三十七年十月晋质郡王，兼总管内务府。四十九年十二月以事被议。五十四年十一月晋质亲王。明年庚戌五月初一日午刻卒，年四十七，谥庄。著有《九思堂诗钞》。子六人。"（沈云龙主编《近代中国史料丛刊》第一辑，第71册，第156页。）

[2] 案：乾隆时期，多有服阕以候补身份入值尚书房者。如《清高宗纯皇帝实录》卷八四八，乾隆三十四年十二月辛亥记："命服阕翰林院侍讲学士汪永锡仍在尚书房行走。"卷八六一，乾隆三十五年闰五月辛酉记："命服阕内阁学士谢墉仍在尚书房行走。"卷七七一，乾隆三十一年十月甲寅记："命候补翰林院侍读学士边继祖仍在尚书房行走。"卷一一七二，乾隆四十八年正月己亥谕："候补洗马黄轩现在尚书房行走。其未补缺以前，着加恩准其一体食俸。"卷一三六四，乾隆五十五年十月丙辰谕："候补少詹事童凤三现在尚书房行走，念其需次日久，得缺无期，伊朝栋升任所遗鸿胪寺卿员缺，即着童凤三补授。"

朝图〉联句》，可参见《抱经堂诗钞》补遗《玉盘联句》《〈岁朝图〉联句》考释。但乾隆二十九年及以后再未见抱经先生参与联句，应是已经退出尚书房。据此，抱经先生该诗似写于乾隆二十三年、乾隆二十七年或乾隆二十八年的春初在京时期。故诗中有"畏春寒"文字。但查《清高宗纯皇帝实录》卷六〇二，乾隆二十四年十二月甲申谕："前命皇六子嗣慎郡王后，以承王祀。着封为贝勒，于明年就府。"卷六〇九，乾隆二十五年三月丙寅记："幸皇六子第。"据此，皇六子应是在乾隆二十五年三月前后分府，离开皇宫阿哥所。其后，据《清高宗纯皇帝实录》记载，皇六子逐渐开始承担一些具体的事务，多为礼仪性祭祀等，可能很少再至尚书房读书。而清代臣子无故不得与皇子私自往来，故在乾隆二十五年皇六子分府之后，抱经先生与其交往较少。

又，清沈源《奇症汇》卷四记："学士卢抱经为侍读时，每寐心必惊惕，医用安神补血之剂，数年不效。时值乾隆戊寅，予至燕京，与公同寓。初寓之日，公即问予曰：'此症何故使然？予视其脉，独左关弦数。'予曰：'《内经》云："卧而惊者属肝，卧则血归于肝，今血不静，血不归肝，故惊悸于卧也。"《三因》用羌活胜湿汤，加柴胡，治卧而多惊悸，多魇瘦者，为风寒在少阳厥阴也，非风药行经不可。今切肝脉弦数，此风热内侵肝脏，正经所谓血不静，血不归肝故也。当用加味逍遥散，凉血舒肝，更加防风以祛其风，使风散热解，血自归经矣。'公从之，服数剂而愈。"（中医古籍出版社1981影印版。）据此，则是乾隆二十三年前后抱经先生曾经患病，每寐必惊。综上数条，故推测抱经先生该诗很可能是写于乾隆二十三年春初。当然，具体写于何时，还有待于进一步考证。

陈月溪宗伯，观补亭少司马，倪敬堂少仆，边秋厓侍读，谢金圃、汪晓园二编修，至皇四子邸问疾，次日示诗，用七姓故实为谢，依韵奉酬

阙奉音辉怅隔旬，起居翻惠句清新。

卢前漫比初唐杰，邺下深惭七子伦。
检得神方宁假扁，坐来香气自同荀。
为言苑外千株柳，已见轻风散曲尘。

案：该诗似作于乾隆二十七年春。推测依据如下：

第一，即陈德华、观保、倪承宽、边继祖、谢墉、汪永锡等人的官职变动情形。《清高宗纯皇帝实录》卷五九一，乾隆二十四年闰六月乙巳记："谕礼部尚书员缺着陈德华（陈月溪）补授。"卷七二五，乾隆二十九年十二月甲午记："礼部尚书陈德华因病解任。调工部尚书董邦达为礼部尚书。"卷六六〇，乾隆二十七年五月戊申记："调兵部右侍郎观保（观补亭）为吏部右侍郎。"卷七七四，乾隆三十一年十二月乙巳记："以太仆寺少卿倪承宽为内阁学士兼礼部侍郎。"卷六六一，乾隆二十七年五月庚戌记："以翰林院侍读边继祖为副考官。"卷四六二，乾隆十九年闰四月辛酉记："翰林院带领壬申恩科散馆修撰、编修、庶吉士引见。得旨：……汉书邵嗣宗、陈齐绅、谢墉、张坦、纪复亨、钱载、陈荃、王懿德、德保、博明俱授为编修。"卷五三九，乾隆二十二年五月乙卯记："内阁、翰林院带领甲戌科散馆修撰编修庶吉士引见。得旨：……汉书庶吉士钱大昕、蒋和宁、汪存宽、秦黉、纪昀、汪永锡（汪晓园）、卫肃、景福、秦泰钧、林诞禹、胡绍鼎俱授为编修。"卷六〇三，乾隆二十四年十二月壬辰记："命编修汪永锡在尚书房行走。"

第二，即抱经先生的行踪。据彭绍升《二林居集》卷十一《卢太公墓志铭》记，存心征君卒于乾隆二十三年十二月十六日，随后抱经先生开始南下丁忧，直至乾隆二十六年七月前后方才返京任职。

第三，即皇四子患病记载。据"为言苑外千株柳"句，查皇六子质亲王永瑢《九思堂诗钞》卷一，壬午有《四兄疾已渐平，复蒙恩准西花园调养，诗以志喜，并以述怀》诗。（《清代诗文集汇编》第408册，第4页。）金甡《静廉斋诗集》卷八，壬午《有堂同年仍用三松韵见投依韵寄答》诗中注记："皇四子奏准西花园养疾，甡应教和诗颇多。"（《续修四库全书》第1440册，第493页。）

159

质亲王《九思堂诗钞》卷一，壬午《雨叔先生叠韵见示并催和章，复用前韵答之》记："阿兄微示疾，迩日渐加餐。西苑承恩命，名山好重看。"（《清代诗文集汇编》第408册，第4页。）

综计上述各人的职务升迁变动情形以及质亲王、金甡所记皇四子之事，再考虑抱经先生丁酉服阕的时间以及诗中所记"为言苑外千株柳，已见轻风散曲尘"，故抱经先生该诗似作于乾隆二十七年春初。

同人分赋得寒毡

兀坐萧然不记年，已看当膝处皆穿。
每思冰雪餐穷窖，肯逐氍毹醉绮筵？
故物幸存容枕藉，余温虽少耐周旋。
祗恐客到难分设，风味依稀似郑虔。

汪珊立来京因赠[1]

吟怀早岁占清新，名士相从愿卜邻。

---

[1] 案：阮元《两浙輶轩录》卷十五记："汪筠，字珊立，号谦谷，秀水诸生，官长沙知府。著《谦谷集》。"（《续修四库全书》第1683册，第528页。）

汪筠《谦谷集》卷二有《酬卢玉礩》《华及堂早桂同玉礩、坤一赋》《酬玉礩》。（《四库未收书辑刊》第十辑，第21册，第88页。）汪筠《谦谷集》卷末汪璐《后序》记："季父幼耽吟咏，二十后诣益精进，一篇之戍稿，凡屡易。尝谓张炎论填词贵善改，惟诗亦然。盖吟安一字，虽少陵亦难之矣。好山水友朋，而寡交游，乏登陟。闲居键户，感兴辄书，顾欲然弗轻示人，又复随手刊落。今春多暇，乃尽检旧箧，断自雍正壬子十八岁，迄乾隆壬戌，总十一年之作，命璐编次之，将缮写成帙，就审音君子而是正焉。璐因固请剞劂。季父弗能却也，遂厘为六卷，凡古今题四百六十首。百炼之余，精金斯在。世有赏音者，当自辨之。癸亥四月从子璐拜手谨跋。"（《四库未收书辑刊》第十辑，第21册，第118页。）

古锦一囊多丽句,碧巢高躅有传人。(碧巢先生,君大父也。)[1]

春波趁棹披书幌,爽气看山踏软尘。
为爱深情难忘却,桃花潭水说汪伦。

同人集涧泉寓斋咏雪分赋得园字

霜旗急飐暮云繁,置酒招宾满兔园。
花散吹台寒自舞,月明汴水冻无痕。

长卿辞藻谁相似?小谢才华未易言。
奏赋汉廷曾给札,底夸授简在王门。

案: 该诗应似写于乾隆二十一年、乾隆二十二年或乾隆二十三年的某年冬。据诗中"小谢才华未易言",所谓"小谢"似指秦大士之子秦承恩,而秦承恩为乾隆二十六年辛巳科进士。《清高宗纯皇帝实录》卷六三七,乾隆二十六年五月丙辰记:"内阁翰林院带领新科进士引见。得旨:新科进士一甲三名王杰、胡高望、赵翼已经授职。蒋雍植、顾震、秦承恩……俱着改为庶吉士。"据此,则该诗似写于乾隆二十六年秦恩复中进士之前,否则不会提及"才华未易言"文字。

又,据拙著《清卢抱经文弨先生年谱》考证,抱经先生与秦大士在乾隆

---

[1] 案:阮元辑《两浙𬨎轩录》卷七记:"汪森,字晋贤,一字碧巢,桐乡人。官户部郎中。有《小方壶存稿》。朱彝尊曰:晋贤筑裘杼楼,积书万卷,招致周青士、沈山子相与讲习诗古文词。哲昆周士治别业于鸥波亭北,令弟季青侨居雄城,往来酬和,四方名流企其风尚,挐舟至者履且满。"(《续修四库全书》第1683册,第326页。)

汪筠《谦谷集》卷三《校明词综三首有序》记:"先大父碧巢先生既偕竹垞先生有《词综》之刻,后数年,复偕蓝村沈先生取有明一代之词,搜逸订讹,仍质诸竹垞,以续前辑。犹虑甄综未备,迟之晚年,竟殁剞劂。暇日出手钞本重校之,愿有以成先志也。因书其后。"(《四库未收书辑刊》第十辑,第21册,第98页。)

十七年壬申恩科中进士之前并无交集。再考虑两人一个家在杭州,一个籍贯江宁,两人此前应没有接触。故其结识应在乾隆十七年同中进士时。

据该诗题中称"同人"而非"同年",《抱经堂诗钞》中"同人""同年"两词使用不同,"同人"更有"同事"之意。故该诗应该不是写于乾隆十九年翰林院散馆之前。

又,考虑抱经先生在乾隆十九年翰林院散馆后不久即乞假南归葬母,据其中"咏雪""霜旗急飐暮云繁"等文字,该诗应该不是写于当年。乾隆二十一年抱经先生方北上京师任职,乾隆二十三年十二月十六日存心征君卒后,又南下葬父,至乾隆二十六年七月前后方服阕北上复职。而秦大士在乾隆"二十七年,充福建乡试正考官,便道归省封公。明年,复充会试同考官。既竣事,遂请终养归。"(《抱经堂文集》卷三十三,戊戌《翰林院侍讲学士秦公墓志铭》)尹嘉铨《随五草》卷五《送秦学士宁亲归里序》记:"鉴泉由殿撰屡掌文衡,洊历学士,领袖清班。客秋典试八闽,今春分校礼闱,胥成得人。正当向用之际,恳请归省,携公子芝轩太史以行。"(《清代诗文集汇编》第318册,第433页。)

扣除离京年份,再综合上述各项,该诗应似写于乾隆二十一年、乾隆二十二年或乾隆二十三年的某年冬。当然,具体究竟写于何年,还有待于进一步考证。

燕

旧时泥垒故依然,远道重来绝可怜。
素侣影随斜雨散,红襟归带夕阳鲜。

偏愁乍到逢春晚,犹得相依在社前。
一昔桐风吹叶下,画梁欲去倍情牵。

· 七律 ·

二月十三日感怀

此日从人说好春,当年摇落感芳辰。
箧中剩有牛衣在,梁上空看燕垒新。

几度悲欢成昨梦,一番风雨隔前尘。
鲇鱼官况君知否?泉下犹疑翠黛颦。

案: 该诗似写于乾隆二十三年二月十三日抱经先生之妻桑氏周年忌日。
据桑调元《恒山集》卷首乾隆二十一年十一月自序记:"今秋将自濂溪往恒山,……中间怜弱息之沉绵,惊挚友之沦没,重逢旧雨。遍历三云宇宙出色诸古人,一一悲歌凭吊。老怀亦倾泻矣。……乾隆丙子建子月后三日桑调元自序。"(《四库全书存目丛书》集部第276册,第344页。)又,《弢甫续集》卷十五《瑞洪除夕一百二十韵》记:"心怜伶俜女,早嫁城南族。所嗟薄禄相,非关舆脱辐。良人去京邸,终岁归宁数。粮艘载分明,柴车迎辘辘。朝暮共盐虀,长安悭桂玉。牛衣对泣人,由来命不淑。焜煌褕翟裳,讵被安且燠。恒游过横门,生诀依天属。"(《四库全书存目丛书》集部第276册,第556页。)据其中所记"中间怜弱息之沉绵""恒游过横门,生诀依天属",则是乾隆二十一年秋桑调元北游恒岳途经京城时,抱经先生之妻桑氏已经患病,但尚未逝世。

又,乾隆二十二年丁丑科会试结束后,阎循观谒见抱经先生时,提到曾拜读先生悼念亡妻桑氏之作,《抱经堂文集》卷三十四,戊子《阎考功怀庭哀辞并序》记:"君言试前得余所为亡室桑孺人行略读之,恻恻然若有动乎中。"联系抱经先生诗中所记"此日从人说好春,当年摇落感芳辰",桑调元《弢甫续集》卷十四《哭卢氏女六首》所记"焦琴痛碎十三徽"(《四库全书存目丛书》集部第276册,第543页。),则桑氏应卒于乾隆二十二年二月十三日。次年忌日,抱经先生写作该诗悼念桑氏。当然,该诗也有可能写于随后其他年份,有待于进一步考证。

挽李光庭

平生道谊最关情，死后魂犹讲席萦。[1]
入手素书钞不厌，归家黄犬吠相迎。

丛兰忽败吾师恸，玉树长埋士类惊。
述行一篇韩笔重，胜如官爵作铭旌。（李受业于弢甫先生，卒后先生作文诔之。）

我书君借病时还，我借君书未忍看。
一去梁园成永诀，曾来燕市忆追欢。

三瓯空向灵床酹，万卷新从破屋摊。
贫士无钱宁办此，为思良友涕汍澜。（李助予购经史，故云。）

案：该诗似写于乾隆十七年三月会试结束，李光庭返回大梁书院病逝之后。

据诗中注记："李受业于弢甫先生，卒后先生作文诔之。"查《弢甫集》卷十《李生传》记："生姓李，名振藻，字光庭，江南铜山人。从亲之官河上。闻予主大梁书院，来从游。……今春就京兆试日下，英隽云集，览其旅邸挥毫，莫不倾心下之，争相与爱重。既报罢，趋学舍如初。秋，病痁归，为庸医误投药，九月初十日卒，得年二十三。娶燕氏，无子。既娶之明年，来学，非亲召不归，归不三日返。每岁小除夕始偕其弟归，开岁二日雒诵琅琅在学舍矣。如是者凡四阅寒暑，一岁相离旬日耳。"（《四库全书存目丛书》集部第276册，第76页。）

---

[1] 案：《弢甫集》卷十《李生传》记："桑调元曰：哀哉！生之夭也。生归而病剧，鹃鸣于树，向其所居学舍匝月。既殁，于月黑风饕仿佛闻悲啸声。诸学子咸陨涕不惊，以伯有其泛爱萦人心瞀然之深也。生之精魂犹依依学舍，予能无祝予之悲乎哉！"（《四库全书存目丛书》集部第276册，第76页。）

桑调元在乾隆十三年至大梁书院讲席，参见《抱经堂诗钞》五言古诗《题弢甫先生嵩游草后》考释。李光庭"闻予主大梁书院，来从游"，应在桑调元抵达后不久。又，"凡四阅寒暑"，应是在乾隆十七年。

又，顺天乡试通常于八月举行，而李光庭"今春就京兆试日下"，故其参加的应是乾隆十七年壬申恩科顺天乡试。

次雅雨先生扬州得告留别韵

世载宣劳圣主怜，北风倦翮向巢偏。
悬车大胜三公贵，结社相当九老年。

遶屋栽花规隙地，傍檐晒药趁晴天。
岁华有酒郊扉掩，合署头衔号乐全。

扬州城郭半临波，宾客平山拥笑歌。
讵以风流妨案牍，益缘膏润励丝纶。

清名博野应堪并（尹公），佳句渔洋未较多（王公）[1]。
归去洒然何所恋，故乡随处足烟萝。

案：该诗似写于乾隆三十年秋抱经先生自广东主持乡试事毕返京途中，经过德州顺便拜访卢见曾时。

[1] 案：《清高宗纯皇帝实录》卷三九二，乾隆十六年六月丙午谕："前经降旨，今岁恭遇圣母皇太后万寿，于壬申年特开恩科。其直省乡试，因恐二月天寒，是以照会试例，于三月举行。但思三月乡试，必至四月初旬揭晓。云贵川广等省，去会试之期稍为匆迫。外省乡试俱着于二月举行。京城二月天气尚寒，顺天乡试仍以三月。"卷四一〇，乾隆十七年三月丁卯记："顺天乡试以兵部侍郎兼管顺天府尹蒋炳为监临，工部尚书孙嘉淦为正考官，礼部右侍郎介福为副考官。"

案："尹"指尹会一；"王"指王士禛。

查乾隆二十七年秋卢见曾自两淮盐运使任上告休,临行前有《告休得请留别扬州故人》:"力惫宣勤敢自怜,薄才久任受恩偏。齿加孙冕余三岁,归后欧公又九年。犬马有情仍恋主,参苓无效也凭天。养疴得请悬车日,五福谁云尚未全。祖道长筵舟满河,绿杨城外动骊歌。重来节使经三考,归去与人赋五秅。绛帐唱酬郊藉在,清门交际纪群多。二分明月樽前判,半照离人返薜萝。平山回望更关愁,标胜家家醉墨留。十里亭台通画舫,一年箫鼓到深秋。每看绛雪迎朱旆,转似青山恋白头。为报先畴墓田在,人生未合死扬州。长河一曲绕柴门,荒径遥怜松菊存。从此风波消宦海,纔知烟月足家园。枌榆社集牛歌好,伏腊筵开鹤发尊。痴愿无多应易遂,杖朝还有引年恩。"(《雅雨堂诗集》卷下,《续修四库全书》第1423册,第441页。)

尹继善、程晋芳、金兆燕、严长明、钱陈群、郑燮、宫去矜等纷纷有诗送行。尹继善《尹文端公诗集》卷七有《和卢雅雨告休留别扬州故人韵兼以送行》。程晋芳《勉行堂诗集》卷十三《涉江后集》有《奉送运使雅雨先生告归,即次留别原韵》。金兆燕《棕亭诗钞》卷八《赠云轩》有《送卢雅雨都转归德州四首》(《清代诗文集汇编》第344册,第225页。)。严长明《归求草堂诗集》卷五"壬午"有《送雅雨先生予告归德州》。钱陈群《香树斋续集》卷十六有《同年雅雨都转引年乞身,有诏许之,予养疴里门,不获送别,适见雅雨留别邗江诗友诗四首,即次其韵》。郑燮《板桥诗钞》中有《送都转运卢公讳见曾》。宫去矜《守坡居士集》有《奉送雅雨先生以两淮都转引年归里,即用留别韵》(《清代诗文集汇编》第346册,第72页。)。[1]

但据拙著《清卢抱经文弨先生年谱》考证,抱经先生在乾隆二十六年七月前后已经离开暨阳书院返回京师任职,应该未能亲自前往为卢见曾送行。

又,查闵尔昌纂辑《碑传集补》卷十七,抱经先生所作《故两淮都转盐运使雅雨卢公墓志铭》记:"文弨始拜公于淮南,公奖借备至,有加礼焉。嗣以忧归,又尝一再见。于后以使事竣,过公里门,见于寝室。情话温欵,至夜漏下数刻而别。"(周骏富辑《清代传记丛刊》第121册,第107页,台北明文书局1986年版。)

---

[1] 案:参见胡晓云《卢见曾年谱》,兰州大学2006年硕士学位论文。

卢见曾卒于乾隆三十三年九月二十八日，据抱经先生所记"以使事竣，过公里门"，则应在乾隆三十年自广东主持乡试事毕，返京途经山东德州时，曾顺道拜访卢见曾。其时，得见卢见曾留别韵，故而写作该诗。另，具体论证参见《抱经堂诗钞》五律《固镇客馆庭中杂莳花竹，颇饶幽趣，壁间有同年梁少宰瑶峰诗，因和其韵》考释。

同年袁简斋明府枚卜居秣陵，其旧治也近奉文当迁居，因和其别随园诗以惜别[1]

扫却巢痕又一乡，蓬庐随便置轻装。
江陵判掷千头橘，蜀地还饶八百桑。
终许将家就鱼麦，幸无入谷碍车箱。（曾任秦中，故云。）
芦花浅水风吹去，安稳宁如燕处堂？

奄留海岳故依然，他日令人想米颠。
春雨独寻西涧渡，（有别业在滁州。）扁舟犹近秣陵天。
能来未觉吟声杳，共醉还看舞影跹。
惜别此时谁最苦？与君同里复同年。

红土桥西小径斜，经过门巷几曾差。
剧怜俄顷胶投漆，（得交始去年。）惟愿一生蓬附麻。
入座山光全胜画，隔帘人影总疑花。
黄鹂于我犹相识，争忍重来是别家？

---

[1] 案：袁枚《随园续同人集·送行留别类》中亦载此诗，题名为《新例宦所不许居家，闻随园先生将迁滁州，作诗送之，即和留别原韵》，且个别字句稍有不同，如"复"字作"更"字，"勉"字作"且"字，"宁"字作"能"字，"惟愿"一句作"不道秋风雨似麻"。（台北新文丰出版公司1997年版，《丛书集成三编》，第56册，第539页。）

中年卓鲁早严终，谁料今番逐客同。
谈笑自携千载友，聋痴勉作阿家翁。
水甘建业宁无恨？人去长安便觉空。（用白香山诗句。）
我愿云龙从上下，此情先寄入怀风。

案：该诗似写于乾隆三十八年春。

袁枚《小仓山房诗集》卷二十三，壬辰癸巳《例有所避，将迁滁州，留别随园四首》诗："不教朱邑祀桐乡，看过梅花便束装。颇似神仙逢小劫，敢同佛子恋空桑。葛洪行具书千卷，顾凯云烟画一箱。泛宅浮家随处好，只怜白发有高堂。

"卜筑随园事偶然，风光冉冉竟华颠。池开平地都成浪，手插杨枝半拂天。九曲房栊云宛转，三春士女影翩千。生憎一片桃花水，留住渔郎二十年。

"故乡回首夕阳斜，拟赋归欤百事差。西子湖边无瓦屑，醉翁亭下有桑麻。休移铜狄先垂泪，拚舍河阳再种花。仙鹤郊迎鹭鸶送，诗人从古爱迁家。

"摇鞭不待管弦终，此意分明达者同。去住我原羁旅客，湖山谁是主人翁？看花有福三生定，成佛无难一念空。盼咐青溪江令宅，年年管领托春风。"

据郑幸《袁枚年谱新编》乾隆三十七年记，该诗应写于是年秋。[1]

又，《小仓山房诗集》卷二十三，壬辰癸巳《迁滁不果》诗："欲去重回棹，还山又看春。想缘因果在，前世六朝人。"据"又看春"，结合前诗中"看过梅花便束装"句，则《迁滁不果》诗似作于乾隆三十八年春。

据拙著《清卢抱经文弨先生年谱》考证，抱经先生在乾隆三十七年春离京南下至江宁钟山书院讲席。以诗中注记"得交始去年"推算，抱经先生此诗似作于乾隆三十八年春。并且，抱经先生写作该诗时，应尚未获知袁枚迁滁不果事。

---

[1] 案：参见郑幸《袁枚年谱新编》乾隆三十七年记，复旦大学2009年博士学位论文。另，袁枚留别随园诗，诸友人多有和诗，可参见《续同人集·送行留别类》秦大士等人诗。（《丛书集成三编》，第56册，台北新文丰出版公司1997年版。）

· 七律 ·

庭中木芍药开，招友饮花下，樊轸亭不赴，既而闻陈古渔及余有诗，和篇见示，仍叠前韵奉答（樊通金石文字）[1]

方策谁从问百名，（古者百名以上书之策，不及百名书之方。）世间祇有俗书行。

欲通奇字思扬子，为絜新樽命曲生。

---

[1] 案：平步青《霞外攟屑》卷九《儒林外史》记："樊南仲明征，字圣谟，一字轸亭，句容人，著书四十余种。"（《续修四库全书》第1163册，第657页。）陈古渔，据《（同治）上江两县志》卷二十四中《耆旧》记："陈毅，字直方，号古渔，上元人。少孤贫，事母纯孝。早工文词，于诗致力尤深。袁明府枚雅重之，游扬不遗余力。所著有《摄山志》《古渔诗概》。子元富、善富皆岁贡生。文富举人，能世其家学。"（《中国地方志集成·江苏府县志辑4》，第597页。）中国国家图书馆藏，黄之纪《编录堂文钞》卷中《陈古渔诗集序》记："乾隆己卯，予学诗古文于存斋袁太史家，则见有陈子古渔者，貌丑而怪，阔目广颡，大口而黑齿。与之言明事，则娓娓不倦，不可一世。于时人无所不诋毁，人亦诋毁之。陈子卒以此不得志于当时。家贫，亲老无以为养，乃学医于轩辕图，治大疾往往奇中。所得足以养亲，则篝灯研墨，伏几而为诗，讴吟之声，达于户外。……著诗万首，自检千首，问序于简斋太史，太史复拔其尤者，得四百一十余首。"抱经先生《所知集叙》记："金陵陈子古渔集五十六年间朝野诸人之诗为一编，既已布在人间，争相传诵矣。未几，所得益富，哀集益精，而二编成，携以示余，乃为之叙曰：……乾隆三十八年十一月小寒日抱经卢文弨书于钟山书院之须友堂。"（清陈毅辑《所知集》卷首，浙江图书馆藏，清乾隆三十二年、三十八年、五十六年眠云阁刻本。）

案：《小仓山房文集》卷二十六《幔亭周君墓志铭》记："幸金陵有二贤焉：一曰樊君圣谟，一曰周君幔亭，……而周君居近余，以故朝夕见尤亲。得残碣断碑，必就正焉。今年十月老病卒，卒时属其子乞余铭墓。余方悲好古之人稀：前年樊君亡，今年周君又亡，……君讳桀，字于平，一字幔亭，……卒年六十六。"（《续修四库全书》第1432册，第288页。）据此，樊轸亭应比周幔亭早卒两年。义，郑幸《袁枚年谱新编》据方正澍《子云诗集》卷二《送周幔亭之华亭谒韩介圭太守》诗中所记"君今六十我三十"推测，周幔亭卒于乾隆四十二年十月。据此，樊轸亭应卒于乾隆四十年。但此结论与抱经先生《戊戌春留别钟山诸子》诗中所记秦涧泉、陶衡川、樊轸亭俱先后辞世之顺序不符。秦涧泉、陶衡川都卒于乾隆四十二年左右。抱经先生不可能会将卒于乾隆四十年的樊轸亭置于两人之后。由此可知郑幸的推测有误。又，查翁方纲《复初斋诗集》卷二十《秘阁集六》，己亥九月至庚子正月有《吊周幔亭二首》，系时为乾隆四十四年己亥。（《续修四库全书》第1454册，第531页。）张埙《竹叶庵文集》卷十六《秘阁集一》，己亥五月迄庚子七月有《翁覃溪学士典试江南为周幔亭处士征挽诗致送其家二首》。（《续修四库全书》第1449册，第207页。）郑虎文《吞松阁集》卷二十《挽周幔亭三首》诗中注记："予主讲新安之紫阳，汪明经稚川以幔亭窑变杯歌示予，因订交焉。幔亭既殁，而稚川亦于庚子岁下世矣。"（《四库未收书辑刊》第十辑，第14册，第162页。）以此三条记载推测，周幔亭很可能卒于乾隆四十四年或之前，否则翁方纲应该不会在周幔亭逝世三年后方才为其写挽诗。而且只有此种推测成立，樊轸亭才卒于乾隆四十二年底，与抱经先生所记"秦同年涧泉、陶孝廉衡川、樊秀才轸亭俱先后辞世"相吻合。而袁枚在次年新正十日方得讣告，应该是时值过年耽误所致。

雅集漫期尘外赏，高谈空想耳根清。
众宾醉后疑君到，风起春庭动紫荆。
摩挲金石自年年，欧赵遗文决并传。
共羡著书多岁月，谁云过眼等云烟？
投诗尚不忘前约，折柬还当订后缘。
好古即今知有几，政如空谷喜跫然。

案：该诗似写于乾隆三十七年至乾隆四十二年之间。

《抱经堂文集》卷十九，丁酉《答钱辛楣詹事书》："此地有樊君轸亭者，聚古碑版甚多，身殁之后，尽为有力者取去矣。"[1]

又，《抱经堂诗钞》七律《戊戌春留别钟山诸子》诗中注："秦同年涧泉、陶孝廉衡川、樊秀才轸亭俱先后辞世。"据此两条记载推测，樊轸亭（即樊圣谟）应卒于乾隆四十二年或之前。又，据拙著《清卢抱经文弨先生年谱》考证，抱经先生在乾隆三十七年春方至钟山书院，故该诗应写于乾隆三十七年至乾隆四十二年之间。

另，抱经先生手校本《十一经问对》（群碧楼邓氏藏本）卷一末页题："乾隆四十一年八月十九日卢抱经阅。是日，于钟山书院中砌芍药花台。"（柳诒徵《卢抱经先生年谱》"乾隆四十一年"，《乾嘉名儒年谱》第五册，北京图书馆出版社2006年版。）

鉴于此，抱经先生该诗很可能是写于乾隆四十二年，即砌芍药花台之次年。当然，具体写于何时，还有待于进一步考证。

---

[1] 案：朱珪《知足斋集》文集卷第三《吏部稽勋司郎中张君墓志铭》记："君讳模，字符礼，号晴溪。顺天宛平人。……乾隆壬申春举于乡，秋成进士，改庶吉士。甲戌，散馆授刑部主事。遇事侃侃不阿。丙子，主湖南乡试。己卯，升员外郎。主广东乡试。壬午，充顺天乡试同考官。奉命督学广东。时南汝公驻信阳，君乘传谒二亲于官所。明年，铨升吏部稽勋司郎中。……君生雍正乙巳年十月五日寅时，卒于乾隆乙巳年二月二十五日戌时，年六十有一。"（《续修四库全书》第1452册，第298页。）

· 七律 ·

寄怀张晴溪同年

故人珍重八行书,书到秦淮问索居。
静对寒檠吾自得,久磨霜刃子何如？
千钧未肯施鼷鼠,斗水聊凭润鲋鱼。
出处两途虽异迹,应同岁晏待华余。

怅望天涯剧可怜,无多屈指晓星悬。
落花茵溷元同树,沟水东西或汇川。
难命相思千里驾,不知他日几人传。
颠毛自叹吾衰矣,荷耒犹悭负郭田。

案：该诗似写于乾隆三十七年岁暮。

据诗中"书到秦淮问索居"句意,该诗应写于抱经先生在钟山书院讲席时。据拙著《清卢抱经文弨先生年谱》考证,抱经先生先后两次至钟山书院讲席,一次为乾隆三十七年至乾隆四十三年春,一次为乾隆五十年至乾隆五十二年。该诗应该不是写于乾隆五十年抱经先生重至钟山书院时,依据如下：

第一,张模晚年与抱经先生发生联系,据笔者所见史料记载,可能为翁方纲《复初斋诗集》卷二十八,甲辰正月至五月《晋观稿·一·续六客诗并序》所记："予同年吉渭厓学士主讲席于扬州,为前后六客诗,寄来京师,俾同人和之。其曰前六客者：卢抱经学士、蒋春农舍人、秦序堂观察、张松坪、吴涵斋两编修与渭厓也。……时在京师者,博西斋武部、永虑庵、范迈亭两明府,张晴溪吏部、胡书巢太守及方纲,恰亦合六人之数,于是置酒于晴溪之贯经堂而属和焉,并书于册以寄渭厓,遂千里之远,无殊曩日京邸比邻之乐也。甲辰二月十三日。"即乾隆四十九年二月十三日,翁方纲接吉梦熊所寄六客诗后,亦于张模宅中集会赋诗和之,张模可能通过此次集会获知抱经先生之行踪消息。但是,此时抱经先生刚刚离晋返杭,次年方再次至钟山书院讲席。张模如果是在此次集会时或稍后致书抱经先生，其中似乎不太可能提及钟山书院讲席事，换言之，抱经先生该诗中不应该称"书到秦淮问索居"。

第二，张模卒于乾隆五十年二月二十五日，其时抱经先生虽然已经至钟山书院讲席，但是以南北两地之相隔数千里之遥，且张模其时家中诸人染患时疾，正是多事之秋，应该无从获知抱经先生再次至钟山书院讲席之事；退而言之，即使获知，应该无暇致书问讯。故抱经先生该诗应该不是写于乾隆五十年。

既然如此，那么该诗应该写于乾隆三十七年春至乾隆四十三年第一次在江宁钟山书院时的某年岁暮。

又，据拙著《清卢抱经文弨先生年谱》考证，乾隆三十七年春抱经先生南下江宁钟山书院讲席时，并未携带家眷一同南下，而是等到乾隆三十八年才将家眷迁至江宁。如果诗中"索居"一词是指卢抱经先生孤身一人的情形，那么该诗应该写于乾隆三十七年岁暮。当然，乾隆五十八年杨氏病逝后，先生再没续娶，故张模之书信亦可能写于乾隆三十年杨氏病逝后。

乙未元旦

流光五十九年身，又见春王斗转寅。
东土妖氛归荡涤，西戎荒缴受陶甄。
谈经自笑仍谋食，求益还期更出新。
赖有岁寒同调在，客中朝夕得相亲。（谓赵畹江。）

案：该诗写于乾隆四十年乙未元旦。是年，抱经先生仍在钟山书院讲席，与赵曦明同席，故有最末"谓赵畹江"之句。

查抱经先生生于康熙五十六年六月初三日，至乾隆四十年乙未，正好五十九岁，故有"流光五十九年身"之句。"斗转寅"，北斗指向东北寅宫，指冬末初春时节。又，"东土妖氛"似指乾隆三十九年山东临清王伦起义；西戎，似指乾隆三十六年再次爆发的大小金川叛乱。

和镕斋先生韵

先生去我绝尘驰，趋步无从未破痴。
大叩欲鸣方觉困，朝衣虽脱较嫌迟。
忽承明月投怀袖，满想春风侍杖藜。
国士受知何以报，即今双鬓已成丝。

早年不唱郁轮袍，一到龙门价便高。
交以鉴衡推哲匠，正缘品望重人豪。
长生自合仙称伯，丽句还堪仆命骚。
更羡郎君双白璧，侧身西望梦魂劳。

寄纪元稺同年[1]

槐夏长安砚席俱，煎膏萧寺更欢娱。
倦飞共羡林中鸟，讬迹差同水上凫。
梦里迷茫青琐闼，眼前寥落白髭须。
廿年习气难忘却，青镂还思纪少瑜。

案：该诗似写于乾隆三十七年乞假南下后或者稍后不久。

---

[1] 案：《湖州府志》卷七十六《人物传·文学三》记："纪复亨，字符稺，号心斋，乌程人，河南商邱籍。乾隆十七年进士。官庶吉士，历吏科给事中，升太仆寺少卿。为给事中时，京师有藐法恣横者，疏请惩治。……著有《心斋集》。"（清宗源瀚等修，周学浚等纂，同治十三年刊本影印，《中国地方志丛书·华中地方·第五十四号》，台湾成文出版社1970年11月第一版，第1447页。）

钱载《萚石斋诗集》卷三十三有《纪太仆复亨请假南归，将居吴郡，翁学使方纲邀同人分赋胜迹以饯，载得甫里》（《续修四库全书》第1443册，第272页。）、《钱纪太仆供荷花，邀吉京兆梦熊、张学使模、翁学使方纲、家学士大昕共赏之，翁学使有作，次其韵呈诸君》（第273页。）、《七夕曹少卿学闵、家学士大昕集程选部晋芳斋，饯纪太仆，招翁学使方纲及载奉陪，分韵得同字》（第273页。）[1]，系年皆在乾隆三十七年壬辰。以此推测，纪复亨乞假南归时间应与抱经先生相同，均在乾隆三十七年，故抱经先生诗中称："倦飞共羡林中鸟。"又，两人同为乾隆十七年壬申恩科进士，至乾隆三十七年已经二十年，故诗中称："廿年习气难忘却。"以此推测，该诗很可能写于乾隆三十七年乞假南下后或者稍后不久。具体写于何时，还有待于进一步考证。

---

[1] 案：曹学闵《滦阳诗钞》中有《七夕同钱萚石阁学、翁覃溪、钱辛楣两学士集程鱼门吏部寓，饯纪心斋太仆南归，以同心之言如兰分韵得言字》："廿年踪迹共金门，暮地秋风忆故园。此夕女牛情脉脉，他时鱼雁信源源。典型自合推前辈，心事何妨付后论。缘酒红灯无限思，倏然相对已忘言。"（《清代诗文集汇编》第347册，第31页。）并且，该卷卷首系年为乾隆四十一年丙申。但系年似误。第一，据曹学闵《紫云山房诗钞》卷首翁方纲《序》记："汾阳曹慕堂先生易箦之后十年，其嗣君受之、申之以母服阕来官于京师，而钞先生遗诗四卷，俾予为之序。……其《紫云山房诗》一卷，予所见尚不止此，盖遗草之偶存者。《恭和诗》二卷，则原写稿本，未尝增删者也。"（第1页。）据此，《滦阳诗钞》应是曹学闵两子所辑，且是曹学闵卒后十年，故其系时难免有误。第二，乾隆四十一年丙申七夕，钱载已经在山东学政任上。《清高宗纯皇帝实录》卷一〇〇九，乾隆四十一年五月壬辰记："命内阁学士钱载提督山东学政。"钱载不可能在奉旨后拖延至七夕方离京赴任，并且与上述钱载《萚石斋诗集》中各诗系年明显歧异。故据此推断，曹学闵《滦阳诗钞》中《七夕同钱萚石阁学、翁覃溪、钱辛楣两学士集程鱼门吏部寓，饯纪心斋太仆南归，以同心之言如兰分韵得言字》诗系年在乾隆四十一年丙申有误。

另，陆锡熊《篁村集》卷七《橐中稿三》中有《分赋得有竹庄送纪心斋先生南归》诗："先生早通籍，廿载寄朝禄。出处迹虽歧，风流趣堪续。"（《续修四库全书》第1451册，第230页。）该诗以其集中系年推测，应写于乾隆三十五年庚寅。《篁村集》卷五《橐中稿一》记载："庚寅五月，余以宗人府主事奉命偕简户部昌璘与广东乡试，六月四日出都，十一月还朝，往返半载，途中得诗百余首，取〈史记·陆生传〉名之曰〈橐中稿〉。"（第164页。）但是，陆锡熊所记明显自相矛盾，乾隆三十五年庚寅其既然奉旨南下广东主持乡试，六月初四日出都，十一月还朝，则又如何能够得以"分赋得有竹庄"为纪复亨饯行呢？故据此推断，陆锡熊该诗应是编纂成集时出错，实为乾隆三十七年壬辰所写。

又，钱大昕《潜研堂集》诗续集卷一有《七夕公饯纪心斋太仆，分韵得如字》《心斋太仆将卜居吴中，与钱萚石詹事、程鱼门文选、翁覃溪学士、陆耳山西曹、罗两峰山人分赋吴中故事送之，予得石湖》（《续修四库全书》第1439册，第351页。）黄达《一楼集》卷十九有《送同年纪心斋少仆卜居吴江序》（《四库未收书辑刊》第十辑，第15册，第764页。）

· 七律 ·

钟山书院移栽花木数种，钱溉亭有诗见贻步韵

庭闲花木乞僧寮，移植刚逢细雨朝。
带叶桃还开碎缬，垂丝柳已舞长条。
愧无佳酝邀宾醉，剩取寒枝待雪飘。
一自新吟题品后，风光常觉四时饶。

案： 该诗似写于乾隆五十年至乾隆五十二年之间。

据钱大昕《潜研堂文集》卷三十九《溉亭别传》记："溉亭姓钱氏，名塘，字学渊，一字禹美。……乾隆四十五年举江南乡试，对策为通场第一，明年成进士，需次当得县宰，而溉亭自以不习吏事，呈吏部，愿就教职，选授江宁府学教授。公务多暇，益刻苦撰述，于声音文字律吕推步之学，尤有神解。"（《续修四库全书》第1439册，第136页。）

《缙绅全书·中枢备览》乾隆五十三年春"江苏江宁府"记："教授钱塘，嘉定人，进士，四十五年十二月选。"（《清代缙绅录集成》第三册，第310页。）两处所记钱塘选授江宁府学教授时间虽然略异，但是，无论是哪一年，其时抱经先生都已经离开钟山书院讲席，故而不可能与钱塘发生接触。

又，查抱经先生于乾隆四十三年离开钟山书院讲席后，至乾隆五十年方重主钟山，并得以与钱溉亭交往。

王昶《（嘉庆）直隶太仓州志》卷五十六《艺文五·续汉书律历志补注》，《抱经先生序》云："顷复来钟山书院，而辛楣之从子溉亭亦为郡博士于斯，一见如故交，衷然出其所著，有《补注续汉书律历志》在焉，则较之余前所得于其从父者布算益加密、辨证益加详，……乾隆五十年三月。"（《续修四库全书》第698册，第168页。）

但抱经先生在钟山书院讲席亦未太久，仅乾隆五十年、乾隆五十一年和乾隆五十二年三年。其后，乾隆五十三年便离开钟山书院，改主常州龙城书院，一直到乾隆五十七年。

而钱塘卒于乾隆五十五年。（钱大昕《潜研堂文集》卷三十九《溉亭别传》，《续修四库全书》第1439册，第136页。）故两人之同在江宁钟山书院并且为抱经先生题诗，应是在乾隆五十年至乾隆五十二年之间某年的春夏。当然，具体写于何时，有待于进一步考证。

和赵瞰江同人游永庆寺登拥香阁观桂花次壁间韵之作[1]

乘凌杰阁揽飞霞，桂树团团眺望赊。
十亩围成香国界，一林齐作月宫花。
鈗书久闭先生户，借榻聊分释子家。
更爱微风飘几点，白瓯泛处恰宜茶。

闺人南还，应在道矣，小诗迎寄

潞舟几日达秦淮？剪烛西窗笑语偕。
酒盏浅深凭料理，花枝疏密待安排。
当三春景尤须惜，成两闲人故自佳。
小别已知相忆苦，从今长伴读书斋。

案：该诗似写于乾隆三十七年春抱经先生初至江宁钟山书院时。

据诗中首句"潞舟几日达秦淮"，查潞河在京师通州。清嘉庆嘉定秦氏刻，汗筠斋丛书本，《后汉书补表》卷首所载抱经先生《序》记："嘉定钱君晦之，其学浩博无涯溪，……曩于都门，欲请共所校书缮录之，会君南归，已僦潞河之舟，不果。"（《四库未收书辑刊》第一辑，第13册，第685页。）饶学

[1] 案：吴敬梓《文木山房集》诗一《永庆寺》诗中注记："寺相传为梁永庆公主香火。"（《清代诗文集汇编》第294册，第269页。）

曙《研露斋诗钞》卷五有《请假南归省墓舟发潞河》诗。(《清代诗文集汇编》第350册，第304页。)

据拙著《清卢抱经文弨先生年谱》考证，抱经先生自乾隆三十二年在湖南学政任上言事不当被撤职降调回京，乾隆三十四年乞终养，乾隆三十七年春离京南下至江宁钟山书院讲席。但乾隆三十七年春抱经先生南下时，应是并未携带家眷同行。《抱经堂诗钞》七绝《乙未八月十一日作》中注："壬辰三月都中寄余金陵书，此日方达。"该书信为抱经先生继室杨氏所寄。

又，考虑到该诗题为"闺人南还，应在道矣，小诗迎寄"，抱经先生在乾隆三十七年春南下时应是曾与继室杨氏有约，或至江宁后曾致书杨氏促其携眷南下至江宁汇合。故抱经先生有该诗迎寄，且首句即言"潞舟几日达秦淮"。

另，据诗中"秦淮""当三春景"与"小别已知相忆苦，从今长伴读书斋"，更似抱经先生在钟山书院情形。故推测该诗应写于乾隆三十七年春抱经先生初至钟山江宁书院时。

赠潞安守孙溪苣镐 [1]

风标高峻杳难攀，非道何因一解颜。
淬就太阿寒若水，判来丹笔重如山。
谋身不为三年最，报国唯忧万室艰。
独爱儒生数相见，笑谈偏觉有余闲。

案：该诗应写于乾隆四十七年四月至乾隆四十八年十月之间。

据拙著《清卢抱经文弨先生年谱》考证，抱经先生在乾隆四十六年春入晋，至晋阳三立书院讲席，至乾隆四十八年十月离晋南归。

[1] 案：孙原湘《天真阁集》卷四十八《先府君行状》记载，孙镐，字丰谋，一字苣溪，晚自号讷夫，昭文（今江苏常熟）人。贡生，官潞安知府。能诗，工书，善画。卒年五十七。(《续修四库全书》第1488册，第382页。)

又，孙镐在乾隆四十七年四月方奉旨补授山西潞安知府，至乾隆四十九年因故降职调离。

中国第一历史档案馆藏，档号 04-01-13-0067-031，乾隆四十七年四月初七日《新授山西潞安府知府孙镐奏为奉旨补授山西潞安府知府谢恩事》记："窃臣江左菲材，至微极陋，由奉天府治中论俸签升山西潞安府知府，于乾隆四十七年四月初四日吏部带领引见，奉旨：孙镐等依拟用。钦此。闻命之下，感悚靡涯。臣惟有勉竭驽骀，矢公矢慎，以期仰报高厚鸿慈于万一。所有微臣感激下忱，理合缮折恭谢天恩。谨奏。"

孙原湘《天真阁集》卷二元默摄提格（乾隆四十七年壬寅）有《家大人由奉天擢守上党（即潞安）命余携眷自南赴晋舟中作》《抵上党郡署》《壬寅除夕》诗，卷二阏逢执徐（乾隆四十九年甲辰）有《晋阳怀古》《侍家大人德风亭春望》《春宴曲》《家大人左迁成都别驾命予奉祖母南还》《留题上党郡署壁》诗。（《续修四库全书》第 1487 册。）

戊戌春留别钟山诸子

皋比六载集同声，欲去依依倍有情。
自顾萍蓬元不系，试看桃李正敷荣。
文章本以躬行重，宇宙须将正气撑。
归傍老亲吾愿足，临衢莫使泪交萦。

礼严先圣及先师，木主恭安典不亏。（院中向奉大成至圣位，余始增奉四配，旁又设神龛奉朱子位焉。）
吾道本来资羽翼，洪源相与辨津涯。
略同宫观称提举，未解衣冠系慕思。（诸生顷于院中别室为余设长生位其中。）

·七律·

行矣丁宁各努力，梦魂仍自绕书帷。

向来哀乐一何多，每累诸贤愧若何。
佳日见邀穷胜赏，名园终懒独经过。
团团牛迹容教踏，的的鸿飞自远罗。
聚散人生难可料，老年尤甚畏风波。

耆旧凋零出尟欢，（秦同年涧泉、陶孝廉衡川、樊秀才轸亭俱先后辞世。）[1] 能来问字足盘桓。
丹铅点校期相析，花药敷纷引共观。
差逊老僧犹有恋，定知大鸟即能搏。
青袍三百江头送，此去全胜十改官。

案：此诗写于乾隆四十三年三月，时抱经先生因张太宜人年老而辞钟山书院讲席。

据钱大昕《竹汀日记》乾隆四十三年三月十九日记载："午后秦太守来，致江宁高相国札，延予主钟山书院讲席，前院长卢抱经学士以母老辞归故也。"（《历代日记丛钞》第31册，第150页。）

柳诒徵《卢抱经先生年谱》乾隆四十三年注："疑是时金陵人于先生有异论，故辞去讲席。"未指明所据史料。而据《抱经堂诗钞》七律《戊戌春留别钟山诸子》诗："团团牛迹容教踏,的的鸿飞自远罗。聚散人生难可料,老年尤甚畏风波。"《抱经堂文集》卷十九，己亥《与辛楣论熊方后汉书年表书》记载："友朋来自金陵者，咸云阁下之于仆，曲相推饰，人有异论，辄拄其口，使不得发。"柳诒徵《卢抱经先生年谱》所据似为此。

乾隆四十四年己亥，张太宜人方值八十岁，而抱经先生提前一年春即辞归，

---

[1] 案：袁枚《小仓山房诗集》卷二十五，戊戌《新正十日，闻陶衡川孝廉之讣，因思去年秦学士磵泉、梅式厱公子，皆先后委化，曹子桓云既伤逝者行自念也，感赋一诗》。（《续修四库全书》第1431册，第494页。）

为时似乎过早。但查中国第一历史档案馆藏朱批奏折，档号04-01-13-0046-001，乾隆三十七年十月二十九日《两江总督高晋奏为拣选原任翰林院侍读学士卢文弨为江宁省城钟山书院院长事》记载："臣高晋谨奏为奏明事：窃照各省设立书院，钦奉上谕，敕令督抚等慎选院长。如果教术可观，六年之后，著有成效，奏请酌量议叙。钦此。又于乾隆三十年钦奉上谕，嗣后均以六年为满，秉公考察，分别核办等因，钦遵在案。臣查设立书院原所以教育人材，必须院长督课有方，尽心训迪，督抚学政加意稽察，使多士咸就甄陶，方足以收实效。江宁省城钟山书院院长经臣于乾隆三十一年奏明延聘告假在籍之翰林院编修叶酉，未及三载，年老辞归。复延原任宗人府主事顾镇，于三十四年二月到院，又经臣奏明在案。顾镇到院以后，督课颇勤，训迪俱有程法，旋于上年秋间因病回籍身故。院长缺员，臣又访有告假在籍之原任翰林院侍读学士卢文弨，浙江仁和县人，年未六旬，精力甚健，学问优长，随于本年三月内延至书院，以主讲席。今已数月，训课颇知认真，容臣留心随时稽察，如果始终不懈，诸生共知砥砺，俟届满年限，遵旨具奏。倘或课读乏术，无裨教学，亦即随时更换，不敢任其虚糜修膳，以仰副我皇上振兴文教，乐育人材之至意。所有书院更换院长缘由，臣谨缮折恭奏，伏乞皇上睿鉴。谨奏。乾隆三十七年十月二十九日。奉旨：知道了。"

高晋奏折中明确提到朝廷规定各书院院长考核期限为六年一次。据抱经先生诗中首句"皋比六载集同声"，抱经先生自乾隆三十七年三月应时任两江总督高晋之邀至钟山书院讲席，至乾隆四十三年三月，应是正好六年期满。在此种情形下，抱经先生可能是考虑到张太宜人已经七十九岁，而江宁离杭州又是千里之遥，奉养不便，不愿再久离张太宜人，故趁机辞讲席归，并无所谓风波事件。并且，乾隆四十三年辞钟山讲席后，抱经先生一直家居，乾隆四十四年主杭州崇文书院，此两年踪迹亦可从侧面证明抱经先生之从钟山讲席辞归，的确是为"归傍老亲吾愿足"之单纯目的。

另，韩廷秀[1]《双牗堂集》卷上《送卢抱经先生辞钟山讲席归余姚》记："春光杨柳已堪攀，祖帐惊传罢讲还。几载阴成江左树，霎时梦绕浙西山。片云恰似世缘薄，野鹤不如归意闲。未到秋风先命驾，莼鲈讬与语俱删。

"宝挂轻帆江水春，骊歌一曲奏来新。两行弟子皆垂泪，万卷藏书独伴身。无限苹风吹送客，何曾檐燕解留人。临歧更重书绅字，立品无忘诲语亲。

"栎社何劳大匠过，一枝雨露占偏多。质疑纸答蝇头字，授读书厘亥豕讹。麦饭清斋留讲诵，杏林乙夜尚弦歌。经帷盛事知难继，空对春风长薜萝。

"此际真堪赋遂初，放怀万事不关渠。兴添老至无穷境，校尽人间未见书。暇日板舆花坞度，（太夫人尚在堂。）晴云秋水镜湖居。瓣香拟逐清风去，槐市能分半亩庐。"（《清代诗文集汇编》第408册，第66页。）

庚子将之京师留别畹江

合并七载信前缘，万轴牙签互讨研。
去疾每常资药石，馈贫仍屡获珠船。
惭予饥就东方粟，羡子归耕下嚗田。
莫为分飞各惆怅，好留面目待他年。

案：该诗应作于乾隆四十五年五月。

乾隆四十五年八月十三日正值乾隆帝七十万寿，故抱经先生拟北上入京祝厘，再至太原三立书院讲席，有诗留别友人赵曦明并过友人吴骞话别。

据吴骞《愚谷文存》卷四《唐长孙无忌等进五经正义表跋》记载："此表乃武林卢抱经学士从明钱孙保求赤影抄宋本《周易注疏》中传出。庚子夏五，

---

[1] 案：韩廷秀，字绍真，号介堂，江苏江宁人。乾隆五十一年举人，五十五年成进士。署广西马平知县，莅任甫七日，即卒于任所，年四十七。为人端静嗜学，长于经学、古文词。与戴祖启、宁楷等人交善。著有《双牗堂集》。（《清代诗文集汇编》第408册，第63页。）

学士有太原之行，扁舟过小桐溪道别，始以告予，许抄寄未果。"（《续修四库全书》第1454册，第217页。）吴骞《拜经楼诗集》卷三，起戊戌尽壬寅《喜弓父学士过山斋话别》记："江乡五月动离愁，吾道从来拙自谋。北去思求方朔米，东来还系李膺舟。闲随野鹤过深磵，却为藏书上小楼。三径荒烟半床月，何时相伴老林邱。"（《续修四库全书》第1454册，第32页。）《抱经堂诗钞》五言《辛丑立春日梁大司农瑶峰招同人小集分韵得生字变字》记："昨者因祝厘，始觉千里轻。"翁方纲《复初斋文集》卷十二《送卢抱经南归序》记："乾隆四十五年秋，余姚卢抱经学士祝厘北来"。其中，抱经先生诗云"合并七载"，应指暨阳和钟山两段。查抱经先生虽在乾隆二十四年至暨阳书院讲席，直至乾隆二十六年始辞去北归复职，但与赵曦明结识为乾隆二十六年，旋即分别；而乾隆三十七年至钟山书院讲席后，至乾隆四十三年春三月因故辞归杭州，合并计算，约略七年之数。

辛丑元日寓京师李翙松云邸舍

天阍咫尺隔朝班，车走雷声我独闲。
甥舅纵然忘客况，燕吴何以慰慈颜。
远求乐土终非计，近识繁文概可删。
臣子未能深抱愧，西行魂梦绕家山。（将往太原。）

案：该诗写于乾隆四十六年辛丑元旦。
乾隆四十五年八月十三日为乾隆帝七十万寿，抱经先生入京祝厘。至京后，应住在女婿李尧栋宅中。[1] 吴寿旸《拜经楼藏书题跋记》卷一《郑志》记:"《郑志》三卷,武英殿刻本,卢学士从孔氏本、惠氏本、山西本互校,多所增补。学士记卷上后云:'乾隆四十五年九月七日,卢文弨阅于京师李倩邸舍。'"(《续修四库全书》第930册,第386页。)

又,关于抱经先生将往太原事,翁方纲《复初斋集外诗》卷十五,庚子七月至辛丑三月《次抱经留别韵》亦记:"先生腹笥载书行,况复丹铅富百城。钞副已添新岁课,问奇难馨故人情。直从张陆追遗绪,请续阎朱订旧盟。若过潜丘释经地,可疑疏证太分明。"诗末注记:"时抱经将往太原。"

---

[1] 案:李尧栋,宣化知府李浚原之子,梁国治外甥。据段玉裁《经韵楼集》卷八《翰林院侍读学士卢公墓志铭》记:"女四人,适庠生周方岳、江宁府府李尧栋、举人陈春华、庠生朱元燨。"又,李尧栋系宣化知府李浚原之子,李浚原为梁国治妹婿。梁国治《敬思堂文集》卷五《诰授中宪大夫刑部陕西司主事显考东山府君诰封恭人显妣陈太君继妣吴太君合葬墓志》记:"子二人,长国泰,庠生,早卒。次国治,戊辰进士,官翰林院修撰。女一人,字同邑庠生李浚原。孙二人。女孙一人。"(《清代诗文集汇编》第351册,第570页。)中国第一历史档案馆藏,档号02-01-03-05483-019,乾隆二十三年九月二十四日《福建巡抚吴士功题请以何冶迩调补漳浦县知县李浚原试署南靖县知县事》记:"今查有发闽差遣委用知县李浚原年三十四岁,浙江山阴县举人,乾隆二十二年五月拣选引见,奉旨发往福建差遣委用。"档号02-01-03-07382-032,乾隆四十六年六月十三日《吏部尚书永贵题为遵议直隶宣化府知府李浚原因病解任赴伊子编修李尧栋寓所就近调理事》记:"臣永贵谨题为遵旨具题事,该臣等议得吏科抄出直隶总督袁守侗疏称,宣化府知府李浚原因积劳畏寒,渐成怔忡,惟恐贻误地方详请解任调理,檄委不同城乡之署东路同知张在前往验看,取结咨转。查明该员任内并无承办紧要经手未完事件,并据该员声称长子编修李尧栋现系在京供职,请即赴伊子寓所就近延医调理。奉旨:依议。李浚原准其在京调理。"

又,中国国家图书馆藏,《皇清诰授光禄大夫太子少傅晋赠太子太保经筵讲官南书房供奉军机大臣东阁大学士兼户部尚书赐谥文定显考丰山府君(梁国治)自订年谱》"乾隆三十四年己丑,四十七岁"记:"九月,抵湖北巡抚任。冬十月,署理湖广总督,兼署荆州将军印务。十有一月,李氏妹婿以福州知府罢官,携甥尧栋自家来署,盘桓月馀。岁抄,入都恭祝孝圣宪皇后八十万寿。甥留予署读书。""乾隆三十五年庚寅,四十八岁"记:"六月,李氏甥回籍应试。九月,李甥尧栋举于乡。""乾隆三十七年壬辰,五十岁"记:"李氏甥尧栋成进士,改庶吉士。"

寿太原守虔律斋礼宝[1]

唐山晋水播仁风，朗似冰壶物不蒙。
报最宜为诸郡首，得情只在片言中。
行春五马荣分竹，膏雨千村盛剪桐。
称觥恰逢端正月，南楼清兴几人同。

案： 该诗似写于乾隆四十八年正月前后。

据中国第一历史档案馆藏，档号 03-0174-065，乾隆四十七年五月二十六日《山西巡抚农起奏明虔礼宝调补太原知府事》记："查有平阳府知府虔礼宝，年五十一岁，由正黄旗包衣满洲举人拣发山西补授高平县知县，调任大同县知县，大计卓异，升授保德州知州，于乾隆四十六年七月奉上谕补授今职。该员老成历练，办事认真，以之调补太原府知府，实属人地相宜。"

又，清乾隆四十八年刻本，费淳、沈树声纂修《（乾隆）太原府志》卷首虔礼宝序记载："乾隆四十八年岁次癸卯仲春，太原府知府虔礼宝撰。"据此，迟至乾隆四十八年二月，虔礼宝已经在太原知府任上。

据该诗中记"称觥恰逢端正月"[2]，而抱经先生自乾隆四十六年入晋主讲三立书院讲席，至乾隆四十八年十月前后离晋南归，故此诗应写于乾隆四十八年正月前后。

---

[1] 案：张维屏《国朝诗人征略》卷三十七记："虔礼宝，字席珍，一字律斋，号古愚，汉军人。乾隆二十四年举人，官兵部侍郎。有《椿荫堂稿》。公本姓杨，初任高平县知县。尝自题容我山房云：'退思只愿身无过，守分方知乐有余。酿酒先栽三径菊，看山更拥一床书。'可想见其为人。"（《续修四库全书》第1712册，第649页。）

[2] 案：宋魏了翁《沁园春（许侍郎奕生日）》记："拟上公堂，称觥爵酒，未抵人间春意浓。"

·七律·

前后六客诗和吉渭厓

舟过邗上,同年秦西巖留饮。时丹徒蒋春农、丹阳吉渭厓、临潼张松坪、歙县吴涵斋咸在坐,皆同年也。[1]却后三日,同年秀水钱箨石归自京师,过扬州,同人又会饮松坪所。渭厓效东坡作前后六客诗二章见寄。其次章疑余与箨石近颇相失,兹行又若相避者,然其实非也,急为解之。首章即效来诗之体。

六人三百七三岁,地主扬州秦少游。
缟带几能忘季子,赤松兼更羡留侯。
鄱阳才合推君继,颍叔居当为我谋。
自笑卢郎年纪大,相逢旧雨尚风流。

师门礼数尊前辈,同岁之中契最先。(余与箨石同师弢甫桑先生,未为同年时已早相识。)
少壮本来无芥蒂,衰迟宁反坠周旋?
思亲疾走非夸也,(东坡诗:世上小儿夸疾走,余留晋三年,急归省觐,故不及迟箨石之至。)论古成岐亦偶然。(在都曾论咸阳灵台事。)

---

[1] 案:《(光绪)丹徒县志》卷三十二《儒林》记:蒋宗海,字星岩,号春农,晚号归求老人。乾隆壬申进士,授内阁中书,入军机。中年以母老告归终养,母卒,即无意宦途。以造育后进为己任。主书院席,能文之士多出其门,学者称春农先生。(《中国地方志集成·江苏府县志辑》29,第636页。)
王豫《淮海英灵续集》庚集卷一记:"秦黉,字序堂,号西岩,晚号石翁。江都人。乾隆壬申进士,官编修。己卯,主广东试。庚辰、乙酉,主山东试。辛巳、癸未、丙戌,会试同考官。壬午,顺天同考官。改御史,劾部曹在任守制二人。外转湖南岳常澧道。告养归。卒年七十三。门下士董相国蔗林表其墓。著《石研斋诗钞》。子恩复,乾隆乙未进士,官编修。"(《续修四库全书》第1682册,第375页。)
张坦,法式善《清秘述闻》卷七记:"乾隆三十年乙酉科乡试,湖南考官:编修张坦,字松坪,陕西临潼人,壬申进士。"(《续修四库全书》第1178册,第74页。)
吴以镇,清道光七年刊本,马步蟾修,夏銮纂《(道光)徽州府志》卷九之二记:"乾隆十七年壬申恩科秦大士榜,歙,吴以镇,本名鈖,字瑾含,西溪南人,翰林院编修。"(《中国地方志集成·安徽府县志辑》49,第57页。)

洛蜀相争吾岂敢，[1]君诗虽好莫轻传。

案：先是，抱经先生于乾隆四十五年入京祝厘时，恰遇钱载于是年十一月二十三日呈递《请厘定尧陵折》，以为尧陵位于平阳。乾隆帝谕交大学士、九卿会同礼部议覆。稍后，礼部议驳。抱经先生得知后，有《驳尧冢在平阳议》（参见《抱经堂文集》卷二十二）。十二月十六日，钱载有《再陈尧陵折》，仍力主尧陵在平阳说。抱经先生又有《后议》辩驳之。[2]因尧陵之争影响颇大，而抱经先生在乾隆四十六年初又离京赴晋，至三立书院讲席，故与钱载交往略疏。而后，至乾隆四十八年十一月初二日，抱经先生自太原三立书院讲席南归，过邗上，晤同年秦黉、张坦、吴以镇、吉梦熊、蒋宗海等。初三日，秦氏邀诸人宴集赋诗。抱经先生《左传补注》记："癸卯校。癸卯十一月二日，晤扬州同年秦西岩黉、张松坪坦，时歙吴涵斋以镇、丹徒蒋春农宗海、丹扬吉渭厓梦熊咸在扬。谢未堂前辈溶生得孙[3]，以是日召客观剧，知予至，使人见邀，入夜归。次日西岩作主人，同年六人，合成四百七十三岁。饮散登舟，候潮退，半夜解维，东北风大作。"（赵吉士《卢抱经先生手校本拾遗》精校本，第3页。）

抱经先生离开三日，而钱载归自京师，适至维扬，晤同年秦黉、张坦、吴以镇、吉梦熊、蒋宗海等宴会赋诗。顾光旭《响泉集》诗卷十六《书前后六客诗后》记："癸卯冬月，卢抱经学士、钱箨石宗伯先后南归，舟至邗上，时吉渭厓京兆、蒋春农中翰馆于扬，秦西巖观察、张松坪、吴涵斋两太史门闾相望，先后宴集，遂作前后六客诗，汇为一册。渭厓首唱，为之序。甲辰二月廿一日，余至扬，得观于涵斋斋中。"（《续修四库全书》第1451册，第427页。）

抱经先生与钱载两人前后相隔三日至扬州，未能会面，握手言欢。非有意相回避，实为事出有因。吉梦熊等误以为是两人因乾隆四十五年尧陵之争而结怨，

---

[1] 案：相争，《国家图书馆藏钞稿本乾嘉名人别集丛刊》清吴骞钞本，第五册，《抱经堂文钞》一卷卷末记作"纷争"。（国家图书馆出版社2010年版，第233页）

[2] 案：参见拙著《清卢抱经文弨先生年谱》乾隆四十五年。

[3] 案：李斗《扬州画舫录》卷三记："谢溶生，字未堂。仪征人。东晋太傅之后。工制义，与兄法生齐名，称二谢。时陈桂林相国守扬州，赏其文，以女妻之。成进士，官至刑部侍郎。子士松、士樽、士树，皆名诸生。"（《续修四库全书》第733册，第605页。）

惜两人皆为进士同年相友好，故于诗中略及于此，以期调和之意，又寄诗给同年翁方纲和抱经先生，以求多人相助，共求钱、卢之和解。

中国国家图书馆藏，吉梦熊《研经堂诗集》卷十三《前后六客诗序》记："癸卯岁仆客韩江，与同年蒋春农舍人、秦序堂观察、张松坪、吴涵斋二太史朝夕相共。冬至月之初三日，卢抱经学士从晋阳归。秦观察招饮于旧城读书处。越三日，钱箨石少宗伯从京邸来。张太史邀会于尔雅堂。前后六人，惟钱、卢两不相值。因忆张询《六客堂诗序》云：李公择为此郡，张子野、刘孝叔、杨元素、苏子瞻、陈令举会于碧澜堂，子野作《六客词》。后守是邦，子瞻与曹子方、刘景文、苏伯固、张秉道来过，复继前作。子野为《前六客词》，子瞻为《后六客词》。比王梅溪所为赋《六客堂诗》也。仆意碧澜堂惟东坡两次与会。今仆与舍人等共有五人，合之钱、卢则前后皆六客，又皆同年，岂易得也！往时同年都门聚处最盛，率数十人。阅三十余年，风流云散。今惟翁覃溪宫洗暨告假之张晴溪学使在京耳。而钱、卢近多议论龃龉，覃溪以抱经为是，余无作调人解之者。昔人言正叔、子瞻一生树敌，然使章、蔡之徒欲分一人以去，必不从也。今世无章、蔡，而吾同年意见偶殊，其志致固可信矣。抱经临别，曾约作诗，并限诗第一句云六人三百七三岁。仆用其语而效宋人前后六客词，作诗二首，以纪一时聚会之幸。嗟乎，读旧雨之篇，念谷风之什，交以其道，情见乎词，仆诗殆有感焉，望诸同年属和云。"《前六客诗》记："六人二百七三岁，卢植传经暂驻骖。（谓抱经）厨膳宴谈秦宓盛，（序堂）莼鲈风味步兵躭。（松坪）弹綦季重年差少，（涵斋，六人中涵斋年最少。）开径元卿迹可探。（春农）最是颓唐唐卫尉，（自谓）香山高会兴偏酣。"《后六客诗》记："大历钱、卢总擅名，云何垂老互相轻？文章别作山陵议，（箨石曾有尧陵之奏，抱经作尧陵前后二议。）斋祀何庸洛蜀争？同学少年俱白发，一时交态各青睛。后先三日韩江路，稍喜朋侪共举觥。"

中国国家图书馆藏，《江都秦氏石研斋未刊遗稿五种》秦黉《石翁吟》中《前六客诗》记："六人三百七十三，碧酒红镫对别骖。南钱诗歌推吉甫，西来云鹤认卢躭。十年邗水偕栖隐，卅载江岩两纵探。（余与松坪归田十余年，春农、涵斋则将三十载矣。）珍重霓裳吟侣合，萧斋密坐尽欢酬。"《后六客诗》记："三宵六客共题名，骊唱翻怜聚散轻。已醒钧天阊阖梦，底须角国触蛮争？当年绿鬓夸吟笑，此日苍颜满目睛。犹有万修与范式，五人先后酹杯觥。（夏秋间，同年万芝堂、范迈亭先后过邗，余留芝堂集饮，春农未与。春农留迈亭，唯余未与，仅各五人耳。）""吴兴碧澜堂前后六客词传为佳咏。今日之聚，虽非一堂，而同在维扬郡城内，相隔仅数日，不似吴兴二十五年之久。读坡公词句云'绿鬓苍颜同一醉'，则前后六人年不相若。今前六客纪岁已三百七十三，后六客籜石宗伯又长于抱经学士九龄。碧澜堂前后唯子野、东坡作词，今则互相唱和，并有不在六客之内者，较其同异之迹，更为一时韵事，故并识于篇末。"

翁方纲接吉梦熊《前六客诗》《后六客诗》后，在京师亦与博明、张模、胡德琳等诸同年友人燕集，作《续六客诗》并寄吉梦熊以示意，且抒同年之情。

翁方纲《复初斋诗集》卷二十八，甲辰正月至五月《晋观稿·一·续六客诗并序》记："昔张子野、苏子瞻各有《六客词》，予同年吉渭厓学士主讲席于扬州，为前后《六客诗》，寄来京师，俾同人和之。其曰前六客者：卢抱经学士、蒋春农舍人、秦序堂观察、张松坪、吴涵斋两编修与渭厓也。其曰后六客者，抱经去而钱籜石宗伯复至也。抱经自山右归杭，籜石自京归嘉兴，其过扬州偶有先后耳，非有意不相值也。而渭厓诗中有钱、卢近多议论龃龉之语，又云覃溪以抱经为是。方纲在同年中年最少，凡事多请益于诸兄。抱经长于校雠，籜石长于诗，皆益友也，无所谓伸彼而抑此者。然渭厓此言特欲以重申吾同岑相与之谊，而勉其将来之益加厚焉，尤可感也。时在京师者，博西斋武部（博明）、永虑庵（永安？）、范迈亭（范元扬）两明府，张晴溪（张模）吏部、胡书巢

（胡德琳）太守及方纲，[1]恰亦合六人之数，于是置酒于晴溪之贯经堂而属和焉，并书于册以寄渭厓，遂千里之远，无殊曩日京邸比邻之乐也。甲辰二月十三日。

"情话何分北与南，二诗先后送征骖。卢公尚耐蝇书读，钱叟还能蚁曲耽。浙水往来江路近，梅花消息蜀冈探。偏增韦杜慈恩梦，密坐春灯兴味酣。"（《续修四库全书》第1454册，第608页。）

而抱经先生接吉梦熊之诗后，颇感惊奇，然感其同年求好之意，遂赋《前后六客诗和吉渭厓》以寄，解释自己与钱载师出同门又同年交好，实无隔阂之意。诗中注："余与箨石同师殳甫桑先生，未为同年时已早相识。"而其离开扬州，未能稍迟三日以待钱载之至，实为留晋三年，思亲心切，故而急于归家，诗中注："余留晋三年，急归省觐，故不及迟箨石之至。"

又，《国家图书馆藏钞稿本乾嘉名人别集丛刊》清吴骞钞本，第五册，《抱经堂文钞》一卷卷末记："卢檠斋学士与钱箨石侍郎本同年相好，未尝有间。会侍郎有尧陵不在成阳之议，学士不以为然，因著此论以驳之。时人皆谓钱、卢不协。吉惠崖京兆作诗以纪其事，至有'洛蜀纷争之语'。学士闻之，复为诗以解之，其落句云：'洛蜀纷争吾岂敢，君诗虽好莫轻传。'甲辰二月，学士自晋阳归，予访之于抱经堂，出此见示，因手录之横河舟次并题。"（国家图书馆出版社2010年版，第233页。）

---

[1] 案：法式善《八旗诗话》记载："博明，字希哲，一字西斋。满洲人。乾隆壬申进士，改庶吉士，散馆授编修，累官云南迤西道，降兵部员外郎。有《西斋诗辑遗》。记诵绝人，生平所阅历山川人物以及一言一动，隔数十年纤缕不遗。于朝廷掌故、世家大族谱系，尤能口授指画，条分目晰，真一代行秘书也。诗援笔立就，浑脱流转，中动合绳墨，惜缣素零散，古刹墙壁间尚有存者。余采诗话载其壬午典试粤东咏古四诗，略见一斑而已。"（《续修四库全书》第1705册，第156页。）徐世昌《晚晴簃诗汇》卷八十一记载："张模，字符礼，号晴溪，宛平人。乾隆壬申进士，改庶吉士，历官吏部郎中。有《贯经堂诗钞》。"（《续修四库全书》第1630册，第663页。）"胡德琳，字书巢。临桂人。乾隆壬申进士。历官简州知州。有《碧腴斋诗存》。"（第667页。）

岁丙午诸生为余举七十觞日占志谢

信是钟山独有缘，又劳朋好祝华颠。
平头纔度悬弧日，弹指俄当杖国年。[1]
今雨更欣偕旧雨，地仙不羡作天仙。
但教此后犹强健，买犊还耕白下田。

案： 该诗应写于乾隆五十一年六月初三日前后。

据拙著《清卢抱经文弨先生年谱》考证，抱经先生生于康熙五十六年六月初三日，至乾隆五十一年丙午六月初三日，正好七十岁。是年抱经先生正在钟山书院讲席，故首句即言"信是钟山独有缘"，而诸生及友朋亦得以为其祝寿。

朱黼《画亭诗草》卷十八《檠斋夫子七十寿诗》记：

"金闺名彦玉堂仙，开奁从今八十年。天遣苏湖留懿范，人知邹鲁有真传。"

"图书东壁常璀璨，杖履春风久静便。独负师门惭报称，惟能歌雅侑华筵。"

（《四库未收书辑刊》第十辑，第27册，第201页。）

陶涣悦《自怡轩初稿》卷四《祝抱经先生七十即和自寿原韵》记：

"捧觞争祝古稀年，南国生徒喜欲颠。不入红尘真达者，能消清福即神仙。"

"禽鱼日对多佳趣，花竹相于有静缘。掩映绛帷添嫩绿，小池莲叶正田田。"

"不喜谈禅不学仙，嗜书成癖作书颠。眼前乐事新诗卷，笔底生涯旧砚田。"

"名冠艺林谁后起，情深小草或前缘。须眉若与旁人认，七十年疑五十年。"

（《清代诗文集汇编》第431册，第157页。）

---

[1] 案：平头，凡计数逢十，如十、百、千、万等不带零头，俗谓之齐头，亦称平头。白居易《登龙尾道南望忆庐山旧隐》诗："青山举眼三千里，白发平头五十人。"

悬弧，《礼记·内则》："子生，男子设弧于门左；女子设帨于门右。"东汉郑玄注："表男女也。弧者示有事于武也。""悬弧日"应指生日。刘禹锡《赠进士张盥》："忆尔悬弧日，余为座上宾，举箸食汤饼，祝词无麒麟。"宋王灼《范漕生日》："佳时过重五，适当悬弧日。远迩祈公寿，欢声共一律。"

杖国年，《礼记·王制》："五十杖于家，六十杖于乡，七十杖于国，八十杖于朝。"

· 七律 ·

同人多和者再赋酬意

友人书卷是前缘，老矣犹然不放颠。
讵以文章称绝业，恒将根柢勖华年。
丹铅底用徒成癖，官府无拘似胜仙。
经训菑畲交有助，芸人宁必舍其田！

案：该诗应写于乾隆五十一年丙午六月初三日抱经先生七十寿诞之后。具体见《抱经堂诗钞》七律《岁丙午诸生为余举七十觞日占志谢》诗考释。

又倒用韵呈瞰江

官罢生涯砚是田，每看佳士籍通仙。
扫痕一去成前事，踏迹重来又两年。
暮景正难中道息，冷毡不怕刹竿颠。
更夸能致高情客，胶漆相期百岁缘。

案：该诗写于乾隆五十一年丙午六月初三日抱经先生七十寿诞之后。具体见《抱经堂诗钞》七律《岁丙午诸生为余举七十觞日占志谢》诗考释。

另，据拙著《清卢抱经文弨先生年谱》考证，抱经先生在乾隆五十年应时应两江总督萨载之邀重至钟山书院讲席。中国第一历史档案馆藏录副奏折，档号03-1190-047，乾隆四十九年十一月初二日《两江总督萨载奏为延聘卢文弨掌钟山书院事》记："窃照各省书院院长节奉谕旨实心延访秉公考察等因钦遵在案。江宁省城钟山书院，臣于上年七月间奏明延聘告病在籍翰林院修撰秦大成在院督课，于本年九月内病故，讲席乏人。查院长为多士矜式，钟山书院平日肄业人文较盛，必得品端学裕之院长，方足以示观摩而资训迪。臣与抚臣闵鹗元暨藩司等留心体访，有告假在籍原任翰林院侍读学士卢文弨，人品端方，学问优裕，从前曾主钟山书院讲席，士子颇为悦服，仍堪延为院长，于训课诸生有益。臣仍随时留心体察，务收实效，以期仰副我皇上作养人材之至意。所有钟山书院更换院长缘由，臣谨循例恭折奏闻，伏乞皇上睿鉴。谨奏。"乾隆四十九年十一月十三日朱批："览。"至乾隆五十一年七十寿诞前后，正好两载，故抱经先生诗中称："踏迹重来又两年。"

雍正壬子，余年十六，应童子试，受知于安溪李立侯学使，列仁和学博士弟子员。今支干重逢，开正斋祓，敬造学宫，周览旧迹，同人咸有诗见贻。余于声律废阁久矣，诚故我之难忘，矧华予之多忝，勉为属草，匪可云酬

发轫童年第一程，今兹周甲又重更。
逢时虽幸身名泰，考业深惭大小成。
旧地喜瞻新气象，（时学宫修葺未久。）后来知出几公卿。
徘徊廊庑寻遗迹，不忘抠衣旧日情。

苦语东乡未惯经，也当暑夜市门停。（艾于子曾备言小试之苦，余虽再试弋获，然亦少尝其味矣。）
那堪白鸟攒通体，焉得青趺坐广庭？[1]
累我老亲常护视，勖予小子百丁宁。
一为追溯当年事，抚景凄然泪眼萦。

---

[1] 案：杨锺羲《雪桥诗话》卷九记："乾隆五十七年，余姚卢檠斋学士重游泮宫，有纪事诗四首。学士于雍正壬子年十六应童子试，受知于安溪李立侯学使，列仁和学博士弟子员。时县试几席皆用钱赁，钱多者择县堂宽敞处高坐，钱少者则僻处于两廊。室皆黑暗聚蚊之地，故有'白鸟青趺'之句。"（北京大学图书馆藏，民国求恕斋丛书本。）

·七律·

余名阮字偶相同,（庠名嗣宗。）义取荀莹命我公。（余祖书苍府君初欲以余后大宗,故以此命名。）
走越若为寻范蠡,弃繻难更认终童。
乍因著籍窥周鼓,聊复依文辨楚弓。（绍弓,余旧字,新名乃依傍旧字为之。）
不为困贫宁有此,幸邀宽法圣恩隆。（引见中书日,误奏履历,蒙恩仍许供职。）

虚无树立玷宫墙,高第清阶梦一场。
衹以发蒙资训诂,难言报国有文章。
涵濡屡见新芹藻,钟毓应知富栋梁。
莫似老夫头雪白,徒然推许鲁灵光。

年时同辈早飞腾,贵盛偏嗟寿不登。（如姚大宗伯诸公。）[1]
以劳生疲道路,空怀燕语对亲朋。
晚犹为吏闻陈实,（癸卯岁,陈半江松尚为正定郡司马,曾一通书。入泮时年十二,学名渊。）里有谈经忆戴凭。（戴深其源,是府学案首,闻其尚在,末由见之。）
作计归寻钓游处,兴来还可策青藤。

生小袁闳仅一年,输他先着祖生鞭。（袁简斋枚先于丙午重游泮宫,赠赋甚多。）
颇闻黼藻多新制,复柱珠玑落彩笺。
嘉贶胜如丹鼎药,后期还拟鹿鸣筵。（文弨与袁乡举皆

---

[1] 案：阮元《两浙輶轩录》卷二十七记："姚成烈,字申甫,号云岫,又号西溪。钱塘人。乾隆乙丑进士。历官礼部尚书。"（《续修四库全书》第1684册,第118页。）

戊午,同人咸以重赴相期望。)[1]

　　欣逢寿宴宏开日,饶有霓裳旧咏仙。(浙江袁与蓝应桂、成城、顾光、陈兆瑜及文弨,江南有陶绍景[2]、庄熊芝,皆同岁乡举,尚有未尽知者。)[3]

　　案:该诗应写于乾隆五十七年前后。

是年正值抱经先生入泮六十年,故诸友人皆有诗文称贺。梁同书《频罗庵遗集》卷三有《和卢抱经同年壬子重游泮宫诗二首》,钱大昕《潜研堂诗续集》卷六有《卢召弓前辈寄重游泮宫诗索和三首》,祝德麟《悦亲楼诗集》卷二十五有《卢抱经学士掌教常州,寄示重游泮宫诗索和二首,卢时年七十有六》,秦黉《石研斋诗集》卷十二有《题同年卢抱经文弨学士重逢入泮之期诗后》,赵怀玉《亦有生斋集》诗卷十二有《和卢抱经先生游泮六十年诗成四百二十字》,翁方纲《复初斋诗集》卷四十六有《贺卢弓甫学士以雍正壬子入仁和县学,今

---

[1] 案:法式善《清秘述闻》卷五记:"乾隆三年戊午科乡试。顺天考官:吏部尚书孙嘉淦,字锡公。山西兴县人。癸巳进士。礼部侍郎吴家骐,字晋绮。浙江桐乡人。戊戌进士。题:居敬而行一句,人道敏政在人规矩方员一节。解元:马锦昌,无锡人。"(《续修四库全书》第1178册,第55页。)

[2] 案:法式善《清秘述闻》卷五记:"江南考官:刑部侍郎陈惠华,字云倬。直隶安州人。甲辰进士。少詹事许王猷,字宾穆。浙江嘉善人。癸巳进士。题:行之以忠一句,诗云相在一节五亩之宅四段。解元:陶绍景,字京山。上元人。"(《续修四库全书》第1178册,第55页。)

[3] 案:李榕《(民国)杭州府志》卷一百十二《科举·举人》记:"三年戊午科。吴世英,解元,钱塘人。……王际华,乙丑进士。黄士台,钱塘人。陈兆瑜,钱塘人,大埔知县。程煮,仁和人,湖北巡抚。卢文弨,壬申进士。(以下顺天中式)潘世仁,榜姓程,仁和人,阜阳知县。俞洲,海宁人,通州州同。高瀛洲,仁和人,太平府司知。祝维诰,海宁人,秀水贯,内阁中书。于士采,钱塘人,闻中知县。孙泂,钱塘人,海丰知县。郭振采,仁和人,宛平贯。孙隆治,仁和人,大兴贯。"(《中国地方志集成·浙江府县志辑2》,第1006页。)

《(民国)杭州府志》卷一百三十六《人物·仕绩》记:"陈兆瑜,字发奇。钱塘人。乾隆三年举人。归安训导。勤于诱迪,任满授福建大埔知县。慈祥化物,从不轻用笞杖。未几因目疾力辞归里。兆瑜内行修笃,手足之谊甚挚。卒年八十九。"(《中国地方志集成·浙江府县志辑3》,第311页。)另,可参见《抱经堂文集》卷二十九《陈祗园先生家传》。

《(道光)济南府志》卷三十,历城知县,乾隆朝,记:"蓝应桂,字芷林。浙江定海人。举人。三十六年任升胶州。"(《中国地方志集成·山东府县志辑2》,第12页。)

六十年有重游学宫诗,属同人和,赋此寄赠》,赵翼《瓯北集》卷三十五有《卢抱经学士以雍正壬子补弟子员,今岁壬子又见诸生游庠,作重逢入泮诗纪事,敬贺四律》,钱维乔《竹初诗钞》卷十五有《卢学士抱经以壬子岁重游泮宫诗索酬,为赋二律》[1],钟大源《东海半人诗钞》卷五有《奉和卢学士抱经先生重赴頖宫之作》,沈业富《味灯书屋诗集》卷三有《卢抱经先生见示壬子重会同案诗赋答》。

挽广文裘一鸥养正 [2]

领袖推君冠等伦,多年相慕未相亲。
老当桑梓归来日,正好云龙上下辰。
屈指交新纔几面,惊心梦幻顿成真。
玉楼定换唐时构,长爪生今有替人。

文采何由达九重?而今杨意会难逢。
未专一壑称高隐,聊就儒官便养慵。
肉食不如蔬食美,诗情多比宦情浓。
两峰三竺清游地,惆怅人还指旧踪。

仪观端由义胜肥,日当亭午未斜晖。
黄庭丹好何烦炼,海屋筹添不用祈。
岂料人情无一准,还疑理数竟全非。
忽听薤露增愁绝,目断何时得再归?

---

[1] 案:钱维乔诗中注云:"学士为壬申进士第二人。"误,实为第三人。(《续修四库全书》第1460册,第180页。)

[2] 案:张云璈《简松草堂文集》卷十二尚有《挽仇一鸥广文》:"挽仇一鸥广文即次其癸丑夏五梦故人以终期见示,醒后成诗六章原韵,间慰令嗣锡蕃孝廉。"(《续修四库全书》第1471册,第453页。)

生平交契重金兰，风义相高豁肺肝。

姻好不缘簪笏重，朋游常耐水云寒。

初从钱子（晴江）钦高躅，更羡朱生（青湖）结古欢。

何怪故人泉下忆，悲君数定挽回难。

嗟予老矣百无能，炳烛余光觑得朋。

后进有谁潮欲上，文人唯子气方腾。

乡邦著作勤收拾，馆阁编摩藉准绳。

更感一言烦致警，勉为子幼恐难胜。（余外祖冯山公先生文集，因君有言始付剞劂。）[1]

龟鹤偏教得久生，百年元可等殇彭。

兰丛忽值秋风候，鹏翼空思六月程。

世德定能收美报，贤书早已继家声。

香山句更为君慰，身后文章合有名。

案： 该诗应似写于乾隆五十九年五月十九日前后。

---

[1] 案：仇养正《未学斋集》卷七《怀里中前辈三十二首》中有《冯山公》诗，诗云："金玉斯文不可磨，起衰大力竟何如。弥甥闻说工雠校，不刻山公一卷书。"诗中注云："先生古文不下魏叔子，卢学士绍弓喜刻前人文集，而未及议刻其外祖遗稿，故云。"又，同书卷首应沨《传》云："冯山公景，卢学士外大父也。一鸥有绝句云：'金玉斯文不可磨，起衰大力竟何如。弥甥闻说工雠校，不刻山公一卷书。'学士引为己惭，重锓《解春集》行世。"（《清代诗文集汇编》第395册，第246页。）

张云璈《简松草堂文集》卷十一《跋解春集》记："钱塘冯山公先生景为文精悍之气不可逼视，然皆有关世道人心之言，不为妄发，博奥其余事也。……旧有《幸草》十二卷、《樊中集》十卷、《解春集》十四卷。雕版毁于火。今卢抱经学士文弨，先生外孙也，料简遗集，久未付梓。吾友仇荔亭司训为诗云：'金玉斯文不可渝，起衰大力竟何如。卢郎枉说精雠校，不刻山公一卷书。'学士览之瞿然，即竭蹶梓行。其序言'里人有请予不为公集谋梓者，泚然汗下。'即指此事也。今刻止十二卷，中有向未梓者，总颜之曰《解春集》。然如杭集所云三书集中皆无之，知其散佚者多矣。惜哉！"（《续修四库全书》第1471册，第248页。）

据黄景仁《两当轩全集》附录卷六记载："仇丽亭，名养正，榜名永清，号一鸥，仁和人，乾隆丁酉举人，官桐庐训导。"（《续修四库全书》第1474册，第521页。）

张云璈《简松草堂文集》卷六《噩梦记》记："噩梦记者，张仲雅吊其亡友仇一鸥广文作也。乾隆癸丑五月，一鸥忽梦故人沈某为人谈珞琭子之学，心怪沈平昔未擅斯技，而忘其已死，遂以己命乞推。沈频颦曰：'君禄尽矣，明年此际当终。'憬然而寤，自知不祥，乃赋七言律六章以告戚友，果以甲寅五月十九日戚微疾竟卒。"（《续修四库全书》第1471册，第195页。）

又，仇养正《未学斋集》卷首，应沣《传》记："一鸥讳养正，原名永清，字丽亭，卒以乾隆甲寅五月十九日，年五十六。"（《清代诗文集汇编》第395册，第195页。）以此推测，抱经先生该诗应作于乾隆五十九年甲寅五月十九日后。

五言绝句

听北平梁国栋鼓琴

　　北平梁国栋善鼓琴,余友金天来从之受琴。一日,天来招梁到其家,每鼓一阕,索余作一绝句。余于琴好之而未学也,聊髣髴以塞其意尔。

　　穆然如太古,静中发清籁。置我高岳头,松风落天外。(高山)
　　七弦泠泠然,石窦鸣细响。应有枕流人,闻之发遐想。(流水)
　　刘阮迹已陈,白石生苍藓。缥缈环佩声,幽情通宛转。(天台引)
　　帝子在何许,苍梧云正愁。湘灵不可见,绝调为谁留。(苍梧)
　　海上孤鸿起,冲风过远云。拂弦多飒沓,应是怅离群。(秋鸿)
　　唧啾鸟声繁,更觉山居静。此曲憺人心,坐看白日永。(山居吟)
　　渺渺洞庭波,秋风吹落叶。羁人思不堪,相劝理归楫。(洞庭秋思)
　　心地顿清凉,空龛转清梵。落指不着弦,花香雨中泛。(释谈章)

　　案:该诗似写于乾隆六年之乾隆十二年之间。具体论证参见《抱经堂诗钞》五律《怀金明府天来》诗考释。

清卢文弨《抱经堂诗钞》系年考释

题张有堂前辈《自芳图》，是其先兄所作[1]

宛尔无人境，春风尽日吹。旧淙孤影在，肠断忆连枝。
移向华林植，人知是国香。还怜空谷畔，幽梦故难忘。

案：该诗似作于乾隆二十九年正月。

中国国家图书馆藏，《锡山张氏统谱》记果亲王、皇长子、皇四子、皇五子、皇六子、皇八子、皇十一子、皇长孙和皇次孙等皆有《题〈自芳图〉》诗。其中，皇八子《甲申孟春乐全先生以〈自芳图〉属题，先一日明招群公燕集，各留新句，率成二律，书请诲定》记："几点松滋润，传神绿玉芽。感时余宿草，佩服好纫花。纸上寒香古，灯前素影斜。年年闻不落，比处胜田家。闻道西园宴，光风集断金。泛兰还畤蕙，挥尘复鸣琴。食画题新句，幽芳惬素襟。从来敦古处，犹是弟兄心。"（张汝楫、张均重刻，民国十二年铅印本。）

据拙著《清卢抱经文弨先生年谱》考证，乾隆二十九年甲申，抱经先生一直在京师，且仍入值尚书房。以皇八子诗题中所记"先一日明招群公燕集，各留新句"，抱经先生该诗似乾隆二十九年甲申正月燕集时所作。

---

[1] 案：潘衍桐《两浙輶轩续录》卷六记："张守愚，字直夫，号心椰，乌程人，乾隆丁卯（乾隆十二年）举人。官四川梁山知县。著培松、南川、梁山等集。"（《续修四库全书》第1685册，第171页。）

《吴兴诗话》卷八："张明府守愚，字直夫，号心椰。秋水次子。丁卯举人。尝绘《耕田识字图》，诸名家多题咏。与先君同困公车，迄癸未（乾隆二十八年）公犹赴试未第。……司训石门，赏识陈翰林万青、万全。辛丑犹上公车。……选梁山令，卒官。"（《续修四库全书》第1705册，第221页。）

汪孟鋗《厚石斋集》卷六，乾隆十二年己巳有《题张直夫〈耕田识字图〉四首》。（《清代诗文集汇编》第348册，第289页。）

戴文灯《静退斋集》卷五有《题张孝廉兄守愚〈耕田识字图〉》，系年为元默涒滩。（壬申）（《清代诗文集汇编》第361册，第387页。）中国国家图书馆藏，周天度《十诵斋集》诗四有《题张孝廉守愚〈耕田识字图〉》。

梁同书《频罗庵遗集》卷二有《题张心椰同年〈耕田识字图〉》。（《续修四库全书》第1445册，第406页。）

金德瑛《诗存》卷二有《张直夫〈耕田识字图〉》。（《清代诗文集汇编》第294册，第314页。）

吴俊昙《荣性堂集》卷二有《题张丈心椰〈耕田识字图〉》。（《清代诗文集汇编》第408册，第434页。）

题张厚余守愚《耕田识字第三图》

耕田与识字,一生得此力。晚年更教儿,知君有恒德。
田可年年耕,字当日日识。虽有佳儿郎,君焉肯求息?
田勿田甫田,字勿识奇字。柴门香稻花,一编澹余嗜。
为农常苦愚,为士常苦贫。不愚亦不贫,君策真过人。

春 兰

空谷余寒在,名花几处新。谁知修竹里,翠袖早含春。
秀色当韶景,秋花可许同。自然萧艾别,应不藉清风。

题徐邻哉临《曹娥帖》

屡唤曹娥渡,空闻幼妇碑。典型犹可见,辛苦几临池。

七言绝句

和景秋崖清明

莺花无处不堪怜，正好同游放酒船。
怕说阑珊春事了，乱红如雨雨如烟。

案：该诗应写于乾隆四年，抱经先生寓居余姚景氏东白楼时。具体参见《抱经堂诗钞》七律《饮景氏东白楼》诗考释。

湖心亭听歌

湖心烟水碧迢迢，双玉瓶干醉未销。
正是晚凉天气好，有人篷底坐吹箫。

春光几度客中过，每向樽前唤奈何。
花落花开芳事远，嘘莺犹数此间多。

绿柳阴中好系舟，凉风吹席此勾留。
旗亭画壁浑闲事，快意金樽赌未休。

水亭清窈动梁尘，声曼凉州荡魄新。
正按金鹅迟叠遍，斜阳何事苦催人？

案：据"春光几度客中过"句意推测，此诗似写于乾隆四年抱经先生南归后。当然，具体写于何年，还有待进一步考证。

直庐通夕不寐漫成

五更听彻未央钟，墨影朝看半未浓。
生羡玉堂清寂甚，更无铃索响丁冬。

　　案：玉堂，指翰林院。据"生羡玉堂"句意推测，此诗似写于乾隆七年至乾隆十七年任职内阁中书时。

杨吾三招饮紫藤花下[1]

中庭雨过楝风微，红药人从下直归。
不信柔条能绊客，一尊判倒莫相违。

君家故事乐天诗，剩有清光照玉卮。

---

[1]　案：杨煜曾，字吾三，江苏阳湖人，其家族兄弟众多，出仕者亦多。
　　杨椿《孟邻堂文钞》卷十六《四弟乘万墓志铭》记："子男六：煜曾，乾隆辛酉举人，内阁中书舍人；和，雍正己酉保举湖北安陆府通判，今为五弟后；武曾，早卒；勉曾，国子监生；瑞莲，懋勤殿行走，乾隆癸酉钦赐举人；卓曾，御试赐国子监生，今卒。"（《续修四库全书》第1423册，第206页。）卷十六《亡室沈淑人墓志铭》记："淑人以雍正七年六月八日卒，年五十有五。子男三：述曾，乾隆七年第二名进士，翰林院侍读；耀曾，实录馆议叙四川成都县县丞；丞曾，乾隆三年举人，户部广西司郎中。"（第209页。）
　　《清代缙绅录集成》第一册，乾隆十三年诰敕撰文中书舍人加级："杨煜曾，吾三，江南阳湖人，辛酉，乾隆十年七月补。""杨承曾，学三，江苏阳湖人，辛酉，乾隆八年二月补。"（国家清史编纂委员会编纂，大象出版社2008年版，第121页。）其中所记之"杨承曾"，应是杨椿所记"杨丞曾"。
　　又，《（光绪）武进阳湖县志》卷三十六《人物·文学》记："杨廷鉴，……子大鹤，……大鹤子祖楫。……祖楫子煜曾，字吾三，乾隆六年举人，官中书。有诗名。祖楫兄子述曾，字二思。少禀家学，于诸史尤精。乾隆元年举博学鸿词。七年，一甲二名进士，授编修，晋侍读，纂修《御批通鉴辑览》缮稿将脱，而述曾卒。总裁官以述曾在事八载，编排尽力，今书垂成而殁，不获叙录入奏。得旨赏给四品职衔。述曾在翰林，四典乡试。所上经史折发明传注，俱有师法。因事敷陈，人称为有用之学。"（《中国地方志集成·江苏府县志辑37》，第584页。）

梦去将身化胡蝶，飞来应上最繁枝。（乐天绝句：杨氏弟兄俱醉卧，披衣独自起高斋。夜深不语中庭立，月照藤花影下阶。）[1]

花下清尊兴未阑，晚风容易落英残。
明朝蔓影龙蛇动，更拭朦胧醉眼看。

案：该诗似写于乾隆八年，或乾隆十年七月至乾隆十九年期间，或乾隆二十一年返京后至杨煜曾病逝之前。

《（光绪）武阳志余》卷十二记："杨煜曾，字吾三。编修祖楫子。乾隆元年，荐举博学宏词，未试，丁忧。举六年乡试，官内阁中书。傲岸负奇气，学亦淹通，名公卿咸倾倒。"（清光绪十四年活字本，庄毓鋐、陆鼎翰纂修。）

杨煜曾似在乾隆八年之前便已任职内阁中书，至乾隆八年九月前后因故回籍，而后于乾隆十年七月再次补任内阁中书，乾隆二十二年、乾隆二十三年前后病逝。

中国第一历史档案馆藏，乾隆八年九月十五日《大学士兼管吏部尚书事张廷玉题为遵议梁国治拟补内阁办事中书事》（档号02-01-03-04113-004）："准内阁移称，本衙门中书缺出，例应拟补。今中书杨煜曾回籍员缺应补，查乾隆七年考取之候补中书第三名陈捷、第五名徐开厚俱已回籍外，应将考取第七名之候补中书梁国治拟补等因到部。奉旨：梁国治依拟用。"

又，乾隆十年七月十七日《大学士兼管吏部尚书事张廷玉题请将祝维诰杨煜曾补授内阁中书事》（档号02-01-03-04331-005）："准内阁典籍厅移称，查本衙门汉票签中书缺出，例应拟补。今中书蒋元益、徐开厚俱经馆选，所遗员缺应将假满来京不拘双单月遇缺候补之祝维诰拟补蒋元益缺，杨煜曾拟补徐

---

[1] 案：白居易妻子为弘农杨氏，其家族中多有显宦，杨氏堂兄杨虞卿、杨嗣复为宰相，杨汉公、杨汝士、杨鲁士、杨殷士等亦多有任节度使、尚书等要职者。因姻亲关系，白居易与杨氏家族关系亲密，多有交往和诗歌唱和，该诗题目即为《宿杨家》。

案：杨吾山，应是杨吾三。

开厚缺等因前来。奉旨：祝维诰等依拟用。"

曹锡宝《古雪斋诗》卷八有《哭杨吾山》。(《清代诗文集汇编》第 344 册，第 630 页。)据该集中各诗写作时间推算，杨吾三似卒于乾隆二十二年、乾隆二十三年前后。

据拙著《清卢抱经文弨先生年谱》考证，抱经先生在乾隆七年十二月始任内阁中书，乾隆十九年翰林院散馆后一度乞假南归葬母，至乾隆二十一年返京任职，乾隆二十三年十二月十六日存心征君病逝，旋又南下葬父丁忧。据此，如果该诗写于此时期内的话，那么就应该写于乾隆十年七月前后至乾隆十九年，或者乾隆二十一年至乾隆二十二年、乾隆二十三年杨煜曾逝世之前。

以杨煜曾与抱经先生之交集来看，抱经先生该诗似写于乾隆八年，或乾隆十年七月至乾隆十九年期间，或乾隆二十一年返京后至杨煜曾病逝之前。当然，具体写于何时，还有待于进一步考证。

白桃水

花源一望雾空蒙，夜雨谁教净洗虹？
轻薄心情知已懒，只今无绪笑东风。

长红小白闹新妆，一种芳菲淡夕阳。
素女乍来仙窟里，风前髣髴见霓裳。

冰肌绰约藐姑仙，淡沲春光分外妍。
采采自堪和雪颊，娇儿颜色玉相鲜。

·七言绝句·

题吉渭厓《练湖观荷图》[1]

轻舟如叶水粼粼，夹岸荷花不见人。
曾向此中过六月，满湖鸥鹭尽情亲。

荷衣脱却换朝衣，清梦犹萦旧钓矶。
试向金鳌桥上望，江乡风景是耶非？

案： 该诗似写于乾隆二十二年前后。

《（民国）丹阳县续志》卷二十四《摭遗》记："吉银台（吉梦熊，曾任职通政司，故称银台）多小照，……一曰中泠夕没，此则为皇十一子所写，时年才十九岁。题诗者皇四子、皇六子、皇八子、皇十一子、皇十二子、皇长孙、皇次孙，……纪复亨、裘曰修、金甡、奉宽、边际祖、庄存与、李中简、李汪度、汤先甲、谢墉、汪永锡、胡高望、卢文弨、童凤三、稽承谦皆有题咏。……一曰练湖看荷，题诗者周长发、朱筠、钱载、卢文弨、王鸣盛、朱珪也。"（《中国地方志集成·江苏府县志辑31》，第701页。）

王鸣盛《西庄始存稿》卷十一《题吉渭厓〈练湖看荷图〉》记："观音山中玉乳濡，曲阿城畔玻璃铺。湖光演漾四十里，花花叶叶翻芙蕖。先生诗名不减吉中孚，旧日结茅湖上居。门前万顷沧漪舒，谢中郎今已徂此永停注，终古仍不枯。掠波小艇如野凫，笔床茶灶随所如。花为四壁船为庐，江湖散人，烟波钓徒。衣裁荷叶，筒截荷跗，曷来京华佩银鱼？回首清梦牵菰蒲，练塘渺渺在何许？白藤笈里携得一幅新横图，朝来过我索题句。披图约略重踟蹰，云阳烟水区，几度经过余覆船，峰绿如黛马，林溪滑如酥。只恨往来不遇六七月，不见千株百柄红云敷。蓟丘景物虽与江乡殊，碧裳翠佩何处无？玉泉瓮山净业湖，

---

[1] 案：中国国家图书馆藏，吉梦熊《研经堂全集》卷十二《偕家兄傅野裕民招同文学印昌世汤拱宸姜芬姜藻游练湖观荷》记："湖乡水木总清华，招友同看烂熳花。湘沚衣裳屈宋艳，天台风月阮刘家。紫箫声咽移归舫，绿蚁樽开泛晚霞。此会诸公多逸兴，凭将高韵续元嘉。"

·211·

熏风剪飘霞裾。我侪清暇日无事,那不挈榼还题壶?子歌我和其可夫?"(《续修四库全书》第1434册,第122页。)该诗无系年。但其前面有《三月六日恩命充丁丑科会试同考官,赐内纻表里各一端,恭纪十韵》(第120页),其后面有《送蔡葛山少司寇乞终养归漳浦四首》(第124页)。查《清高宗纯皇帝实录》卷五四〇,乾隆二十二年丁丑六月戊辰记:"予刑部侍郎蔡新回籍终养。"《西庄始存稿》依照编年排定,则该诗应写于乾隆二十二年丁丑。

又,《西庄始存稿》卷十一有《试院用东坡煎茶韵呈钱坤一、卢绍弓、梁元颖诸前辈》诗(第120页)。抱经先生与王鸣盛、钱载等同为乾隆二十二年丁丑科会试考官,故很可能与其同时见到吉渭厓《练湖观荷图》并为之题诗。当然,究竟写于何年,还有待于进一步考证。

新除学士李廉衣有诗见贺答谢

三千风月有新篇,滥吹何人配谪仙?
空恨荒阡表征士,不教视草玉堂前。(先君以鸿博召试。)

声华岂合为儿曹,点鬓新霜照锦袍。
报答春晖犹有处,白云回首北堂高。

振触偏教旧恨新,宫花零落隔前尘。
俸钱十万营斋奠,不见当年提瓮人。

双鸟笼来一处鸣,参差旧侣几迁莺。
天涯若见新除目,可慰停云万里情。

案:该诗应写于乾隆二十九年十月十六日抱经先生奉旨补授翰林院侍读学

士时或稍后。

据《乾隆起居注》乾隆二十九年十月十六日记:"复请吏部补授翰林院侍读学士缺,疏上,上曰:卢文弨补授翰林院侍读学士。"(广西师范大学出版社2002年版。)

书《出塞集》后

万里龙沙亦壮游,三年冰雪卷中收。
竹枝翻入胡笳调,[1]杭霭山前唱未休。

平生只有著书忙,静里工夫倍觉长。
注易新传田氏学,较来应胜谢梅庄。(蒋君尝从公学

---

[1] 案:卢见曾《出塞集》中《杭霭竹枝词》题下注:"独夜无聊,偶忆刘梦得朗州竹枝,戏效其体,每得一事,即拈一韵,每歌一阕,即浮一白,甫成十二首,已陶然醉矣。更贾余勇,作末首以结之。"(《续修四库全书》第1423册,第531页。)

《易》，[1]谢侍御谪戍时亦有《玩易图》。[2])

邗江此日寿筵开，十五年间两度来。

---

[1] 案：卢见曾《雅雨堂文集》卷一《周易孔义集说序》记："余年五十有一远投塞外，始学易。"(《续修四库全书》第1423册，第450页。)《出塞集》中《注易》诗："篝火研朱夜每深，敢将分寸负光阴。宽闲帝与消灾地，忧患天开学《易》心。鸿渐陆时终有用，鱼当贯义却难寻。杞中但有包瓜在，泥井何须问旧禽。"(《续修四库全书》第1423册，第535页。)

案：蒋韶年，《出塞集》中《二十台别蒋生韶年》注："生，萝村公子，代父戍军台，从予学《易》。"查礼《铜鼓书堂遗稿》卷五《蒋孝子行》记："蒋孝子行，为辽阳蒋君韶年作。韶年父国祥为长芦运使，乾隆丁巳以事谪戍踏拉侈罗而台，去京师数千里。韶年屡求代父，不得。壬戌五月出塞省觐，复恳台帅，帅怜之，为奏请。诏可。父归，寻卒。韶年旋亦放还。"(《清代诗文集汇编》第338册，第42页。)

又，《清高宗纯皇帝实录》卷四，雍正十三年十月乙亥记："调天津盐道蒋国祥、天津府知府李梅宾赴部引见。"卷九，雍正十三年十二月辛卯记："又谕：朕前闻蒋国祥居官声名不好，是以谕令解任来京引见。今据巡盐御史三保参奏，蒋国祥扣克倾销银两苦累工匠等情。蒋国祥着革职，并伊家人交与该督李卫审明定拟具奏。若蒋国祥任内再有亏空挪移勒索等弊，着三保一并查明题参。"卷九十二，乾隆四年己未五月戊申记："镶蓝旗汉军都统佛表参奏，革职长芦盐法道蒋国祥于归旗后私回天津，又令伊侄蒋楷年往湖南就亲并不呈报，请交部治罪。得旨：蒋国祥前在长芦盐法道任内劣迹昭著，经总督李卫题参革职。伊归旗之后，并不安分度日，擅敢私自将伊侄蒋楷年令往湖南，其情甚属可恶。蒋国祥着照李禧之例，发往台站，令养蒙古。"

《夏湘人出塞日记》乾隆八年十月初六日记："至二十一台，入原任长芦运使公国祥穹庐中。病咳，见客至则谈竟日，咳不复作，亦不知疲也。颇留心理学，为人慷慨磊落，其年六十六矣。"(《历代日记丛钞》第28册，第30页。)

[2] 案：徐世昌《晚晴簃诗汇》卷五十八记："谢济世，字石霖，号梅庄。全州人。康熙壬辰进士，改庶吉士，授检讨，历官湖南盐驿道。有《梅庄遗集》。《诗话》：石霖作学庸注疏，顺承郡王锡保劾其诽谤程朱，世宗不加诘问。官御史，以劾田文镜遣戍阿尔泰。乾隆元年召还复官。复进呈所著疏，谓尊朱之令始于明洪武十一年甲子乡试，明祖与文公同乡同姓，定为此令名。虽显章圣学，实则推崇本朝。寻以母老乞外。在军台时，昕夕读书，有《军中学易图》，作诗明志，皆真性所流露。"彭启丰《芝庭先生集》卷二有《题谢梅庄侍御〈军中学易图〉二首》。(《清代诗文集汇编》第296册，第428页。)

案：《出塞集》中《出关谢夏征士襄宸》题下注："襄宸，六安州人，征博学鸿词不就。时省予于扬州，遂同出塞之行。"(《续修四库全书》第1423册，第525页。)《雅雨堂诗集》卷下《题夏襄宸〈拙谋图〉》诗："当年塞外忆弯弓，跋扈飞扬意自雄。矍铄翁今乘款段，心情可与少游同。"(《续修四库全书》第1423册，第442页。)另，《夏湘人出塞日记》："乾隆五年八月二十日，从京城起行，出德胜门，宿。"句末小字注："未行时京师咸友阻予行，不听，至有叱予为呆人者。"(《历代日记丛钞》第28册，第2页。)关于夏氏与卢见曾等人出塞时的具体行程，详见该日记。

另，抱经先生诗中所谓"从公二士"，除夏襄宸，另一人似为汪履方。《出塞集》中有《汪履方道人自扬州从予出塞且三年矣，今归省其师，口占送之》。(《续修四库全书》第1423册，第535页。)

·七言绝句·

丝竹正堪陶写在，新声还为奏三台。（三台：词调名。）

从公二士识公恩，[1]辛苦相携历塞垣。
今日画堂珠履满，底须重署翟公门。

案：该诗似写于乾隆十九年十月前后，时抱经先生似正在扬州两淮盐运使卢见曾衙署中。

闵尔昌纂辑《碑传集补》卷十七，抱经先生所作《故两淮都转盐运使雅雨卢公墓志铭》："文弨始拜公于淮南，公奖借备至，有加礼焉。嗣以忧归，又尝一再见。于后以使事竣，过公里门，见于寝室。情话温欵，至夜漏下数刻而别。"（周骏富辑《清代传记丛刊》第121册，第107页。）

据拙著《清卢抱经文弨先生年谱》考证，康熙六十年，抱经先生生母冯孺人卒。乾隆二十三年十二月十六日，存心征君卒，抱经先生旋即南下丁忧。乾隆二十四年四月葬父事毕，往扬州，主同年秦黉家，又至暨阳书院。据抱经先生记，其"嗣以忧归，又尝一再见"，则其中所指"嗣以忧归，又尝一再见"，应指乾隆二十三年、乾隆二十四年事。其"始拜公于淮南"应在此之前。

又，查抱经先生生平踪迹，其在乾隆二年接桑调元手书，离杭北上入京跟随桑氏读书，其时桑氏正在京师，先生只身北上，便道至扬州拜访卢见曾的可能不大。况且，卢见曾在乾隆二年第一次被罢免两淮盐运使职务。卢见曾《雅雨堂文集》卷二《刻渔洋山人感旧集序》记："乾隆丁巳，罢官扬州。"（《续修四库全书》第1423册，第465页。）故抱经先生前往拜见卢见曾之可能更小。

乾隆五年初，卢见曾被控植党营私案结，遣戍伊犁坐台。《出塞集》卷首马荣祖序："乾隆庚申，公驻维扬，治装出塞。适予甫自远归，枉驾草堂。越日，治具相招，属制赠序。重九出塞，辛苦抵台。除夕前一日而台上报章已至。"（《续修四库全书》第1423册，第524页。）[2]《清史列传》卷七十一《卢见曾传》记："乾隆五年，奉诏戍台。"《出塞集》中《承恩出塞留别扬州诸故人》

[1] 案：参见拙著《清卢抱经文弨先生年谱》乾隆二十三年、乾隆二十四年记。
[2] 案：可参见马荣祖《力本文集》卷五。（《清代诗文集汇编》第259册，第290页。）

诗："解网深仁且莫论，孤臣犹在识天恩。三年便许朝金阙，万里何辞出玉门。沙暗阴山秋猎壮，雪明瀚海夏裘温。多情应信扬州月，直送征轮到塞垣。"（《续修四库全书》第1423册，第525页。）

乾隆九年，卢见曾奉旨召回。《雅雨堂文集》卷三《永平府书院碑记》云："乾隆甲子，天子起曾于谪戍，俾牧滦州。"（《续修四库全书》第1423册，第486页。）

《碑传集补》卷十七，抱经先生《故两淮都转盐运使雅雨卢公墓志铭》记："乾隆九年召还，以直隶州知州用，往保定制府治所待缺。"（周骏富辑《清代传记丛刊》，第121册，第107页。）

乾隆十一年，卢见曾刊《出塞集》。

乾隆十八年，复调任两淮盐运使。《雅雨堂文集》卷一《经义考序》云："乾隆癸酉，余以转运再至淮南。"（《续修四库全书》第1423册，第449页。）江昱《松泉诗集》卷五有《卢雅雨使君重任两淮运使》诗："恩命仍教镇海湄，一时父老慰讴思。八千里外身无恙，十四年来事特奇。雨露甘棠应更茂，蚍蜉大树祇堪悲。宦游两至人间有，日鉴葵衷眷独私。"（《清代诗文集汇编》第305册，第633页。）

与此同时，抱经先生在乾隆十九年一度乞假南下葬母，即安葬冯孺人。《抱经堂文集》卷十二，庚子《书张蒙山果葬高氏九棺记后》记："乾隆甲戌，余晤蒙山先生于长芦，先生知余归为葬母也，甚怂恿之。"直至乾隆二十一年，抱经先生方北上京师任职，其间时间从容，故抱经先生很可能在乾隆十九年南下葬母途经扬州时，顺道拜访了卢见曾，得以为其所刊《出塞集》题诗并参与其生日宴会。

又，抱经先生诗中记："邗江此日寿筵开，十五年间两度来。"查江昱《松泉诗集》卷六有《己卯十月，为雅雨使君七十初度，久客湘东，未能袺鞲，鞠跽从诸君子后，以南山图、绿锈研山石屏方物为寿，各系一诗》（《清代诗文集汇编》第305册，第642页。）卢见曾生日应在十月。

以上述马荣祖序中所记时间推算，卢见曾自乾隆五年九月九日由扬州谪戍塞外，当年应是未能举办生日宴会，至乾隆十八年重任两淮盐运使，乾隆十九年十月再次举办寿诞宴会，正好符合"十五年间"之数。据此，抱经先生前往扬州，参与卢见曾寿诞宴会并为其《出塞集》题诗，应在乾隆十九年十月前后。

题句山先生扈从集

吟鞍发兴忘清羸，点笔都成绝妙词。
墨汁淋漓字如斗，气豪直赛羽林儿。

桦皮白间槲林红，雕没云盘虎啸风。
烟草离离霜漠漠，一天清景满囊中。

重阳侍赐菊花杯，泥滑群公罢食回。
七字吟成破岑寂，萧萧风雨自城来。

塞山我到始今年，老遇新知已惘然。
好是一编常在眼，不然犹当梦中缘。（先生偕余过枕头梁诗中戏用卢生事，故云。）[1]

案：据"塞山我到始今年"句，此诗似写于乾隆二十八年癸未九月九日重阳节，乾隆帝前往热河，抱经先生与陈兆仑等随扈之时。

陈兆仑《紫竹山房诗文集》卷九《秋中二日与边侍读秋厓继祖、卢侍读召弓赴热河番直，初程宿牛栏山，三迭癸酉岁王新庄韵》记："陌头凝望遍青青，

[1] 案：陈兆仑《紫竹山房诗文集》卷九，壬午至甲申《与卢侍读过枕头梁》："路细车妨轨，崖倾马碍行。低枝随路折，健仆苦肩頳。偶籍寒沙软，少怜后齿平。艰难枕中过，我亦一卢生。"（《四库未收书辑刊》第九辑，第25册，第585页。）又，卷十，甲申至乙酉《九日奉酬海住见示元韵》："昨年忆此会，虹梁豁天宇。分枕向卢生，日落草市午。"诗中注："昨岁于塞外枕头梁登高，与卢侍读召弓。"（第594页。）

高下曾无积水停。往事缱如前夕梦，流年忽已两周星。虽蝗不害仍多嫁，因涨成腴又一町。客路早休灯未点，坐看忙煞暗飞萤。"（《四库未收书辑刊》第九辑，第25册，第581页。）又，《抱经堂诗钞》五言长律《题金海住先生〈秋塞夜吟图〉》记："余癸未扈从，后先生一年。"

又，据"重阳侍赐菊花杯"句，该诗似写于乾隆二十八年九月初九日重阳节。

题临风听暮蝉画意

丝丝轻飐一堤风，抱叶蝉吟落照中。
饶有闲情能寄赏，披襟立尽断霞红。

悠扬风送远逾清，何减垂杨百啭莺？
一洗世间筝笛声，无人爱处独关情。

书迂谷先生集后

光芒万丈少陵诗，的派西昆绝妙辞。
耳食纷纷说开宝，（王阮亭句）文章烟月几曾卑？

建安丰骨独盘胸，旖旎缘情见所宗。
身到湖南清绝地，肯忘太华削三峰？

欲撷芳声日暮劳，微闻兰芷满江皋。
茶陵去后风流在，更倩弦歌起楚骚。

案：该诗应写于乾隆三十一年十一月，抱经先生以湖南提督学政按试至宝庆时。具体论证参见《抱经堂诗钞》补遗《双清亭小集即事》诗考释。

有怀暨阳旧游

却望君山似故园，三年游处徧芳荪。
当时已觉难为别，此日真销客里魂。

精舍重开古学宫，双瞻华表缭垣通。
新阴满目谁栽得？无限春风话李公。（旧学使鹤峰阁学。）[1]

当窗墙影落层层，是笔还应揽取能。
入夜半空清梵作，佛灯长伴读书灯。（书院前直兴国寺墙，邑人以文笔命之。）

---

[1] 案：《（道光）江阴县志》卷五《学校·书院》李因培《兴建书院记》记："乾隆乙亥岁，予奉命视学江南，至暨阳，既入学释奠，退而临视书院，则湫隘无以供游息，念书院原辅学校所不及，使学者习焉安焉，相观而善。今力既不足延明师，无由作育人才，广国家德意，心滋恧焉。迨己卯春，爰进都人士周谘佥以为非改作莫能振兴，非捐输莫由集事，以一邑之余力养佳弟子而陶成之，计莫便于此。乃即故讲堂拓而大之，相阴阳审面势，门庭堂庑以次缮完。黝垩丹漆以时备具，费至若干缗。复以其余力置田若干顷为久远计，于是规模始立。已，复为诸生求师，得钱塘卢绍弓学士惠然肯来，拥皋比潭经，一时人士竞向风焉。"（台北成文出版社1983年版，第620页。）李翊（李因培之子）《衣山诗钞》卷三《家君督学江南，重修暨阳书院，广区舍，资廪饩，延名师教督。调任浙江后，士子怀之，榜其楼曰怀德，敬述一绝》。（上海书店版，《丛书集成续编》第180册，第93页。）

《抱经堂文集》卷二十六，庚子《候选主事苍毓杨府君家传》记："暨阳书院之新建也，余承学使鹤峰李公之聘，来主讲席"。

又，《常郡八邑艺文志》卷四，赵曦明《暨阳书院新栽花木记》记："岁己卯，阁学晋宁李公视学江苏，因斥而大之，更旧题之澄江为暨阳书院，延抱经卢先生以师多士。至之日，申规条严诵习，月再课其文而殿最之，如泥在钧，如金在熔，惟所陶铸，由是就学者踵接，院舍几不能容。"（《续修四库全书》第917册，第534页。）

相逢地主剧多情，似舅端宜有此甥。

未遂买田阳羡计，新携十口住蓉城。（汪秋畬明府，今陈句山银台之甥。）[1]

博士先生是冷官，冰衔我亦不胜寒。

青精云子怜分饷，多费斋厨苜蓿盘。（谓赵司训莲斋。）[2]

---

[1]　案：蓉城，江阴别称。《（光绪）江阴县志》卷二十七《艺文·诗》记载，《澄江八景诗》之一即《蓉城晓烟》。（《中国地方志集成·江苏府县志辑25》，第740页，江苏古籍出版社1991年版。）卷二十八《艺文·诗》史有光《君山怀古》："芙蓉城北大江头，削出孤峰踞上流。"（第795页。）卷三十《识余》："江阴称芙蓉城，相传即王子高遇仙人周瑶英故事。事涉虚幻，既见之苏东坡诗，置弗详可也。"（第808页。）

又，陈句山，即陈兆仑。通政司，古称银台。陈兆仑是时应是正任职通政司副使，故抱经先生称其"今陈句山银台"。《清高宗纯皇帝实录》卷七八四，乾隆三十二年五月辛未记："以通政司副使陈兆仑为太仆寺卿。"陈兆仑《紫竹山房诗文集》卷十二，丙戌至庚寅《过阳湖西郭并序》："汪氏甥邦宪宰此邑。先姊就禄养垂十年矣，昨秋奉书，约于冬末丐假归途过署叙别，竟成虚语。舟过郭门，重增悲涕，聊书二十八字。"（《四库未收书辑刊》第九辑，第25册，第621页。）

汪秋畬，即汪邦宪。陈玉绳编《陈句山先生年谱》"乾隆九年甲子，四十五岁"条："汪邦宪，字宝臣，先生长姊出也。后二年丁卯，领乡荐，甲戌明通榜，得县令，历官江南之江阴、阳湖县知县，有治声。"（《清代诗文集汇编》第293册，第278页。）自乾隆二十二年十一月至乾隆三十年四月，汪邦宪应在江阴知县任上。

据《缙绅全本》"乾隆二十六年秋，江苏常州府江阴县"条："知县汪邦宪，浙江仁和人，举人，二十二年十一月题。"（《清代缙绅录集成》第一册，第478页。）又，《缙绅全书》"乾隆三十年春，江苏常州府江阴县"条，汪邦宪仍为江阴县知县。（《清代缙绅录集成》第二册，第70页。）但据《爵秩全本》"乾隆三十年冬，江苏常州府江阴县"条："知县何奏成，福建漳浦人，三十年四月升。"（《清代缙绅录集成》第二册，第272页。）又，《爵秩全本》"乾隆三十年冬，江苏常州府阳湖县"条："知县汪邦宪，浙江仁和人，举人，三十年四月调。"（《清代缙绅录集成》第二册，第272页。）又，萧钟伟《月舫诗钞》卷三《澄江集》中有《喜雨诗为汪秋畬明府赋》。（《清代诗文集汇编》第333册，第183页。）

[2]　案：《（光绪）广德州志》卷十四"横岭庵"条，有赵寅所为增葺记："康熙癸酉德初师重兴殿宇，后有定峰师于乾隆己未募装伽佛，又于丙寅创西楼，辛未建东阁，嘱余登载焉。乾隆戊寅桂月，江苏常州府江阴县儒学训导赵寅莲斋撰。"（《中国地方志集成·安徽府县志辑42》，第228页。）《缙绅全书》"乾隆三十年春，江苏常州府江阴县"条："复设训导赵寅，广德州人，岁贡，二十三年六月选。"（《清代缙绅录集成》第二册，第70页。）

另，朱鼐《画亭诗草》卷三《奉题赵冬日先生行实》诗中注："先生自知其无子而当有弟，求父继娶，遂生莲斋夫子。……刘学使穆庵亲书孝友文章匾额，卢抱经先生为立传。……先生著《冷斋集》。"（《四库未收书辑刊》第十辑，第27册，第87页。）

·七言绝句·

从知城市有山林，窈窕书堂藓径深。

觅橙（音楷）乞桃吾亦尔，他年谁当浣花寻？

学冈登望望春幽，玉带潮生水急流。

尽日无人觉来往，飞飞花絮过墙头。

公子昂藏海鹤姿，醉翁门下接恩私。

江南相见颜如旧，每听雄谈一解颐。（谓刘穆庵学使。）[1]

---

[1] 案：《清高宗纯皇帝实录》卷五九七，乾隆二十四年九月丁卯上谕："各省学政现届差满，……江苏学政着刘墉调补。"卷六七〇，乾隆二十七年九月壬戌上谕："各省学政现届差满。……江苏学政着李因培调补。"

又，《（光绪）江阴县志》卷一《建置·官署》"学使题名"记："学使者巡部校士，襜帷无定舍，职也。而节驻亦有常所。江阴之有试院，盖旧制江南分巡下江而设，入国初，仍厥旧，后合江上下为一官，江阴句容驻节常所不之改。凡莅斯任者，例得题名刻石焉。（此系学使邵嘉碑载原文）自雍正三年分设江苏学政，以上江各属隶安徽学政考校，以下江各属隶江苏学政考校，而使节遂专驻江阴。"（《中国地方志集成·江苏府县志辑25》，第70页。）又，"学使题名"中记载："李因培，字其材，云南晋宁州人，乾隆乙丑进士，光禄寺卿，二十年任。刘墉，字石庵，山东诸城人，乾隆辛未进士，翰林院编修，二十四年任。李因培，兵部侍郎，二十七年再任。"（第71页。）据此，可知刘墉应在乾隆二十四年九月二十日丁卯奉旨提督江苏学政，驻节江阴。考虑其原本在安徽学政任上，调至江苏学政新任，中间应有一定间隔。

与此同时，抱经先生自乾隆二十四年四月安葬存心征君事毕，应时任江苏学政李因培之邀至江阴暨阳书院讲席，在江阴已经数月。

又，刘墉《刘文清公遗集》卷十五《代书柬卢召弓侍讲四首》记："记得瀛洲旧侣无？春风使院客情孤。溪山纵好同谁赏，扑笔对书远忆卢。江城梅柳早春妍，海上仙风入管弦。有意蘁为文字饮，迟君来及放灯前。"（《续修四库全书》第1433册，第601页。）该诗未见明确系时。但据其中所记"使院""江城"，应写于江阴，即江苏学政任上。又，据"记得瀛洲旧侣无"句，查乾隆二十一年刘墉出任安徽学政时，乾隆帝曾御制诗句"海岱高门第，瀛洲新翰林"以赐之，则"瀛洲"应指代刘墉本人无疑。又，抱经先生为刘统勋壬戌年考试录取内阁中书。《抱经堂文集》卷十六，壬子《刘文正公自书手记跋》："岁壬戌，公考试中书，文诏俾中选。"且刘墉为乾隆十六年进士、翰林院庶吉士，抱经先生为乾隆十七年壬申恩科进士、翰林院庶吉士，两人同在翰林时应有交往，故刘墉诗中称"旧侣"。但据"记得瀛洲旧侣无"之意，刘墉与抱经先生应是久未谋面，到江苏学政任上后亦为会面。再联系刘墉诗中所称"迟君来及放灯前"，"放灯"指元宵，则刘墉该诗应写于乾隆二十五年正月初，即正月十五日元宵节之前。又诗中"春风"等字，查乾隆二十四年十二月十八日立春，故该诗很可能写于乾隆二十四年十二月十八日至乾隆二十五年正月十五日元宵节之前。另据"远忆卢"，其时，抱经先生应该是年终回杭过节，尚未返回江阴，故刘墉有诗寄之。当然，具体写作时间还有待于进一步考证。

袖中自有奇章石，卷里还成颖士诗。

同听笙歌销绛蜡，屡陪巾扇覆深卮。（谓牛兰村司马、萧游戎。）[1]

尚书清德数杨家，潇洒轩楹叠嶂遮。

款语怜君好兄弟，自栽松竹自浇花。（杨文定公子苍毓、侄祖期。）[2]

世间信有掫皮真，一见邢君意自亲。

更爱高文似冰雪，沁来齿颊尚流津。（邢象三。）[3]

陈诗赵笔世争多，赢得萧萧两鬓皤。

天为澄江留二老，花时肯约一同过。（陈资善、赵敬夫。）

徐郎佳句落人间，循讽都关意象间。

不是游人无路入，剩怜如许好溪山。（徐辰题画绝句：水光风不定，峦翠雨犹湿。如许好溪山，游人无路入。）

---

[1] 案：萧钟伟《月舫诗钞》卷三《澄江集》中有《题牛三兰村〈司马先茔图〉》《题牛三兰村〈中山访妓图〉三首》（《清代诗文集汇编》第333册，第181页、第182页），卷四《澄江集》中有《牛兰村司马调补六塘后寻以计典议降慰别二首》（第190页）等诗。

又，《（光绪）江阴县志》卷二十八《艺文·诗》有陈瑛《呈萧月舫游戎》。（《中国地方志集成·江苏府县志辑25》，第789页。）

[2] 案：《抱经堂文集》卷二十六，庚子《候选主事苍毓杨府君家传》记："君讳应询，字苍毓，常州江阴人，杨文定公之子也。……暨阳书院之新建也，余承学使鹤峰李公之聘，来主讲席，见君之所规画，咸中法程。君数过余，厚余甚至。后余续婚于君从兄之季女，亦君所为怂恿成之者也。"

[3] 案：《（光绪）江阴县志》卷十四《选举》乾隆十五年庚午记："邢奇，优贡，字象三，安徽歙县训导。"（《中国地方志集成·江苏府县志辑25》，第380页。）

《常郡八邑艺文志》卷六下赵曦明《刘启周诗集序》记："甲申（乾隆二十九年）之冬，友人邢象三得歙邑司训，强余偕行，力辞不遂，遂无暇一见启周，而启周适以他累入城，竟得握手一别。比抵歙，象三即世，乙酉（乾隆三十年）春以其丧归，将俟间就启周，而启周之凶问先至矣。"（《续修四库全书》第917册，第627页。）

·七言绝句·

春岸杨花到处飞,河豚江上网来肥。
蒌蒿缕切芦牙糁,劝客殷勤尽醉归。(邑中以此为敬。)

徐生七十鬓如丝,年少曾吟绝妙词。
岂是晚来翻折节,祗缘索米要从师。(徐方高。)[1]

俊拔应推朱与苏,才名早已动三吴。
澄江自古诗人少,新句能追席帽无?(朱黼[2]、苏珩。[3]
元诗人有席帽山人王逢。)

武屏身后有遗文,珍重丹铅点勘勤。
近日又生杨伯子,书籁不用裹香芸。(杨武屏名宁,工古文,遇书即校,著有《杂诤》。其孙敦裕好学,借余书能补正

---

[1] 案:萧钟伟《月舫诗钞》卷五《淮阴集》中《挽江阴徐星友二首》记载:"徐讳方高,字星友,江阴学增生。为人有口吃,工诗文,遇多侘傺,而简毕呻吟,皓首不倦。庚寅四月,携一孙来江北访故人田君香泉,过淮来谒。余因公出未晤。及赴清江答拜,已病卧不能见。闰五月初竟卒于旅舍。一切药饵棺衾重为香泉累。越数日,阿孙邮致其见赠诗四章。鸿轩旧契,重晤缘悭,爰赋挽诗二首,以哀其平生,用当闻箧山阳之感云尔。"(《清代诗文集汇编》第333册,第194页。)汤大奎《炙砚琐谈》卷中记载:"锡山邵星城辰焕僦居江阴,与徐方高家甚近。时翁年近八十,妻子俱卒,仅一穉孙。一日天大雪,邵过访,见翁拥败絮炙砚作某姓寿文,凌兢不休,谓邵曰:绝粮数日,敝裘质库中。此稾成,得白金三两,可暂温饱也。越二日往,翁拥絮如故,所得金因邻人葬父无棺,悉与之矣。……星友与吴门沈归愚齐名,号徐沈。归愚晚受特达之知,位至大宗伯。而星友独数奇不偶,老于诸生,士林共惜之。"

[2] 案:《(光绪)江阴县志》卷十七《人物·文苑》记:"朱黼,字与持,乾隆乙酉拔贡生,沭阳县教谕。少孤贫,好学不倦,善画工诗。擢四川芦山县知县,年老告归,仍寓沭阳,遂家焉。年八十余卒。著有《画亭诗草》。"(《中国地方志集成·江苏府县志辑25》,第496页。)又,朱黼与赵曦明并为车书门人。《(光绪)江阴县志》卷十七《人物·文苑》记:"车书,字辂公,监生。少与杨名宁、王学琦、王文震以力学相勖,寒暑无间。性豁达,不立崖岸。至名教所系,则持之甚力。善真、草二体,晚益遒劲,为时所重。其门人贡震、赵曦明、杜一鸿、朱黼,并知名于时。"(第495页。)

[3] 案:《(同治)苏州府志(二)》卷五十七《长洲县儒学教谕》记:"苏珩,江阴人。廪贡。乾隆五十八年七月二十二日署。"(《中国地方志集成·江苏府县志辑8》,第567页。)

脱误处。）[1]

叹息吴生世不知，短檠达晓镇忘疲。
梦回我亦难成睡，清绝琅琅到枕时。（吴燮。）[2]

自怜犊鼻挂长竿，投我明珠满玉盘。
已免泥涂成久辱，敢云身误为儒冠？（夏敬秀以长篇赠行，其人少孤贫，弃负贩力学。）[3]

豪气深情夏尹儒，信知汗血是名驹。
三都已诺君家序，神物须追尚少逋。（夏祖焞以尊人二铭诗文求序，顷检行囊未得。）[4]

来时春水满长泾，饮罢菖蒲赴杏冥。
师弟情缘三月浅，感君垂死尚横经。（伤刘巽也。巽年

---

[1] 案：《抱经堂文集》卷十一，庚辰有《书杨武屏先生杂诤后》；又，乙未《再书杂诤后》记："岁在己丑，余续娶先生（杨名宁）之女孙，其季也来为余继室，甚好文事，若男也必能收辑先生之遗书，归余仅四年而亡。"
中国第一历史档案馆藏，乾隆九年九月初七日《福建巡抚周学健题报宁洋县知县杨名宁丁忧日期事》（档号02-01-03-04222-015）："据宁洋县知县杨名宁申称，切卑职名宁年五十七岁，江苏常州府江阴县人，由拔贡教习期满，雍正十一年选授山西太原府徐沟县知县。乾隆四年丁母忧，回籍守制，八年服满补授今职，本年十二月初二日署事。乾隆九年三月二十四日实授。兹卑职于本年七月二十二日准原籍江阴县移报卑职亲父履谦于四月二十二日在籍病故。卑职系父亲子，并无过继，例应丁忧守制，合请呈报并将原籍江阴县印结具文呈送等由到州。"杨敦裕，参见《抱经堂文集》卷七，乙未《题癸辛杂志》，《抱经堂诗钞》五律《哭杨伯庸（敦裕）》。

[2] 案：《（乾隆）镇江府志》卷二十六《丹阳县儒学训导》记："吴燮，字公理，徽州人，壬子岁贡。"（《中国地方志集成·江苏府县志辑27》，第544页。）

[3] 案：《（民国）江阴县续志》卷二十记："《正家本论》二卷，夏敬秀，字虚泉撰。存道光己亥年刊本。"（《中国地方志集成·江苏府县志辑26》，第275页。）

[4] 案：夏二铭、夏祖焞，可参见《抱经堂文集》卷三十一，乾隆二十五年庚辰《夏节母传》。另，清道光二十年刊本《（道光）江阴县志》卷十四《选举二·国朝·杂流》："顺治八年辛卯，夏祖焞，字尹儒，直隶保安州吏目。"所记夏祖焞与抱经先生所记之夏祖焞应是两人。但是，在江阴前后出现两个夏祖焞，并且字号都是尹儒，如此雷同，令人费解，姑且存疑。

五十四来学，未几殁，其家在长泾。）[1]

春申墓畔草萋萋，树上幽禽不住啼。

细路独来非吊古，禅房花木访黄泥。（黄泥庵即今圆觉庵，主僧慧海能诗画。）[2]

一丛深色殿春开，二客相携鬭酒来。

若论年华吾较少，不羞簪压帽檐回。（徐氏宅看牡丹，同夏震轩、汤仲良。）[3]

四海何人一子由，同来况复足吟俦。

当头便是杭州月，多谢清光为少留。（来时偕余弟召音、

---

[1] 案：刘巽，参见《抱经堂诗钞》补遗《挽刘生深研》诗。

[2] 案：《（光绪）江阴县志》卷二十一《方外·释》记："律深，号慧海，圆觉庵僧，善诗画，能书。乾隆八年建藏经堂五楹。邑令蔡澍额曰'枕山'，并赠以诗曰：'书法思怀素，丹青仰巨然。道人江上秀，风尚企前贤。出定摊试卷，临流煮石泉。初无蔬笋气，谈笑亦随缘。'"（《中国地方志集成·江苏府县志辑25》，第623页。）卷二十四《寺观·庵》记："圆觉庵在君山南麓，俗名黄泥庵，明崇祯间僧觉海始结茅，药雨、碧天相继扩之，易今名。国朝康熙间，善铠建大殿。乾隆三年，守贞重构前殿。八年，慧海建藏经堂五间，知县蔡澍（雍正十三年授江阴知县，在任九年，见卷十五《名宦》）额曰'枕山'。五十二年增建入悲阁。咸十十年毁。同治间庵僧陆续重建。"（第644页。）

《常郡八邑艺文志》卷十一有赵曦明《秋日偕邢鸿达登君山望江，因过圆觉庵访慧海上人，看池上木芙蓉》诗。（《续修四库全书》第917册，第757页。）

[3] 案：夏震轩与抱经先生师友尹会一、秦味经亦均有故。尹会一《健余先生文集》卷二《易卦札记序》记："读震轩夏君《易卦札记》一书，实获我心矣。曩者震轩尝以诗易讲授示余，余既微窥其渊源之自。兹书之成，则主教莲池书院与诸生问辨所及随笔，以志不忘者也。……震轩故尝从游合河者，质以此书，其为相长相悦何如耶？"（《续修四库全书》第1424册，第615页。）又，尹会一《健余尺牍》卷三有《答夏震轩山长》。（《丛书集成新编》第89册，第396页。）

另，清嘉庆十八年刻本，秦瀛纂《（嘉庆）无锡金匮县志》卷三十八，诸洛《书〈味经窝图〉后》记："味经窝者，少司寇秦公未时时读经之室也……公日闻庭训于忧患中，得力尤深也。与同里蔡学正敬斋、吴工部容斋、学士易堂、龚布衣绳中联解经会，朔望必集，各出疑义相质，如是者数年，成经说百余卷。江阴夏君震轩以公名闻于其乡文定杨公，会乾隆元年丙辰诏起杨公于滇，以大宗伯掌成均，召对内殿，令举海内经明行修之士，共教国子。杨公疏七人以闻，公与焉。杨公初未相识也。是年，公以进士及第，入值内廷。"

王鲁樵、西陈、桑公备暨子侄数人。）

山光簇簇青浮几，树影差差翠满栊。
不是徐鸿工粉墨，那知日坐画图中？（《暨阳书院图》，徐士鸿作。）

韩园不辨宋时梅，但见虬枝半绿苔。
台榭荒凉空阁在，马鞍山色送青来。

季子祠前碑未读，昭明楼畔树空期。
芒鞵争及徐霞客，铁栈绳桥信所之。（申港有季子祠，夫子题墓字在焉。昭明书楼在顾山，有手植山茶遗迹。两处皆欲往不果。霞客，明末人，一生好游，著有游记。）

漂梗重逢两散仙，相携花下共樽前。
竭来曲水春游处，伤游伤离一惘然。（同年粤西熊生甫、

· 七言绝句 ·

杭州黄春雨俱会于邑中，[1]顷闻黄已殁，[2]熊尚留滞。）

故人天半堕朱霞，绝似闻跫一笑哗。
亟问惜阴无恙否，思量怀饼就君家。（徐青牧先生名世
沐，陆清献之流亚也，所著书以惜阴名之，其曾孙蒙求顷来京

---

[1] 案：熊生甫，查乾隆十七年壬申恩科进士名单，其中熊氏共三人，即熊于兖，云南赵州人；熊恩绂，广西永康州人；熊道升，湖南巴陵人。据抱经先生所称"粤西"两字，应似指熊恩绂。

查，中国第一历史档案馆藏，乾隆三十五年四月初二日《直隶总督杨廷璋奏请以熊恩绂升补定州直隶州知州事》（档号04-01-12-0136-038）："惟查有天津县知县熊恩绂，广西进士，乾隆二十七年选授新乐县知县，调补成安县，嗣经调繁今职，因拿获盗案于乾隆三十四年七月内送部引见，奉旨熊恩绂着回任以同知题补。钦此。"

《（民国）同正县志·人事第八》记："熊恩绂，字兆堂。父光远，城内东街人。四川巴县熊氏，自康熙年间其先世迁广西，遂为永康人。公少聪颖，时称为神童。乾隆十七年，年十八，值皇太后六旬万寿，特恩开科，乡、会试并于一岁，公由附生中本省乡试第二十八名举人，即于是年成进士，钦点翰林院庶吉士。"（民国二十二年铅印本，曾瓶山修，杨北岑纂。）

抱经先生称熊恩绂为"熊生甫"，应是"熊生恩绂"之笔误或简称。熊恩绂中进士时年仅十八岁，在同年中属于较为年轻者，而抱经先生中进士时已经三十五岁，故称其"熊生"。熊恩绂归班铨选，应是一直等到乾隆二十七年十月，方选授新乐县知县，但是并未赴任，在引见时调补成安知县。抱经先生离开暨阳书院在乾隆二十六年七月前后，当时熊恩绂应尚未授职，在常州等待，故抱经先生在诗中注记"熊尚留滞。"

清光绪五年刻本，王其淦修，汤成烈纂《（光绪）武进阳湖县志》卷二十七《人物·寓贤》："熊恩绂，字隆辅，浙江永康人……恩绂少游学武进，会试出刘星炜房，故寓常州，死即葬焉。"另，所记"浙江永康"，似误，清代有两个永康，一为广西永康州，一为浙江永康，应是误以彼为此。

[2] 案：刘锦藻《清续文献通考》卷二百七十九《经籍考二十三》记："《春雨诗钞》四卷，黄大龄撰。大龄，字雨三，号春雨。浙江钱塘人。乾隆壬申进士。江苏泰兴县知县。"（《续修四库全书》第819册，第368页。）李翊（李因培之子）《衣山诗钞》卷三《黄与三卒于泰兴令，甲申年（乾隆二十九年）正月二十七日余以故至钱塘，诗以哭之》："是年庚辰（乾隆二十五年）冬，出宰之崇州。海陵甫莅政，遂有慈父讴。纷纭领簿书，心瘁力亦勩。天遽夺之年，所志竟不酬。……我痛失良友，索居寡匹俦。昨岁扶慈枢，蓉城怀百忧。禅室寄狸首，吊唁停群骎。首春命孤棹，圣湖重浃游。"（上海书店版，《丛书集成续编》第180册，第103页。）《缙绅全本》"乾隆二十六年秋，江苏通州府泰兴县"条："知县黄大龄，春雨，浙江钱塘人，壬申，二十六年二月题。"（《清代缙绅录集成》第一册，第484页。）李榕《（民国）杭州府志》卷一百三十六："黄大龄，钱塘人，乾隆十七年进士。知泰兴县，谳狱毕，手书谳语宣示，吏无有上下其手者，不数月卒于任。"（《中国地方志集成·浙江府县志辑3》，第313页。）

《缙绅全本》"乾隆三十年春，江苏通州泰兴县"条："知县加一级吴坦，履平，浙江钱塘人，辛未，二十九年二月调。"（《清代缙绅录集成》第二册，第77页。）以此推测，黄大龄，即黄春雨应在乾隆二十六年二月任泰兴知县后不久即病逝。

师。)[1]

封殖还知用意深，春光不改旧时阴。

一从壁记新龛后，便有诗人几辈吟。（赵敬夫为余作《花木记》，山阴傅玉笥、云间沈学子咸有诗。）[2]

城阴夜别雨淋浪，屐齿冲泥远送将。

为语明朝相忆处，十三湾似九回肠。（离城十余里，河流曲折，名九里十三湾。）

好将山长作头衔，谁劝先生又出山？

惭愧当时许诗老，一生北郭得长闲。（元时许恕为澄江

---

[1] 案：民国九年刊本，陈思修、缪荃孙纂《（民国）江阴县续志》卷二十记："《巽翁诗钞》四卷，徐蒙求，字养尔撰。见江上诗钞。"

钱仪吉《碑传集》卷一二八《徐先生世沐传》记："先生名世沐，字雨瀚，家世江阴县之青山，晚号青麓，又号青牧。少孤，奉母祝太君力学自立，补学官弟子，见太极西铭诸书，发愤志道，叹囿于举业如井蛙焉。其学笃信朱子，切己反求，务有益于身心。其辨则异同，抉摘影响之谈，务归于下学实践，俾人无惑歧途而后已。其虚心抑志，不敢自是，至耄年如一日。……先生所著四子书、易书、诗、仪礼、周礼、春秋、孝经、小学及明纪诸编，统名之曰《惜阴录》。"（上海书店1988年版，第1596页。）

柳诒徵《卢抱经先生年谱》乾隆四十一年："《仪礼注疏》（黄彭年藏本）。卷八末题：五月十四日至石城桥送金贤邺北还。晚间阅此并作徐青牧先生《惜阴录序》。"（《乾嘉名儒年谱》，第5册，北京图书馆出版社2006年版，第75页。）

[2] 案：傅玉笥，即傅王露，会籍人，康熙五十四年乙未科进士，选翰林院庶吉士，授编修，归田四十年，以著述自娱。《清圣祖仁皇帝实录》卷二六三，康熙五十四年四月甲申记："授一甲进士徐陶璋为翰林院修撰，缪曰藻、傅王露为翰林院编修。"《清高宗纯皇帝实录》卷六四九，乾隆二十六年十一月丙辰上谕："翰林院编修傅王露、检讨职衔周中规，并年登耋耋，远来京师，献册庆祝，洵属升平人瑞，俱着赏给赞善职衔，并各加赏缎二疋。"又，《话堕三集》卷首傅玉笥《序》记："余自康熙辛巳春薄游湖上，尝一至香岩社，寻雨花台故址，与社中老衲茶话而别，嗣即奔走南北，不复再至。……余今日再过香岩，一登山舫，与公重提旧话，快读新诗，翻为堕入彼岸，又落第几义谛耶？请公一语道破，留作他日香岩诗话何如？遂书以为序。乾隆己卯小春日玉笥山人傅王露书于紫阳书院之簪花阁，时年八十有二。"（《四库未收书辑刊》第十辑，第21册，第56页。）

沈学子，即沈大成。乾隆六十年自然盦刻本，李斗撰《扬州画舫录》卷十二记："沈大成，字学子，号沃田，松江华亭人。父喬堂，字韩城，官青县时，河工欲尽用民力，遂自经死以护青人。大成，邑诸生，通经史百家之书，与惠栋友善。栋称其学一物一事必穷其源。著有《学福斋集》。"（《续修四库全书》第733册，第710页。）

山长,有《北郭集》。)

鳞鸿南去若为情,旧雨凭教一寄声。

须为词林留正气,至今人重两先生。(学中双忠祠祀明缪文贞、李忠毅两公。其前有缪公石阙,题曰"词林正气"。)

案:该组诗共计三十三首,据各诗内容所记,似非一时一地所作,似起于乾隆二十六年七月辞暨阳书院讲席而北上时,至乾隆二十七年九月、十月之间。

第一,诗中称刘墉为"学使",而称李因培为"旧学使",可知其时刘墉应该仍在江苏学政任上。刘墉自乾隆二十四年九月奉旨调任江苏学政,至乾隆二十七年九月方三年期满。故该诗应写于乾隆二十七年九月之前。

第二,诗中注:"夏祖煇以尊人二铭诗文求序,顷检行囊未得。"据"行囊"二字,诗似作于乾隆二十六年七月北上京师复职后。

第三,第一首"却望君山似故园,三年游处徧芳荪。当时已觉难为别,此日真销客里魂",查君山,今人所知多为地处湖南者,又名洞庭山,实则古代江阴亦有名君山者。祝德麟《悦亲楼诗集》卷二《妻兄李月槎舟之官楚中贰尹同发江阴赠别》诗中注:"江阴亦有君山。"赵翼《瓯北集》卷一有《江阴登君山作》。据诗中"却望君山""客里魂",该诗似写于乾隆二十六年七月辞暨阳书院讲席而离开江阴北上时。故诗中言"却望",即"回首"意。

第四,《清高宗纯皇帝实录》卷四六二,乾隆十九年闰四月辛酉记:"内阁、翰林院带领壬申恩科散馆修撰、编修、庶吉士引见。得旨:修撰秦大士、编修范棫士、卢文弨已经授职。……龙煜岷、熊恩绂着归进士原班铨选。"

又,中国第一历史档案馆藏,乾隆三十五年四月初二日《直隶总督杨廷璋奏请以熊恩绂升补定州直隶州知州事》(档号04-01-12-0136-038):"惟查有天津县知县熊恩绂,广西进士,乾隆二十七年选授新乐县知县,调补成安县,嗣经调繁今职,因拿获盗案于乾隆三十四年七月内送部引见,奉旨熊恩绂着回任以同知题补。"《缙绅全书》"乾隆三十年春,河北广平府成安县"条:"知县加一级熊恩绂,广西永康人,壬申,二十七年十月调。"(《清代缙绅录集成》第二册,第64页。)据此,熊恩绂应是在乾隆二十七年始授职。而抱经先生诗中称其"尚留滞",可知抱经先生写作该诗应是在乾隆二十六年七月至乾隆二十七年十月之间,其时尚未获知熊恩绂已经授职消息。

综上,故推测该组诗应作于乾隆二十六年七月离开暨阳书院北上至乾隆二十七年九月、十月之间。

甲午七夕伏枕得三绝句

白头犹复为情牵,隔岁俄成隔世缘。
香髻云鬟杳何处,一灯如穗榻萧然。

去年意绪已无憀,七夕凭他换七朝。
此事从今都断却,空留虫语伴清宵。(昨年有妪强作解事,苦执祀双星当以六日之夕,余妻病中笑曰:然则非七夕,乃七朝也,姑听之。)

病女呻吟可奈何,老夫药椀与相和。
分毫未得蛛丝巧,赢得愁肠展转多。

案:该诗为悼念继室杨氏所作。查杨氏卒于乾隆三十八年八月十八日。据"隔岁俄成隔世缘""去年意绪已无憀"句,该诗应写于乾隆三十九年七夕,

赵吉士《卢抱经先生手校本拾遗·对床夜话》卷前后有"抱经堂手校本"朱文印,题辞后有"东里""卢文弨"二印,均白文。校记:"乾隆癸巳六月二十九日卢文弨钞。(卷一后)""七月三日写。(卷二后)""七月初五日录。(卷三后)""予妻季杨没后十八日,托李生续余钞此,欲剪西窗之烛,岂可

得哉！八月二十八日文弨含泪志。（卷五后）""予妇召金坛老医王君其英视疾，晚至而予妇已晨亡，昨王君亦暴卒，相距才十九日耳，悼亡与哭人，不知若何措辞矣。癸巳八月晦，邕庵。（卷五后）"

题座主邹小山先生牡丹画

（花名淡藕丝，色白，瓣中有淡红丝相界）

藕丝芳谱世稀闻，隐映晴霞一朵云。
却恨白莲开太晚，不将标格与平分。

春光一似雪光寒，白傅曾怜白牡丹。
料得天工嫌太淡，故将红缕间冰纨。

瑶台月晓露华浓，供奉清词彻九重。
若把名花比倾国，多应卓氏在临邛。

风姿应被众芳欺，珍重先生写一枝。
叶叶丝丝春意在，始知未用买胭脂。

案：该诗似作于乾隆十九年秋。

邹一桂，字符褒，号小山，无锡人。雍正五年进士。官至礼部侍郎。卒，赠尚书。有《小山诗钞》。（《湖海诗传》卷四，《续修四库全书》第1625册，第566页。）其生平可参见邹方锷《大雅堂续稿》卷六《诰授资政大夫加礼部尚书邹公行状》。（《四库未收书辑刊》第十辑，第26册，第383页。）邹一桂为乾隆十七年壬申恩科会试副总裁。《小山诗钞·凝华集》有《壬申八月恩科会试充副总裁入闱恭纪》。（《清代诗文集汇编》第260册，第64页。）

翁方纲《复初斋诗集》卷十八,戊戌十一月至己亥正月《秘阁集四》之《座主锡山宗伯画牡丹册为苏门明府题》记:"丙寅暮春奉诏作,我初见之甲戌秋。虎坊桥东邸第夜,[1]烧灯赏菊烂绣球。……屡蒙天题冠秘籍,门生亦许陪唱酬。我时末坐诗未就,转瞬星纪一再周。册中题句故人在,相望南北饥如调。(门下士题句者范芑野、邵蔚田、江西斋已下世,秦磵泉、卢抱经、纪心斋、张松坪皆家居,钱萚石、谢金圃、吉渭厓皆奉使视学,无在都门者。)"(《续修四库全书》第1454册,第510页。)据诗中"丙寅暮春奉诏作,我初见之甲戌秋""门生亦许陪唱酬。我时末坐诗未就""册中题句故人在,相望南北饥如调"句,诗中注:"门下士题句者范芑野、邵蔚田、江西斋已下世,秦磵泉、卢抱经、纪心斋、张松坪皆家居,钱萚石、谢金圃、吉渭厓皆奉使视学,无在都门者",邹一桂牡丹画似于乾隆十一年三月奉旨而作,乾隆十九年秋,壬申恩科诸门生共集邹一桂门下,得见此画。翁方纲获见该画而赋诗未就。抱经先生题诗似作于同时,即乾隆十九年甲戌秋。

题俞槐谷典籍吟卷后

舍人从古是清曹,阁下归来未觉劳。
兴发径寻朱典籍,十年梦醉并称豪。(有"羡杀高怀朱典籍,十千沽酒不愁贫"之句。)

蓝田白玉武都泥,宝匣擎来覆锦绨。
水暖银盆净揩洗,禁门深处转铜蠡。

---

[1] 案:邹一桂《小山诗钞·管吹集》有《癸亥除夕》《除夕前二日移寓虎房桥》诗。(《清代诗文集汇编》第260册,第46页。)又有《保安寺街新居二首》记:"东徙春方始,西迁秋已凉。"(第47页。)又有《丙寅秋复寓虎房桥东》记:"去年移舍桥西去,今岁桥东复又来。……三岁三迁不厌频,往来如织笑行人。"(第49页。)

·七言绝句·

老辈雕零绝可哀，徐生逝水又难回。
横门草色伤心碧，直得驴鸣一送来。

故事编排久未成，[1]十年踪迹讵忘情？
知君长夏鸣珂人，槐影扶疏一院清。

案：该诗似写于乾隆三十九年春后。

《缙绅新书》"乾隆十三年春，内阁诰敕撰文中书舍人"条："余大受，槐谷，浙江仁和人，己酉，乾隆元年十一月补。"（《清代缙绅录集成》第一册，第121页。）

阮元《两浙輶轩录》卷二十八："俞大受，字槐谷。钱塘人。雍正己酉举人。官漳州府同知。"（《续修四库全书》第1684册，第129页。）

中国第一历史档案馆藏，乾隆十六年七月十二日《大学士兼管吏部事务来保题为内阁汉中书以俞大受顶补事》（档号02-01-03-04882-004）："准内阁典籍厅移称，汉中书吴赵肇元经本衙门奏留协办侍读，其所遗中书员缺应将赴补文到之候补中书俞大受顶补等因前来。……应将服满候补中书俞大受准其补授内阁中书。恭候命下，臣部遵奉施行。奉旨：俞大受依拟用。"乾隆二十二年十一月二十一日《浙江巡抚杨廷璋题报现任福建漳州府同知俞大受丁忧日期事》（档号02-01-03-05412-014）："该臣看得见任福建漳州府同知俞大受，系浙江杭州府仁和县人，有亲母陈氏于乾隆二十二年十一月初四日在籍病故。该员系属亲子，例应丁忧。"

《（光绪）漳州府志》卷十二《海防同知》记："俞大受，仁和，举人，二十一年任。"（《中国地方志集成·福建府县志辑29》，第213页。）

荣锦堂刻本《爵秩全本》"乾隆三十年冬，云南丽江府分防同知"条："俞大受，槐谷，浙江仁和人，己酉，二十七年八月题。"

[1] 案：似指抱经先生尝有意撰写《内阁中书志》一书而未成之事。《抱经堂文集》卷九《中兴馆阁录续录跋》记："玉堂天上，余之徘徊慨想情有倍深于欧公者，顾不能成一书以颂扬本朝列圣恩礼之盛，常用内疚。"

诗中所提"徐生",不知是谁。查《缙绅全书》乾隆十三年春内阁中书名单记载,曾与抱经先生同事者有二,一为徐观光,一为徐绍洵。(《清代缙绅录集成》第一册,第121页。)但据笔者查阅史料,并未见到抱经先生与徐绍洵交往之记载,相反,抱经先生与徐观光之交往极为亲密。《缙绅新书》"乾隆十三年春"记载:"诰敕撰文中书舍人:徐观光,临哉,江南吴县人,壬子,乾隆六年十月补。"(《清代缙绅录集成》第一册,第121页。)

《抱经堂诗钞》七言古诗有《题徐邻哉先生食贫居贱诗卷》,五言绝句有《题徐邻哉临〈曹娥帖〉》。又,《抱经堂文集》卷十六《跋梅二如所藏徐夔州墨迹》记:"文弨于先生为后进,罢官后,往还益密。别来三年,于金陵见此卷,乃梅子二如所珍弆者,并言先生已成古人。"卷十六《又跋梅二如临徐又次太守手卷》记载,乾隆十九年春,抱经先生长女久病,长子庆诒亦患痘。友人徐又次即徐观光代为治愈。

如果诗中所指"徐生"果真是徐观光,那么据诗中"徐生逝水又难回"句,该诗应写于乾隆三十九年春徐观光病逝之后。

据朱筠《笥河文集》卷六《徐邻哉书跋尾》记:"邻哉,余识之几三十年,松江娄人,以雍正壬子举人试补内阁中书舍人。出为梧州府同知,擢夔州府知府。病去,重赴选司,需次久之,居法源寺,卖字给食者数年。甲午(乾隆三十九年)春,病甚出都,归未及家卒。邻哉书绝似其乡董文敏,晚年借书文敏款识售之琉璃厂中,识者争购之,不以其款识重也。初为舍人,名观光,耻与一俗吏同姓名,易今名。"(《续修四库全书》第1440册,第213页。)

题管夫人画竹

(跋云:时有小雨,以雨意画之)

蓟门树色远烟含,曾伴王孙约略谙。
今日潇潇林下意,一枝仍旧写江南。

案：该诗似写于乾隆三十三年春自湖南学政任上降调回京之后。

据诗中"曾伴王孙约略谙"句意，抱经先生最早得见管夫人画竹，应是在京师入值尚书房时，伴随皇子等观赏。查皇六子质亲王永瑢《九思堂诗钞》卷一"乙酉"有《题管仲姬雨竹》。（《清代诗文集汇编》第408册，第10页。）该诗位于《九思堂诗钞》卷一《挑耳图》诗后，且同写于乾隆三十年乙酉，故抱经先生很可能是在乾隆三十年与皇六子永瑢一起获见管夫人所画竹。

又，据诗中"蓟门""今日""林下"等词意，如果猜测无误，则是抱经先生在乾隆三十三年自湖南学政被撤回京后所作，而非与质亲王诗同时所作。

乙未八月十一日作

夜台寂寞两经秋，别恨难随逝水流。
老去漏长偏少睡，梦中相见亦悠悠。

素札当年讬鲤鱼，簪花标格手亲书。
到来已是幽明隔，何处能教侬报渠？（壬辰三月都中寄余金陵书，此日方达。）

在室深蒙叔父知，非关风絮赏妍辞。
中郎近作金陵客，憔悴无人一慰之。（谓杨象坤）[1]

案：该诗应写于乾隆四十年乙未八月十一日。

据拙著《清卢抱经文弨先生年谱》考证，抱经先生继室杨氏卒于乾隆三十八年八月初十日，至乾隆四十年乙未八月十一日，正好两年，故而诗中记：

---

[1] 案：杨琮，字象坤，《抱经堂文集》卷十《书杨武屏先生杂诤后》记："江阴杨生象坤琮出其叔父武屏先生遗书示余。"又，《再书杂诤后》记："杨氏多佳子弟，其名琮者，字象坤，有志掇拾坠简，而以饥驱客于外。"

"夜台寂寞两经秋。"又据诗中注:"壬辰三月都中寄余金陵书,此日方达。"查乾隆三十七年春抱经先生离开京师南下至江宁钟山书院讲席时,应未携家眷。

客窗紫薇为丛筱榛塞,删薙后新秋发花,吴兴严抉云有诗,依韵奉酬

本来无意鬪春姿,丛筱还分雨露施。
剪剔朝朝过六月,一花何恨独开迟?

绯衣自笑元无分,花亦应惭紫禁姿。
聊与老夫伴岑寂,通中睡足卷帘时。

玉盌须擎玉管吹,客中谁赏不凡姿?
愁看攀折儿童手,只赚先生数首诗。

临淮驿间见湘潭陈恪勤公题竹一绝步元韵

临淮驿间见湘潭陈恪勤公题竹一绝:"千亩琅玕个个风,萧萧直节并兰丛。十年归梦潇湘路,只在空濛烟雨中。"讽味不足,辄步元韵。

天借簹筜百尺风,不教重迭怨兰丛。
尘沙忽见凌云色,六月清泠古驿中。

案: 该诗应写于乾隆三十年五月十六日奉旨南下广东主持乡试途经临淮时。具体论证参见《抱经堂诗钞》五律《固镇客馆庭中杂莳花竹,颇饶幽趣,壁间有同年梁少宰瑶峰诗,因和其韵》考释。另,据诗中"六月清泠古驿中",可

知应写于是年六月。

凤阳道中即目

女郎腰鼓徧天涯，几信深闺重物华。
今日但逢椎髻者，鹤头龙骨各当家。

案： 该诗应写于乾隆三十年五月十六日奉旨南下广东主持乡试途经凤阳时。具体论证参见《抱经堂诗钞》五律《固镇客馆庭中杂莳花竹，颇饶幽趣，壁间有同年梁少宰瑶峰诗，因和其韵》考释。

有 感

过眼韶华一霎中，亲朋几面即成空。
客愁正是无聊赖，又见孤花坠晚风。

游踪历历省前时，云鬓红颜怅别离。
一自妆楼人去后，那堪连损棣棠枝？

海外徒然觅返魂，然须却道古来敦。
而今此恨休振触，泪落衣襟渍旧痕。

高堂发白痛何如，太上忘情语定虚。

可待凤雏成羽翼，小同还授郑元书。[1]

案：此诗似作于乾隆三十九年杨伯庸病逝后或稍后某年秋在钟山书院时。

据诗中记："一自妆楼人去后，那堪连损棣棠枝？"查《抱经堂文集》卷七，乙未《题癸辛杂志》："前年六月，余病卧金陵城南小楼中，以此书作消遣，时楼中人尚无恙也，未几而分飞矣。又愈年，伯庸亦下世。"其中"楼中人"指抱经先生继室杨氏，而"伯庸"则为杨敦裕，两人俱出江阴杨氏，即杨文定公名时家族，系同宗兄妹或姐弟。

又，《抱经堂文集》卷十一，乙未《再书杂诤后》记："先生为文定公从弟，名名宁，……岁在己丑，余续婚先生之女孙，其季也来为余继室，甚好文事，若男也必能收辑先生之遗书，归余仅四年而亡。"

《抱经堂文集》卷二十六《杨文定公家传》记："公无子，以弟之子应询为后。二品荫生，例当得部主事，家居不谒选。孙敦裕、敦厚，皆县学生。敦裕谨饬好学，早卒。"又，《候选主事苍毓杨府君家传》记："君讳应询，字苍毓，常州江阴人，杨文定公之子也。……君数过余，厚余甚至。后余续昏于君从兄之季女，亦君所为怂恿成之者也。"据此，简单梳理江阴杨氏三代谱系可知，第一代为杨名时、杨名宁，两人为从兄弟关系。因杨名时无子，故而以杨名宁之子杨应询承继。杨应询为第二代。但其应该尚有其他兄弟，如杨琮。《抱经堂文集》卷十《书杨武屏先生杂诤后》记："江阴杨生象坤琮出其叔父武屏先生遗书示余。"杨应询有儿子杨敦裕（伯庸）和杨敦厚，而杨应询其他兄弟亦有后人，包括抱经先生继室杨氏，是为第三代。故而，杨敦裕和抱经先生继室杨氏应为兄妹或姐弟关系。杨氏卒于乾隆三十八年，而杨敦煜卒于乾隆三十九年。故诗中称"一自妆楼人去后，那堪连损棣棠枝"。

又，据"客愁正是无聊赖，又见孤花坠晚风"句，该诗应写于乾隆三十九年或稍后某年秋抱经先生正在钟山书院讲席时。

---

[1] 案：郑玄年七十时，袁绍之子袁谭率黄巾降兵攻北海，围孔融于都昌。玄命子益恩率众前去营救，反被围杀，时年二十七岁。益恩有遗腹子，郑玄因其手文与己相似，取名小同。

· 七言绝句 ·

袁简斋信日者之言怛化在于今年，预索生挽，漫尔戏作

才子人呼袁子才，早辞簪笏隐蒿莱。
颇同上界多官府，莫被他曹差遣来。

平生朋好几消磨，地上人稀天上多。
祗恐去贪尘世乐，新知持较旧如何？
仙佛难成语早传，海山兜率两茫然。
不如来往人间世，花月丛中证宿缘。

论齿吾犹小岁馀，也知天地等蘧蘧。
倘教未作孤山土，更向空中一寄书。

案：该诗应写于乾隆五十六年前后。

方浚师《随园先生年谱》"乾隆五十五年庚戌，七十五岁"条："腹疾久不愈，作歌自挽，遍索和诗。""乾隆五十六年辛亥，七十六岁"条："三十年前相士胡文炳相先生六十三生子，七十六考终。后果于六十三岁得子，其年恰符文炳所云之数，至除夕不验，乃作告存诗。"（《北京图书馆藏珍本年谱丛刊》第98册，第622页。）又，袁枚《随园诗话·补遗》卷六，第二十八则："庚戌冬，余有感于相士寿终七六之言，戏作生挽诗，招同人和之。"（《续修四库全书》第1701册，第574页。）

袁枚《小仓山房诗集》卷三十二《腹疾久而不愈，作歌自挽，邀好我者同作焉，不拘体，不限韵》诗："人生如客耳，有来必有去。其来既无端，其去亦无故。但其临去时，各有一条路。或以三年淹，或以顷刻仆。或明如水精，或瘦如涸鲋。黄帝虽成仙，依然有陵墓。扁鹊被刺死，医病不医妒。去路不雷同，倭指难悉数。我年垂八十，神明颇强固。客秋伤暑痢，服药偶然误。膳饮辄滞留，肠胃失常度。

每有前后溲，相约必齐赴。如船张破帆，虽行不速渡。如客骑病驴，无鞭更缓步。如酒滴漏卮，前茹后已吐。临食不忘忧，非僧强茹素。虽然子公指，染鼎心犹慕。其奈廉将军，三遗矢可怖。人身即国家，脏腑乃仓库。五仓逐渐空，危亡在朝暮。因之将平生，历历自追溯。弱冠登玉堂，早献凌云赋。飞凫到江左，民吏俱无恙。山居四十年，虚名海内布。着著书一尺高，梨枣俱交付。妻妾鬓发白，儿童头角露。黄粱梦太长，仙枕何时寤？晨星虽竟天，孤悬亦寡趣。逝者如斯夫，水流花不住。但愿着翅飞，岂肯回头顾？伟哉造化炉，洪钧大鼓铸。我学不祥金，跃冶自号呼。作速海风迎，仙凫陪白傅。或游天外天，目觏所未觏。勿再入轮回，依旧诗人作。"（《续修四库全书》第1431册，第615页。）又，《小仓山房诗集》卷三十二《诸公挽章不至，口号四首催之》诗："久住人间去已迟，行期将近自家知。老夫不肯空归去，处处敲门索挽诗。挽诗最好是生存，读罢犹能饮一樽。莫学当年痴宋玉，九天九地乱招魂。莫怪诗人万念空，一言我且问诸公。韩苏李杜从头数，谁是人间七十翁？腊尽春归又见梅，三才万象总轮回。人人有死何须讳，都是当初死过来。"（《续修四库全书》第1431册，第616页。）

　　据此，袁枚应是误信相士胡炳文之言，加以乾隆五十五年偶患腹疾，故愈信将在乾隆五十六年辞世，因而在乾隆五十五年便写诗遍告友人，预索挽诗。因诸人行动缓慢，故又有诗催促。在接到袁枚预索挽诗之诗后，诸人陆续有作。参见《续同人集》。（《丛书集成三编》，第56册，第530页、532页。）其中，钱维乔《竹初文钞》卷三《答袁简斋》记："昨奉三月下旬手书，以自作挽诗属和，先生可为达矣。"（《续修四库全书》第1460册，第235页。）《竹初诗钞》卷十五有《袁简斋年七十六，以曩日相士之言，决其当死，自作挽诗，走札索酬，为赋长句广其意》（《清代诗文集汇编》第396册，第179页）、《简斋枉顾草堂，以辛亥除夕告存诗见示，奉答绝句四首》。（《清代诗文集汇编》第396册，第180页。）

　　此外，赵翼、姚鼐、李廷敬等人亦有挽诗。赵翼《瓯北集》卷三十五，壬子记："子才旧遇相士胡炳文，决其六十三生子，七十六考终。后果如期生子，一验宜无不验矣。去岁七十六，遂饰巾待期者一年，并预索同人挽诗。及岁除，竟不死，乃又作除夕告存诗，遍遗亲友，爰戏赠八绝句。"（《续修四库全书》第1447册，第1页。）姚鼐《惜抱轩诗集》卷九有《简斋年七十五，腹疾累月，自忧不救，邀作豫挽诗》。（《续修四库全书》第1453册，第282页。）中国国家图书馆藏李廷敬《平远山房诗钞》（刻本，四卷）卷二有《和袁简斋自作挽诗六首》。吴翌凤《逊志堂杂钞》已集："袁简斋先生……年前遘疾几殆，援泉明自挽例，遍乞和者。今年垂八十，如鲁灵光巍然尚存也。"（中华书局2006年12月版，第91页。）

抱经先生作为袁枚同年好友，应是亦受邀写作，故遂有该诗。又据其题中所记"今年"字样，故推测该诗应写于乾隆五十六年辛亥。

其后，袁枚《小仓山房诗集》卷三十三《除夕告存戏作七绝句》序："三十年前相士胡文炳道余六十三而生子，七十六而考终。后生子之期丝毫不爽，则今年七六之数，似亦难逃。不料天假光阴，已届除夕矣。桑田之巫不召，狸脤之梦可占。将改名为刘更生乎，李延寿乎？喜而有作。

"天上匆匆守岁忙，天公未必遣巫阳。屠苏酒熟先生笑，此是卢循续命汤。八十三龄阿姊扶，白头内子笑提壶。倘非造化丹青手，谁写随园家庆图？手种梅花四十春，暗香疎影尽缠绵。花神似向诸天奏，还乞林逋管数年。生圹司空久造成，家家生挽和渊明。如何竟失阎罗信，唱杀阳关马不行。天上堂题辛刺使，海中龛待白香山。主人久别不归去，未识篱门关不关。相术先灵后不灵，此中消息欠分明。想教邢璞难推算，混沌初分蝙蝠精。过此流年又转头，关心枕上数更筹。诸公莫信袁丝达，未到鸡鸣我尚愁。"（《续修四库全书》第1431册，第623页。）

吴槎客买婢,媒者疑欲置妾,舁良家女,槎客抚为义女嫁之,友朋咏其盛德,余亦有作[1]

大耋曾闻子野狂,君今犹未鬓毛苍。
问年尚小张三十,慧剑生来百炼刚。

卜姓知非邓氏甥,何缘无复梦兰情。
齿随诸女添佳婿,谱人风谣是正声。

案: 该诗似作于乾隆五十八年十二月初七日或之后。

陈鳣《简庄文钞》卷五《述义记》记:"吾乡有道君子曰吴兔床山人,偕其妇魏隐居海滨之小桐溪。山人善读书,好交游,四方贤士大夫每过从,必觞咏连日。魏咄嗟立办。既而魏膺病,尝在床褥,欲为山人置妾,侍执巾栉。山人固未之许,而其家人无不感主母之贤且病,谋所以慰之而代其劳者。平湖有良家女,性婉娩,其母早卒,父落魄不事生理,欲以女为人妾,计可得厚资,而女实未知,操纴以助餐如故。会山人家人以他事适平湖,访知女贤,窃谓此成可以侍有道君子矣。遂与其父谋,许以多金,父诺之,即欲载女以行,女有难色,已而叹曰:'父有命,敢不从乎?'乃与父偕来。时山人客游杭州,家人以告主母,主母大悦,厚其礼而纳之别室。山人归,始言其故。山人愕眙良久,曰:'孰为我谋者?我年六十一矣,有子有孙,奚以此为?虽然,若本良家女,既入我门,我不纳之,将安归之?即归之而复卖之,若终为人妾,又疑若为人所弃者,我不忍也。'遂以为义女,名之曰'明姑'。'姑'者,浙西方言,未字之偁也。山人有女,已适人,召之归,使之同寝处。姑事主母惟谨,母心喜,病稍愈。海盐魏氏子,善士也,于山人为戚属。山人慨然曰:'我为义女择婿,舍魏子其谁与?'遂备奁具而嫁之。既成昏,远近无不贺明姑之得所归,

---

[1] 案:吴骞《愚谷文存》卷十二记载,吴骞世大父尝买一婢而为官家女,遂抚养为己女而嫁之。(《续修四库全书》第1454册,第299页。)故吴骞后来嫁婢女事,似与此不无关系。

而高山人之义，且引锺离瑾事以拟之者。鳣曰：'不然。锺离之事，犹人所易。山人之事，为人所难。'是可记也已，遂述之。山人名骞。"（《续修四库全书》第1487册，第275页。）

陶元藻《泊鸥山房集》卷三十三《海宁吴槎客妻多病，不能尽举案之职，请纳姬代，槎客不许，俄而媒者以良家女至，遂养为义女，命已女相伴，数月择婿嫁之，好事者竞赋诗嘉其行，余亦制一律赠之》记："拜经楼下迭吟笺，佳话流传已一年。磊落白头存古道，流离红粉得奇缘。挑镫二女同居夜，吹凤三星在户天。买婢买姬俱幻影，出门纔觉主人贤。"（《清代诗文集汇编》第341册，第347页。）

梁同书《频罗庵遗集》卷三《海宁吴兔床以妻病托友人当湖买婢，误娶妾至，吴君视为义女，择佳偶配之，同人传其事作诗，予亦漫题五绝》记："头颅六十已星星，肯为双荷困此生。毕竟香山老居士，放杨枝是剧无情。"（《续修四库全书》第1445册，第428页。）

又，据《吴兔床日记》"乾隆五十八年十一月朔日"记："顾姝许字鉅鹿，有成言。""乾隆五十八年十二月初七日"记："义女顾姝归鉅鹿，戚友皆来称贺，见所具装，送曰：'钟离公瑜，复见于今。'其父及姑俱感激泣下。"（《历代日记丛钞》第31册，第490、491页。）

查吴骞生于雍正十一年癸丑（1733年），至乾隆五十八年，实已六十一岁。故梁同书诗中记为"头颅六十已星星"，而抱经先生诗中记为"大耋曾闻子野狂，……问年尚小张三十"。

清文渊阁四库全书本，宋代陈思《两宋名贤小集》卷四十八《张都官集》记："张先，字子野，乌程人，康定进士。知吴江县。诗格清丽，尤长于乐府，有云'破月来花弄影''浮萍破处见山影''隔墙送过秋千影'之句，时号张三影。李公择守吴兴，招子野辈集于郡圃，为六客之会。晚岁优游乡里，常放舟钓鱼为乐。仕至都官郎中。年八十九卒。"又，葛立方《韵语阳秋》卷十九记："张子野年八十五，犹聘妾，东坡作诗所谓'诗人老去莺莺在，公子归来燕燕忙'是也。荆公亦有诗云：'篝火尚能书细字，邮筒还肯寄新诗。'其精力如此，宜其未能息心于粉白黛绿之间也。"据抱经先生言"问年尚小张三十"，张先享年八十九岁，则吴骞时年应为六十岁左右。故抱经先生该诗应作于乾隆五十八年十二月初七日或之后。

送赵舍人怀玉入都

秋江如席片帆轻，畅好乘流向帝城。
转眼春光又骀荡，宜春苑里听莺声。

逶迤何事懒趋朝，二子（谓孙渊如、洪君直。）先鸣夺锦标。
毛羽养成宁后起，耸身便已入烟霄。

欣从痒处倩麻姑，诗笔如君易得无。
五凤楼成须巨制，传钞何日到江湖？

滥迹西清十载余，从来卿相此中储。
旧人唯有东山在，（谓谢金圃）见日应言问询疏。

案：该诗似写于乾隆五十七年八月赵怀玉入京候补内阁中书前后。

据诗中记："二子（谓孙渊如、洪君直。）先鸣夺锦标。"孙星衍在乾隆五十二年中进士（参见拙著《清卢抱经文弨先生年谱》乾隆五十二年史实参补记载。），洪亮吉在乾隆五十五年中进士。（《北京图书馆藏珍本年谱丛刊》第116册，第398页。）又诗中记："旧人唯有东山在。"据阮元《揅经室二集》卷三《吏部左侍郎谢公墓志铭》记，乾隆六十年四月，谢墉卒。（《续修四库全书》第1479册，第86页。）则知抱经先生此诗应写于乾隆五十五年至乾隆六十年之间。

赵怀玉《收庵居士自叙年谱略》"乾隆五十七年壬子，四十六岁"记："余自甲辰奉先妣之讳，意将长侍椿庭，故三遇礼部试而未往。吾父终以读书不得进士不可谓成。先自步祷关帝庙，得第一签，其词甚吉，因促北行，于八月就道，与黄表弟升豫同行。云庄自桐乡来，与撎之俱送至扬州。"（《北京图书馆藏珍本年谱丛刊》第117册，第249页。）

据赵怀玉《亦有生斋集》文卷十七《刑部奉天司主事金君墓志铭》记："君姓金氏，讳德舆，字云庄，一字少权，号鄂岩，世居休宁之七桥。……壬子秋，送余入都，至扬州而别，君泣不止，心窃讶其不祥。"（《续修四库全书》第1470册，第239页。）

又，查中国第一历史档案馆藏，乾隆六十年三月初二日《吏部尚书刘墉题为查议内阁典籍厅中书赵怀玉试俸期满准其实授事》（档号02-01-03-08090-027）："臣刘墉等谨题为试俸期满事。准内阁典籍厅移称，中书赵怀玉系江苏武进县人，由乾隆四十五年召试钦赐举人，授为内阁中书，于乾隆五十九年二月十九日补缺，即于是日任事。今扣至本年二月十九日一年试俸期满，考核称职，相应移会查照办理等因前来。"结合抱经先生诗中"毛羽养成宁后起""五凤楼成须巨制"等句，则知应是赵怀玉初次入京候补内阁中书时。

《国朝诗人征略》卷四十七《赵怀玉》记："庚子应纯皇帝五巡召试，既入选，阅卷者意别有属，欲易之。南昌彭文勤公力争得免。又押元晖，仰合上意，由第七移置第三，遂以内阁中书通籍。甲辰荐不售。癸丑仍踬南宫。甲寅补中书。庚申冬俸满，富阳师怜其积困长安，注外用。入都九载，逋累如山，旨甘难具，不得已就外选山东青州同知。"（《续修四库全书》第1713册，第58页。）以其中所记"庚申冬俸满，注外用""入都九载"逆推，赵怀玉之入都候补应在乾隆五十七年秋无疑，故抱经先生该诗亦应写于同时。

补遗

· 补遗 ·

谢海住先生饷肉

隽永味清谈，胜啖花猪肉。胡为更作豪？饤我捐苜蓿。

分甘推友朋，欲炙怜僮仆。尝鼎一脔多，余今不负腹。

（阮元《两浙輶轩录》卷二三，《续修四库全书》第1684册，第6页。）

谢东墅同年见赠奉酬

少小为文章，于道见苦晚。未惜肝肾劳，已伤容鬓损。

吟夸千首豪，意难一字稳。敢希摩垒还，早欲自崖返。

同官尽才杰，吾子更妍婉。春花媚春风，秋月明秋巘。

万象尽可笼，六义夫何远？才当避十舍，年仅先一饭。

学道究何如？欲问弦歌偃。

（阮元《两浙輶轩录》卷二三，《续修四库全书》第1684册，第6页。）

樵夫笑士 [1]

圣代盛薪樵，昌言赞大猷。翻令缄默辈，取笑采樵流。

枝叶元无用，英华独未收。艺林空捃摭，书圃漫锄耰。

讵识栽培意，宁堪磢砢求！章缝虽见列，山泽若为羞。

帝道齐尧舜，儒风徧鲁邹。刍荛犹欲献，况乃士人俦？

---

[1] 案：《抱经堂文集》卷一《散馆：责难赋以绳愆纠缪格其非心为韵》文末附记："樵夫笑士诗一首，另编。"亦见于纪昀《庚辰集》卷三。（《丛书集成三编》，第35册，第342页。）

月傍九霄多

地迥逼层霄，光寒透绮寮。金波辉滉漾，玉宇辟迢遥。
碧瓦霜初满，彤墀雪未消。素娥开宝镜，海客献冰绡。
皎洁千门彻，澄明万象昭。宫鸟惊噪曙，珂马误趋朝。
冷似游蟾窟，高疑接斗杓。臣心一为鉴，如水涤凡嚣。

烟轻柳未丝

南陌复东阡，轻笼细柳烟。昨朝黄乍染，几树绿堪怜。
尚欠劳芳骑，还迟拂绮筵。无风尘漠漠，入夜月娟娟。
燕待来时绾，鱼难钓处穿。波纹疑欲蘸，桃绶想同牵。
薄酿霏微雾，霁开淡荡天。龙池千万缕，行对碧流鲜。

风光草际浮

细草行堪结，东风几度经。徐吹方习习，一望总青青。
偃处丛微敛，翻时态不停。烧痕疑有影，空际若为形。
潋潋晴波漾，荧荧晓露零。履綦偏照曜，茵迹更芳馨。
潜扇罗含宅，遥熏柳恽汀。恩晖周万象，披拂仰彤廷。

鲲化为鹏

鸟有图南者,由来北海鲲。聊因六月息,忽向九霄翻。
击水鳍旋失,搏风翮早骞。竦身辞巨壑,假翼到天门。
岂籍蛟龙率,何曾雷雨喧。沙禽徒怅望,河鲤绝攀援。
既具垂云势,空遗偃渤痕。吹嘘皆帝力,高举荷深恩。

刺钟无声

干将谁铸出,先拟试洪钟。悬处殊难入,挥来若未逢。
霜飞空寂寂,水溢总溶溶。应手轻千石,吹毛过九重。
清扬遗远韵,犀利画铦锋。巨阙增新莹,蒲牢失旧容。
应机能立断,无物不相从。圣主方持柄,潜移识化雍。

六事廉为本

察吏先论守,周官法最严。三年频上计,六事总相兼。
簠簋常须饬,苞苴细亦嫌。猷为从此着,恩命庶能沾。
砥节惟清慎,铭心在静恬。饮冰期不愧,焚齿诚无厌。
绩向明廷奏,勋由夙夜觇。况当澄叙日,敢忘小臣廉。

龙池柳色雨中深

春日龙池柳，春工作意深。丝飘空外雨，绿布禁城阴。
袅袅龙池道，乖乖漾碧浔。乍疑浓黛染，似怯薄寒侵。
已失新莺啭，还迷乳燕寻。参差波动縠，隐映阙浮金。
画楫中流望，青旗别苑临。转看晴飏处，披拂畅宸襟。

晨光动翠华

虬漏闻清禁，銮舆出紫宸。明星低羽骑，浓露浥钩陈。
隐约龙楼晓，霏微凤辇春。霓旌才辨色，日驭正凌晨。
宿鸟冲仙仗，晴云护锦闉。烟消开广陌，气霁静游尘。
五夜心何切，分阴意倍珍。光华歌复旦，望幸慰臣心。

（法式善《同馆试律汇钞》卷十，《四库未收书辑刊》第七辑，第30册，第466页，北京出版社1999年版。）

散馆：责难赋以绳愆纠缪格其非心为韵

古大臣之致主，曰勋华其可登。维兢兢而业业，若继继而承承。苟一心之吻合，将千古而代兴。即事陈词，初何惮于逆耳；因机善导，端有似乎引绳。臣慷慨以效忠，讵曰怒己量主；君殷勤以纳谏，宁谓吾力未能。昔孟氏之垂训，明臣节之宜虔。以难事而相责，欲吾君之存肩。将以为主德之准，必求夫君道之全。如天地之帱载，群生高厚，期于相配；如日月之照临，万物轨度，宁可微愆。不择不辞，思裨益于泰山河海；曰吁曰咈，勤启迪于广厦细旃。盖以臣乃股肱，君实元首。惟一人之天位独尊，岂百尔之立心可苟。取法乎上，讵降格以相从；卑论无高，即抚躬而多负。是以当钜大而必争，探隐幽而致纠。将顺其美，亦匡救之相参，允执厥中，知危微之待剖。夫然，故君心日以明，主德日以茂。身修言道，范百世而无惭；乐备礼明，考三王而不缪。以人为鉴，岂徒见其形容；用汝作霖，洵可置诸左右。盖不惟不苦其难，而且欲亟资其成就也。我皇上鉴成宪以无愆，学古训而有获。犹勤汝弼之思，以励交修之益。置鼗设铎，觇五声之在悬；明目达聪，喜四门之咸辟。所其无逸，时致惕于君难；罔或不勤，屡殷怀以自责。此皆圣性之自然，岂藉臣工之感格。若乃有冯有翼，汝明汝为。进冰渊之危词，恍如临而如履；陈帝王之盛轨，爰若骤以若驰。已治而忧其未治，无师而善以为师。思文武之规，念孙谋之贻厥；述尧舜之道，俨祖武以绳其。于斯时也，何缨鳞之足戒？何苦口之见挥？何脂韦之可尚？何骨鲠之群非？何仗马寒蝉之可效？何折槛补牍之难希？以为易而难者旋至，以为难而易者已几。盖观夫在庭之謇謇谔谔，弥足彰圣治之荡荡巍巍。是用作千秋之金镜，成大宝之鸿箴。勤补衮以勿替，愧挞市之难任。慕汲黯之忠，唯愿拾遗补过；守朱子之学，敢忘诚意正心。图易在思艰，寰宇焕珠囊之彩；主圣则臣直，朝阳聆威凤之音。

（《抱经堂文集》卷一。）

案：抱经先生与翁方纲同为乾隆十七年壬申恩科进士，同为翰林院庶吉士，但翁方纲奉命学习清书。据翁方纲《翁氏家事略记》"乾隆十九年甲戌"条记载："闰四月初八日散馆。翻译陶潜桃花源诗。是日，方纲坐在西苑正大光明殿之东楹。"（《乾嘉名儒年谱》，北京图书馆出版社2006年版。）《乾隆起居注》乾隆十九年闰四月十二日记载："大学士傅恒带领壬申恩科散馆修纂、编修、庶吉士等引见。奉谕旨修纂秦大士，编修范棫士、卢文弨已经授职。"（广西师范大学出版社2002年版。）以此推测，翰林院散馆考试无论满汉应是同时举行，即乾隆十九年闰四月初八日。

又，王欣夫《蛾术轩箧存善本书录》甲辰稿卷四《鄂敏翰林院庶吉士散馆试卷》（一册）记："清制，散馆，汉文题目初用五言排律八韵，或十韵，及论一篇，或时文一篇。雍正元年，用诗赋时文论四题。乾隆初，从任兰枝方苞请，专试一赋一诗。后沿为例。"（上海古籍出版社2002年版，第1378页。）

法式善《槐厅载笔》卷八记："十八年[1]壬申科庶吉士散馆，责难赋，以绳愆纠谬格其非心为韵，赋得樵夫笑士得差字八韵。第一名卢文弨。"（《续修四库全书》第1178册，第413页。）

据此，则抱经先生《樵夫笑士诗》与《责难赋》应皆作于乾隆十九年甲戌闰四月初八日翰林院散馆考试之时。

至于《月傍九霄多》《烟轻柳未丝》等八首，无从考证具体写作时间，而既然被法式善同时收录于《同馆试律汇钞》，则应是抱经先生在乾隆十七年入翰林院后，在院学习、考试时所写。

铜壶赋：复设铜壶候咫尺为韵[2]

睹日月之推迁，悟阴阳之往复。宵分甲乙，随冬夏以参差；日辨赤黄，视春秋而盈缩。言其象也，既有土圭玉管之殊；命彼官焉，实为冯相保章之族。何有物之陆离，出巧心之抒轴。漏卮相拟，进以渐而能盈；欹器为疑，注虽满而不覆。名为壶而不隶司尊，质以铜而贡来九牧。盖观壶之为状也，嵌空玲珑陂陀凹凸几同斗甬之形。不置觥罍之列。虚而堪贮，虑大岂等于匏樽；潜以相通，防溃无忧乎蚁穴。挹彼清冷，泓然皎洁，银箭分携，金徒并设。知杪忽之无讹，听悠扬而应节。来混混而有原，落霏霏而类屑。视刻以纪，爱闻汉法之浮；序柝则更，端重夏官之掣。且其为物，必取诸铜，历寒暑燥湿而不变，偕往来阖辟而不穷。

---

[1] 案：十八年，似误，应为十九年。

[2] 案：此篇赋后缀有评语："巧为形似之言，落句悠然不尽，顿令曲终江上之句，不得独擅于前。"

默稽乎子午之候，协应于鸟火之中。就下有常信潆洄以注壑。随时为大，仰符契于张弓。昼夜百刻，既兼于大衍之数，四寸八箭，亦倍于花信之风。绛帻俄传，答铜签而滴沥；紫宫将启，杂玉佩以丁东。粤自上古，肇厥规模。采首山之所出，召良冶而炉。以为唾也，或嫌其亵；以为饮也，难抱以酤。制讵方于龙骨，用或比于辘轳。细响通宵，常伴桂枝之兔；和声达曙，先迎若木之鸟。盖欲不差于累黍。是必有赖于铜壶。于焉考厥形摹，象其结构，器则从新，法惟由旧，位置妥帖而不颇，节奏铿锵而不骤。觞可滥也，上流疏汩汩之源；石几穿乎，下孔达溅溅之溜。宿以火而免冰冱之艰，不出户而识天行之候。玉绳低转，廑未央以求衣，银汉徐横，肃早朝而待漏。惟我皇土以圣宪天，自朝及夕。日致惜于寸阴，璧岂求夫盈尺？稽虞舜之在衡，究黄帝之推策，鸡人未报，意已切于銮旗；鱼钥犹关，情不留于宫掖。睹此器之在庭，溯由来于古昔。顺萱荚之荣枯，随海水为潮汐，冬釭凝冷，度楼雪而逶迤。春昼暄妍，穿宫花而络绎，庆化国之舒长，愿颂扬于圣辟。是以古之为国者，必谨诸此。勒水火之守于周官，证立成之法于太史。薪传不尽，即旦昼而可验星躔；环转无端，虽风雨而可知日晷。贵常等于玉壶，用应殊于铜匦。沉沉深禁，讶昼漏之希闻；杳杳清音，觉天颜之有喜，盖尝趋朝而听之，俨乎去天之如咫也。

（胡浚辑《国朝赋楷》卷六，乾隆二十年怀德堂刻本，中国国家图书馆藏本。）

清卢文弨《抱经堂诗钞》系年考释

和黄望亭秀才韵[1]

辋川图与草堂图，眼底生绡一幅铺。

寄语西泠旧朋好，此间亦有赛西湖。（杭州净慈之侧，地名赛西湖。）

（释际祥《敕建净慈寺志》卷一四，《丛书集成续编》第58册，第849页。）

双清亭小集即事

出郭亦不远，罗径绿山椒。渐行得流水，柔檐烟中摇。

有亭依层岭，尽纳群山遥。以兹二水汇，双清旧所标。

此间地主贤，连日相招邀。孟冬风日暖，黄叶尚未凋。

万里天无云，开襟涤烦嚣。选胜叶夙契，美酒如沃焦。

苍然暝色至，张灯昏良宵。醉别下山去，马首风萧萧。

（《（道光）宝庆府志》卷六四《双清亭记》，《中国地方志集成·湖南府县志辑51》，第299页。）

案：该诗似写于乾隆三十一年十月。

杨鸾《和卢檠斋学士双清亭见赠原韵》记："清芬蔼四座，披拂如兰椒。

[1] 案：《（嘉庆）汉州志》卷二十五《宦业》记："黄今伟，字望亭，景子。四岁日诵五千言。九岁为文云：心以磨而不滞。老宿以为入理。补什邡弟子员，食饩。所事林青山、顾密斋、彭乐斋均器重之。家贫，藉馆谷资日用。筑迎旭轩，从游甚众……丁酉选拔，授永宁县教谕。再补蓬溪县教谕。养亲署中，仍以教授生员为业。"（《中国地方志集成·四川府县志辑11，第208页。）

又，"黄景，字绍芳，号师竹。年十四随兄甲入川。家贫苦读，凭邻家寿具为书案箱柴坐卧，隆冬身拥破毡，以一圆杖置足下蹴之使暖。与兄甲同入泮食饩。久困场屋。旋移居汉州。州牧罗克昌方谋延讲道书院山长课士，读景卷云：汝即可矣。以廪生为山长，士皆服之。乾隆壬申恩科举人，是年八月成进士，官湖北宜昌府长乐县知县。"（第202页。）

另，清乾隆刻函海道光五年增修本，李调元撰《童山集》诗集卷二十七，己酉，有《酬黄望亭今伟》诗。

安知奎壁光，回照心旌摇。兹亭双江侧，延赏未觉遥。嘉名偶自昔，翼然见风标。参差远近峰，岚翠疑相邀。桂树方冬荣，宁同蒲柳雕。高言聆合德，顿使忘尘嚣。当筵奏流水，不惜琴尾焦。愧无明月珠，持以娱通宵。凌晨送车，湛露沾蓬萧。"（《邀云楼集六种》之《邀云四编》，《四库未收书丛刊》第十辑，第13册，第544页。）

桐城石文成次韵诗云："磴道盘回纡，攀陟穷崖椒。奔流撼石根，山势如动摇。凭槛恣遐眺，一与人境遥。□亭冠崔嵬，[1]云中崒高漂。使节恋佳赏，清秋喜相邀。烟峦青不断，雾叶红未凋。眷此风景佳，悠然罢纷嚣。香胶泻如渑，聊润枯肠焦。胜览良非常，愿言永今宵。松风吟下山，短发空飘萧。"（《中国地方志集成·湖南府县志辑51》，第299页。）

据王梦祖《迂谷先生墓志铭》记："迂谷先生，三辅名贤也，讳鸾，字子安，号迂谷，别号可诗老人。世居潼关城内胜国中，徙居华阴之台头堡。……己未成进士。……癸卯诠韡为令。……后改授醴陵，调署长沙。"（《四库未收书辑刊》第十辑，第13册，第604页。）又，据《爵秩新本》乾隆三十一年秋记："邵阳县，知县杨鸾，山西潼关县人，进士，二十九年四月题。"（《清代缙绅录集成》第二册，第386页。）张九思《蒙泉文集》卷二《与杨迂谷明府书》记："春初敝同寅周君次孙归邵，因便附柬。"（《清代诗文集汇编》第342册，第637页。）双清亭在湖南邵阳，清代属宝庆府。杨鸾自乾隆二十九年四月题署邵阳知县，至乾隆三十一年秋尚在署任。

又，《（光绪）重修安徽通志》卷一百八十一记："石文成，字闻涿，桐城人。以诸生考职，选长沙县丞，升城步知县，擢宝庆府通判。为政抑豪强，恤孤弱。凡莅任之乡，民皆尸祝。咨部以知州用，未选而卒。所辑有《历朝诗话》，著有《晓堂集》十二卷。"（《续修四库全书》第653册，第367页。）

《爵秩新本》乾隆三十一年秋湖南省宝庆府城步县记："知县石文成，闻涿，安徽桐城人，例监，二十九年十月升。"（《清代缙绅录集成》第二册，第386页。）

《（光绪）湖南通志》卷一百二十四《职官志十五·城步县知县》记："石

---

[1] 案：原文阙，因无法推测其字为何，故未敢妄补。

文成，安徽桐城人，三十年任。有传。张乃绂，山西怀远，进士，三十九年任。"（《续修四库全书》第664册，第274页。）

另，抱经先生在乾隆三十二年八月奏明岁试事竣情形仰祈睿鉴事中称："窃臣于上年七月间开考起，至十一月回省，业将岁考过衡、永、彬、桂、宝五棚情形具折恭奏。臣即接考长沙，至今年开正以后从常、辰、永、顺、沅、靖等府州一路考试，六月间因沣州适办军差，臣绕道先考岳郡，次及该州，于闰七月底湖南全省岁试通行完竣。"（台北故宫博物院1984年版，《宫中档乾隆朝奏折》第二十七辑，第847页。）以其中所记上年按临各府县考试次序推算，至宝庆府时应是在乾隆三十一年十月前后，即"孟冬"，故得以与杨鸾、石文成在双清亭会面，赋诗为赠并为其文集题识，具体可参见《抱经堂诗钞》七言绝句《书迁谷先生集后》。

琛岭神灯[1]

圣灯岩事足遗文，潋水而今证所闻。
共道候当元鸟至，依期送自大茅君。
初由石臼微微出，俄向琛山簇簇分。
好景匪遥空想像，夜深珠缀岭头云。

东庐叠巘

若处能教眼界宽，东庐绝顶出云端。
青垂天盖科科倚，翠列山屏曲曲蟠。

---

[1] 案：此诗及以下七首后，紧接着便是严长明《琛岭神灯》《东庐叠巘》《芝山石燕》《洞壁琴音》《观峰耸翠》《金井涌泉》《龙潭烟雨》《白湖渔歌》八诗，皆为五言，且与抱经先生上述八诗用韵不同，不知是否有关，待查。

足底渐成堆众皱，杖头早已拄高寒。
何当貌人鹅溪缉，悬向斋中自在看。

芝山石燕

旧闻石燕出零陵，今日芝山更足矜。
铺地肯偕虫并蛰，贺堂堪与雀同升。
呢喃可待雷声启，下上还如雨气蒸。
欲遣乌衣递消息，俾知薜洞富高朋。

洞壁琴音

郊原迤逦接青洪，恍有琴声到耳中。
觅迹不辞涂荦确，得泉争转石玲珑。
悠扬细响云牵絮，激烈清音松受风。
妙境可怜僧早占，枉教坡老咏丁冬。

观峰耸翠

百丈危峦俯一泓，玻璃倒插青芙蓉。
四围怒笋竦而立，中藏大厦宽能容。
何时兀坐穷变态，饱看落日星奇纵。
直须暝色促归驾，收拾金碧罗心胸。

金井涌泉

就下渟深性所便,翻成仰出亦天然。
明侔魏野千金玉,势耸华山十丈莲。
疏勒用祈徒局促,安丰待叫费周旋。
向来品目真相称,白云楼旁趵突泉。

龙潭烟雨

乍讶烟丝袅翠鬟,须臾云势卷狮山。
随风幻作冈峦险,送雨宽将稼穑艰。
但有三时敷广泽,从无一掬守孤悭。
笑他炭谷湫如镜,林叶严驱鸟为删。

臼湖渔歌

湖光月色两匀和,夜静风柔水不波。
万籁齐收风寂寂,一苇徐泛影娑娑。
凄清入听消尘想,断续中流起棹歌。
此景此情何处有,可无宫赞写渔蓑?(唐段官赞采郑谷"江上晚来堪画处,渔人披得一蓑归"之句,为图赠谷,谷钦领之。见宋郭若虚《图画见闻志》。)

(《(光绪)溧水县志》卷十八《艺文志下》,《中国地方志集成·江苏府县志辑33》,第580页。)

·补遗·

题邹一桂菊花册[1]

去年清兴未能酬，梦霜球，小庭幽。
夜店山桥，孤负十分秋。
京国寒花留粉本，陪燕赏，羡同游。
预期蟹熟酒浮沤，玉为舟，月当楼。
怀露凌霜，佳色满园收。
高会一尊呼共醉，须满揷，帽檐头。

案：该词似写于乾隆二十一年重阳节之前。

乾隆二十年乙亥邹一桂《菊花图》上其原词为："买花题句为花酬，粉金求，小庭幽。乌丝阑里，密字写香秋。料道白衣人不到，凭笔骋，当郊游。 江杭湖稻半浮沤，荡轻舟，上高楼。龙山嘉会，遥作画图收。短发簪花供一剧，侵雪鬓，傲霜头。乙亥九日对花偶吟调江城子。小山桂。"

其后，有张湄、储麟趾、邹奕孝、邵嗣宗、张模、翁方纲、张霁、范域士、陈筌、王猷、毛式玉、吴楫、艾茂、沈清任、励宗万、陶其愫、纪昀、钱载等人题识。其中，钱载题识为："去年菊候唱还酬，写霜球，对庭幽。不用门生，同访筝与秋。倘忆归人天外远，方越酿，作吴游。 今年尘海又浮沤，梦江舟，与山楼。待到登高，风雨恐难收。珍重好花开一幅，频入手，算盈头。（丙子初夏，应老夫子大人命，奉题画菊，即和乙亥九日对花偶吟江城子一阕原韵。受业钱载。）"

在诸人题识中，抱经先生题识在钱载题识之后，据此推测，抱经先生题识亦应在乾隆二十一年丙子初夏前后或稍后不久。

又，邹一桂《菊花图》及词作于乾隆二十年九月九日重阳节，而抱经先生

---

[1] 案：该题目系笔者所加。抱经先生原词并无题目，系和邹一桂词韵，载于中国嘉德国际拍卖有限公司2001年11月4日秋季拍卖会天心楼藏中国书画系列，邹一桂乾隆二十年乙亥（1755年）作《菊花图》。另，因笔者并未见到原图，且对书画素乏常识，无法鉴定真伪，故对抱经先生之诗文采取一概收录之态度。

清卢文弨《抱经堂诗钞》系年考释

在乾隆二十一年方返回京师任职，故词中记："去年清兴未能酬。"又，据"预期蟹熟酒浮沤"，则该词似写于乾隆二十一年重阳节之前。

丁丑重阳前二日招同人看菊，席间联句，得五十二韵[1]

花下泳斯陶，尊前詞且谣。韵流笺粉腻，香带墨痕潮。佳节囊萸近，（小山）
良朋置酒邀。黄花何烂熳，白发自逍遥。未办登山屐，（松坪）
无劳载酒舠。座联珠履客，簪认紫霞标。佳色浮新蚁，（凤岩）[2]
寒香袭旧貂。笔花云锦簇，歌串雨珠跳。碧盎排金朵，（守园）[3]
红槽转玉杓。题襟忆昨岁，落帽又明朝。雀舌烹还再，（香巢）
龙涎篆未销。编珠工兢病，吟玉静哗嚣。星藥开檀麝，（金圃）
霜枝舞翠腰。净光铺地迥，芳气接天寥。烟锁黄金台，（养田）
香分绿玉瓢。白翻琼树雪，红焰赤城飙。太史名登阁，（晴溪）

---

[1] 案：参与联句者各人字号如下：邹一桂（小山）、张坦（松坪）、艾茂（凤岩）、毛式玉（守园）、胡德琳（香巢）、谢墉（金圃）、郑步云（养田）、张模（晴溪）、马锦文（梅阿）、邵嗣宗（蔚田）、秦大士（涧泉）、蒋和宁（蓉龛）、钱载（坤一）、纪昀（春帆）、吉梦熊（渭厓）、顾光旭（晴沙）、元俦、甘立功（淡泉）、陈签（渔湖）、天亭、抱经先生（矶渔）、左衢（畊堂）、鹿徵、赵瑗（检斋）、董元度（寄庐）。

[2] 案：民国三十七年铅印本《（民国）贵州通志·人物志三》记："艾茂，字凤嵒，麻哈人。乾隆庚午举人，辛未进士，选庶吉士，授检讨。凤嵒年十四应童子试，邹督学一桂拔置第一，赠诗云：两序温文归大雅，五经讲诵逊神童。"

[3] 案：《（宣统）山东通志》卷一百四十五（上）记：毛式玉，"字其人，号守园，一号肖峰，掖县人。乾隆壬申、甲戌进士，官检讨。"（《中国地方志集成·省志辑·山东7》，第361页。）《（乾隆）掖县志》卷三记："毛式玉，字其人。贡子。壬申中式二百六名，甲戌殿试，任翰林院检讨。"（《中国地方志集成·山东府县志辑45》，第375页。）

· 补遗·

名妃宠冠寮。闽香纷郁烈，越艳鬬妖娆。霞泛金霓彩，（梅阿）[1]
球珍杂佩瑶。嘉名通海峤，新谱出天朝。窥户凉蟾静，（蔚田）
迎风晚翠摇。瑽琤瑚玉扱，绥妥紫云鬘。芳艳三秋占，（涧泉）
峥嵘五美昭。自含金土德，宁畏雨风漂？近席神逾静，（蓉龛）
回灯态转夭。抅枝须满挿，对影待轻描。高会群三益，（坤一）
雄词贯六镳。题糕呼梦得，嗜酒遇檀超。泉酿元名锡，（春帆）
江园最忆姚。欲将奇字问，况有素书招！饮兴还烧烛，（渭厓）
文心似剥蕉。令岩军政肃，谈剧齿芬饶。漏下临风柝，（晴沙）
门留载月轺。节夸压竹脆，音赛爨桐焦。共许襟期远，（元俦）
应知魄礧浇。晚香余粉蝶，衰草静寒蜩。逸兴三杯遣，（淡泉）[2]
闲愁百斛消。清微研律细，冷艳对花娇。暖座春长在，（渔湖）
秋园景倍韶。何须招隐橘，底用讬铭椒！按柏吴歈软，（天亭）

[1] 案：清乾隆四十三年刻本，清董元度撰《旧雨草堂诗》卷二《有怀长安诸子，时芃野、梅阿初改御史，梧浦典试浙江，渔湖江西，德圃贵州，元礼湖南》。
《（光绪）重修华亭县志》卷十二《乾隆十七年壬申恩科秦大士榜》记："范棫士，原名毓士，一甲二名。宋府志本传字祖年，号芃野，娄人。少游黄中允之隽、周比部吉士之门，以文学称，善行楷。授编修，擢监察御史，充丙子、戊子顺天乡试同考官。迁工科掌印给事中，清望为朝士所重。尝倡置云间会馆于京师。乾隆三十四年卒。"（《中国地方志集成·上海府县志辑4》，第554页。）
《（民国）新纂云南通志》卷二百二十六记："马锦文，字梅阿，云龙人。干陆壬申进士，选庶吉士，散馆授翰林院检讨，历广西道监察御史、户科掌印给事中。才学过人，器宇豁达，正已立朝，不趋权要。辛丁京师，年三十有八。"（《中国地方志集成·省志辑·云南8》，第84页。）
又，法式善撰《清秘述闻》卷六记乾隆二十一年丙子科乡试："江西考官：编修陈筌，字渔湖，直隶安州人，壬申进士。浙江考官：编修鞠恺，字梧浦，山东海阳人，壬申进士。湖南考官：刑部主事张模，字丽亭，顺天宛平人，壬申进士。贵州考官：编修汤先甲，字辛斋，江南宜兴人，辛未进士。编修王启绪，字德圃，山东福山人，辛未进士。"（《续修四库全书》第1178册，第66页。）
又，清陶梁撰《国朝畿辅诗传》卷四十记："张模，字符礼，号晴溪。宛平人。冲之子。乾隆十七年进士。历官吏部稽勋司郎中。有《贯经堂诗钞》。"（《续修四库全书》第1681册，第500页。）

[2] 案：法式善《清秘述闻》卷六记乾隆二十四年己卯科乡试："陕西考官：编修甘立功，字淡泉，江西奉新人，壬申进士。"（《续修四库全书》第1178册，第68页。）
清同治十年刻本《（同治）奉新县志》卷八《乾隆十七年壬申八月恩科秦大士榜》记："甘立功，字维叙，号澹泉。禾子。由庶吉士派习国书，授编修。己卯，典陕西乡试，疾，辛于西安官邸，年仅二十九。立功读书过目成诵，为文章下笔千言，工致绝伦。为人谦抑和易，咸以未竟所用惜之。"

263

停微古韵飘。几人传彩笔，有客话归桡。旅思三行雁，（矾渔）
孤情万里鹗。枯荷听急雨，高树动凉飚。并隐乌皮几，（畊堂）[1]
相随紫栗条。已空尘劫幻，犹觉物华撩。垂钓非思鲙，（鹿徽）
观棋欲忘樵。僧归黄叶寺，秋老赤栏桥。蒲柳惊先瘁，（检斋）[2]
松筠感后雕。有怀同醉月，抗志拟搏霄。首唱诗推圣，（寄庐）
分拈字避妖。问谁怜晚节，留客永今宵。（启堂）

（邹一桂《小山诗钞》之《孚缶集》，《清代诗文集汇编》第260册，第72页，上海古籍出版社2011年版。）

案：该诗应写于乾隆二十二年九月初七日。另，据中国国家图书馆藏吉梦熊《研经堂诗集》卷十《京邸初集》中《题御史邹梦皋所藏座主礼部侍郎赠尚书邹一桂画山水小幅》记："菊花开日合朋簪，岁岁联吟接尘谈。白月虎坊秋夜冷，西州痛哭秪羊昙。"诗中注："先生寓居虎坊之东，好种菊。菊花开日，必集名流赋诗。戊寅，曾为梦熊写《菊花联吟图》。"

挽刘生深研

青灯黄卷已多年，誓欲磨将铁砚穿。
滚滚词源常不竭，滔滔笔势独争先。
说诗匡鼎今安在，笺易京房迹杳然。

---

[1] 案：《（道光）续修桐城县志》卷十三《人物志·宦绩》记："左衢，字赓唐，号耕堂。性聪慧谨饬，研穷经史，得其精蕴，为文多粹语而气极道錬。乾隆辛酉举人，壬申进士。内阁中书，慎司出纳，参酌敏当。庚辰，充顺天乡试同考官，得士陈嵩年、孙潢、鹿佑，皆知名于时。升宗人府主事。典试陕甘，所取中皆一时之选。僚吏咸服其藻鉴。终身无疾言厉色，而持正守洁，无敢干以私者。卒于官，年五十二。子槐卿。"（《中国地方志集成·安徽府县志辑12》，第502页。）

[2] 案：《（民国）新纂云南通志》卷七十二记："《滇述》，清赵瑗撰。瑗字蘧叔，号检斋，昆阳人。乾隆壬申进士。官至河陕汝道。"（《中国地方志集成·省志辑·云南4》，第787页。）

几度凭高挥泪望，苍茫泾里隔云烟。

（刘宣铎等纂修《江苏江阴刘氏宗谱》卷十九，光绪三十四年，树德堂木活字本。）

案： 该诗似写于乾隆二十六年或之后。

刘巽，字深研，《江苏江阴刘氏宗谱》卷十四，邵彩撰《清故邑庠生刘深研传》记："弱冠游黉序，志壮气锐，为文多创获。而才藻纷披，情辞豪放，不可遏抑，诗多警策可喜。……数蹒棘围，迄报罢时，年亦垂艾。……平居读书课文外，无他嗜乐。"生于康熙四十七年戊子，卒于乾隆二十六年辛巳，年四十五岁。据此推测，抱经先生该诗应作于乾隆二十六年或之后。[1] 又，《抱经堂诗钞》七言绝句《有怀暨阳旧游》中悼念刘巽诗："师弟情缘三月浅，感君垂死尚横经。"诗后注记："伤刘巽也。巽年五十四来学，未几殁，其家在长泾。"则刘巽应在乾隆二十六年时跟随抱经先生问学，三月而卒。

玉盘联句（有序）

怀任协纪，齐须九译之春；嫩箐迎韶，早展重华之宴。试觅新题于甲观，宁沿旧例乎辛盘？则有西部输珍，尚方典器，青筠浮面，一双承露，交擎碧莒，为趺三五，曜灵满晕。始也军咨驿逓，未碎斗而楚帐乌飞；继焉屯长犂翻，存窃钩而鲁庭盗走。失守见可敦，并弃龙沙；量采犹韬得，

---

[1] 案：彭双喜、陈东辉《谱牒之辑佚功用管窥——以卢文弨集外佚诗文辑佚为例》，《图书馆研究与工作》2016年第3期。

时思咱马。[1] 同陈鱼海，[2] 土花不蚀，矧乃渥都椀进，朝端喂肉，无烦和卓，箺来徼外，分醪足乐，维鸿庥告永清之会，正神物昭终合之期。既偕地出圜钟，元气兼通乎异域，还应霄呈叠璧，贞符适叶于前年。当兹什袭初披，六巡载咏。禁中颇牧，胥目属以争夸；台上鄂褒，亦手扪而暗认。繄尔韵，催铜钵程功，庶庆其得全；顾予铭，切金瓯记实，蕲箴夫持满。（御制）

今日青宫集近臣，联吟例许列文茵。玉盘先后来殊域，石鼎推敲继绮晨。隔岁紫光图凯会，韶年苍纬答精禋。东升旭影霞初绚，（臣傅恒）

西绕山容黛半皴。彩胜吉占迎曙灿，花幡芳信扬风频。莺迁柳放梭初掷，（臣来保）

鱼乐冰开尾有莘。节应棣通龠穀旦，律调泰蔟协初旬。莱扽七种罗肴核，（臣刘统勋）

裘粲三英集组绅。坐列共球昭拓土，班添毡罽贺填闉。辟邪远扫天堂穴，（臣兆惠）

延喜遥开月窟垠。犹忆逐犇阿睦尔，因缘收器额琳秦（番语谓宝为额琳秦）。一之为甚宁思二？（御制）

天且无违而况人。果见献琛来攘攘，谁容游釜走踆踆。卫拉四部全

---

[1] 案：蒋士铨《忠雅堂文集》卷二十七《塞宴四事诗四首》之《诈马（有序）》记："臣谨按：御制诗注诈马为蒙古旧俗，今汉语俗所谓跑等者也。然元人所云诈马，实咱马之误。蒙古语谓掌食之人为咱马，盖呈马戏之后，则治筵以赐食耳。所云只孙，乃马之毛色，即今蒙古语所谓积苏者，是亦属鱼鲁。兹扎萨克于进宴时，择名马数百，列二十里外，结束发尾，去羁鞯，驰用幼童，皆取其轻捷致远。以鎗声为节，递施传响，则众骑齐骋，飙越山谷，腾跃争先，不踰晷刻而达。抡其先至者三十六骑，优赉有差，所以柔远人，讲武事也。"（《续修四库全书》第1437册，第118页。）

[2] 案：《大清一统志》卷二百六十七"凉州府"记："休屠泽，在镇番县东北。《书·禹贡》：雍州原隰底绩，至于猪野。《汉书·地理志》：武威县休屠泽在东北。古文以为猪墅泽。《水经注》：武威北有休屠泽，俗谓之西海。其东有猪野泽，世谓之东海。通谓之都野。《括地志》：猪野泽在姑臧县东北一百八十里。《元和志》：姑臧县有白亭军，因白亭海为名。《旧唐书》：姑臧有猪野泽。《寰宇记》：姑臧县白亭海水色洁白，因以为名。又东有达狄回海。《行都司志》：白亭海，一名小关端海子。五涧谷水流入此海。旧志白亭海即猪野泽也。按舆图，今三岔河自镇番东北出边，又三百余里，潴为泽，方广数十里，俗名鱼海子，即白亭海，古休屠泽也，去凉州殆五百里。"（《续修四库全书》第618册，第462页。）

· 补遗 ·

归吏，（臣梁诗正）

厄鲁千群总隶民。遂有白环踰弱水，同时青钵供香尘。宝装鞞琫芙蓉锷，（臣陈德华）

繴藉圭璋翡翠纶。毹氀篆文镌诘屈，坚昆椀璞剖嶙崎。汗沟流赭毛颁马，（臣刘纶）

阳冶镕黄趾铸麟。九府圜型工肉好，三河方折采㲿沦。苞符自效图书敷，（臣舒赫德）

瓌异奚夸冠带伦！欲垦伊犁兴稼穑，谁埋大窖出璘珣？护呵信是资丁甲，（御制）

博识何须问癸辛？若木葩莩分韫椟，望舒晕满俪浮筠。昔年苜蓿充沙漠，（臣于敏中）

此日琉璃对栬桭。琼笴骈函重珏辑，瑶阶联晋六符陈。围三浑约涵规数，（臣钱汝诚）

倍两横当布指循。累译走偕车辘辘，他山攻借石磨磷。那夸琬琰呈和璞，（臣介福）

讵数璊玙出帝囷？颁瑞记曾探大酉，搜源迹直溯西申。窥同象纬联玑璧，（臣何国宗）

荐旅梯航配鰈鹣。剑契丰城语岂诞？珠还合浦事诚神。乾坤奇偶成交泰，（御制）

雷雨经纶济险屯。宝玉彤弓畴许盗，元音大吕不终埋。性原特达驰包匦，（臣观保）

质秉坚刚协化钧。几试昆炎光独葆，潜通虹气蛰还伸。连城价讵千金重？（臣王际华）

照庑芒惊五色匀。辐凑屿璠征合轨，种滋蒲穀验同畇。捧来有泽能盈手，（臣钱维诚）

选得无瑕可澡身。容炙具先超鼎耳，斟膏用或并杯唇。双飞入龙辉相照，（臣张泰开）

二妙同台意自亲。侍从今时昔上将，追陪密席远嘉宾（是日，御前蒙古王公亦在座）。武成久矣人心豫，（御制）

赆献骈如地宝臻。响应镈钟尊典乐，制侔猎鼓掌成均。夜光互烛联形影，（臣王会汾）

毫采交辉象介馔。何俟得璜偏海澨，本来投石自天滨。跃渊似击蕤宾铁，（臣金甡）

启矿如探安息银。煜煜鸿仪刚比德，斑斑龙辅恰为邻。纹凝水碧痕微吐，（臣陈兆仑）

廉刿山元体最纯。细较广袤齐尺寸，遥觇气象炳星辰。中涵温润疑丹甑，（臣倪承宽）

外达菁英异绿珉。象协天地含太极，圆呈日月丽双轮。巧谐讶似能飞镜，（御制）

远届欣同不胫珍。定识洪炉奇缔造，无劳哲匠费陶甄。众形雕刻天工错，（臣边继祖）

圆盖岴嵝睿藻彬。授简载赓豳豳座，盍簪依永上枫宸。嘉祥喜叶南山祝，（臣卢文弨）

燕饮欢斟北斗醇。鲁宝承匜歌酌赉，荆璆琢敦舞章斌。镂云列架颁虹卧，（臣谢墉）

散彩流苏紫凤驯。惠浃长筵铭瑞瓮，乐张广殿抚和錞。蓼芽入馔巑逢谷，（臣汪永锡）

树蕊粘屏始建寅。三品果盛回部味，九华镫暎上元春。敢夸禹贡传西被，惟对汤盘凛日新。（御制）

（《清高宗御制诗三集》第7册，第37页，卷十七，壬午一，（《故宫珍本丛刊》第556册，海南出版社2000年6月版。）

案：该诗应写于乾隆二十七年壬午正月初十日。

《清高宗纯皇帝实录》卷六五二，乾隆二十七年正月甲辰记："是日，上召大学士及内廷翰林等茶宴，以玉盘联句。"

·补遗·

紫光阁赐宴联句（有序）

　　园邻丰泽，三巡传卜画之觞；殿莅武成，九译辑朝正之瑞。爰乌罕缠头乍遣，独瑜拔达层岚；努喇丽交臂仍来，齐度火敦巨瀚典。早征夫胜赏时，均被以荣施。乃有技擅伎飞、材碻超距，五日春生，灵沼铺氄，则冰镜犹凝，半竿暹曜，趋陂转斾，而炮车遞发，倏讶鲛人，梭掷得标，直探龙宫，旋疑玉女，箭投呼隽，平分鹳阵，既占翊旦，爰集通班，砺山带河，长颁先世百年之朔，左贤右蠡，备绘皇家一统之图，鸿胪序旧隶新蕃，舄席敢争滕、薛；太史书东任西侏，充庭宁数汉、唐？忆曩者旅振由庚，筵开上巳，及献岁赓，庆成之什，为比年定柔远之经，从此瑞牒贮云台，北望丹霄，常垂蒙汜，庸阶勒烟阁，西来紫气，镇绕觚棱。讵劳贯月，以偕回期叶占星而从好兹也；句联七字，颂宜人恰当人日之前。少焉名缀，重行歌戩，榖还仵穀辰之后，紫阁重辉劳凯师，自兹春宴率于斯。旧藩列坐新伻接，（御制）

　　豹旅分曹鹭序随。燕落早赓云缦咏，朝正常谱露瀼诗。觐光逮万有千岁，（臣傅恒）

　　拱极合四十九旗。况有名王徕颉利，更通荒徼越龟兹。行依宾雁春回塞，（臣来保）

　　贽迭琛鹣晓拜墀。殿壁麟图功罕匹，苑瀛鱼藻地相宜。武成一自翚飞奂，（臣刘统勋）

　　丰泽无烦凤帟垂。（旧时筵宴，例于丰泽园张大幄次，自紫光阁落成后，遂移宴于阁下。）峰趺昆仑循嶰道，海寻蒲类验潮期。东风先报霄干吕，（臣梁诗正）

　　北斗刚逢月指寅。哈萨克三汗内附，（西哈萨克启齐玉苏部之努喇丽汗、巴图尔汗、乌尔根齐部之哈雅布汗，同时奉表遣使入贡。）爱乌罕一使初驰。金花笺噜克霭表，（帕尔西语，谓表笺也。）（御制）

　　赭汗骢额色披（谓马也，亦帕尔西语。）骔。拔达山仍输靰鞡，霍韩

部亦效权奇。爻间四比传趋蚁，（臣陈德华）

散秩同途代展葵。（额尔格纳阿济比、齐里克沙藏比、招马拉特比、巴斯奇斯穆拉特比四部，并遣陪臣入贺元正，希布查克之散秩大臣阿奇木，亦令其弟赛表代伸忱悃。）阊阖晨开天訦荡，仪锽晴耀日棽丽。鸿胪九捧班随虎，（臣刘纶）

象译千重陛夹螭。职贡绘嗤摹立本，早朝句陋和王维。阶前干羽瞻远龙，（臣董邦达）

堂上笙镛听共怡。宣对不违颜咫尺，归诚何敢昧差池？慰询通俗联疏逖，（臣彭启丰）

和乐同人示惠慈。午夜且迟陈火戏，液池犹可试冰嬉。旭光渐入舒长候，（御制）

韶景初临郁霭时。棼橑钱衔垂棘璧，榑桑木烛鞠陵曦。三番花数（花信五日一候，自立春至此，适当旬有五日。）经句逓，（臣观保）

七种蔬看诘旦治。图启元辰庸作载，（诸臣皆蒙召与《岁朝图》联句。）书占甲子屡丰绥（是日甲子，占书以正月上旬逢之，为丰年之兆）。彤闱左个青阳转，（臣于敏中）

紫闼西华翠罗移。铙吹导舆砰炃峇，钩陈环葆颒葳蕤。径分琼岛云方暖，（臣钱汝诚）

桥对金鳌冻迨澌。兰泛光荥炉馥桂，柳梯烟亚盖凝芝。轻貂候仗排连藇，（臣张泰开）

回鹘迎尘伏冒酕。帕尔西文言呐呐，得斯挞（回人缠头帽也。）帽首嶷嶷。仰流自集非招致，（御制）

食野相将岂蓺蘼？延曼三阶交绮属，璘瑂四座接茵比。炙行腾臞兼膰胶，（臣王际华）

饵荐馃餹与餦餐。捅乳腻浮青玉盌，胶饧醲渍烂银匙。陪臣怀核昭恭悃，（臣窦光鼐）

卫士传餐洽宠私。绰尔多歌将进酒，阿思满（回语谓天为阿思满。）

祝大来厘。铿訇钧乐招音绎，（臣金甡）

綷縩珠衣舞队襹。汉伎鱼龙跳八丈，唐花跗萼匝千枝。声翻傞倛缘橦幻，（臣王会汾）

种别蒲萄喂肉遗。笑脸于思共凫藻，虔心鞠脆式鸿仪。调停底藉东西幕，（《唐史》突厥、突骑二国使争座，中书百僚议于东西幕坐两处。今各国使惟听指使列坐，无敢争者。）（御制）

燕衎均颁伯仲卮。囊挈镣镠爰赉以，幄罗筐筐俾承之。屬裳饫泽荣逾衮，（臣倪承宽）

鬘貌铭欢感浃肌。众庶惟祺生喁喁，太牢既飨乐熙熙。兰台史昔惭留志，（臣蒋楷）

子墨卿今恧骋词。凿空使骞行未到，滑稽臣朔语难支。一家中外涵圜煦，（臣卢文弨）

泰始䜣闓普阜滋。受辑共球来莫不，报言瑶玖尚乎而。德咸若是其敷福，（臣边继祖）

颂庶几哉勿忘规。栈谷梯山怜慕化，薄来厚往沛恩施。八埏萃庆承天佑，一意持盈慎己思。（御制）

（《清高宗御制诗三集》第7册，第172页，卷二十七，癸未一，《故宫珍本丛刊》第556册，海南出版社2000年6月版。）

案：该诗应写于乾隆二十八年正月初六日。

《清高宗纯皇帝实录》卷六七八，乾隆二十八年正月庚申记："召大学士及内廷翰林等茶宴，以《岁朝图》联句。"但是，清代重华宫茶宴等赋诗，因参加人员并非仅限于内廷翰林学士等，一些满洲亲贵经过皇帝准许，亦可参加，并可找人代笔；此外，赋诗并非在临时即兴书写，一般都是预先由皇帝指定主题，群臣事先在朝下拟好，到宴饮之时再各自写出。所以，本年正月初二日，群臣奉命以《岁朝图》赋诗联句，各自预先草拟诗句，至初六日方正式举行重华宫茶宴。

正月初六日，乾隆帝在紫光阁宴饮藩部群臣，有《紫光阁赐宴联句》。宴后，乾隆帝又与南书房、上书房诸臣等在重华殿举行茶宴，命以《岁朝图》联句。

金甡《静廉斋诗集》卷九，乾隆癸未（乾隆二十八年）《正月初六日重华宫侍宴联句，恭和御制重华宫茶宴内廷翰林等即事抒怀并令赓韵元韵》记："是日，上自紫光阁还重华宫，召南书房、尚书房诸臣傅恒、来保、刘统勋、梁诗正、陈德华、刘纶、董邦达、彭启丰、观保、于敏中、张泰开、王际华、钱汝诚、窦光鼐、王会汾（病未预）、金甡、倪承宽、蒋楫、边继祖、卢文弨等二十人，恩赐茶宴，命同赋《岁朝图》，联句七言排律韵毕，续发御制七律二首，命即席和进，其分用之砚即拜赐捧出，仍加赏画卷、小荷包各有差。臣甡得金星歙石蕉林砚一方、小荷包一对，谨记。"（《续修四库全书》第1440册，第500页。）

《岁朝图》联句

粤若癸符揆叙，紫蒙疏属咸宾。未协味滋，青陆康功肇稔。半子乍当阳复，三宵瑞蕊连塍。先庚旋迨春颁，十日条风入座。爰临温室，载纪芳朝。旁征姬代之笵铜，早列尧年之雕几。传均凫氏，腹皤而和鼓能调。鉴拟斟斯，项直则芒箭可拎。贮以灵根擢秀，佐指挥者乐意相关。参之异卉铺荣，承披拂焉祥飙自集。矧法物已常供蓂砌，宁嘉生犹待补萝图。乃有实落湟中，安若蒲梢竞爽。珍输辇下，黄甘粉荔标奇，驮应蹀躞名驹。西来及熟，结岂鬅鬙独树。东面知荣，盛时忆铭在双盘。抚新苞乎倍郁，贡处觇表随特磬。求旧器矣弥谐，繄饩腊方擅余妍。暨迎韶更欣得气，一帧既皴成吉语。八叉因趣召文筵，吟赓百句而赢。简授五巡以匜，然而厥包厥筐，对时每怀绥远之仁。维梓维桑，道古遑释崇先之敬，亦庶几长言胪实，不矜艳吐椒花。抑惟是首祚导和，毋负晖增蕡烛也哉。（御制）

岁朝佳话咏乾清，前席珍臣引共赓。如意吉祥绵祖庆，载歌喜起惬皇情。尧阶翠英条初苜，康国金桃实早呈。屏缀馨椒凝沨气，（臣傅恒）

户轰爆竹验春声。扈农占稔金穰叶，象魏宣仁木德行。揆正三元舒出奥，（臣来保）

味滋万彙达勾萌。暖催花信梅酣雪，脆试蔬香菜和饧。彩胜为人宜令甲，（臣刘统勋）

繡楣帖子进先庚。亮工座是中垣拱，锡福班纔右个擎。鸿宾排簋环乙乙，（臣梁诗正）

莲壶依案听丁丁。灵根嘉兆同民豫，瑞草贞符叶物成。三品错陈回部果，（御制）

双枝骈护佛台罂。植时忆展兜罗毡，䞀处传驰沫赭骍。冶贵霁瓷堆火齐，（臣陈德华）

悬嗤节鼔注芒茎。钧涵妙有和而盉，瑞纪蕃昌硕且盈。宛尔指挥文竹幻，（臣刘统勋）

天然菌蠢秀芝荣。揣称利夜犹华土，辨种菰沙本闳城。房擘扶南苞礧砢，（臣董邦达）

根移博望颗晶莹。宣州产漾矜粘纸，齐俗投宁论报琼？萍实底庸如斗剖，（臣彭启丰）

来禽差拟用囊盛。春盘荃斡惟珍饤，周器錞于以虎名。古泽色含芳润味，（御制）

远芬清挹配藜英。镜中适兆千禧集，席上真逢五美并。帝贶韶华华始协，（臣观保）

圣贻嘉履履端迎。九霄节物多鹰景，一幝年光特写生。缊瑟风旋谐凤管，（臣于敏中）

宣毫辉早丽花桁。胆瓶最胜矾茶艳，露瓮相于竺柏贞。肇泰从心勇卉木，（臣钱汝诚）

绥丰有象遍垓纮。筌熙未许形摹肖，稙陆应输䟽谱精。况是幅员恢荡荡，（臣张泰开）

祗惟谟烈仰明明。三朝禁秘敕几伴，万里遐方献赆诚。条鬯青阳宣

太蔟，（御制）

丰茸朱草啓华平。仪锽晨贺鹓班旅，氎氁春朝雁塞伻。哈萨之西连鲽贽，（臣王际华）

筠冲以外接兕旌。新归冠带爻闾属，旧辑共球大府赢。职贡编函殊紒辫，（臣窦光鼐）

同文喻志译伦儜。舍婆钵逓波旬域，氀氀篗邮疏勒程。玉并琢枰孚黝碧，（臣金甡）

铜还似豆镂回衡。昆源使不烦青鸟，火站胥频载赤麞。遂渍椹膏饴石蜜，（臣王会汾）

讵操蒟酱瀹葵羹。蒲萄别苑今恒熟，苜蓿离宫昔已轻。图拟董祥征茢禄，（御制）

鼎联侯喜拜彭亨。大弦铿丽咸韺翕，凡籁喁于瓦缶鸣。八伯际方同复旦，（臣倪承宽）

廿臣数更迈登瀛。瞻从琅笈仙云捧，赐出瑶筐异核倾。奚羡熏来吟殿阁，（臣蒋楫）

可知苹食燕簧笙。绮钱采绚琉璃树，葩瑶璎垂靰鞨㯳。授简堂廉增抃跃，（臣卢文弨）

拈题倪笔罕量评。漂池常展熙春绘，鞠脮齐斟介寿觥。皇矣绳绳钦我后，（臣边继祖）

襄哉赞赞朂诸卿。敢夸薄海均和乐，所愿寰区时雨晴。肯构亿年延福履，承天万国奉元正。（御制）

（《清高宗御制诗三集》第 7 册，第 166 页，卷二十七，癸未一，《故宫珍本丛刊》第 556 册，海南出版社 2000 年 6 月版。）

案：该诗应写于乾隆二十八年正月初六日。具体论证参见《抱经堂诗钞》补遗《紫光阁赐宴联句》考释。

·补遗·

题《随园雅集图》[1]

卜筑小仓山下，神仙游戏人间，客至便成雅集，那管西园玉山。
蒋君南州名士，沈翁吴下诗人，翩翩介两公子，合并定是前因。
画师好手难遇，写来亦自神完，莫道都无顾盼，共留面目人看。
（上海书店1994年版《丛书集成续编》第155册，第61、64页。）

案： 该诗末尾有"乾隆乙巳九月年侍卢文弨"题识，故应写于为乾隆五十年九月。

另，梁国治《〈随园雅集图〉记》记："随园在金陵小仓山，有水石竹林之胜，主人仿西园雅集故事，绘图一卷。老人执杖立者吾师太子太傅礼部尚书长洲沈归愚先生也，年九十三；垂竿以钓者编修铅山蒋君士铨，年四十；伸纸执笔者相国尹公之第六子庆兰，年二十八；把卷而倚石者，江宁司马秀水陈君之孙熙，年十八；[2]趺坐而抱琴者，则主人也，姓袁名枚，字子才，钱塘人，己未翰林改知江宁县事，辞官奉母居园十七年矣，年四十九。乾隆三十年岁在乙酉八月八日梁国治书。"（《〈随园雅集图〉题咏》，《丛书集成续编》，第155册，第52页。）

《小仓山房文集》卷五《吴省曾墓志铭》记："无锡吴省曾，字身三，善貌人，行箧中画稿如梵夹，皆今之士大夫也。撷之，不相识则已，有相识者，其人纸上可呼。为予作《随园雅集图》。沈文恪公年九十余，陈生熙年十七，随其老少，声咳宛然。"（《续修四库全书》第1432册，第40页。）

---

[1] 案：该题目系笔者所加。抱经先生原词并无题目。
[2] 案：陈熙，《随园诗话》卷十六，第四十二则："梅岑大父省斋（陈景淳），向作江宁司马，余旧长官也。梅岑年十五，即携至山中，命受业门下，曰：'此儿聪明跳荡，非随园不能为之师。'果一见相得。为取名曰熙，其梅岑则渠所自号也。性爱吟诗，不爱时文。"（《续修四库全书》第1701册，第494页。）
王昶《湖海诗传》卷三十九记："庆兰，字似邨，姓章佳氏，满洲镶黄旗人。诸生。文端公（尹继善）第六子。有《似村吟稿》。"（《续修四库全书》第1626册，第332页。）

和谢墉乙未十一月中澣游摄山，宿栖霞寺，归途成五言律六首

虎踞龙蟠域，谁能领略周？摄山曾寓目，胜境冠东头。
满拟一筇共，偏遭细雨留。吟情忽不禁，海水引泷流。

征君遗旧宅，何处尚空祠？梵响环狮座，时巡驻凤旗。
式瞻云汉制，胜读禹王碑。（山有䂞峪嵝碑。）千佛劳镌凿，应同杜老嗤。（杜茶村《千佛岩》诗有"多少山疮不可医"之句。）

独游良寂寞，贤守喜同来。涧雪添溪水，松风净石台。
朝乘灵运屐，夜拨懒残灰。顿忘簪缨缚，情怀相对开。

不待昌黎祷，天公早放晴。江边草堂寺，林表法王城。
登顿穷三袭，延缘探九英。元晖佳句好，宛见古人情。

昔年同出处，今日判荣枯。虽与山林近，何曾蹇躄苏？
常思采灵药，自笑守空株。七载游难再，莓苔隐旧趺。

快读游山作，浑如宿垢蠲。清缘悭夙约，高兴迟明年。
畅好三秋月，乘凌一线天。擘窠题绝壁，还拟属坡仙。

（谢墉《听钟山房集》卷十五，《清代诗文集汇编》第345册，第225页。）

案：诗题中所记"乙未十一月中澣"，即乾隆四十年十一月中旬。

又，谢墉撰《听钟山房集》卷十六《复次覃溪见和二首》诗中注："乙未岁试，初至白下。试毕，游栖霞，赋诗。时抱经学士长钟山书院，涧泉学士养疴，里门每有见和之作。丁酉年科试再至，犹与二公杯酒话旧累日。至丁酉录遗三

至，则涧泉已作故人。及予北上，抱经又归故山矣。……金陵知名士半出抱经、涧泉两学士之门。"

拙著《清卢抱经文弨先生年谱》"乾隆四十一年十二月初四日"条，谢墉是年恰在江苏学政任上，故其得以游览摄山，宿栖霞寺，作《游摄山宿栖霞寺》诗：是年，抱经先生在江宁钟山书院，故得以与谢墉会面。

谢墉《乙未十一月中澣游摄山宿栖霞寺归途成五言律六首》记："梦想摄山游，星轺岁已周。白门催健步，清嶂在当头。宿宿禅房豫，行行祖道留。先鞭能迟我，五马尽风流。（时有章太守为导先路，故语及之。）经过徐铉宅，道并蒋文祠。夹岸纷衿佩，前驱屏鼓旗。香岩千佛像，斑驳六朝碑。寄语诸童冠，无为彼教嗤。微径缘萝葛，珠泉汩汩来。试茶聊踞石，杖策共登台。松老一居士，塔残半劫灰。东峰明月上，岩缝豁天开。诘朝林旭暖，卓午岭云晴。直上伞形顶，遥临瓜步城。风帆飞点点，云海荡英英。不有知仁乐，谁传天地情？银杏畚龙穴，雷轰数载枯。曾闻苍辂上，瞥见碧芽苏。天意留奇迹，皇仁到朽株。了知双树幻，闲话一跏趺。（雷劈银杏，数百年物也。老僧为言以南巡年复活，荷宸赏挂彩。）昔昔上方磬，已知尘虑蠲。折梅浑若梦，采药定何年？向夕龙潭月，怀人雁字天。拟凭少文画，更寄玉堂仙。（卢抱经、秦涧泉两同年初约偕游，以先一日雨，不果，遂约明年。）"（谢墉《听钟山房集》卷十五，《清代诗文集汇编》第345册，第225页。）

又，秦大士亦有《和韵》诗："试院新诗至，临风咏屡周。王维传画本，崔颢在楼头。占象文星度，笼纱翠墨留。胜情凌绝顶，俯瞰大江流。地经銮辂幸，金碧蠹丛祠。为忆皇华使，回瞻赤羽旗。半湮六代迹，全盛四巡碑。玉冠嘉名锡，山灵免俗嗤。（玉冠峰旧名纱帽峰，上以不典雅，易今名。）屐齿风流远，公乎傥再来。振衣看捧日，多病怯登台。（相订同游，以病不果。）朱绂心原淡，名山志未灰。因之追昔赏，兴逐暮云开。难得逢贤守，而兼快雪晴。带方留古刹，诗已播江城。绿水芙蓉彦，青衫桃李英。一时争属和，仰止有余情。诗肠无鼓吹，见猎亦搜枯。忽觉吟怀壮，欢闻兵气苏。（是日闻金川三次红旗至。）欃枪开日月，猎蕹断根株。当代公燕许，鸿文冠石跌。爱我针砭切，（栖霞山中曾以订方见寄。）

微疴喜渐蠲。可堪论后会,已是别经年。草长飞莺地,山香采药天。寻踪成独往,世外笑顽仙。"(谢墉《听钟山房集》卷十五,《清代诗文集汇编》第345册,第226页。)

赠卢梦龄孝廉留别诗

卅载京华鬓有丝,无才岂合玷清时?
是芦花处藏渔艇,待白雪时泛酒卮。
碌碌犹能娱老母,绳绳即可当佳儿。(主试广东,家信至,与弟皆有添丁之喜。)
故人莫漫嗟离别,岁见梅花寄所思。

(卢子骏《潮连乡志》卷六,1946年香港林瑞英印务局铅印本。)

案:道光二十一年刻本《(道光)新会县志》卷九记载:"卢梦龄,潮连人。兄百龄,康熙五十三年举人。梦龄少孤,奉母孝,事兄松龄、百龄、锡龄左右惟谨,内外无间言。性好学,领乾隆六年乡荐。邑令王植延掌冈州书院,科甲多出其门。乾隆三十一年选知县,以年老不仕,特赐翰林院掌印典簿,寿九十一。"

又,据拙著《清卢抱经文弨先生年谱》,乾隆三十年抱经先生奉旨南下广东,充乡试正考官,与诗中"主试广东家信至"所述情形时间吻合;抱经先生自乾隆二年奉岳父桑调元之书信,入京读书,此后长期留滞京师,直至乾隆三十七年南下至钟山书院,期间长达三十余年,正与"卅载京华鬓有丝"相吻合。故该诗很可能写于乾隆三十年或稍后。

参考文献

【B】

《八旗诗话》，法式善，《续修四库全书》第1705册，上海古籍出版社2002年版。

《白云诗集》，卢存心，《四库全书存目丛书》集部第280册。

《柏枧山房文集》，梅曾亮，《续修四库全书》第1514册。

《柏香书屋诗钞》，张凤孙，《清代诗文集汇编》第307册，上海古籍出版社2010—2012年版。

《拜经堂文集》，臧庸，《续修四库全书》第1491册。

《拜经楼诗集》，吴骞，《续修四库全书》第1454册。

《拜经楼藏书题跋记》，吴寿旸，《续修四库全书》第930册。

《板桥诗钞》，郑燮，《清代诗文集汇编》第346册。

《抱经堂文集》，卢文弨，中华书局1990年版。

《抱经堂文钞》，《国家图书馆藏钞稿本乾嘉名人别集丛刊》第5册，清吴骞钞本，中国国家图书馆出版社2010年版。

《碑传集补》，闵尔昌辑，《清代传记丛刊》第121册，台北明文书局1986年版。

《泊鸥山房集》，陶元藻，《清代诗文集汇编》第341册。

【C】

《茶山诗钞》，钱维诚，《四库未收书辑刊》第十辑，第14册，北京出版社2000年版。

《常郡八邑艺文志》，卢文弨，《续修四库全书》第 917 册。

《陈句山先生年谱》，陈玉绳，《北京图书馆藏珍本年谱丛刊》第 97 册，北京图书馆出版社 1999 年版。

《出塞集》，卢见曾，《续修四库全书》第 1423 册。

《春融堂集》，王昶，《续修四库全书》第 1437 册。

《椿荫堂诗存稿》，虔礼宝，天津图书馆藏，清光绪二十二年杨氏瞩蔚轩刻本。

《敕建净慈寺志》，释际祥，《丛书集成续编》第 58 册，上海书店 1994 年版。

【D】

《大雅堂初稿》，邹方锷，《四库未收书辑刊》第十辑，第 26 册。

《大昆嵛山人稿》，单烺，《清代诗文集汇编》第 309 册。

《（道光）上元县志》，《中国地方志集成·江苏府县志辑 3》，。

《（道光）桐城续修县志》，《中国地方志集成·安徽府县志辑 12》。

《（道光）宝庆府志》，《中国地方志集成·湖南府县志辑 51》。

《东海半人诗钞》，钟大源，《清代诗文集汇编》第 471 册。

【E】

《蛾术轩箧存善本书录》，王欣夫，上海古籍出版社 2002 年版。

《二林居集》，彭绍升，《续修四库全书》第 1461 册。

【F】

《樊榭山房集》，厉鹗，清文渊阁《四库全书》本。

《传经堂诗钞》，韦谦恒，《清代诗文集汇编》第 348 册。

《复初斋诗集》，翁方纲，《续修四库全书》第 1454 册。

《复初斋文集》，翁方纲，《续修四库全书》第 1455 册。

《复初斋外集》，翁方纲，《嘉业堂丛书》第 204 册，刘承干辑，北京大学图书馆藏，1918 年版。

【G】

《宫中档乾隆朝奏折》第二十七辑，台北故宫博物院 1984 年版。

《古雪斋诗》，曹锡宝，《清代诗文集汇编》第 344 册。

《（光绪）重修安徽通志》，《续修四库全书》第 653 册。

《（光绪）归安县志》，《中国地方志集成·浙江府县志辑 27》。

《（光绪）六合县志》，《中国地方志集成·江苏府县志辑 6》。

《（光绪）江阴县志》，《中国地方志集成·江苏府县志辑 25》。

《（光绪）溧水县志》，《中国地方志集成·江苏府县志辑 33》。

《（光绪）湖南通志》，《续修四库全书》第 664 册。

《（光绪）漳州府志》，《中国地方志集成·福建府县志辑 29》。

《（光绪）武进阳湖县志》，《中国地方志集成·江苏府县志辑 37》。

《归求草堂诗集》，严长明，《续修四库全书》第 1450 册。

《国朝畿辅诗传》，陶梁，《续修四库全书》第 1681 册。

《国朝杭郡诗辑》，中国国家图书馆藏，清同治十三年丁氏重刊本。

《国朝御史题名》，黄叔璥，《续修四库全书》第 751 册。

《国朝诗铎》，张应昌，《续修四库全书》第 1627 册。

《国朝书人辑略》，震钧，《续修四库全书》第 1089 册。

《国朝诗人征略》，张维屏，《续修四库全书》第 1713 册。

《国朝赋楷》，胡浚，中国国家图书馆藏，清乾隆三十年怀德堂刻本。

【H】

《河庄诗钞》，陈鱣，《续修四库全书》第 1487 册。

《红鹅书屋匠心集》，金甡，《清代诗文集汇编》第 345 册。

《湖海诗传》，王昶，《续修四库全书》第 1626 册。

《湖州府志》，宗源瀚等修，周学浚等纂，清同治十三年刊本影印，《中国地方志丛书·华中地方·第五十四号》，台湾成文出版社 1970 年 11 月版。

《扈从木兰行程日记》，胡季堂，《历代日记丛钞》第 31 册，学苑出版社 2006 年版。

《画亭诗草》，朱黼，《四库未收书辑刊》第十辑，第 27 册。

《槐厅载笔》，法式善，《续修四库全书》第 1178 册。

《还云堂诗集》，姚继祖，《清代诗文集汇编》第385册。

《皇清诰授光禄大夫太子少傅晋赠太子太保经筵讲官南书房供奉军机大臣东阁大学士兼户部尚书赐谥文定显考丰山府君（梁国治）自订年谱》，中国国家图书馆藏。

《黄侍郎公年谱》，顾镇，《北京图书馆藏珍本年谱丛刊》第91册。

【J】

《计树园诗存》，万廷兰，中国国家图书馆藏。

《（嘉庆）大清一统志》，《续修四库全书》第619册。

《（嘉庆）汉州志》，《中国地方志集成·四川府县志辑11》。

《（嘉庆）直隶太仓州志》，《续修四库全书》第698册。

《嘉树山房诗集》，李中简，《四库未收书辑刊》第十辑，第15册。

《嘉秀藏家集录》，倪禹功，《上海图书馆馆刊》1948年第4—6期。

《简松草堂文集》，张云璈，《续修四库全书》第1471册。

《简庄文钞》，陈鳣，《续修四库全书》第1487册。

《江苏江阴刘氏宗谱》，刘宣铎等纂修，清光绪三十四年树德堂木活字本。

《蕉廊脞录》，吴庆坻，中华书局1990年版。

《借秋山居诗钞》，汪大经，《清代诗文集汇编》第400册。

《敬思堂诗集》，梁国治，《清代诗文集汇编》第351册。

《静廉斋诗集》，金甡，《续修四库全书》第1440册。

《九思堂诗钞》，质亲王永瑢，《清代诗文集汇编》第408册。

《卷施阁集》，洪亮吉，《续修四库全书》第1467册。

【L】

《郎潜纪闻二笔》，陈康祺，中华书局1984年版。

《乐贤堂诗钞》，德保，《四库未收书辑刊》第十辑，第13册。

《冷庐杂识》，陆以湉，《续修四库全书》第1140册。

《离垢集》，华岩，《清代诗文集汇编》第251册。

《两浙輶轩录》，阮元，《续修四库全书》第1684册。

《两浙輶轩续录》，潘衍桐，《续修四库全书》第1685册。

《两当轩全集》，黄景仁，《续修四库全书》第1474册。

《两宋名贤小集》，陈思，清文渊阁《四库全书》本。

《灵岩山人诗集》，阮元，《续修四库全书》第1450册。

《卢抱经先生手校本拾遗》，赵吉士，台湾中华丛书委员会1958年版。

《卢抱经先生年谱》，柳诒徵，《乾嘉名儒年谱》第五册，北京图书馆出版社2006年版。

《芦屋图》（一函两册，清潘荣陛辑），潘楚吟，宁夏大学图书馆藏，清乾隆刻本。

《滦阳诗钞》，曹学闵，《清代诗文集汇编》第347册。

《绿筠书屋诗钞》，叶观国，《续修四库全书》第1444册。

【M】

《䚓谽亭集》，祁寯藻，《清代诗文集汇编》第583册。

《蒙泉文集》，张九思，《清代诗文集汇编》第342册。

《孟邻堂文钞》，杨椿，《续修四库全书》第1423册。

《勉行堂诗集》，程晋芳，《续修四库全书》第1433册。

《邈云楼集六种》，杨鸾，《四库未收书辑刊》第十辑，第13册。

《（民国）杭州府志》，《中国地方志集成·浙江府县志辑3》。

《（民国）六合县续志稿》，《中国地方志集成·江苏府县志辑6》。

《（民国）丹阳县续志》，《中国地方志集成·江苏府县志辑31》。

【N】

《南陔草》，林澍蕃，《四库未收书辑刊》第十辑，第26册。

《凝瑞堂诗钞》，筠亭主人，《清代诗文集汇编》第399册。

【O】

《瓯北集》，赵翼，《续修四库全书》第1447册。

【P】

《培荫轩诗集》，胡季堂，《续修四库全书》第1447册。

《频罗庵遗集》，梁同书，《续修四库全书》第 1445 册。

《平远山房诗钞》（刻本，四卷），李廷敬，中国国家图书馆藏。

【Q】

《奇症汇》，沈源，中医古籍出版社 1981 影印版。

《谦谷集》，汪筠，《四库未收书辑刊》第十辑，第 21 册。

《乾隆朝上谕档》第 5 册，中国档案出版社 1998 年版。

《乾隆起居注》，广西师范大学出版社 2002 年版。

《潜研堂文集》，钱大昕，《续修四库全书》第 1439 册。

《清高宗纯皇帝实录》，中华书局 1985 年版。

《清高宗御制诗》，《故宫珍本丛刊》第 561 册，海南出版社 2000 年版。

《清王述庵先生昶年谱》，严荣，《北京图书馆藏珍本年谱丛刊》第 105 册。

《清代缙绅录集成》第一册，国家清史编纂委员会编纂，大象出版社 2008 年版。

《清献堂集》，赵佑，《清代诗文集汇编》第 360 册。

《清波三志》，上海书店版，《丛书集成续编》第 52 册，上海书店出版社 1994 年版。

《清波小志补》，陈景钟，《丛书集成新编》第 95 册。

《清诗别裁集》，沈德潜，上海古籍出版社 1984 年版。

《清秘述闻》，法式善，《续修四库全书》第 1178 册。

《清续文献通考》，刘锦藻，《续修四库全书》第 819 册。

《清卢抱经文弨先生年谱》，张波、赵玉敏，《卢文弨全集》，第 16 册，浙江大学出版社 2017 年版。

《秋草文随》，袁縠芳，中国国家图书馆藏，宣城袁氏湛华堂刊本。

《裘文达公诗集》，裘曰修，《清代诗文集汇编》第 332 册。

【S】

《删后文集》，陈梓，《四库未收书辑刊》第九辑，第 28 册。

《沈归愚自订年谱》，沈德潜，《北京图书馆藏珍本年谱丛刊》第 91 册。

《诗存》，金德瑛，《清代诗文集汇编》第294册。

《师华山房文集》，戴祖启，《清代诗文集汇编》第359册。

《石研斋诗集》，秦黉，《清代诗文集汇编》第350册。

《收庵居士自叙年谱略》，赵怀玉，《北京图书馆藏珍本年谱丛刊》第117册。

《枢垣纪略》，梁章钜，《续修四库全书》第751册。

《双树堂诗钞》，僧湛性，《四库全书存目丛书补编》第97册，齐鲁书社2001年影印版。

《双牖堂集》，韩廷秀，《清代诗文集汇编》第408册。

《笥河诗集》，朱筠，《续修四库全书》第1439册。

《笥河文集》，朱筠，《续修四库全书》第1440册。

《松泉诗集》，江昱，《清代诗文集汇编》第305册。

《随五草》，尹嘉铨，《清代诗文集汇编》第318册。

《随园诗话》，袁枚，《续修四库全书》第1701册。

《随园续同人集》，袁枚，《丛书集成三编》第56册。

《随园先生年谱》，方浚师，《北京图书馆藏珍本年谱丛刊》第98册。

《随园雅集图》，《丛书集成续编》第155册。

【T】

《弢甫集》，桑调元，《四库全书存目丛书》集部第276册，齐鲁书社1994年版。

《天真阁集》，孙原湘，《续修四库全书》第1488册。

《〈挑耳图〉题记》，中国国家图书馆藏。

《（同治）上江两县志》，《中国地方志集成·江苏府县志辑4》。

《（同治）苏州府志（二）》，《中国地方志集成·江苏府县志辑8》。

《同馆试律汇钞》，法式善，《四库未收书辑刊》第七辑，第30册。

《童山诗集》，李调元，《续修四库全书》第1456册。

《铜鼓书堂遗稿》，查礼，《清代诗文集汇编》第338册。

《萚石斋诗集》，钱载，《续修四库全书》第1443册。

《吞松阁集》，郑虎文，《四库未收书辑刊》第十辑，第14册。

【W】

《晚晴簃诗汇》，徐世昌，《续修四库全书》第1630册。

《望溪先生文集》，方苞，《续修四库全书》第1420册。

《未学斋集》，仇养正，《清代诗文集汇编》第395册。

《文木山房集》，吴敬梓，《清代诗文集汇编》第294册。

《翁氏家事略记》，翁方纲，《乾嘉名儒年谱》，北京图书馆出版社2006年版。

《吴兔床日记》，吴骞，《历代日记丛钞》第31册。

【X】

《惜分阴斋诗钞》，李榮，《清代诗文集汇编》第405册。

《惜抱轩诗集》，姚鼐，《续修四库全书》第1453册。

《西庄始存稿》，王鸣盛，《续修四库全书》第1434册。

《锡山张氏统谱》，张汝楫、张均重刻，中国国家图书馆藏，民国十二年铅印本。

《霞外攟屑》，平步青，《续修四库全书》第1163册。

《响泉集》，顾光旭，《续修四库全书》第1451册。

《肖岩诗钞》，赵良澍，北京大学图书馆藏，清嘉庆五年泾城双桂斋刻本。

《小山诗钞》，邹一桂，《清代诗文集汇编》第260册。

《小仓山房诗集》，袁枚，《续修四库全书》第1431册。

《小仓山房文集》，袁枚，《续修四库全书》第1432册。

《小岘山人文集》，秦瀛，《续修四库全书》第1465册。

《虚白斋存稿》，吴寿昌，《清代诗文集汇编》第397册。

《续三十五举》，桂馥，《丛书集成新编》第49册。

《雪桥诗话》，杨锺羲，北京大学图书馆藏，民国求恕斋丛书本。

《逊志堂杂钞》，吴翌凤，中华书局2006年12月版。

【Y】

《雅雨堂文集》，卢见曾，《续修四库全书》第1423册。

《研露斋诗钞》，饶学曙，《清代诗文集汇编》第346册。

《研经堂诗集》，吉梦熊，中国国家图书馆藏。

《揅经室二集》，阮元，《续修四库全书》第1479册。

《养一斋文集》，李兆洛，《续修四库全书》第1495册。

《扬州画舫录》，李斗，《续修四库全书》第733册。

《一楼集》，黄达，《四库未收书辑刊》第十辑，第15册。

《衣山诗钞》，李翊，上海书店版，《丛书集成续编》第180册。

《亦有生斋集》，赵怀玉，《续修四库全书》第1470册。

《尹健余先生年谱》，吕炽，《丛书集成新编》第102册，台湾新文丰出版公司1985年版。

《尹文端公诗集》，尹继善，《续修四库全书》第1426册。

《隐拙斋集》，沈廷芳，《清代诗文集汇编》第298册。

《涌幢小品》，朱国祯，《续修四库全书》第1172册。

《有正味斋集》，吴锡麒，《续修四库全书》第1468册。

《余暨丛书》，朱坤，（《四库未收书辑刊》第十辑，第18册。

《愚谷文存》，吴骞，《续修四库全书》第1454册。

《袁枚年谱新编》，郑幸，复旦大学2009年博士学位论文。

《悦亲楼诗集》，祝德麟，《续修四库全书》第1463册。

《阅微草堂笔记》，纪昀，《续修四库全书》第1269册。

《月舫诗钞》，萧钟伟，《清代诗文集汇编》第333册。

【Z】

《正颐堂诗集》，江权，《清代诗文集汇编》第338册。

《炙砚琐谈》，汤大奎，《丛书集成续编》第90册。

《忠雅堂文集》，蒋士铨，《续修四库全书》第1437册。

《中国善本书提要》，王重民，上海古籍出版社1983年版。

《竹汀日记》，钱大昕，《历代日记丛钞》第31册。

《竹初诗钞》，钱维乔，《续修四库全书》第1460册。

《紫竹山房诗文集》，陈兆仑，《四库未收书辑刊》第九辑，第25册。

《自怡轩初稿》，陶涣悦，《清代诗文集汇编》第431册。

《棕亭诗钞》，金兆燕，《清代诗文集汇编》第344册。

附　录

翰林院侍读学士抱经先生卢公墓志铭

清·翁方纲

(《复初斋文集》卷十四)

公姓卢氏，讳文弨，字绍弓，号矶渔，又号檠斋，晚更号弓父，"抱经"其堂颜也，人称曰抱经先生。其先自范阳迁越，又自余姚迁居于杭。

曾祖承芳，建平令。祖之翰。父存心，恩贡生，应试宏辞科。公以乾隆戊午中顺天乡试。壬戌，授内阁中书。壬申，一甲第三人进士，编修。丁丑，会试同考官、尚书房行走。戊寅，署日讲起居注官，升左春坊左中允、翰林院侍读。甲申，升翰林院侍读学士。乙酉，主广东乡试。丙戌，会试同考官，视湖南学政。戊子，以条陈学政事，降调还都，旋假归里。至壬子，犹赋重游泮宫诗。年七十九而卒。公前后在中书十年，在翰林十有七年。又前后掌钟山、紫阳书院及崇文、龙城、娄东、暨阳、晋阳，迭主讲席，著录称极盛焉。

公精于校雠，于陆氏《经典释文》，取宋本参校，又别为考证附本书后。又于《逸周书》《孟子音义》贾谊《新书》《春秋繁露》《方言》《白虎通》《西京杂记》蔡邕《独断》诸书，皆汇诸家校本，详勘刊正。又于友朋相质，若《荀子》《吕氏春秋》《释名》《韩诗外传》《颜氏家训》《封氏闻见记》《左传古义》《谢宣城集》，皆手加是正。又于《五经正义表》，若《周易》《礼记注疏》，若《吕氏读诗记》，若《魏书》《宋史》《金史》，若《新唐书纠缪》，若《列子》《申鉴》《新序》《新论》，诸本脱漏者，咸加荟萃，曰《群书拾补》，并系以校语。

公精研许氏《说文》，晚复雅意金石文字之学。所著述古文集外，有《广雅注释》，订正《仪礼注疏》《史记索隐》，而钟山、龙城札记及其它题跋件系考证之书，不可胜记。即以秀水朱氏《经义考》公所补正手书草稿以寄方纲，出于方纲所补正千余条之外者，此尚皆未刊行者也。

　　公为人方严诚笃，事亲孝，与人忠，其殚竭心力为人所难能者，笔不胜书。而方纲于其嗣君之请志墓，专详于所订诸书者，校雠经籍之功，近世儒林之所少也。

　　公生康熙丁酉六月三日，卒于乾隆乙卯十一月二十八日。娶桑氏，继娶谢氏、杨氏。子男四：庆诒，附监生；武谋，监生；庆钟；庆录。女四。孙男一。以嘉庆元年十二月葬于朱芳桥之原。铭曰："卢氏系出，稽自范阳。大小戴记，解诂始详。渊矣先生，后先相望。缉之礼注，功续议郎。整齐百家，训故三仓。包罗群粹，捃摭众长。先生精灵，汗竹有光。须友之斋，康成礼堂。学海长澜，汇注于杭。诒厥后人，湖山泽长。"

　　（《续修四库全书》第1455册，第478页。）

· 附录 ·

翰林院侍读学士卢公墓志铭

清·段玉裁

(《经韵楼集》卷八)

公讳文弨,字绍弓,号抱经。其先自余姚迁杭州。曾祖父承芳,明末建平令,有治绩。祖父之翰,有《春柳堂诗》。父存心,恩贡生,召试博学鸿词,有《白云诗文集》。母冯太恭人,冯先生景女也。公生而颖异,擩染庭训,又渐涵于外王父之绪论。长则桑先生调元婿而师之。冯桑二公皆浙中懋学之士,故其学具有原本。乾隆戊午,举顺天乡试。壬戌,考授内阁中书。壬申,以一甲第三人成进士,授翰林院编修。丁丑,命上书房行走。遂由左春坊左中允洊升翰林院侍读学士,为乙酉广东正典试,旋提督湖南学政。戊子,以学政言州县吏不应杖辱生员左迁。明年,先生以继母张太恭人年高,遂请归养,时年五十有四。

公好校书,终身未尝废。在中书十年,及在上书房与归田后主讲四方书院凡二十余年,虽耄,孳孳无怠。早昧爽而起,翻阅点勘,朱墨并作,几间阒闃无置茗椀处。日且冥,甫出户散步庭中,俄而篝灯如故,至夜半而后即安。祁寒酷暑不稍间。官俸脯修所入,不治生产,仅以购书。闻有旧本,必借钞之;闻有善说,必谨录之。一策之间,分别迻写诸本之乖异,字细而必工。今抱经堂藏书数万卷皆是也。[1]

校雠之事,自汉刘向、扬雄后,至圣朝极盛。公自以家居无补于国,而以刊定之书惠学者,亦足以裨益右文之治。出所定《经典释文》《孟子音义》《逸周书》贾谊《新书》《春秋繁露》《方言》《白虎通》《荀卿子》《吕氏春秋》《韩诗外传》《独断》诸善本,镂版行世。又苦镂版难多,则合经史子集三十八种,如《经典释文》例,摘字而注之,名曰《群书拾补》以行世。所自为书,有文

---

[1] 案:袁昶《毗邻台山散人日记(三)》记:"往予于杭州丁氏见卢抱经学士所手校书,卷尾率有细真书记月日处所,虽旅店届屖及戹围蒙古包中,亦不废铅椠,故能以校雠名其家。不取法焉,胡能有立邪?"(《历代日记丛钞》第70册,第524页。)

集三十四卷,《仪礼注疏详校》十七卷,《钟山札记》四卷,《龙城札记》三卷,《广雅释天已下注》二卷。皆使学者諟正积非,蓄疑涣释。向时弃官归,天下为公惜之,然研摩岁月,衣被将来,功孰大于此者!

公治经有不可磨之论,其言曰:"唐人之为义疏也,本单行,不与经注合。单行经注,唐以后尚多善本。自宋后附疏于经注,而所附之经注,非必孔、贾诸人所据之本也,则两相鉏铻矣。南宋后又附《经典释文》于注疏间,而陆氏所据之经注,又非孔、贾诸人所据也,则鉏铻更多矣。浅人必比而同之,则彼此互改,多失其真,幸有改之不尽以滋其鉏铻启人考核者,故注疏、释文合刻似便,而非古法也。"其读书特识类如此。

公生于康熙丁酉六月初三日,卒于常州龙城书院,乾隆乙卯十一月廿八日也,年七十有九。平生事亲孝谨,年七十三丧继母,犹尽礼。与弟韶音友爱,笃于师友之谊,皆乡邦所共信者。壬申殿试,对策中言直隶差徭之重,纯皇帝动容,饬总督方观承申奏自劾,士论伟之。配桑氏、谢氏、杨氏。子四人,庆诒武谋皆太学生,庆诒踵公没,武谋早逝,庆钟、庆录皆业儒。女四人,适庠生周方岳、江宁府知府李尧栋、举人陈春华、庠生朱元燡。孙男一人,能庸,孙女二人。公之没也,无以为家。公之挚友有为谋以抱经堂书数万卷归有力,欻助其家,待公子孙如约取归,如南阳井公与晁昭德故事。庆钟、庆录曰:"先人手泽存焉,虽贫,安忍一日离也。"

呜呼!公可谓有子矣。嘉庆元年十一月廿四日,与桑、谢、杨三恭人合葬仁和芝芳桥之原。公之弟子臧镛堂以公与余相知最深,来请铭,不敢辞。铭曰:"先生与余交忘年,一字剖析欢开颜。十年知己情则坚,先生一去余介然。归于其宫神理绵,其书可读其泽延。"

翰林院侍读学士卢先生行状

清·臧庸

(《拜经堂文集》卷五)

曾祖承芳,明署建平县知县,妣某氏,生妣朱氏。

祖之翰,妣支氏、杨氏。

父存心,皇钱塘岁贡生,应试博学鸿词科,妣冯氏、张氏。

浙江杭州府仁和县东里人,余姚县籍,卢文弨,年七十九。

状:

先生姓卢氏,字绍弓。颜其堂曰"抱经",学者称抱经先生。父征士公与同里桑主事调元交最善,母冯太宜人故雅敬之。生先生五岁,得瘵疾,将卒,闻主事来,启中门再拜曰:"以儿子为托。"主事感其诚,遂以女字先生,招至京师,授以业,由是学日益进。

乾隆戊午,举顺天乡试。壬戌,考授内阁中书,会试中式廷对剀切,畅所欲言,以一甲第三人成进士。甲戌散馆,上命取诗片进阅,曰:"你就是卢文弨么?"钦定一等一名,授日讲官起居注,由詹事府左春坊左中允升翰林院侍读学士。丁丑、丙戌,充会试同考官,在尚书房行走,侍皇子讲读,出典广东试,提督湖南学政,以端士习正文体为急,拔寒畯入家塾,延师课其成,如丁未进士洛阳令龚鹤鸣，[1] 其一也。戊子，以条奏学政事，奉旨撤回，吏议左迁。念继母张太宜人春秋高，告终养归，时先生五十有四矣。

壬辰，两江总督高公晋奏请主钟山书院讲席，先后八年，从游者若方维甸、孙星衍、董教增为最著。[2] 迨先生卒讣至江宁，前及门顾铭、姚大庆等奉栗主崇祀书院焉。历主浙江之紫阳崇文，山西之晋阳，太仓之娄东，常州之龙城，江阴之暨阳诸讲席，著录最称极盛。

在龙城，郡尊李公廷敬延修府志，乃根据正史，参考群书，采辑事文数百十篇，属草稿曰："史有史料，志亦有志料，吾不能依循旧本草率了事也。"病中犹与分纂诸君论不辍。既而李公调他郡，资费中匮，不克蒇事，因以所成稿授郡中绅士，辞讲席归。

归而两浙都转运阿公林保延主紫阳，待先生忠且敬，课期必盛服坐讲堂，鐍院户，按名给卷，五日发案，评阅详悉，如钟山、晋阳时。乙卯秋，获隽者八人。龚君丽正，丙辰联捷成进士。会盐使有失礼，先生复辞去。至江宁访旧友，感寒疾，归过常州，卒于龙城书院，乾隆乙卯十一月二十八日也。先一日犹强起，

[1] 案：《（光绪）湖南通志》卷一百三十六《选举志四·乾隆五十二年丁未科史致光榜》记："龚鹤鸣，善化人，郑州知州，迁许州直隶州知州。"（《续修四库全书》第664册，第430页。）卷一百七十六《人物志十七》记："龚鹤鸣，字震南，乾隆丁未进士，历任武安、洛阳、延津、沈邱等县知县，迁许州知州。廉明温惠，政誉流闻。有异母兄贫欲弃儒而贾，析产予之。兄隶学籍，仍为贾折，间且谴贵致讼，复鬻产代偿之。姊寡而贫，以时周恤，又赡其闱。少从叔父廷藻学，迎养官所，事之如父。举主知县于某以事遣戍，厚賉之。及死，赙重金，归其丧。"（《续修四库全书》第665册，第424页。）

又，中国第一历史档案馆藏，乾隆五十五年十月初八日《河南巡抚穆和兰奏请以延津县知县龚鹤鸣调补洛阳县知县事》（档号04-01-12-0226-082）："查有延津县知县龚鹤鸣，年三十八岁，湖南进士，以知县用。五十二年十二月牵掣卫辉府淇县，引见奉旨调授今职。五十三年四月到任。"嘉庆七年九月初七日《河南巡抚马慧裕题报郑州知州龚鹤鸣病故日期事》（档号02-01-03-08507-020）："据郑州吏目钦铭申称，窃卑职印官龚鹤鸣现年五十岁，湖南善化县进士，籖掣淇县知县，奉旨调授延津知县，调补洛阳县知县，历署汝州、许州等印务，嘉庆元年题升郑州知州，委署睢宁同知，于嘉庆五年四月十一日回任。今于嘉庆七年八月二十二日忽得痰症，医药无效，即于是日病故。"

[2] 案：董教增，字益甚，又字观桥，江苏上元人。乾隆四十五年，乾隆帝南巡，献诗赋，钦赐内阁中书。乾隆五十二年，成进士，授编修，官至闽浙总督。道光二年卒。有《董文恪公诗集》等。可参见《清碑传合集》之《碑传集》卷七十四《荣禄大夫镇威将军兵部尚书都察院右都御史闽浙总督董文恪公教增墓志铭》。（第939页。）《抱经堂文集》卷二十四有《答董生教增书》。

与及门丁履恒讲仪礼。

童时喜钞书，贫不能多得纸，缩为巾箱本十余箧，皆蝇头小楷。官中书日，始笃志校书，入值每携四册，尽日点勘，十年读经史皆徧。作书阅文，点画不苟，稍有讹阙，必为订正，曰："此古人小学之事也。"笃学，亹而不厌。昧爽即起，夜分始寝。终日莊坐读书，遇疑义，则取别本勘；若有不当，又检视他书，卷帙繁杂，堆几盈案，而心志益清。

尝合经史子集三十八部，成《群书拾补》若干卷，正误辑遗，仿《经典释文》例，句释而字注之。又取董仲舒《春秋繁露》贾谊《新书》校而合刊，名之曰《汉两大儒书》，以皆经生而通达治体，如周末孟轲氏、荀卿子之俦也。又取《逸周书》《荀子》《孟子音义》《吕氏春秋》《方言》《白虎通》《韩诗外传》等，一一校刊，至今海内之士多知读周、秦、两汉书焉。凡《十三经》《二十一史》《大戴礼记》《国语》《国策》《史记索隐》《蔡中郎集》等，皆精意细勘，有手订善本藏于家。晚年更取影宋钞释文，审定付梓，每卷撰考证附后。盖先生以经术导士，于是为至，而衣被学者之功亦由是益广矣。所自著书，有《周易注疏辑正》十卷，《仪礼注疏详校》十七卷，《广雅注释》二卷，《经义考补》若干卷，《钟山札记》四卷，《龙城札记》三卷，《文集》三十四卷，大半刊行。

少事继母，得其欢心，服官京邸，虽甚贫，奉养必竭力谋丰腆。及张太宜人疾亟，先生年已七十有三，尤匝月衣不解带，居丧尽礼。家忌，旅居必奠，谢客终日。自外归，必设祭于桑主事墓，与人言，必称殁父先生。外王父冯公景诗文集毁于火，为重锓之。挚友江阴赵君曦明注《颜氏家训》，为补刊之。

见道纯正，不惑于释老。遇佞佛者，必多方戒谕，或作书振救之，曰："吾不忍其陷于异端，并不许其以释混儒也。"待人无城府，有不可则义形于色，及其改，又善之如初。闲居饱粗粝，衣布褐。戚友困者，周之。不能营葬者，赙以襄事。不能应试者，给以卷资。所到间，栽花木，驯鸽鸟，以养性焉。

配桑氏，继室谢氏、杨氏。子四人，庆治，附监生，后先生七月卒；庆谋，国学生，早卒；庆钟，县学生；庆录，国学生。孙一人，能庸。

乾隆戊申，主讲龙城，知镛堂，亟欲见之。以《月令杂说》请正，曰："子异日学业，吾不如也。"镛感其言，执弟子礼。会修郡志，采先高祖学行入儒林传，而语于里人汤君宾路曰："是子他日亦儒林传中人。"及先生之终，才二十日耳，教诲谆恳，垂殁不衰。身受大德，无以发明先生之道是惧，尝乞钱少詹大昕、段知县玉裁撰志传，得段君文，少詹未有作也。先生卒后五年，镛堂乃次先生历官行事、治经大略、著书卷数为之状，以备史馆传儒林采择。谨状。嘉庆五年十一月十七日，受业弟子常州府学附生臧镛堂状。

（《续修四库全书》第 1491 册，第 601 页。）

《抱经堂诗钞》跋

清·卢庆录

先学士性嗜古文,不耽吟咏,间有酬应兴感之作,稿辄散轶,故晚年编录文集而不及诗。自捐馆后,庆录与先仲兄庆钟读礼余暇,谨检遗箧,见诗稿零星,恐渐散失,亟与先仲兄分体辑录,以图付梓。祗因未经巨手审定,藏之有待。岁辛卯,同里潘世兄红茶方伯奉讳在籍,乃赍稿本丐其阅定。阅后缮成初定本,欲再求覆阅,会方伯服阕就官,事遂中止。丙申春,晤毗陵庄君蝶缘、高君式之,知李绅耆太史主讲江阴暨阳书院,一切俱循先大人主讲时规条,并新所留悬额,以伸景仰。盖太史为先君主讲龙城时及门高弟,博学好古,不仅词翰之工,归田后曾刻种种前哲遗文,以发幽光,性真情挚,世罕其俦。庆录于是秋造访,携方伯初定本并原稿呈阅,而太史一见,力任剞劂,丁酉冬蒇事焉,从此先君诗集得附文集并行,感何如也!庆录刻骨铭心,无以自已,爰谨志校阅刊刻之由于后。

卢抱经先生年谱

柳诒徵 编

(《中央大学国学图书馆年刊》1928年第1期)

先生姓卢氏，初名嗣宗，后更名文弨，子绍弓，一作召弓。

《(光绪)余姚县志》：卢文弨，字绍弓(卢庆钟《行状》"绍"作"召")，初名嗣宗，号矶渔，又号檠斋，晚更号弓父，人称曰抱经先生。

翁方纲《卢公墓志铭》：号矶渔，又号檠斋，晚更号弓父，抱经其堂颜也。人称曰抱经先生。

《书同人赠卢抱经南归序》卷后：予亦书抱经堂而诗之。未谷曰抱经之堂子不可无记。方纲夙不喜为记，谓其易近于序说也。顾读鱼门之记而有感于抱经之旨，又读学士所与石臞论《大戴记》书，而愿有述者。夫抱经云者，卢氏故事也。玉川三传束阁之意，吾不敢知。然以校订诸经言之，则莫若汉中郎将子干于源流失得之故为最深也。

其署书籍跋尾间曰弓庵，又尝署万松山人。

《抱经堂文集·《新唐书》纠谬跋》署弓庵卢某。馆藏《对床夜语》末叶亦署弓庵。又《格古要论》卷五后署万松山人。

所主书院皆榜堂曰须友，明其守余姚劳史、桑调元之教也。

桑调元《弢甫续集·题须友堂诗序》：予颜大梁书院之须友堂，跋其后云："余山先生姓劳名史，字麟书，余姚人，学者称余山先生。倡道东南，颜其斋曰须友。调元学先生之学，教先生之教，今来斯堂亦以是颜之，庶无迷其津矣乎。抑愿学者之胥涉之也。"

卢氏之先出自范阳，散居浙江各地。明季自余姚迁居于杭州之东里坊。

《三峰卢氏家志序》(以下引抱经堂文皆第举其篇目)：浙中诸卢东阳而外，

有天台，有剡，有上虞，有余姚。

余姚之为谱，自明初以来始可征信。

《翁志》：其先自范阳迁越，又自余姚迁居于杭。

《东城杂记跋》：吾祖居在东里坊，其北则艮山门，其东南则庆春门，于东园最相近。（按：《四库提要》杭城东地曰东园者，宋故园也。其名见于宋史。先生文笔恒自署东里卢某。《静志居诗话序》则称东里后生。《碧血题辞》则称东里子）读书之所曰数间草堂。

《东城杂记跋》：吾祖居即所谓数间草堂者也。杨文杰《东城记余》：卢文弨，先世居余姚，后迁杭。老屋在批验所前，所谓数间草堂者也。

曾祖承芳，字誉长，福建建平知县，有治绩。

段玉裁《卢公墓志铭》：曾祖父承芳，明末建平令，有治绩。

冯景《卢母朱太君墓志铭》卢府君筮仕得建平县丞，署令事。前令林某贪残，府君抚之以宽。兴朝兵至，府君解印绶去，民遮道留之不得，至今建平遗爱在，人犹歌思之。府君讳承芳，字誉长。

祖之翰，字天羽，号书苍，有孝行，工诗，著有《春柳堂诗钞》。

《冯志》：友人卢之翰天羽氏，少而孤，事其本生母朱太君至孝。母以寿终，卢子免丧而犹涕泣。

《春柳堂诗钞小序》：此先大父书苍府君之遗诗也。府君生七岁而孤，家贫不能从师问业，母朱太君自教之。年十四，豆创新愈即幞被出门为负米计。稍暇则读书，书皆借之人，遇所惬意作蝇头字录毕置行箧中。既常客游，遂废举子业，壹意为诗，不假绳削而自工。所交皆一时名士。

《新安汪氏增辑列女传序》：先曾祖母朱氏，当明季归先曾祖建平丞誉长府君为箴室，生吾祖书苍府君而寡，时年未三十也。祖业荡然，母备尝茶苦，刺绣纹，摘马齿苋以易米，教育吾祖至成立，而祖业始稍稍复。嫡子无后，吾祖以庶承祧，暨吾父皆以文学有闻于时，如文弨亦得蒙其余荫，知其事者咸以为苦节之报。父存心，字敬甫，号玉岩，私淑名儒劳余山，言行不苟，举博学鸿词，著有《白云诗文集》。盔山图书馆藏数间草堂绿丝栏写本《白云诗文集》

一册,盖卢氏故物。

《鹤征后录》:卢存心,原名琨,字敬甫,号玉岩,浙江钱塘人,廪生,由都察院左副都御史陈世倌荐举,著有《白云诗集》。居贫力学,经史百家,靡不综贯。尝私淑劳余山,立行不苟,尤豪于诗,逢兴会落纸飒飒如飞,后以岁贡入成均。

桑调元《白云集序》:予生平兄事友二人,一卢敬甫,一朱予斋。敬甫才奇横,倚马万言,老卖文,为人作充轫不返顾。其自作亦散失,今所存者如于其弱冠作《劝行篇》,足比昌黎《原道》,为宇宙有数文字。(按:《文集·答朱秀才理斋书》:先师桑弢甫先生少年豪迈,不可一世,而独折节于余山,以所著示先征士敬甫府君。府君署其后自称私淑弟子。府君弱冠之年著有《劝行篇》一通,悼时之易失而行之不可不自力也。其言剀切深至,与桑序合,而馆本《白云集》无此文。)又《寿序》:予兄事无多人,惟敬甫交最笃,亦最先,自总角坐同席,吟同研,出入早晚必俱,居东苑中嬉游啸歌之地,形影无一日离,里之妇孺所称为双先生者也。

母冯氏,名祥兆,所谓有道文人冯景之女也。年二十四即卒,所居曰吉光楼。

杨倞《冯公墓表》:有道文人冯景以康熙五十四年六月二十九日卒于钱塘故里。先生字山公,一字少渠,行高学博,困诸生,贫病而没。

卢存心《遇知外舅纪事》:甲午六月,父执冯山公过小斋,存心出其不示人者就正焉,读未终篇,曰:"得未有如子者。"阅竟,嗟赏不置。明日,来急请于家君,愿以爱女为配。人问之曰贫,外舅曰:"我知文,不知贫且老。夫衣钵有传,所赖多矣。"急请恐后。存心之亲族莫不感动,曰相攸之诚未有若冯先生者。存心喜甚,向之私心窃望者,天竟从之,以为自今数十年教诲有人矣。不料甥舅一年,卒然捐馆舍。乙未六月,存心候疾于床下,执存心手而属曰:"以文字累子矣。"

冯景《解春集诗钞》卷三:秋,生一女,名之曰祥兆。(按:此系目录之题)是日,高先生兆送表贞诗来,而香积寺祥公夜为予作功德,竟,女生,故以二者名之。(按:此系诗前之题)祥本丹霞烧佛师,兆来碧海达夫诗。房衣未脱非男子,汝水无边是女儿。讵学青琴夸妩媚,不妨紫玉作门楣。要知长大谁班蔡,我久轻邕重叔皮。

卢存心《白云诗集·乙丑七月感怀诗序》：吉光楼存年二十有四。继母张氏号曰蕙楼。

《白云诗集》：族孙女蓉曾侍吉光刺纹，今其女弟縡复学绣于蕙楼，针筐线帖宛然如昨，而物旧人新，潸然有作。

桑调元《张端甫时文序》：端甫以女弟续敬甫婚，而敬甫之子亦为予女夫，申之以婚姻，胶漆无间。

《卢敬甫张孺人寿序》：再娶俱贤耦。晚益贫，今张孺人且能代匮，敬甫故不累心于贫。今年之四月，（按：《白云诗集·庚午除夕诗》注：昨岁大儿文弨征诗祝予夫妇双寿，盖己巳年事。）敬甫六十生辰而张孺人五十。（按：《文集·与张东之弟孟阳书》：仆在京落落寡交，所敬奉者惟长民舅氏一人。旧岁为老亲在堂，思博一第，与仆偕二三友人共攻应试之文，而独善仆之所作，尝曰："文有俗韵，虽工不贵也。今吾与若，庶几免是乎！"尝与舅氏语："相者谓甥年殆不满四十，倘其言信，则为期不远矣。"将试之前月，在同年祝君豫堂所会文。文弨与舅氏亲洽之至，故即一二琐屑谈谐之事亦有不能忘者。又《作庵刘公墓志铭》：乾隆八年予始晤香山刘舍人于外家张凤麓先生所。先生前以学士典学粤东，舍人所首拔士也。此皆先生外家张氏人物可考者。）

康熙五十六年丁酉，六月三日，先生生（距劳史卒凡五年）。

《段志》：公生于康熙丁酉六月初三日。

《文学陈少云墓志铭》：方余母冯太恭人免文弨时，乞乳于谢太君，两家子在襁褓中，姐妪辈数提抱往来更相子也。

桑调元《祭卢母杨太君文》：冯之淑媛为存心之先妻，调元娶于汪。冯育子而汪育女，订子之昏早在乎母之怀。（据此似先生自幼即与桑氏订婚。）

康熙五十七年戊戌，二岁。

康熙五十八年己亥 三岁。

康熙五十九年庚子,四岁。

康熙六十年辛丑,五岁。(是年江声生。)母冯孺人卒。

《白云文集·示子诗》:呜呼!汝母贤才,越闺中秀。汝在怀抱中,仁义为汝彀。汝方学语时,经史为汝授。念此大宗子,劬劳不停伏。因之得劳瘵,其病入理腠。时汝才五龄,时行莽疹痘。汝母已疾危,犹以枕叩首。默祷祖先灵,我死子宁留。我死失奉养,子存获享佑。人欲天所从,汝生母不救。临没犹谆谆,是子教宜懋。此子若不才,何异死死母。此子而若才,我魂定无忧。呜呼汝闻言,能不动心否?当时不汝告,谓汝尚雏彀。今闻弥留云,涕当一尺溜。

《解春集序》:先母生文弨一人,旋见背。

《与弟文韶书》:吾生时正值家中匮乏之际,四五岁时,祖父母亲抚养之。

《春柳堂诗钞小序》:文弨幼年,大父亲自督课,授书之际,时时为说先代立身持家之道,及生平所经艰险困苦之状,以相勖励。(未详何年,姑系此。)

康熙六十一年壬寅,六岁。(是年王鸣盛生,何焯卒。)

雍正元年癸卯,七岁。(戴震生。)

《白云集》:五言长律有"癸甲娶山妻"句。自注:"余新续婚。张孺人之来归当在是时。"

雍正二年甲辰,八岁。(纪昀生)

《文学陈少云墓志铭》:既而少云读书家塾,余往就之,同受业于沈武曹先生(元斌),情弥厚。

《与弟文弨书》:稍长,于猥贱之事无所不为,尝籴得官米,吾晚从学堂归,恒自舂也。薪有数等,唯庄柴易斯,若松柴、刀柴难斯。吾为之,故知也。晨起温宿粥一瓯,进学堂。归家午饭,或值未炊,即为佐炊。夏间则日昳又归家饭,乞糕铺汤一盂，取余饭和之以食。物有定价者，常至市买之。

《汪津夫先生诗钞序》：先生间买舟上钱塘，就先君子宿。余方总角，即乐亲先生，效越语。先生不之责，每为解颜，以英异见赏。（以上皆未详何年，约略系此。）

雍正三年乙巳，九岁。（王昶、程瑶田生。）

雍正四年丙午，十岁。

雍正五年丁未，十一岁。（赵翼生。）

雍正六年戊申，十二岁。（钱大昕、鲍廷博生。）

雍正七年己酉，十三岁。（朱筠生。）

雍正八年庚戌，十四岁。（毕沅、周永年生。）

雍正九年辛亥，十五岁。（姚鼐生。）

雍正十年壬子，十六岁。始有志于校勘之学。

《书杨武屏先生杂诤后》：余年十五六从人借书读，即钞之。久之，患诸书文字多谬误，颇有志于校勘。

《与弟文韶书》：父亲处馆于外，不能自教子。吾时读书，不知门径所从入。好钞书，亦非世间希见之本，徒费日力于此，而不知务于其所当务。

《重校经史题辞》：余家无藏书，经史皆不具。少时贸贸不知学有本末，尝日力钞诸子、国策、楚词及唐宋近人诗文，皆细字小本，满一箧。经则《周礼》《尔雅》亦尝节录一过。余经及诸史未之及也。

雍正十一年癸丑，十七岁，（翁方纲生。）入钱塘学。

《汉学师承记》：文弨，名嗣宗，为钱塘诸生。（按：《翁志》称先生至壬子犹赋重游泮宫诗，则先生入学当在是年。）

雍正十二年甲寅，十八岁。（陆锡熊生。）

雍正十三年乙卯，十九岁。（钱塘段玉裁、金榜生。）弟文韶生。

《与弟文韶书》：今弟已十有五矣，离幼志而即成人在此时也。吾弟兄只二人，比闻吾弟年来多病，殊为忧念。今吾年三十有三，尚无子嗣。虽窃禄于朝，曾不能备吾父母一夕之膳。（书作于乾隆十四年己巳，逆推文韶生年当系乙卯。）

乾隆元年丙辰，二十岁。受业于桑弢甫（调元）。

《中庸圆说序》：文（弨）甫弱冠，执经于桑弢甫先生之门，闻先生说《中庸》大义。

乾隆二年丁巳，二十一岁。（杨名时卒。）始客游。

《东城杂记跋》：吾杭人也，既冠即客游，不能久居于杭。

乾隆三年戊午，二十二岁。（章学诚生。）举顺天乡试。

《段志》：乾隆戊午，举顺天乡试。

《（光绪）余姚县志》：继由姚籍改今名，援例入监，中顺天举人。

《贡举年表·戊午顺天乡试考官》：吏尚孙嘉淦、礼侍吴家骥。

《孙文定公家传》：文弨以乾隆三年举于顺天，公实为试官。分校者虑语不尽醇，或未必当。公曰："此本于经，何害？"遂置所取中。

乾隆四年己未，二十三岁。（孔继涵生。）以事客余姚。

《书荀子后》：曩余于乾隆四年以事羁余姚，寓周巷景氏东白楼中，抽架上有杨倞注《荀子》一书，遂手钞之为巾箱本。诸子自老庄外，唯此为得之最先者也。

余后得版本不甚精，曾以他本校一过。今年（丙申）得影钞大字宋本。亟取以正余本之误，盖十有八九焉。向尝疑王深宁《诗考》引《荀子》与今本多不合，至是始释然。知王氏所见之本即此未经后人改窜之本也。岁月如流，回忆三十八年前事，若在梦境，而白发明灯，手此一篇，摩挲探讨，抑何幸欤！（先生抄校一书，往往前后亘若干年，不惮详复若此。）

乾隆五年庚申，二十四岁。馆于杭城。

《仪礼详校序》：乾隆庚申之岁，吾师桑弢甫先生讲学于湖上之南屏，秀水盛庸三世佐实从之游。余馆于城中，不能与共学，而往还恒数焉。见其手《仪礼》一经，汇众解而研辨之。于其节次亦时有更易，以其所为说质于先生，定而后各条疏于经文之下。余见而好之，亦欲从事于斯，而家无此书，遂辍不为。（按：《弢甫集·十笏楼诗序》岁己未、庚申间，余与卢子敬甫留余姚之新城，寓徐氏十笏之楼。时舜江南北诸名士毕集。则此两年中先生父师常往来于余姚及杭州。）

乾隆六年辛酉，二十五岁。（惠士奇卒。）入都。

《与弟文韶书》：辛酉来京师，行装萧然，短褐不完，书籍亦不能携。初时借金氏书以读。此时金氏弟兄外任者分携书卷以出，遂无处可借，又无钱以买书。

《浙江粮道一斋金公家传》：余主公家最久。

《又跋梅二如临徐又次太守手卷》：忆余乾隆初方从师日下，身亦为童子师。

乾隆七年壬戌，二十六岁。考授内阁中书。

《段志》：壬戌，考授内阁中书。

《刘文正公自书手记跋》：岁壬戌，公考试中书，文弨幸中选。（按：汉票签中书舍人题名，卢文弨，浙江余姚人，乾隆五年由举人到阁，五年当是七年之讹。）

乾隆八年癸亥，二十七岁。（邵晋涵生。）在都。

乾隆九年甲子，二十八岁。（汪中、钱坫、钱大昭、王念孙生。）在都。

乾隆十年乙丑，二十九岁。在都。
《白云集·乙丑七月感怀诗》：鼓舞依然两地陈，注子媳每遇生没两忌，必罗列书籍、针线，悲哀移时，今在京亦遥设享位。

乾隆十一年丙寅，三十岁。在都。
《书韩门缀学后》：丙寅、丁卯间，余与友朋会文京邸，呈先生，蒙赏识。

乾隆十二年丁卯，三十一岁。在都。校《文选》于丽景圆。
《丽景校书圆记》：丁卯之夏，选翰林十人、中书十人，校录唐李善所注《昭明文选》。于是即张相国园而开馆焉。文弨时亦从诸君子后。

乾隆十三年戊辰，三十二岁。在都。缮写玉牒，以其暇致力经史。生女。
《与备三大兄书》：近者以久次之故，稍就闲地。值纂修玉牒，得与于缮写八人之列。弟书不能工而能速，以此获少暇，得以读书。
《上桑弢甫先生书》：缮写官书计字为率，日当得一千五百。敝敝于此，何暇为学？近日略得闲，可读书，然不能如古人专读一书之法，读经亦兼读史。
《答陈儆唐书》：文弨之试于礼部，至是而四矣。今年所试之文，颇小称意，而友朋亦杂然同声许为必售。榜发被黜。近者稍得暇，取经史兼阅之，以经为律令格式，而以史为案辞。此文弨近日之所为学也。
《与金峄县天来书》：此时冬寒日短，从玉牒馆抵家大率已曛黑矣。饭讫稍处分家事，即取旧所读书就灯下读。日力有限，不能泛滥群籍。妇抱幼女在旁，女半岁，略识眉目，向予婴婉欲语。予取置诸膝，女似喜读书声，谓若予与之语者然。久之渐不耐，跳跃转侧，不可抑按，乃抱之徐徐行，覆诵所读书，有不接诵处即开卷正之。腕力倦则还其母。儿早睡，予读书至寝，以儿醒索乳为率，则夜已过中矣。偶有所见，随笔记之。

《与桑虎竹书》：文弨八年于外，不得事吾亲，又不能承其家学。年来自伤贫窭，无以为养，呻吟太息之作，亦时有之。

《书杨武屏先生杂诤后》：至三十外，见近所刊经史，其改正从前之误，固大有功矣，而用意太过，则不能无穿凿之失，校者不一，其人则不能无差互之病。于是始因其考证而续成之，渐旁及乎诸子百家。今余家所藏者，太半经余手校者也。

乾隆十四年己巳，三十岁。（方苞卒。）在都。

《书学蔀通辩后》：夫人而欲为陆氏之学，亦第守陆氏之说可耳，而必曰朱子亦若是，何居！盖篁墩、阳明诸人虽陆氏是宗，然亦知朱子之不可攻也。不可攻，则莫若借以自助，于以摇荡天下之学朱子者，使亦俯首以就吾之范围而莫吾抗，若曰："子之师且不吾异，子独焉异之？"（案：先生于考证之学，服膺汉儒，而生平不以诋毁朱子者为然。）

丁酉《答彭允初书》：《朱子集注》自是颠扑不破。今年兄所云"小儒"，所云"臆说"者何人乎？是明明指朱子而已矣。朱子大儒，古今驳难不一，其于朱子无伤也。而年兄乃肆笔逞臆，不顾所安如此，即以前辈而论，意见各殊，尚当婉约其辞，宁谓朱子而可横詈若斯也？

又丁亥《中庸圆说序》：桑弢甫先生少师事姚江劳麟书史先生，劳先生之学以朱子为归，躬行实践，所言皆见道之言，虽生阳明之里，余焰犹炽，而独卓然不为异说所惑。先生信从既久，固宜其言之与朱子悉相吻合，而文弨亦幸得窃闻绪余，可以见先生讲学宗旨，并识于此。

乾隆十五年庚午，三十四岁。（李绂生。）在都。馆黄昆圃家。一意校经史。

《上黄昆圃先生书》：文弨弱冠来京师，（按：此当是指初入都会试时）三年而归，归而复来，迄于今且十年矣。官司之长及举主，岁时随例往投刺而已，未尝一进谒于其庭也。其余王公大人之门，未尝有文弨之迹焉。

家贫不能得书，自来京师，卷轴益少，读班、范之《汉书》，欲求荀、袁之纪以证之而不可得也；读欧、宋之《唐书》，欲求刘昫之旧本以证之，而不可得也。借之友朋，皆相笑以为不急之务。

家君在南方，师友亦皆远隔，每有滞义，辄锢于胸中，积日不得豁然。见前人议论之未是者，窃欲更张之，深惧不知而作。

今者独辱令子侍御君之下交，而又示以贤孙之文。

谨先献所为古文若干首，《汉书续考证》三册。幸先生不弃而辱教之，且出其藏书以示之。

《重校经史题辞》：泪官中书，始一意经史，去冬卒业。《周易》《史记》，以未见内府新校本为缺然。今割俸之所入，先备得数种，冀以次观其全焉。官事隙即展卷读之。

复取诸本与新本，校其异同。其讹谬显然，则仿六经正误之例为一书；其参错难明，则仿韩文考异之例为一书。

《书李空同诗钞后》：乾隆十五年，穀甫先生主大梁书院，因空同后人请选其祖之诗，为检定十六卷付之，裁毕梓，即以本寄文弨京师使读之。

《王厚斋诗考跋》：余观近时人往往见古人所引诗书与今不类者，辄以意更之，使得见此书亦当瞿然知其不可妄作。故余急校而录之，并增其所未备者若干条，又所注书名后厘而析之，视旧本稍详正矣。（此跋作于庚午）

《增校王伯厚诗考序》：曩余于此书增其所未备，并以元本补遗各归本篇，录成清本，为之跋其后矣。自尔以来，时复翻阅，见王氏于《释文》所载之异同，多不引入。夫古来传书，不皆画一。即《释文》本亦与《正义》本多不相同。宋人刻经注疏，附以《释文》，至其差龉处，便改《释文》以就注疏之本。使非通志堂所梓宋本《经典释文》三十卷具在，后之人又安从识别乎？（此序作于庚子年。）

乾隆十六年辛未,三十五岁。(刘台拱生。)馆黄昆圃家。

《竹书纪年统笺跋》:岁辛未,余馆北平黄昆圃先生家。先生门下士知名者众,故独诧癸卯主江南试所得三人,曰任翼圣启运,陈亦韩祖范,徐位山文靖。此三人者,其学皆博而醇。

一日,徐君来,先生令余出见。先生家多客而独徐见者,此先生待余意不薄也。

今余方著《史记续考证》,未竟,得此书以相参覆,庶可无憾。

《与侍读申笏山甫书》:文弨趋走内阁,忽忽已十年,每欲撰《舍人录》一书,久而未就。近始见真定梁慎可所著《内阁小识》,差可见明末及国初制度。

乾隆十七年壬申,三十六岁。(孔广森生。)成进士,授编修。子庆诒生。

《段志》:壬申,以一甲第三人成进士,授翰林院编修。

《贡举年表》乾隆十七年会试主试:礼侍嵩寿、内阁陈世倌、阁学邹一桂。一甲三人:秦大士,江宁;范棫士,华亭;卢文弨,余姚。(按:《馆选录》是年入翰林者有钱载、梁同书、翁方纲、谢墉诸人。)

《余姚县志》:性尤伉直,壬申廷对力言直隶差徭之重,纯庙为动容,饬总督方观承申奏自劾,士论伟之。

《时政疏》曰:窃见直隶一省差务殷繁,自督臣以下惟知办差为考成之要务,而他皆有所未遑及,今且州县不足而及于教职矣。厚其资给,优其升擢,以效力于公家,亦谁不乐就者?窃闻道路之言,颇以为畏途者,何也?毋乃出纳之际,奏销之例有未尽当其理者欤?盖银之给于上者,经易数四而后至于州县,则恐侵克之弊未尽绝也。小民之应上差役者,必征召于月余之前,聚集守候而后效用于一旦。官但案其听用之日,给其廪直,则恐赔垫之苦未尽免也。当其任者希苟免于目前,而弥缝于日后,窃恐州县帑藏所储未能皆无借动也。幸而太平无事,故不见其利害耳。

《又跋梅二如临徐又次太守手卷》：新建裘文达公为壬申殿试读卷官，余以是年登第，以师礼事之，有燕会必招余在座。

《中庸图说序》：吾房师汉阳孙楚池（汉）先生，尝寓书教文弨宜昌明理学，毋务华而弃实。（案：孙氏未知为先生何科房师，姑附著于是年。）

乾隆十八年癸酉，三十七岁。（孙星衍、陈鳣生。）
馆藏《逸周书》有"数间草堂藏书""文弨校正""抱经堂印"三印。卷一第一页第一行下题："乾隆癸酉七月下浣卢文弨以钟伯敬本校。甲戌正月又以程荣、吴管本校。戊戌十一月得惠松崖栋、沈果堂彤校本重校。（以上朱书）庚子又以卜世昌本、赵畇江曦明本校。（墨书）"卷二末页题："子月四日阅。（朱书）"卷七王会解下题："以王伯厚补注本覆校。"

乾隆十九年甲戌，三十八岁。（陈祖范卒。）散馆。归里葬母。
散馆责难赋以"绳愆纠谬，格其非心"为韵。

《又跋梅二如临徐又次太守手卷》：甲戌之春，余长男庆诒方三岁，患豆创，医皆以为结痂可待矣。时余七岁女久病，请徐先生入视，先生见余男亦在床，出谓余曰："君男之痘，医者以为何如？此证有吉，有险，有凶，君男在险法中。"余始皇急就先生求良医。先生因命其长君凤鸣旦旦来视，毒然后大发于外，为手制善药，护其里，散其外，又逾月而始愈。

《书张蒙山果葬高氏九棺记后》：乾隆甲戌，余晤蒙山先生于长芦，先生知余归为葬母也，甚惢恿之。

馆藏《中说》有"数间草堂藏书""文弨校正""抱经堂印"三印。卷上首行朱书："乾隆甲戌六月朔卢文弨以阮逸注本校。"末题："癸丑立夏日阅。"

乾隆二十年乙亥，三十九岁。（凌廷堪生，全祖望卒。）是年疑尚在南。
馆藏《大戴礼记》有"武林卢文弨手校""数间草堂藏书""卢文弨字绍弓""文弨校正""抱经堂印"诸印。卷一首行题："乾隆甲戌五月十八日以程荣本对校。乙亥嘉平之望以元刘贞庭本对校。"

又《易林》有"数间草堂藏书""卢文弨字绍弓""文弨校正""抱经堂印"诸印。卷一首行下朱书:"乾隆乙亥十二月卢文弨校。又丙子六月覆校。"书眉题:"姜恩本系翻改本。马骕本在姜本后,刻最佳。藏本多同。"末叶朱书:"乾隆癸卯八月六日以道藏本校。藏本更讹。弓父。"卷三末叶朱书:"癸卯八月廿一日校。又雌黄书丁未四月二日陆敕先临宋本校。"(馆藏《易传》有"数间草堂藏书""文弨校正""卢文弨字绍弓"诸印,未详何年所校。卷上书眉题"程荣本"三字。)

乾隆二十一年丙子,四十岁。(黄叔琳卒。)入都。

《桐乡沈氏家乘序》:桐乡沈子陛扬尝从家大人受业,与余敦世好。久不相见,一旦聚粮走三千里,访余于京师,植余方南还,尽用其资,孑然居旅店中,忍困以待余来。

馆藏《博雅》卷一下题:"乾隆丙子正月卢文弨校。"上题"吴琯本",有"卢氏藏书""卢文弨字绍弓""文弨校正"诸印。

又《韩非子》有"昆圃黄氏收藏图书""文弨借观""数间草堂藏书""卢氏藏书""文弨校正""卢文弨字绍弓"诸印。卷一首行朱笔题:"乾隆二十一年丙子二月卢文弨以凌瀛初本对校。"墨笔题:"四十二年丁酉二月又以冯己仓所校张鼎文本校。"第四行下蓝笔题:"五十三年六月以保定知府黄策大字本校。当在明嘉靖时。不如藏本。"末叶墨书:"丁酉二月晦日校。张本多古字。"朱书:"癸卯九月十三日弓父。又在山西借道藏本校。旧注藏本多有不同。"卷二末页墨书:"三月十二日灯下阅。弓父。"朱书:"癸卯九月十四日校。"卷三末页朱书:"三月十七日灯下阅。又癸卯九月十六日清晨校。"卷四末页朱书:"三月十九日阅。以张本校,而此与前卷皆讹写作郭,老人忘事一至于此,可叹!又癸卯九月十六日校。李因其同年来畅谈,共食南瓜饼。"卷五末页朱书:"丁酉三月十九日阅。弓父。又癸卯九月十八日再校。"蓝书:"戊申六月初十日又看一过。"卷六末页朱书:"丁酉三月二十日弓父校。又癸卯九月二十日又校。"卷七末页朱书:"三月二十一日校。弓父。又癸卯九月二十一日校。"卷八末页朱书:"四月四日灯下读。癸卯九月二十二日又看一过。"卷九末朱书："四月五日校。是日得孙楚池师书。又癸卯九月二十二日校。"卷十末朱书："同上日阅。弓父。又癸卯九月二十二日校。"卷十一末朱书："四月六日蚤起校。又癸卯九月二十三日校。"卷十二末朱书："四月七日阅。冯已苍以戊寅四月十一夜看此，云目昏甚蒙蒙然。又癸卯九月二十三日校。欲速完，料理归装。"卷十三末朱书："四月七日得吴生又新书。又癸卯九月二十三日校。"卷十四末朱书："癸卯九月二十四日校。"卷十五末朱书："初七日阅三卷。又癸卯九月二十四日校。"卷十六末朱书："初九日阅。秦长君观察以父忧归，候之。又癸卯九月二十四日校。秦芝轩今为四川方伯矣。"卷十七末朱书："初九日灯下。又癸卯九月二十四日校。"卷十八末朱书："初十日雨窗校。又癸卯九月二十五日校。"卷十九末朱书："看重竹，复坐阅此。初十日。又癸卯九月二十五日校。年家子代州冯廷丞以诗赠行。冯字汝咨。"卷二十末朱书："冯已苍以此本并叶林宗道藏本及秦季公又玄斋本校所蓄张鼎文刻本。张本固多脱文，然颇有好处，不可谓全非也。丁酉四月十日卢文弨校。谈孝廉茗村饷鲫鱼、炙荀至。又张本与道藏本合者多。今凡张本下加圆圈者，谓藏本同也。内有未尽是者，非取之也。癸卯九月二十五日弓父借道藏本校竟。冯汝咨并饷程凤池墨八笏、王若霖书《西园雅集记》十二幅并水晶蟾蜍砚池一枚。"

又《新语》有"数间草堂藏书""文弨校正""抱经堂印"三印。卷上首行题："乾隆丙子春三月卢文弨以程荣本校。"

又《潜夫论》有"数间草堂藏书""文弨校正""抱经堂印"三印。卷一首行朱书："乾隆丙子春三月卢文弨以程荣本校。"

又《申鉴》有"数间草堂藏书""文弨校正""抱经堂印"三印。卷一首行下朱书："乾隆二十一年三月甲戌卢文弨以程荣本校。"书眉朱书："本欲补录全注于此，后以其注释皆人所易知，故中辍。"

《善本书室藏书志·周易干凿度》二卷，乾隆丙子卢见曾得嘉靖本、钱叔宝藏本，不失旧观，梓行。卢文弨又加校正，有"弓父手校"及"精校善本，得者珍之"诸印。（原书亦藏书中。）

乾隆二十二年丁丑，四十一岁。充会试同考官，尚书房行走。桑孺人卒。

《又跋梅二如临徐又次太守手卷》：桐城王中涵户部，丁丑会试与余俱为《诗经》分校官。

《与朱理斋书》：曩丁丑分校礼闱，得山左一卷，决其人必正气，荐后不为主者许可，将次开榜，犹抱其卷上堂力争，竟不能得。近数科中，未曾有此事。因此通国传闻，且谓仆为之堕泪者。后其人来见，乃昌乐阎君名循观，果道学君子也。再进再黜，即仆亦劝其姑少变文格以谐俗，而此君瞿然正容，以不能对。至丙戌，始见赏于识者，置之高列，得官考功主事，三年告归，卒于里中。友人为刻其《困勉斋私记》。又仆当日于闱中录其《四书义》三篇，今一并呈览，可知因言考行，古人良不余欺。

《阎考功哀辞序》：分校诸公闻有此卷，争取传观，咸称善。秀水郑君炳也，任邱李君廉衣，武进庄君本淳，尤欢息不已。即撤棘，言颇传于外，并有传予为之出涕者。吾乡陈句山先生，深于文者也，索此卷阅之，谓当冠伦。

君言试前得余所为亡室桑孺人行略，（按：此知桑孺人之亡在去年或是年之春初）读之恻恻然若有动乎中，谓能质言之而情事亦曲尽也。

桑调元《五岳集·丙子诗序》：怜弱息之沈锦。

促促复促促，凄凄复凄凄。毛里作生诀，恨恨不能辞。十年违抚爱，几日亲容仪？容仪苦衰飒，满鬓飘白丝。远念北堂上，龙重血涟洏。依依亲手足，悄悄梦见之。泥首谢公姥，愆积如京邸。沈绵累君子，药物竟何裨？绕床噪且泣，憨此黄口儿。休论缣与素，时命舛不齐。既出又复入，顾念缠深悲。须臾暂竚立，从此天一涯。死当成永诀，生当复来归。

《忆女病》：久病何缘起，还当远别离。缠绵儿孰乳，酸苦妇难为。贫里劳参术，愁边益鬓丝。龙钟怀二老，涕泪万行垂。

又《羖甫续集·哭卢氏女六首》：焦琴痛碎十三徽，月没教星照锦帏。寒馨客装营药物，春醨泪血恸慈闱。（据此似桑孺人丙子冬病剧，至丁丑春初卒。）悲思枫落清江冷，望断花开绮陌归。病到十分枯指爪，犹怜儿女密缝衣。碧城玉宇映蟾蜍，捧得冰轮入梦初。尘世浑难留皓魄，全光还散入空虚。（女初生时作梦月词。）门风原是异吾家，秦晋休将巨阀夸。冰上人来词总费，多方作合类搏沙。生来从未出帷房，尽箧惟存练布裳。小阁春开白铜镜，朱铅不爱抹浓妆。早逝先姑未及笄，于归偷作数行啼。孤山山北营春奠，肠断灵宫日欲低。兰室从联娣姒欢，春前分散佩珊珊。伤心讣到青门日，病榻罗衣泪未干。（按：集中《与备三大兄寿朋书》：文弨大母在日，嫂氏时以饮食相遗，行步则为之扶持。大母念文弨在远则哭泣，又赖劝慰以解。此文弨所切切于中，不能一日忘者也。闻丧之日，弟与弟妇俱痛悼累日。此诗所指娣姒当即寿朋之妻。）

又《瑞洪除夕诗》：心怜伶俜女，早嫁城南族。所嗟薄禄相，非关舆脱辐。良人去京邸，终岁归宁数。粮艘载分明，柴车迎輾辘。朝暮共盐齑，长安悭桂玉。牛衣对泣人，由来命不淑。焜煌褕翟衣，讵被安且燠。恒游过横门，生诀依天属。入地从先姑，殽音自不育。故人剩蒿簪，幸乞存敝箧。

《余姚县志》：二十二年，充丁丑会试同考官，上书房行走。

《戴东原注屈原赋序》：余得观是书，欲借钞，既闻将有为之梓者，乃归其书而为序以诒之，且怂恿其成云。（按：《汉学师承记》：绍弓官京师，与东原交善始潜心汉学，精于雠校。集中述及戴氏，始于是年，订交当尚在是年之先。《戴东原集》辛巳夏《与卢侍讲书》云：去冬刻就《屈原赋注》，属舍弟印送，谅已呈览。盖先生作序于是年，而书刻于庚辰冬也。）

乾隆二十三年戊寅，四十二年。（惠栋卒。）浈升翰林院侍读。

《翁志》：戊寅，署日讲起居注官，升左春坊左中允、翰林院侍读。

馆藏《急就篇》二册有"卢氏藏书""文弨校正""抱经堂印"诸印。卷一第二行题："乾隆戊寅冬十月卢文弨以毛氏汲古阁本校。"又一行题："王氏有补注附《玉海》后。"末页题："乾隆戊戌又六月七日以浚仪王氏补注本校一过。"后序后又题："乾隆戊戌又六月十二日卢文弨以厚斋补注复对阅一过竟。时借居常和街王氏宅。"

乾隆二十四年己卯，四十三岁。（汪绂、顾栋高卒。）丁外艰。

《书录解题跋》：乾隆己卯余读礼家居，友人见示此书，仅自楚辞别集以下，而其它咸缺焉。乃秀水朱氏曝书亭钞本也。今距曩时十八年（文作于丙申）而始见全书，殊为晚年之幸。

余客居钟山，幸以课读余闲少为补缀，几自忘精力之不逮前矣。

又《新订书录解题跋》：丁酉王正，复得此书子集数门元本于知不足斋主人所。

《乡贡进士卢府君墓志铭》：乾隆二十四年，余往扬州，如缵闻之来见。

乾隆二十五年庚辰，四十四岁。为卢雅雨校刻《大戴礼》。

《新刻大戴礼跋》：吾宗雅雨先生思以经术迪后进，于汉唐诸儒说经之书，既遴得若干种付剞劂氏以行世，犹以《大戴》者孔门之遗言，周元公之旧典多散见于是书。知文弨与休宁戴君震夙尝留意是书，因索其本并集众家本参伍以求其是，义有疑者常手疏下问，往复再四而后定，凡二年始竣事。

戴君丁丑年所见余本即元时本耳。自后余凡六七雠校，始得自信无大谬误。刻成覆阅，又得数事，今附见于后。以此益知学问之道无穷，心思之用亦无穷。（按：《东原文集》庚辰冬《与卢侍讲召弓书》：《大戴礼记》刻后即校，俗字太多，恐伤坏板，姑正其甚者。可与此参证。）

乾隆二十六年辛巳，四十五岁。（张惠言、江藩生。）

《孟子注疏校本书后》：乾隆辛巳，余从吴友朱文游夬处借得毛斧季所临吴匏庵校本，乃始见所为《章指》者，独于末卷缺如也。后见余仲林萧客所纂《五经勾沈》亦复如是。更后乃闻有何仲子校本，则所缺者独完，求之累岁不获。今江都汪容甫乃始以其录自何本者借余，遂得补录以成完书。计今年丙申，上距辛巳十六年矣。

乾隆二十七年壬午，四十六岁。（严可均生，江永卒。）校《周礼注疏》。

萧穆《记方植之先生临卢抱经手校十三经注疏》：抱经先生手校十三经注疏本，后入山东衍圣公府，又转入扬州阮氏文选楼。阮太傅作校勘记，实以此为蓝本。道光四年，吾乡方植之先生客于广东督署，首以阮刻十三经注疏校勘记借抱经先生原本详校一过，上下四旁朱墨交错，惜彼时行箧无注疏，全部传录句读耳。余于咸丰己未春，访植翁之孙山如于鲁谼山中，得观植翁临本，始知阮刻脱讹不可枚举。未几，鲁谼山为残寇蹂躏，凡植翁生平批校之书悉遭焚毁。山如所录之本，不及十分之一。今仅存《周礼注疏校勘记》十一、十二两卷，并《释文校勘记》上下两卷，共一册，及《仪礼注疏校勘记》卷一至卷七两册。余留案头数年，时取玩之。盖抱经先生手校多取惠半农氏之说，而植翁手录亦时有案语，或发明，或纠正，实为读注疏者之切要。惜全书不存。

康熙丙戌，见内府宋板元修本，粗校一过。何焯。

雅雨卢公得宋椠本经注《周礼》，将以进呈，因装潢之暇，校阅一过。书共十二卷，每卷一册。时乙亥十二月小除夕前一日。适四儿病，心绪甚恶。辍忙冗而为此，古人处困不废学，愚愿学焉。松厓。

乾隆壬午夏四月借惠松厓本对校竟。卢文弨识。

道光四年借阮宫保抱经原本传校。东树。九月二十日毕。（以上植翁记于《周礼注疏校勘记》卷十二末页空行间。）

乾隆二十八年癸未，四十七岁。（焦循、黄丕烈生。）校《五礼通考》。

《五礼通考跋》：吾师味经先生因徐氏《读礼通考》之例，而遍考五礼之沿革，博取精研，凡用功三十八年而书乃成，文弨受而读之。

《复秦味经先生校勘五礼通考各条书》：日承尊谕，以所著《五礼通考》虽已刊刻完竣，未即行世，恐其中或有参错不及细检处，须及今改订为善。翻阅之劳，所不敢辞。谨就愚见似其中尚有可参酌者数事，辄疏左方呈览。（按：此书系甲申年作，附前跋后以明起讫。）

乾隆二十九年甲申，四十八岁。（阮元生，秦蕙田卒。）升学士。

《翁志》：甲申，升翰林院侍读学士。

乾隆三十年乙酉，四十九岁。（洪颐煊生。）充广东乡试考官。谒孔林。

《翁志》：乙酉，主广东乡试。

《贡举年表·乾隆三十年乙酉乡试广东考官》：学士卢文弨，仁和；吏主刘墫，诸城。

《题严葆〈林香照图〉后》：余为广东主考官，已事而反，迂驿程五十里谒孔林。

乾隆三十一年丙戌，五十岁。（顾广圻、何元锡、王引之生。）充会试同考官。提学湖南。

《余姚县志》：三十一年，充会试同考官。

《阎考功哀辞序》：三十一年会试，予又与分校之列。揭榜日，唱名至第九，侍郎刘公荫榆见君名，诧于众曰："此即往年卢某所为抱其卷而泣者也，今可为之一鼓掌矣。"满堂闻之，皆大噱。

《翁志》：丙戌，视湖南学政。

《书韩门缀学后》：丙戌，提学湖南，见先生于保阳，录所咏长沙古迹诗示余。余所履实继先生之后尘云。

乾隆三十二年丁亥，五十一岁。（臧庸生，程廷祚卒。）在湖南。

《中庸圆说序》：按试宝庆日，诸生循例讲书，有以'君子中庸'一章进讲者，与吾素所闻于吾师者未有合也，因举吾师之说以为诸生正告焉。

《重刻何注孔子家语序》：余试郴州日，有明何文简公后人泰吉，以公所注《孔子家语》来上。注简核明切，其征引诸书同异复极详备。其家欲刻是书，然钞本讹脱，至不可句。余惜其功力之徒勤也，许为校订。至年余乃粗就绪，而官斋所有之书不多，其所不知盖阙如也。

乾隆三十三年戊子，五十二岁。（张廷济、许宗彦、李兆洛生。）

以言事不当降调还都。

《翁志》：戊子，以条陈学政事降调还都。

《惠定宇春秋补注跋》：丙戌之春，借得此本，课两儿分钞。（按：公续娶谢氏及生次子武谋，均不详其年。）不解文义，舛讹者半。儿子师江阴朱与持黼略为正之。钞未竟，会有湖南之行，携之箧中两年矣，卒卒无暇理此。今年至京师，长夏无事，补钞末卷。

《学政全书》：乾隆三十二年奉上谕：湖南学政卢文弨条奏一折，全属不谙事体。其意专务弋取虚名，于学校士习大有关系，已据各该部按款缕晰议驳。即如所奏州县官责处生员应申报学臣一条，此乾隆元年议奏条例，载在《学政全书》者，已深切著明。今该学政复多方附会，有心为不肖青衿开宽纵之渐，殊不知士子果能安分自爱，地方有司自应优以礼貌。若其甘为败检，法所难宽，则按律示惩，俾知悛改，且以警戒其余，则其所保全者甚多。该学政乃巧为袒庇，摭拾渎陈，是将使恃符滋事者恣意妄为，自干法网，爱之非适以害之乎？至所称民人控士令教官接受传讯，劣等苗瑶生员免其对读，及散给贫生租银请照兵丁红白事例数条，既使司择者侵官滋弊，且令考校失劝惩之义，恤贫开冒滥之端，皆属曲意偏徇，市恩邀誉，于整饬士风之道毫无裨益。卢文弨所见如此纰缪，若仍令其典司学政，必致诸生罔知绳检，风气日漓，岂朕造就多士之本意耶？卢文弨着即撤回该部，严加议处。

乾隆三十四年己丑，五十三岁。南归养亲。主讲暨阳书院。续婚杨氏。

《段志》：明年，先生以继母张太恭人年高，遂请归养，时年五十有四。（按："四"当作"三"。）

《再书杂诤后》：岁在己丑，余续昏先生之女孙。（武屏先生为杨文定公名时从弟，名名宁。）其季也来为余继室，甚好文事，若男也必能收辑先生之遗书。归余仅四年而亡。

《候选主事苍毓杨府君家传》：暨阳书院之新建也，余承学使鹤峰李公之聘，来主讲席，见君之所规画，咸中法程。君数过余，厚余甚至。后余续昏于君从兄之季女，亦君所为怂恿成之者也。

乾隆三十五年庚寅，五十四岁。（陈寿祺生。）复入都。

《题张氏所刻栲栳山人诗集后》：乾隆庚寅，见今太史邵二云于京师，（按：先生既告养归，不知何事入都。）访乡前辈遗书，得《元岑静能先生诗集》三卷，录而藏之。阅一周星，而张罗山氏得邵本，并汪本、岑氏后裔所藏本合校，而贞诸梓。

《书北梦琐言后》：前罢官在京师日，偶为亡儿衷是举唐人"锄禾日当午"一诗，以为是聂夷中作。儿惮余，不敢请，退而询北堂宏农君曰："昔闻是李公垂作，人以此卜其必相者，得毋误也？"余闻亦哑然，不自忆前语之由来。今观此书实然，余向者亦沿兴公致误也。玉树长埋，瑶琴复绝，不能并起而告之，掩卷之下，盖不胜其腹之悲也！（按：衷是当即武谋，宏农君杨氏也，此文为戊戌年作，推其年当在是时。）

乾隆三十六年辛卯，五十五岁。（姚范卒。）

《尹河南集跋》：余钞之朱鸿胪豫堂先生所，朱钞之新城王氏，王有校雠甚略。李进士文葆再校少详焉。朱以别本参校，更加详焉。余钞即竟，朱又得一旧写本。因诸君子校对之勤，而乐为继其后也，凡三四过始卒业云。

乾隆三十七年壬辰，五十六岁。（方东树生。）主讲钟山书院。

按：丙申年《寄孙楚池书》，主讲钟山当自是年始。

乾隆三十八年癸巳，五十七岁。主讲钟山书院。杨恭人卒。

《〈声音发源图解〉序》：吾来钟山，悼世人字体之不正，欲以《说文》救其失，而俗学迷昧，安于所习，其能从吾言者盖寡。

《九经古义序》：余十数年前见是书，即为之商略体例，校订讹字，而还之征君之子承绪。洎余自湖南归，复从乞借钞，携之京师。嘉定钱学士莘楣大昕、历城周进士书昌永年各录一本以去，而余转鹿鹿未能卒业。至今春赖友朋之力，始得录全。计原本之在余箧中者，又五年所矣。书此以见岁月之空驰，而读书能不间断，诚难也。

《题癸辛杂志》：此书江阴杨伯庸敦裕所校，留余箧三年矣。前年六月，（此文乙未六月作）余病卧金陵城南小楼中，以此书作消遣。时楼中人尚无恙也，未几而分飞矣。当时相与即即足足于小楼中者，亦惟腹知之而已。自今余第缄置之，亦不忍复读矣。

《对床夜语题辞》：岁在癸巳，六月，坐金陵城南之小楼手钞此书。余妇季杨见余之挥汗为此不急之务也，曰："天时正炎，君子宜自爱。"乃钞仅三卷，夺于他事，不果。再逾月，余妇亡。后二卷令他人续成之，漫置箧中。

读书中所引安仁、文通、乐天悼亡之句，弥难为情。

馆藏《对床夜语》有"东里卢文弨""抱经堂写校本"诸印。首有题辞一页。（题辞刻卷中）卷一末朱书："乾隆癸巳六月二十九日卢文弨钞。"蓝书："丁酉三月三日因看新刻本，再阅一过。"卷二末题："七月三日写。"卷三末题："七月初五日录。"卷四末题："予妻季杨没后十八日，讬李生续余钞此。欲剪西窗之烛，岂可得哉？八月二十八日文弨含泪志。"卷五末题："予妇召金坛老医王君其英视疾，晚至，而予妇已晨亡。昨王君亦暴卒，相距才十九日耳。悼亡与哭人，不知若何措词矣！癸巳八月晦弨庵。又丁酉三月三日阅讫。"

又严元照跋：抱经先生嗜古好书，每观罕见之本，辄课生徒分抄，抄竣，亲以朱笔校勘所抄之书，卷以百计。先生身后，尽落书估手。吾党同志数公争出钱备之。予僻居吴兴，不能得一册也。梦华以新得数种见示，此书前四卷乃先生手书，展卷累息，盖先生之下世已十有三年矣。岁月如流，音尘如昨，又不知若何措词耳！嘉庆丁卯六月元照谨识。

乾隆三十九年甲午，五十八岁。在江宁。

《后山诗注跋》：余年五十八始读而善之，向以黄、陈并称，余尚嫌黄之有客气也。余钞此书在甲午之冬，逾年始为之跋。

《翰苑群书序》：先余未有是书，因借本录竟，手自校对，漫识数语于其端。是年有《题贾长江诗集后》。丁酉年又有《再题贾长江诗集后》。

萧穆《敬孚类稿》跋卢抱经手校《贾阆仙集》：今年夏五月，偶于申江吴兴申甫书坊得旧钞本，并据冯定远、何义门两家批校本录成，卢公亦时有按语。计十卷，诗凡三百八十一首。又据《文苑英华》增补五首。据《吴郡志》增补遗于十卷之末。阆仙之作备于此矣。

卢氏云：余于贾诗素不嗜，特以其近古贵之。又云：得何义门评校，始悟其用意之深，几于无一句闲设。今亦不能详录，录其尤至到者。今距卢公所校又阅八九十年，虽将冯、何二公所据各旧椠汇录，又惜其于何氏之评尚未详录，不知何校原本尚在人间，余他日更得详否？癸未立秋后一日。

乾隆四十年乙未，五十九岁。（包世臣、俞正燮生。）在江宁。

《挥尘题辞》：外间所传多非足本，唯此书为全。余是以先录而藏之箧笥。

馆藏《春秋尊王发微》卷一题："此书有刻本，因李生贫而佣书，适无可钞之书，故以此缀之。乙未十一月十九日卢文弨阅。"卷二题："十一月二十三日朝光满窗起而阅此。"卷三题："十一月二十四日阅。南方寒差轻于北地，然已不可耐。"卷六题："十二月十一日阅。"卷八题："十二月十九日阅。袁香亭别驾以所作《江村读书图》贻予。"卷十一题："丙申正月十七日阅。得方生绍董、凌生和钧、吴生华平书，自凤阳来，三人岁试皆前列。"卷十二题："江宁戴孝廉祖启著《春秋五测》，颇能去前人说经之蔽，实贤于此书多矣。抱经卢文弨记。（同上日。）"

《鲍氏知不足斋丛书序》：吾常以谓必得深于书旨而有余力者，始足以任此事。择之必其精，如《三坟》《端木诗传》《鲁诗说》《素书》《忠经》《天录外史》之类，勿录也。取之必其雅，如《百川学海》《百家名书》所辑之繁芜猥杂者，勿录也。而且勿惜工费，一书必使其首尾完善，勿加删节。至于校雠之功，如去疾焉，期于尽而后止。如此古人之精神始有所寄，而后人之聪明亦有入，则丛书之刻始为有益而无弊。（按：馆藏《五行大义》卷首有抄目云：

卢氏抱经堂秘抄丛书十种目次,《五行大义》五卷,《秦轩传》六卷,《古文孝经》一卷,《臣执》二卷,《两京新记》一卷,《李峤杂咏》二卷,《朱文公感兴诗》一卷,《左氏蒙求》一卷,《书文馆词林》四卷,《乐书要录》三卷,盖先生拟印丛书而未刊者,附识于此。）

乾隆四十一年丙申,六十岁。（宋翔凤、刘逢禄生。）在江宁。

《惜阴录序》：先生常以理欲之消长,自体验功力之进退,自程督恐惧惩艾之意毕见于辞。而世之泄泄然任岁月之如流而莫之省悟者,不亦大可哀乎？先生之言视之若无甚深邃,而要其克治之严,良有可警发后人者。余是以录之,将奉为针石焉。

《寄孙楚池书》：文弨所业则在"鸡鸣"之三章矣。在钟山几五载,幸有一二同志信而从焉。至于渐染俗学已深者,殆终不能变也。始文弨初至时,肄业者百数十人,今则倍之矣。每课必卷卷而评校之,但苦年力渐衰,精力不及,而实不敢以慢易处之,是以幸免于爱憎之口。每思人当中年以上读书实难,惟童髫颖秀者可教之以五经为根柢,庶有异于俗学之陋而不贻终身之悔恨。与前学使者言之,因选得四五人,皆年十四五新入学者,送院受业。每月定期考校者六次,为之析疑陈义,且察其成诵以否,而究竟能副所期者绝少。虽至今羁縻弗绝,然窥其意念,此终不若时文之可悦,高者亦不过谐声属对,为诗赋之用而已。

文弨家贫,惟仰束修所入,故不能辞称席而不居,然亦非徒食也。所梓书院诸生课义二册呈览,其于吾师公正论文之旨,未知有合焉否耶？

《仪礼注疏》（黄彭年藏本）卷一末叶题："乾隆四十一年岁在丙申,扬州汪君中字容甫示余以校雠善本,乃从长洲朱文游家所藏宋本校定者。然所补之文亦即有见于后者,其离绝段落时有不同,而皆不与疏相应,盖宋本元无疏,岂郑注相传本有不同耶？然如于洗西之为衍文,则诚得之矣。（下有墨笔小字题曰：'宋本。疑亦误衍,须再考。'）三月九日东里卢文弨识。距庚午二十七年矣。四十九年十一月二十四日校此卷疏讫。时将离太仓归杭州。"卷二末页题："三月十六日使相高公来书院课士,诗题大车槛槛遵御制用《端木诗传》义从征之人思其室家而作也。"卷三末题："宋本注惟舒下元有武字，丙申三月二十一日阅。"卷四末题："二十八日阅。"卷五末题："三月二十九日阅。"卷六末题："四月初七日阅。汪君容甫以所撰《沈椒园先生行状》见示。"卷七末题："五月初九日壮儿百朝，回寓燕客。甲寅五月二十一日后细校。庄儿上年已娶，今将生子矣。"卷八末题："五月十四日至石城桥送全贤郆北还。晚间阅此，并作徐青牧先生《惜阴录序》。"卷九末题："五月十六日阅。是日江宁府考。"卷十末题："亦十六日阅。雨。昨日游秦淮月色佳甚。"卷十一末题："丙申五月十八月卢文弨阅。"卷十二末题："丙申五月二十一日阅。是日为支太孺人忌辰，先祖之元妃也。"卷十三末题："同上日句读。查宣门欲合刻苏诗施王查三家注，今闻其暴卒，惜哉！"卷十四末题："丙申五月二十二日句。"卷十五末题："五月二十三日灯下阅。文弨。"卷十六末题："丙申五月二十四日阅。是日伙卢珪来，别一年余矣。"卷十七末题："五月二十五日阅。斋中糊裱，迁书册以避尘。"又题："此经校订精细，远胜监本、毛本。本朝致力此书者有张弥岐、吴廷华、盛世佐三家，可与敖氏并传。余借得汪容甫本，系从宋刻经注增改者，观其与疏间不相应，然陆之与贾亦有不同，则知自疏而外，亦尚有流传旧本，不可听其湮灭，是以据而改焉。东里卢文弨识。"

余从兄宇安名宏熹，由进士任兵部郎中。归里后时看此经，往往为人错举一二端，且慨登朝者之不可以不学。余时方十四五，具闻之。今先见下卋已三十七八年矣，而声欬如新，其书则皆散失矣。悲夫！弓父又记。此书吴氏绂所校为多。

《十一经问对》（群碧楼邓氏藏本）卷一末页题："乾隆四十一年八月十九日卢抱经阅。是日于钟山书院中砌芍药花台。"卷二末题："八月二十八日阅。接仪征汪庸夫（注：即汪中）书，以《孟子章指》借我。予辛巳年所见本尚缺末一卷，今得录全矣。快甚！抱经卢文弨识。"卷三末题："即日阅。"卷四末题："丙申八月二十五日灯下阅。"（此书有香修小印，盖"严元照藏书"。卷一末有一行题："乾隆五十九年八月初十日元照校。时迟抱经学士未至。"即严氏手笔。）

乾隆四十二年丁酉，六十一岁。（戴震卒。）在江宁。春初在杭州。

《答彭允初书》：仆在钟山，不得已而看诗文，讲诗文实非性之所乐。

《李元宾文集跋》：岁在强圉，月纪王正，故人子陈燧相见武林，借予传录，携来金陵。

《山斋客谭跋》：余今年在杭州求景先生之文集，不可得，独得其所为《山斋客谭》。

《孟子章指序》：乾隆辛巳之岁，借得毛斧季所临吴匏庵钞本《孟子注》，始见之，而末二卷尚阙。越十有六年而后覩其全焉，恐友朋中未必皆见是书，故别钞之以传。

《书尘史后》：余从人假得虞山毛黼季校本，自言得三本参校，而以何元朗所藏为最善。黼季校此书时为康熙辛卯，年七十有五矣。彦辅自序此书在宋政和乙未，年八十。而余之校录此书，计年正值始生之岁。用此自慰，不复以空掷日力为惜。

馆藏《春秋繁露》下册有"文弨校正""武林卢文弨手校""抱经堂印"三印。卷八末朱笔题："乾隆丁酉新正二日校。抱经。以上八卷，甲辰在娄东借杨生云煜家嘉靖（此二字墨书）周刻本校。（有墨书下似缺三小字。）"卷十题："正月初四日校。"卷十三题："以上俱正月四日校。"卷十五墨笔题："丙申十二月二十六日先借得十四卷以下，呵冻阅起。"卷十七朱书："二十七校。次日又校。"墨书："凡上墨书者皆聚珍本。"

又《史通训故补》四册有"范阳卢氏""数间草堂藏书""抱经堂校订本""卢文弨字绍弓""文弨读过"诸印记。卷一下题："丁酉二月六日。"卷三末题："以上二月六日阅。"卷四题："二月七日阅。"卷九后题："仍二月十一日阅。"卷十二后题："二月十三日校。文弨。"卷十四后题："丁酉二月十四日阅。当事知会班次，以品为定，无京外之异，不知《会典》云何。"卷十五题："丁酉二月十四日弓父于灯下校。"卷十六题："十五日不贺望，阅此。"卷二十后题："皆二月望日校。日昳，出门应酬，路有醉人欲殴我从者，咆勃不已，因送上元陈明府处置。六（疑"六"字后漏"十"字，是年抱经先生六十一岁。——编者注）年来所未有之事也。东里老人。"又题："三月九日录冯已苍、何义门两家评语讫。弓父记。"

又《格古要论》有"抱经堂校定本""弓父所藏""卢印文弨""弓父"诸印。卷四末页蓝笔题："丁酉二月十四日匆匆览一过。"卷五末题："丁酉中春十六日灯下草草一览。万松山人。"卷六末题："二月十七日早起阅。"卷七末题："三月五日灯下看。"卷九末题："上三卷同日阅。"卷十末题："丁酉三月六日乙夜看此卷，有白鸟飞集纸上，仆之则血殷然，已为其所啮矣。"卷十一末题："阅此卷将完，釭膏已竭矣。初七日清晨阅讫，因记。矶渔。"卷十三末题："舛错难以悉正。丁酉三月七日卢弓父记。"后有墨书跋，文末署："乾隆四十二年三月癸酉东里卢文弨弓父书于钟山书院。"

又《广川书跋》有"弓父所藏""抱经堂写校本""武林卢文弨手校"诸印。卷一末页朱书："乾隆丁酉四月廿二日东里卢文弨阅。末卷同日钞完。"卷二末题："四月二十一日阅。"卷三末题："丁酉四月小尽日阅。"卷四末题："丁酉重五日后一日校。弓父。"卷五末题："丁酉五月十日阅。客来言近人一二忮害事，亦似其天性然。"

又《聚珍本鹖冠子》有"臣卢文弨""抱经堂藏""武林卢文弨手校""抱经堂校定本"诸印。卷上末页墨书："丁酉三月十二日卢文弨阅。"朱书："癸卯五月十六日以藏本校，亦复有讹。"卷中末题："三月望日校。弓父。注脱八字，又以注四字入正文。癸卯五月十八日校，又改正数字。"卷下末题："丁酉三月十六日卢文弨校。今日得诒儿苏州信，云有吴秀才翙凤，字伊仲，好书，可以善本交易钞传，亦甚快也。癸卯五月十九日弓父又借山西纯阳堂藏本对校竣。"后有墨笔楷书长跋（跋文见文集），后题："乾隆四十有二年三月旬有七日前史官卢文弨校并跋。"

又《张卿子湖上编》有"抱经堂写校本""卢文弨""弓父手校"三印。卷一末朱书："丁酉五月九日东里弓父阅于金陵。"卷二末题："丁酉五月二十九日东里卢弓父阅。"《白下编》有"绍弓氏"一印。卷一末题："丁酉四月二十八日阅。幼男壮夜来有小苦,回寓视之。弓父。"卷二末题:"丁酉五月四日卢弓父阅。时在金陵六年矣。"《蓬宅编》有"抱经堂写校本""卢文弨""弓父手校"三印。卷一末题:"集中五律最苍老,所不足者独七古耳。丁酉四月十九日卢文弨阅。"卷二末题:"四月二十六日晨起阅。"《衰晚编》有"卢绍弓"一印。卷一末题:"四月二十日阅。利疚威怵而此身倏已失矣。若使处承平,何遽无身后名哉?是以君子惜之深。弓父识。"卷二末题:"乾隆丁酉四月二十九日里后生卢文弨阅于钟山书院。"

又《乐圃余稿》卷一末页朱书:"乾隆丁酉五月二十八日卢弓父阅于钟山书院。"卷二末题:"奉新王泾绪来谒,故通家徐双流之姻家也。徐名曰明,是余丁丑会闱所得士,亦好为古文,未中年而夭。此卷亦二十八日阅。"卷三末题:"此行贴边更妥然。旧书往往似此,今亦不必易也。六月九日弓父书。"卷四末题:"六月十九日病中。"卷五末题:"六月廿八日阅。"卷六末题:"丁酉七月十六日阅。山东同岁生魏君起凤来晤。母夫人九十一而卒,魏方在忧中。"卷七末题:"八月廿四日阅。"卷八末题:"八月二十二日卢弓父阅。"卷九末题:"九月十八日阅。"卷十末题:"九月二十四日。至书院,日高三丈余而竖犹酣寝,此真天下之穷人也!"已后有详跋。末题:"乾隆四十有二年长至后一日东里卢文弨抱经氏书于钟山讲舍。"

《校刻白虎通序》:乾隆丁酉之秋,故人子阳湖庄葆琛见余于钟山讲舍,携有所校《白虎通》本。此书讹谬相沿久矣,葆琛始为之条理而是正之,厥功甚伟。因亟就案头所有之本传录其上。舟车南北,时用自随,并思与海内学者共之。在杭州楷写一本,留于友人所。在太原又写一本。所校时有增益。后又写一本寄曲阜桂未谷。

乾隆四十三年戊戌,六十二岁。在江宁。

馆藏《聚珍本云谷杂记》有"卢文弨""弓父手校""武林卢文弨手校"三印。卷一末题:"乾隆戊戌五月二十日阅。弓父。"卷二末题:"戊戌七月二十六日海昌吴葵里、陈仲鱼同过。"

又《聚珍本涧泉日记》有"抱经堂藏""武林卢文弨手校""卢绍弓"三印。卷上末页朱书："乾隆戊戌五月二十三日阅。得金陵顾生书，并得都中陈侍御、王太史、京江陈春农、旌德黄孝廉各手书。"卷下末题："戊戌仲夏二十三日东里卢弓父阅。"（按：此书题识有得金陵顾生书语，似夏间已不在金陵。集中己亥年《与钱辛楣书》有云："友朋来自金陵者，咸云阁下之于仆曲相推饰，人有异论，辄拑其口使不得发。"疑是时金陵人于先生有异论，故辞去讲席。）

又《聚珍本邺中记》有"抱经堂藏""武林卢文弨手校"二印。第一页第一行朱书："以崔鸿《十六国春秋》校。"末页题："乾隆戊戌五月二十六日卢文弨因疡病早起阅。"

又《聚珍本蛮书》有"抱经堂校定""武林卢文弨手校""抱经堂藏"三印。卷二末页题："此书戊戌五月校，八月七日誊上。"卷十末页题："乾隆戊戌八月八日东里卢弓父校讫。旧校出误字此已刊正，今又对出数处。"

又《癸辛杂志别集》有"抱经堂写校本""卢印文弨""弓父"三印。卷上末页朱书："五月晦日阅。得孙燮堂吴门书，馈食物。"卷下末题："五月二十七日阅。今日求雨，得小雨。东里弓父识。戊戌九月十三日覆阅。时谋居甚急。杭人有欲梓是书者，但据汲古阁毛氏本，友人惜其功力之徒勤也，因属余校正之。既竣，而刻书之人畏累中辍矣。"

又《松陵集》有"数间草堂藏书"（有大、小二印）、"存心之印""玉岩""卢印文弨""卢文弨绍弓""文弨读过""文弨之印""绍弓"等印。卷十末朱书："乾隆戊戌六月廿三日东里卢文弨校。"

是年有《戴氏遗书序》：吾友新安戴东原先生生于顾亭林、阎百诗、万季野诸老之后，而学足与之匹。精诣深造，以求至是之归，胸中有真得，故能折衷群言而无徇矫之失。其著为说也，未尝使客气得参其间，冷然而入，豁然而解。理苟明矣，未尝过骋其辩，以排击昔人而求伸其说。（按：先生之评戴氏之学如此，视世人之专以戴氏之排击昔人为高者，异矣！先生有《荷亭辩论跋》云："百年前萧山毛氏立论务与朱子驳，几于戟手裂眦相向。微论其言非也，即其气象已迥与儒者不侔矣。前辈山阴沈征君冰壶清玉，尚沿其余风。余尝微谏之，征君大笑而起。朱子之视圣人，固当不同。谓其言一无可议，是无所用其思者也。因一二未安而遂并疑其余，夫岂可哉？"可与此文参证。）

又《书真诰后》：修练服食之事，吾不能为也。家有此书，聊复寓目。其书事与史传相涉者，颇差互不可考。然吾于其中得要药焉，其曰："念不宜多，多则正散。正散而求不病，犹开门以捍猛敌。"此在吾尤为对证之方也。志权势，营财利，侈观美，极嗜欲，吾早已淡然不婴于怀已。终日所营营者，惟在乎书策之间。壮年矢志欲取十三经诸史而全校之，夺于人事，至今未毕，而年已耆矣。又经史外每见一书，辄披阅尽卷乃已，常有顾此失彼之惧。即一书中牵引众书甚多，是以千条万绪，纷纶交错，事有遗忘，每费寻检。近来多病，常为风寒所乘，未必不由此也。虽然，世短意常多，众人皆有此病，其为亡羊均也。吾宁读吾书，终不愿为顽仙矣。

乾隆四十四年己亥，六十三岁。主讲西湖书院。

《重修紫阳书院碑记》：文弨以乾隆己亥忝主讲崇文。

《答朱秀才理斋书》：杂学不如经学，而穷经之道又在于研理。理何以明？要在身体而力行之。时时省察，处处体验，即米盐之所琐、寝席之亵，何在非道即何在非学？正不待沾沾于讲说论议之为功也。

当先师设教大梁之日，尝寓书以昌明理学，相期亦如足下所以命仆者。然愚意则以为讲学之名不可居，而要其实则惟视吾力之所至而有以自尽，即今之课举业者亦不可不谓之讲学也。

昨在西湖书院，见诸生有不衣冠上堂者，严训切之。盖世习之轻佻嚣浮久矣，变之非一朝夕事也。（按：是年有《新安汪氏增辑列女传序》，署"孟夏之吉书于西湖书院"，知先生是年在杭州主讲。）

《再答理斋书》：今之习气在无廉耻，不讲辞章，不求功利，不归释老，而公然无忌惮而不顾圣贤处此，不知更何以救之。

《远异录序》：以近今世习而论，又似与古之异者殊焉。不词章，不训故，亦无所专主以求必胜，并亦不志于管、晏之功利，而或泄泄以嬉，或仆仆为役，此亦主持世教者之所当隐忧也。

夫世之自异者未尝不欲挽之，而不可与之争胜于口舌之间，正身其本己，由是以为教，则惟使人知耻乃可以救之。羞耻可以鼓怠者而使之锐以进，可以消兢者而使之缩然却也。礼义廉耻，国之四维，耻亡则国之一维失矣。

《书公羊注疏后》：乾隆戊戌，余读《春秋繁露》，既已寻其脱简，审其讹文。是正之余，因思董生颇精于公羊家言，为之沿流溯源，则是书不可不读。阅起于腊之六日，至次年三月十一日始辍功云。

有《游宦纪闻跋》题："十一月三日。"《湛渊静语跋》题："十一月十日坐北楼书。"

馆藏《新书》有"数间草堂藏书""卢文弨字绍弓""文弨校正"二（注："二"当作"三"）印。卷一首行朱书："乾隆丙子春三月卢文弨以程荣本校。己亥以宋本改。然宋本亦多讹。"书眉墨书："宋本作《新雕贾谊新书》。卷第一下放此。今不必依，径删改者，乃宋本也。又以贾子本校其异同，则云一作某以别之。"末页朱书："乾隆己亥十月廿八日以吴元恭校本校正。吴本无序跋，不知是宋何年本，但目后有'建宁府陈八郎书铺'印一行。卢弓父记。"又墨书："《贾子》十卷，前有明李梦阳序，颇有与宋本同者。有钦远猷者，不知何人，集郴阳何氏本、长沙本、武陵新本校贾子本，参酌去取，不可知者阙之。余更取其本以校焉。钦题月日乃己亥三月十二日，不知何年号。今干枝亦适相值，月则建子哉生明后二日也。抱经又记。"又朱书："庚子正月后得淳祐八年潭（"年潭"二字墨书）本校，即从淳熙八年程漕使本重雕者，名《贾子》。（此三字墨书。）"卷二后朱书："己亥十月三十日校。杭城日内多火灾，今晚太平桥南火又作。十一月六日又校。"卷三后朱书："仍十月晦日阅。是日大寒节，果滴水成冰。抱经。"又墨书："十一月初六灯下校。"卷四末朱书："己亥十一月二日校。早送二弟妇庄殡。"墨书："初七日又校。"卷五末朱书："亦子月二日阅。崇文书院课期，不能至。闻湖上演试鳌山灯。"卷六末朱书："又阅尽此卷睡。"墨书："十一月七日灯下校。是日有里人赵绿森同戴瀛三来晤。"卷七末朱书："己亥十一月三日校。有人来自苏州诒儿所，不得家书。"

墨书："七日复校。"卷八末朱书："十一月四日校。天晴甚寒。"墨书："八日又校。天暖有云。"卷九末朱书："同上日阅。百物踊贵。"卷十末朱书："己亥十一月四日宋本对校讫。弓父。"有小长木印云："袁氏宋本校过后书。壬辰十一月吴元恭校于太素馆。"又墨书："初八日以贾子本校讫。"又朱书："以毛斧季依宋本校，再校，至二十三日补录此传，遂成完书。毛本少《退让篇》，未补。东里抱经氏书。"后有墨笔书后一篇，末署："乾隆四十有四年冬至前四日范阳卢文弨书。"

乾隆四十五年庚子，六十四岁。主讲紫阳书院。入都。校《仪礼注疏》。

《重修紫阳书院记》：文弨以乾隆己亥忝主讲崇文，越明年，迁主紫阳。

《仪礼详校序》：庚子入京，晤程葺园太史晋芳，言于此经已得十一家之本，将为之甄综而疏通之，则跃跃然以喜。是时余年六十有四，距庚申已四十年，稍得见诸家之本，往往有因传写之讹误而遂以訾郑贾之失者，于是发愤先为注疏校一善本，已录成书矣。既而所见更广，知郑贾之说实有违错，凡后人所驳正信有证据，知非凭臆以靳胜于前人也，因复亟取而件系之。向之订讹正误在于字句之间，其益犹浅，今之纠谬释疑，尤为天地间不可少之议论，则余书亦庶几不仅为张淳、毛居正之流亚乎？

翁方纲《送卢抱经南归序》：乾隆四十五年秋，余姚卢抱经学士祝厘北来，其冬将南归，同人集方纲诗境轩，各为文以赠其行，而方纲序之曰：予同岁进士二百三十一人，予尝自谓抱经校雠之精，用力之笃，惟予知之最详。往者乙酉之冬，抱经视学湖南，而予在广东，未得亲送其行。及壬辰春，抱经南归，予未北还，又不及送之。至今始获附名于诸君文后，而始愧三十年之久于君之学茫乎未测其涯涘也。君所校正书目甚繁，予初成进士时，喜读迁、固之书，则借君所校三史录之。甲戌授馆职，复借所校《文选》录之。今君北来，始读所校《周易注疏》《逸周书》《皇侃论语疏》《春秋繁露》《郑志》《五经异义》《马氏意林》诸书。又读其校《孟子》《大戴礼记》。然予不惟君之精且博是叹，而独叹其弗畔于朱子也。凡校雠家之精且博者，皆在南宋，而论乐律如西山蔡字义、如北溪胥于朱门发之。今之学者稍窥汉人厓际，辄薄宋儒为迂腐，甚者且专以攻击程朱为事。虞道园有言：此特文其猖狂不学以欺人而已矣。抱经题跋诸篇，谓世人于朱子因一二未安而遂并议其全，又于妄生诋諆如郭宗昌者则昌言排之，宜其校正古今虚公秩慎，而不蹈流俗之弊也。凡诸君之赠抱经与予之附讬诸君后以借读抱经诸书，皆若逐节以求抱经之学者，故遂道其大者以序之。（按：此文亦有所指。）

《新校说苑序》题："正月十六日。"《题针膏盲起废疾发墨守》署："小春月。"《题宋版施注苏诗》署："乾隆庚子颁来岁朔之月。"

乾隆四十六年辛丑，六十五岁。（朱筠卒。）主讲山西三立书院。

《七经孟子考文补遗题辞》：此书余从友人鲍以文借得之。正月二日。

《周易注疏辑正题辞》：余有志欲校经书之误，盖三十年于兹矣。乾隆己亥，友人示余日本国人山井鼎所为《七经孟子考文》一书。叹彼海外小邦犹有能读书者，颇得吾中国旧本及宋代梓本、前明公私所梓复三四本，合以参校，其议论亦有可采。然犹憾其于古本、宋本之讹误者不能尽加别择，因始发愤为之删订，先自《周易》始，亦既有成编矣。庚子之秋，在京师又见嘉善浦氏所纂《十三经注疏正字》八十一卷。余欲兼取所长，略其所短，乃复取吾所校《周易》重为整顿，以成此书。

《郭氏传家易说跋》：庚子腊月，余在京师阅起，明年二月九日在山西讫功，因书其后。

馆藏原本第七卷题云："赴山西晋阳三立书院讲席，正月十九出都，二月初三日进院，行箧于初七日始到，续阅起。癸卯四月晦日弓父尚在山西阅。"（癸卯下当是阅二年后再记。）

《校定后汉书年表序》：吾友鲍君以文得宋梓本，欲为开雕以裨东汉史之遗阙，既手自雠校，又益以嘉定钱宫詹辛楣弟兄之覆审，而后以示余。余偕老友江阴赵君敬夫重加考核，粗讫功。携之入燕，又携之入晋，夺于他事，此书置几案间四阅岁矣。今年正月，兀坐精舍，无应酬之烦。自念此书若不及今整顿，恐后精力益不支，于是发愤为之，位置高下，排比疏密，一一皆经手定。

《书王右丞集笺注后》：此吾乡赵松谷先生所笺注也。余贫不能买书，此本亦未之蓄。今主晋阳讲席，架上旧有此书，因得纵阅。

馆藏《碧溪诗话》有"抱经堂藏""武林卢文弨手校"两印。卷一末页朱书："乾隆辛丑闰五月二十日西湖卢文弨在晋阳书院阅。"卷二末题："二十一日癸亥。"卷三末题："二十一日又阅一卷。"卷四末题："闰五月二十二日清晨阅。"卷五末题："又五月甲子阅。"卷六末题："仍甲子日阅。"卷七末题："闰月二十三日弓父阅。"卷八末题："其日乙丑，复尽此卷。"卷九末题："闰月二十四日阅。"原跋后题："乾隆辛丑岁闰五月二十四日杭东里人卢文弨在晋阳阅。"

馆藏《聚珍本金渊集》有"武林卢文弨手校""抱经堂校定本"二印。卷一末朱书："此集向有阅本，辛丑闰夏复一过眼。卢弓父。"卷二末题："闰月十六日在山西会垣阅。"卷三末题："后五月十七日阅。"卷四末题："十八日阅。巨室都无切齿人，今守土之吏能然哉？"卷五末题："十九日阅。余亦同此清况，但无先生句耳。"卷六末题："乾隆辛丑后五月十九日西湖卢文弨在晋阳三立书院再看一过。令我怀乡之情益不能遏。"

《胡方平文恭集书后》：唐人于小学极不敢忽，以故篇章流传可指摘者极少。宋人则不然，虽腹笥富有，墨沈横飞，而细类微瑕，究不得为全美。辞章之士，往往轻视小学，其所以不及前人者，正坐此，乌可忽哉？

《高耻堂稿跋》：友朋间有爱我者，每数数规我以守约之道，而余爱博之性始终不能割也。目有眚已近十年，幸不至全盲，以多看一卷书为此生之幸。十二月十八日在晋阳。

乾隆四十七年壬寅，六十六岁。在晋阳。校刊《方言》。

《方言序》：《方言》至今而始有善本，则吾友休宁戴太史东原氏之为也。义难通而有可通者通之，有可证明者胪而列之，正讹字二百八十一，补脱字二十七，删衍字十七，自宋以来诸刻洵无其出右者。乾隆庚子余至京师，得交归安丁孝廉小疋氏，始受其本读之。小疋于此书采获裨益之功最多，戴氏犹有不能尽载者，因出其钞集诸家校本凡三四，细书密札，戢舂行间，或取名札余纸，反复书之。其已聊缀者如百纳衣，其散皮书内者纷纷如落叶，勤已至矣。以余为尚能读此书也，悉举以畀余。余因以考戴氏之书，觉其当增正者尚有也。余以管见合之丁君校本，复改正百二十有余条，具着其说，可覆按也。

丁君名杰，今已成进士，待学博士缺于杭州。其学实不在戴太史下云。五月朔书于山右三立书院之须友堂。

此书乾隆甲辰杭州刻本在馆中，有"精校善本得者珍之""抱经堂藏""卢文弨""弓父手校"诸印。初刊书成，先生又于书中增刊校语七十余条。

《书毗陵集后》署"正月二十七日"。《书周恭叔浮池集后》署"三月朔在晋阳书"。

《答孔荭谷书》：八月杪始领手教及佳刻各种，如馁人之得食，喜极不可言喻。

乾隆四十八年癸卯，六十七岁。（钱仪吉生。）在晋阳。冬南还。

《题三立书院所藏通志堂经解卷首》：三立书院中旧藏有《通志堂经解》六十函，而独阙其首帙，余蓄意欲补之。乾隆辛丑庶吉士介休刘君锡五，余小门生也，旧尝监院事，其请假归也，来谒余。余属其还朝之日，就京师士大夫家借本钞足，并与下一帙，令如式装潢之。乃岁余而书不至。余同年友洗马大兴翁覃溪知予将离山西，惟此为悬悬，因代刘君成之以寄余。

《与翁覃溪论说文系传书》：《说文系传》一书，向无力传录，未得细阅。今承以汪氏新雕本见贻，乃始受而卒业。惜乎残阙之已多也。

馆藏《说文解字系传》第一、二册均先生手校本，有"卢文弨""弓父手校""抱经堂藏"三印。卷一后题："乾隆四十七年长至日卢文弨抱经氏校于山右三立书院之须友堂。"卷二后题："壬寅嘉平三日校官本、戴本《方言》毕功，乃得阅此。"卷三题："十一月四日阅。此书新印而板已坏。"卷五题："十一月六日阅。久晴无雪，热甚，致伤于风。"卷六题："季冬六日阅。"卷七题："十二月七日阅。夜寝甚不安。"卷八题："腊八日阅。"

馆藏《孟子赵注》下册卷八有"卢文弨""弓父手校"二印。末页题："癸卯二月十日校。"卷九题："癸卯二月十一日校。"卷十题："癸卯二月十四日校。"

卷十一题："二月望日阅。"卷十二题："癸卯二月十六日阅。"（卷十三同）卷十四题："乾隆壬寅九月三日先以旧所钞《章指》校一过。东里卢文弨弓父书于三立书院。癸卯二月十七日弓父校。"《赵注音义》下题："乾隆癸卯二月二十四日卢弓父阅。"

又《春秋补注》六卷有"卢文弨""弓父手校""武林卢文弨家经籍"诸印。卷一第二十八页题："乾隆癸卯十月访孔葓谷继涵于曲阜，赠余此书。余向亦有写本，不在行笈中。十一月戊子朔，舟过高邮，阅此卷竟，因识。东里卢文弨抱经氏。"卷二题："癸卯十一月朔阅。舟已过邵伯镇矣。"卷三题："癸卯十一月二日晤扬州同年秦西岩黉、张松坪垣。时歙吴涵斋以镇、丹徒蒋春农宗海、丹阳吉渭厓梦熊咸在扬。谢未堂前辈溶生得孙，以是日召客观剧，知予至，使人见邀，入夜始归舟。次日西岩作主人，同年六人合成四百七十三岁，饮散登舟，候潮退，半夜解维，东北风大作。初四日过由闸泊，阅此卷。昨汪容夫中过余于西岩家，言及《墨子》，云校勘有年，惜不及取其本以来。又见高邮进士李惇，余女夫所教士也。（案：《段志》女四人，次适江宁府知府李尧栋，疑所谓女夫指李。）向在钟山，作一夕谈，别久不相识矣。"卷四题："十一月五日阅丹阳舟中。"卷五题："癸卯十一月六日江阴舟中阅。"卷六题："此卷误字猥多。癸卯十一月八日舟过浒墅校适竣。东里卢文弨记。李君笃嗜古学，师友皆硕彦。庚子冬，余在京，闻其亦不幸死矣。"（案：此李君指益都李文藻，非李惇也。）

馆藏《孔氏家语》二册卷一书眉题："孙侍御有校语，录之，不及一一识别。其称元本殆即明吴氏所梓本也。有王凤洲序。孙名志祖，字诒穀。"末页题："乾隆癸卯十一月二十四日弓父以小宋本校。是日丁小疋、沈嵩门偕来。甲辰九月以吴本对校，不知其名，有王弇洲序。二十三日。"卷二末题："十月廿六日校。甲辰十一月十六日重校。镇洋顾张思字怀祖来，示余以其尊人治斋《读诗蒙说》等书。"卷三末题："癸卯长至前一日校。甲辰长至后二日又校。"卷四末题："癸卯长至日校。天阴。甲辰十一月十六日。"卷五末题："长至后一日十（注：十疑为又）校。一月（注：月疑为日）晦也。甲辰十一月十七日弓父再校。"

卷六末题："癸卯十一月晦灯下校。"卷七末题："十二月戊午朔校。"卷九末题："癸卯十二月三日校。"卷十末题："癸卯十二月三日卢弓父校讫。甲辰长至月十九日再校。"

馆藏《经训堂刊本山海经》第一末页朱书："乾隆癸卯四月十七日卢抱经阅。六月六日重以藏经本校。"第二末题："癸卯五月二日阅。六月九日再校。癸卯十二月廿六日以传录宋本校。"第十四末题："七月八日阅。连雨七日，今禁屠。甲寅正月十三日校。"第十五末题："甲寅正月十四日校。"第十六末题："七月九日校。"第十七题："七月十一日校。"

按：集中金石跋尾多作于是年。

乾隆四十九年甲辰，六十八岁。春夏家居，校刻《白虎通》。秋，主讲娄东书院。

《白虎通序》：今年家居，长夏无事，决意为此书发雕。复与二三友人严切考核，信合古人所云校书如雠之恉，凡所改正，咸有据依，于是元明以来讹谬之相沿者，几十出八九焉。梓将毕工，海宁吴槎客又示余小字旧刻本，其《性情篇》足以正后人窜改之失，盖南宋以前本也。与其异同皆于补遗中具之。此书流传年久，间有不可知者阙之，然要亦无几矣。序作于是年九月望日，时在太仓州之娄东书院。

《书吴葵里所藏宋本白虎通后》：书所以贵旧本者，非谓其一概无讹也。近世本有经校雠者，颇贤于旧本，然专辄妄改者亦复不少。即如九经小字本，吾见南宋本已不如北宋本，明之锡山秦氏本又不如南宋本，今之翻秦本者更不及焉。以斯知旧本之为可贵也。

又《题朱文游所藏元大德刻本白虎通后》：此书余与二三通人校雠几不遗余力矣，而此本上有惠定宇先生手迹，其正误不过两三条，乃竟有出于余辈思索之外者，相去三十里，讵不信然耶？

《书顾怀祖秀才所藏先世图像后》：乾隆甲辰长至日海昌吴槎客过余娄东讲舍。

《题九经古义刻本后》：惠氏四世传经，其最著者为半农先生、红豆先生，乃定宇之祖若父也。定宇实克缵承，不愧其先世，令人企羡不置。此本俟余长孙能庸少长授之，亦望其毋坠前人之业，如惠氏可师也。

乾隆五十年乙巳，六十九岁。复主钟山书院。

《续汉书律历志补注序》：始吾读《两汉律历志》，有意欲通之，而苦于不能布算，则就同馆嘉定钱君辛楣而问焉。钱君示我以乘除增减之术，并以所校两志畀予。予得以正家本之误焉。然其推算之术，终苦于思，不属而止。今忽忽三十年矣，华发盈颠，益难重理前绪。顷复来主钟山书院，辛楣之从子溉亭亦为郡博士于斯，一见如故交，衷然出其所著。

乾隆五十一年丙午，七十岁。(陈奂生。)在江宁校刻《逸周书》及《荀子》。

《逸周书》谢墉序后附识：是书之刻，卢抱经同年积数年校勘之功，加以博雅之士荟萃所见而成之。而墉适以采风莅止，遂以夙昔管见参互考订。

《荀子》谢序：此书自来无解诂善本，唐大理评事杨倞所为注已为最古，而亦颇有舛误。向知同年卢抱经学士勘核极为精博，因从借观。校士之暇，辄用披寻，不揆梼昧，间附管窥，皆正杨氏之误，抱经不我非也。其援引校雠，皆出抱经，参互考证，往复一终，遂得蒇事。

乾隆五十二年丁未，七十一岁。在江宁刊《群书拾补》。

《群书拾补引》：文弨于世间技艺一无所能，童时喜钞书，少长渐喜校书。在中书日，主北平黄昆圃先生家，退直之暇，兹事不废也。其长君云门时为侍御史，谓余曰："人之读书求己有益耳，若子所为，书并受益矣。"余洒然，知其匪誉而实讽也。

自壮至老，积累渐多，尝举数册付之剞劂。年家子梁曜北语余曰："所校之书，势不能皆流通于世，其藏之久，不免朽蠹之患，则一生之精神虚掷，既可惜而谬本流传，后来亦无从取正，虽自有余，奚裨焉？意莫若先举缺文断简讹谬尤甚者，摘录以传。诸人则以传一书之力，分而传数书，费省而功倍，宜若可为也。"余感其言，就余力所能，友朋相助，次第出之，名曰《群书拾补》。八月丁巳书于钟山书院。

《群书拾补》目：《五经正义表》《易经注疏》《尚书注疏》《春秋左传注疏》《礼记注疏》《仪礼注疏》《吕氏读诗记》《史记惠景间侯者年表》《续汉书志注补》《晋书》《魏书》《宋史孝宗纪》《金史》《资治通鉴序》《文献通考经籍考》《史通》《新唐书纠缪》《山海经图赞》《水经序》《盐铁论》《新序说苑》（注：似为两书）、《申鉴》《列子张湛注》《韩非子》《晏子春秋》《风俗通义》《刘书新论》《潜虚》《春渚纪闻》《啸堂集古录》《鲍照集》《韦苏州集》《元微之集》《白氏长庆集》《林和靖集》。

《新定元丰九域志序》：宋王正仲《元丰九域志》十卷，余于乾隆乙巳钞得之。逾年，复得桐乡冯太史集梧新雕本，用相参校，庶几完善。今年又从海宁吴槎客骞所借得《新定元丰九域志》，卷帙无异，唯其中兼载古迹为不同耳。因并钞之，颇亦得以正前书之误字，且及于《宋史·地理志》焉。孟夏既望书于钟山书院之须友堂。为余传录者小门生江宁王友仁也。

《新雕西京杂记缘起》：乾隆丙午之岁，为同年谢少宰墉校梓《荀子》既竣，计剞劂之直尚剩数金，思小书可以易讫工者，有向来所校《西京杂记》，因以授之。费尚不足，钟山诸子从余游者率赀为助而丁始完。诸子乐于成美且预校勘之劳，今具列姓名于左方。余赀即雕《群书拾补》。

胡本渊、汪国梁、张师武、张珠、朱本元、顾椿年、李槐、吴浚、李育芬、梁思、汪本、史垂青、陈承基、姚大庆、郑佐廷、谌配道、李光第、程延龄、贾凤池、朱振奇、侯云锦、金绍鹏、端木炳、王嗣元、顾淞、吴启丰、吴启光、张均、梅冲、田又涛、汪兆虹、涂沅、周辰、陈兆麒、万世清、黄廷森。

乾隆五十三年戊申，七十二岁。在江宁。

《严豹人二酉斋记》：余往来吴门，知朱翁文游者藏书甚精，继交吴子枚士，皆常与之通书无所靳。今又得吴江严子豹人焉。腊前余过平望，去严子所居仅十里，欲顺访焉，而叩其斋中之所藏。

乾隆五十四年己酉，七十三岁。（刘文淇生。）丁继母忧。主讲龙城书院。

《段志》：平生事亲孝谨，年七十三，丧继母，犹尽礼。

《注颜氏家训序》：余友江阴赵敬夫先生，方严有气骨，与余游处十余年，八十外就钟山讲舍，取宋本《颜氏家训》而为之注。余夺于他事，不暇相助也。书成未几，而先生捐馆。余感畴昔周旋之雅，就其孙同华索是书，一再阅之，而更为之加详，以从先生之志。重阳前五日书于常州龙城书院之取斯堂。

乾隆五十五年庚戌，七十四岁。刻《钟山札记》。

是年五月，钱大昕撰《群书拾补序》，是书当至是年始刻成。《序》曰："学士卢抱经先生精研经训，博极群书。自通籍以至归田，铅椠未尝一日去手，俸廪修脯之余，悉以购书。遇有精钞精校之本，辄宛转借录。家藏图籍数万卷，皆手自校勘，精审无误。凡所校定，必参稽善本，证以他书。即友朋后进之片言，亦择善而从之，洵有合于颜黄门所称者。自宋次道、刘原父、贡父、楼大防诸公皆莫能及也。自念四十年来，仕隐踪迹辄步先生后尘，而嗜古颛僻之性，谬为先生所许。读是书窃愿与同志紬绎，互相砥砺，俾知通儒之学必自实事求是始，毋徒执村书数箧自矜奥博也。"

《校本韩诗外传序》题：端午日于常州之龙城书院。

《钟山札记序》：吾生无益于人，尚思有所托以自见于后世，亦自笑其愚也。虽然，少受父师之训，朝夕启牖，得有微明，长而从四方学士大夫游，获闻其绪论，增长我之智识良不浅。昔人云"胜读十年书"，岂虚语哉？古之君子闻善以相告也，见善以相示也，鹿得美草尚呼其群，而况于人乎？故随所得辄录之，不暇诠次，分为四卷，不辞窃取之诮，幸免攘善之失。余前后忝钟山讲席最久，故以《钟山札记》标其目。噫！余老矣，儿辈皆弱，不忍辛苦纂集之复为烟飞灰烬也，饥寒不恤而剞劂是务，传闻于未闻之者，当不至视为无用之言，不急之辨而弃之。刻既成，适卧疾在床，幸身及见之，复题数语于首简。倘耳目尚未即废坏，或将更有述焉。十月之望。

乾隆五十六年辛亥，七十五岁。（钱泰吉、刘宝楠生，周永年卒。）雕《经典释文》。

《重雕经典释文缘起》：此书雕版行于海内者，止昆山徐氏《通志堂经解》中有之。宋雕本不可见，其影钞者尚间储于藏书家。余借以校对，则宋本之讹脱反更甚焉。当徐氏梓入《经解》时，其扑尘扫叶诚不为无功，然有宋本是而或不得其意，因而误改者亦所不免。余念此书辟经训之菑畲，导后人以涂径，洗专己守残之陋，汇博学详说之资，先儒之精蕴赖以留，俗本之讹文赖以正，实天地间不可无之书也。而年来流传渐少，学者不能尽见，因为手校重雕。第以迟暮之年，精力虑有不周，刻成犹再三校，目几为之昏，弗恤也。九月望日书于常州龙城书院之取斯堂。

乾隆五十七年壬子，七十六岁。（龚自珍生。）刻《解春集》。重游泮水。

《解春集序》：外孙卢文弨曰：外大父冯公一生严气正性，读其文可见其为人。今距其曳杖之辰殆八十年，而精光犹煜露于简墨之上。公一女归先征君。凡公生平文字皆受而谨藏之，欲为梓以传示于世者屡矣。既以贫无力，又客游之日多，终不克举。一念及辄怦怦然不怡终日。

忆文弨舞象之年，即妄意欲求助于当世之重公者。文弨今年七十有六矣，迁延以至于今，及今而不为则无可为矣。负公且负亡母负先君，是天地间一大罪人，死且有余责。今幸而十二卷粗告成，且读且校，凡三四过。

《李轨注杨子法言跋》：文弨于乾隆乙巳借得江宁严侍读道甫本，乃李氏一家之注，不为俗本删易，因亟度于家书。阅八年，复假江都吴太史澄堃绍灿本覆校，始能自信无误。余今年七十有六矣，目眵神昏，尚复自力为此，亦不专望于子孙。第使古人之遗编完善，悉复其旧，俾后之学者亦获得见完书，于余怀不大慊哉！

馆藏明本《南华真经》卷五末朱笔题："乾隆壬子四月以何屺瞻校本改正。二十四日。"卷六末题："壬子四月二十六日。"卷七末题："壬子又四月朔校。"卷十末题："甲寅见一小字本，每卷首有分章标题四字，是元时坊刻。此卷'丁子有尾'下有互注引《荀子·不苟篇》之语。元时坊本每题纂图互注及重意文字，而书贾以充宋本索厚价。首卷余略比对，脱文讹字甚多，迥非何氏所见，亦并不及此本。他卷止取音义一一细对，晦日毕功。卢文弨记。"

《翁志》：至壬子犹赋重游泮宫诗。（按：《复初斋诗》：卢弓甫学士以雍正壬子入仁和县学，今六十年，有重游学宫诗，属同人和。赋此寄赠，诗曰："壬子我未生，君已游邑庠。"又曰："君自入泮后，六年举于乡。"前书先生入钱塘学，误系于雍正十一年癸丑，当改系壬子年，其仁和则钱塘之误。）

乾隆五十八年癸丑，七十七岁。复主紫阳书院。

《重修紫阳书院记》：岁在癸丑，长白阿公来为盐运使，特设督理盐政一员，移两淮长白全公以莅之。两公不以文弨为不肖，聘主紫阳教事。

乾隆五十九年甲寅，七十八岁。（魏源、丁晏生，汪中卒。）

有《公祭汪容甫文》。

馆藏明刊《论衡》有"文弨校正"（卷六卷十一、十六、二十一、二十六）、"抱经堂印"二印。末册后朱书："乾隆五十八年八月二十八日七十七翁卢文弨细校竟。次年甲寅重细校，五月十九日讫功。"

乾隆六十年乙卯，七十九岁。（柳兴恩生。）十一月二十八日卒于常州。

《仪礼详校序》：余以不肖躯尚留世间，今年已七十有九矣。乙卯六月。

凌廷堪《序》：抱经先生纂《仪礼注疏详校》成，将以授梓，以廷堪尝从事于是经也，命之作序。此书自宋李氏集释而下，所引证者数十家，凡经注及疏一字一句之异同，必博加考定，归于至当。以云详校，诚不虚也。后之治是经者，执此以求，不翅（啻）暗室之一灯，大水之一树矣。

《段志》：卒于常州龙城书院，乾隆乙卯十一月二十八日也，年七十有九。

嘉庆元年丙辰，刻《龙城札记》。

钱馥《龙城札记跋》：《龙城札记》，抱经先生掌教龙城时之所记也。先是，先生掌教钟山，有《钟山札记》四卷，尝自序而刻之。先生嗜学，至老不衰，有所得辄随手札记，即癸丑家居后，未尝一日废铅椠也。此三卷则曾缮写成篇，遂取刻之，与《钟山札记》并行焉。去年冬，先生访友金陵，留止钟山者旬余，归道毗陵，病终龙城书院。今刻是书，益增死生之感矣。嘉庆元年七月之望。

阮元《抱经堂校刻书总序》：乙卯秋，元奉命督学两浙，时先生出游白下，喜其岁暮言归，可以晤语。不谓首纪方更，遂捐馆舍。人亡室迩，怆感倍增。盖愿见颜色者十年，而终不获见也。先生没，先生之家甚贫，书之外无长物。元恐其所校书久而就损，谨以其书之所以益人之故详为叙述，俾学者知先生之书非向来丛刻之比。书之已刻者共十有六种，既总述其概于前，复分言之以附见于各编云。

《段志》：公好校书，终身未尝废。年虽耄，孳孳无怠。早昧爽而起，翻阅点勘，朱墨并作。几间阒阒无置茗椀处。日且冥，甫出户散步庭中，俄而篝灯如故，至夜半而后即安，祁寒酷暑不稍间。官俸脯修所入不治生产，仅以购书。闻有善本，必借钞之；闻有善说，必谨录之。一策之间，分别迻写诸本之乖异，字细而必工，今抱经堂藏书数万卷皆是也。所自为书有《文集》三十四卷、《仪礼注疏详校》十七卷、《钟山札记》四卷、《龙城札记》三卷、《广雅释天以下注》二卷。皆使学者愳正积非，蓄疑涣释。向时弃官归，天下为公惜之，然掣摩岁月，衣被将来，功孰大于此者？

公治经有不可磨之论，其言曰："唐人之为义疏也，本单行，不与经注合。单行经注，唐以后尚多善本。自宋后疏附于经注，而所附之经注非必孔贾诸人所据之本也，则两相龃龉矣。南宋后又附《经典释文》于注疏间，而陆氏所据之经注非孔贾诸人所据也，则龃龉更多矣。浅人必比而同之，则彼此互改，多失其真。幸有改之不尽，以滋其龃龉，启人考核者。故注疏、释文合刻似便，而非古法也。"其读书特识类如此。配桑氏、谢氏、杨氏。子四人：庆诒、武谋（注：即庆谋）皆太学生，庆诒踵公殁，武谋早逝，庆踵、庆录皆业儒。女四人：适庠生周方岳、江宁府知府李尧栋、举人陈春华、庠生朱元爆。孙男一人，能庸。孙女二人。公之没也，无以为家。公之执友有为谋以抱经堂书数万卷归有力，有力欲助其家，侍公子孙如约取归，如南阳井公与晁昭德故事。庆锺、庆录曰："先人手泽存焉，虽贫，安忍一日离也？"呜呼！公可谓有子矣。嘉庆元年十一月二十四日与桑、谢、杨三恭人合葬仁和芝芳桥之原。公之弟子臧镛堂以公与余相知最深，来请铭。

徐鲲《抱经堂文集》目录后跋：乙卯之春，抱经先生整比自著《文集》，至冬十一月已刻成二十五帙，尚未定卷次先后，而先生遽归道山。鲍君以文力任剞劂藏工，以鲲与先生有知己之感，因属校雠。孙颐谷侍御相与商榷采选，指示体裁。又与桑孝廉典林定标目之例，去取严审，庶无遗憾。然先生余稿尚伙，其续刻十余卷当諈诿梁君曜北定之。（嘉庆二年七月。）

抱经先生校读典籍，始缘俗本之讹舛，继病官书之穿凿，矢以虚衷，求其真际，上福古人，下惠来学。其所致力，精密无间。或一书累校亘数十年，或数书同时更番校订，于是校勘之事蔚为颛家。前之内府经史、聚珍丛书杂出众手、漫无师法者，固逊其详慎；后之阮刻诸经、顾校群籍，亦皆沿先生之余波绪论，不能撄其功力。呜呼，伟矣！

丁卯之夏检书盍山，见先生手校诸本，丹黄烂然，逐卷识校读月日，旁及天时人事洎往来游从栖息宴饮之所。私念此皆《抱经堂文集》及近世藏书家目录所未详载，若就馆书迻录一册，再从《文集》及他书钩稽其生平，按年排比，使后之人知先生自某年发愤校书，至某年而雕刊某本，其中某年某月某日居某地读某书——可考，于以见前辈劬学之风，示来彦雠书之法，为抱经先生校书史，亦艺林之佳话也。荏苒经年，未皇从事。会刊年报，范君希曾怂恿为之，爰就所见剌取大凡，勒为年谱，匆促付印，语焉不详，拾遗补阙，尚俟异日。

戊辰仲夏柳诒徵识。